SALVO SOTTILE

Più scuro di mezzanotte

SPERLING PAPERBACK

PIÙ SCURO DI MEZZANOTTE

I edizione Sperling Paperback giugno 2010

ISBN 978-88-6061-658-6
86-I-10

A Maya, Pepe e Sarah,
perché prima di loro
non c'era niente.

A Mastro,
che la mezzanotte l'ha vista
e non ha avuto paura.

«Scrivere, insinua la voce, non significa solo adulare minuti con la cosmesi dell'immaginario, ma nutrirli dei nostri escreti mentali, addobbarli viziosamente delle nostre maschere nere. Rappresenta dunque in qualche modo una colpa: forse macchiarsi le mani d'inchiostro è come macchiarsele un poco di sangue, uno scrittore non è mai innocente.»

GESUALDO BUFALINO, *Cere perse*

1

Corleone, 1986

ERA il 1° marzo.

Corleone festeggiava il suo patrono, San Leoluca.

Durante la processione un ragazzo con la mano destra rattrappita, la camminata sghemba e i capelli dritti in testa, correva in senso contrario alla marcia del santo.

«Aiuto! Aiuto!» gridava, cercando di confondersi nella folla.

Tre uomini lo inseguivano.

«Fredo!» urlava uno. «Vieni qua, ti vogliamo solo parlare!»

«Non ci voglio parlare con voi, siete cattivi!» ansimava il poveretto, che ogni tanto si guardava alle spalle e cercava di mulinare le gambe con scatti sempre più veloci.

Alfredo Gariffo, detto Fredo, non era molto intelligente, ma era una lepre quando si trattava di darsela a gambe.

Un saettone.

Anche quella volta era stato così veloce che i tre che gli stavano alle costole si arresero. Dopo neanche trecento metri schiantarono a terra con la lingua penzoloni.

Fredo, con la canottiera tutta sudata e un dolore lancinante al fianco destro, continuò a correre. Da via Bentivegna girò per via San Martino, svoltò a sinistra, si infilò in vicolo Firmaturi. Fece un altro paio di zig zag e si dileguò. Quella notte in paese non si fece più vedere, la testa gli aveva detto che era meglio se dormiva fuori casa.

* * *

Intorno alle due del mattino Occhiuzzo corse a svegliare Nino Giaconia.

«Ninuzzo, alzati, abbiamo un problema!»

«Che è successo?»

«Devi trovare subito Fredo.»

«Fredo?» chiese l'altro con gli occhi gonfi di sonno. «Perché? Che combinò?»

Lui e Fredo avevano la stessa età, vent'anni.

Da bambini abitavano l'uno di fronte all'altro, erano cresciuti insieme. Stessi giochi, stessi amici, ma fortune diverse. Alfredo era considerato un ritardato, un povero cristo con qualche rotella fuori posto. Non aveva dei veri amici se non lui, Nino Giaconia, che gli voleva bene come un fratello minore e guai a chi glielo toccava.

Ancora se la ricordavano tutti a Corleone la volta che un loro coetaneo, un ciccione che si atteggiava a duro, si permise di fermare Fredo alla villa comunale e lo mise in mezzo.

Lo scimmiottò davanti a tutti.

Lo chiamò scemo di guerra.

Lo umiliò a tal punto da farlo piangere. Il ciccione fece divertire gli amici, si fece un sacco di risate a spese di Fredo, ma non sapeva da chi era protetto lo scemo di guerra. La stessa sera, mentre camminava verso casa, ebbe l'imprudenza di infilare un vicolo buio. Un'ombra scura gli cadde sulla testa, gli piombò addosso con la forza di un meteorite. Il ciccione non ebbe neanche il tempo di realizzare cosa stesse succedendo. Si ritrovò con le braccia e le gambe spezzate. Mentre urlava di dolore percepì una voce rauca che gli sussurrava in un orecchio.

«La prossima volta che ve la prendete con Fredo ti apro in due come una cucuzza, siamo intesi?»

Da quel momento, Alfredo Gariffo a Corleone diventò un intoccabile. Dicevano che era il pupillo di un pericoloso latitante, uno che viveva sulle montagne, uno che era meglio non incontrare mai per strada.

«Me lo vuoi dire che ha combinato?» continuava a chiedere Giaconia a Occhiuzzo mentre con le mani a coppa prendeva acqua fredda da una bacinella e se la gettava sulla faccia.

«Lo hanno visto che parlava con Cagnazzo», rispose Occhiuzzo tirandogli addosso un asciugamano, «non vorrei che gli avesse raccontato quella cosa...»

Il capitano Domenico Cagnazzo era il comandante dei carabinieri della compagnia di Corleone. Stava indagando sull'esplosione di un ordigno che aveva distrutto mezzo caseificio del barone Rizzini, un ricco imprenditore che non voleva ragionare. L'attentato era stato ordinato da Casimiro Ciciliato, il vecchio capomafia del paese, che – non essendoci riuscito con le buone – sperava in questo modo di convincere il barone a sborsare quella decina di milioni che servivano, gli aveva detto, a comprare la sua protezione.

Rizzini per settimane aveva fatto il vago.

Ogni volta che gli emissari del boss si presentavano nel suo ufficio per battere cassa chiedeva altro tempo. Continuò così per un paio di mesi, finché non esplose la bomba in un deposito pieno di macchinari e lui stesso andò a cercare Ciciliato per pagare. I danni ammontavano a centinaia di milioni.

Per dare quella bella lezione a Rizzini, il boss si era rivolto a due *picciottazzi* del paese, Gaspare Occhiuzzo e Nino Giaconia. Erano due sfaccendati che a faticare nei campi o a trovarsi un lavoro onesto non ci avevano mai pensato. Nelle loro vene sentivano scorrere il sangue dei tiranni.

A vent'anni avevano la fedina penale «macchiata». Avevano cominciato con i furti di bestiame e i danneggiamenti. Entravano e uscivano continuamente di prigione, poi col tempo si erano affrancati dai piccoli reati ed erano stati dichiarati «sospetti mafiosi».

Sulla carta erano disoccupati tutti e due. Non erano semplicemente amici o soci, da qualche tempo erano diventati pure cognati. Gaspare aveva sposato la sorella di Nino, Teresa. Nel burocratese che imperava nei fascicoli a loro nome custoditi nella caserma dei carabinieri, risultavano ufficialmente «irreperibili».

Erano entrambi latitanti.

La notte della bomba al magazzino Rizzini – qualche giorno prima della festa di San Leoluca – Nino si era tirato dietro pure Fredo. Occhiuzzo era contrario. La sola vista di quel ragazzo gli faceva venire l'orticaria.

«Ma che minchia ce lo portiamo a fare quello lì? È solo d'impaccio!» ruggiva Gaspare, sperando di convincere il cognato a mollare lo svitato alla villa comunale.

«Ma che male fa?» lo difendeva Nino. «Noi andiamo a sbrigare il lavoro e lui resta in macchina. Non ci darà nessun problema, te lo garantisco!»

«Va bene, come dici tu.»

Il capitano Cagnazzo, un giovane ufficiale che veniva da Pescara, da mesi dava la caccia ai due cognati terribili di Corleone. Erano diventati il suo chiodo fisso. Da una fonte confidenziale aveva saputo che «Fredo il ritardato» era un protetto di Nino e aveva iniziato a torchiarlo per farsi dire dove poterlo scovare.

«Guarda che se questo ha parlato col capitano, siamo fottuti», si incupì Occhiuzzo, «ho mandato tre picciotti a cercarlo ieri sera, ma è riuscito a scappare. Devi trovarlo e pure alla svelta!»

«Non ti preoccupare», lo tranquillizzò Giaconia, «io lo conosco Fredo, non è un traditore e comunque adesso vado a cercarlo e ci parlo.»

«Ma lo sai dov'è?»

«Forse sì.»

Nino cercò subito Fredo nell'unico posto in cui era quasi sicuro di trovarlo: la cascata delle due rocche. Era una gola naturale ai piedi del Castello soprano. Ci andavano a giocare insieme da bambini ed era il loro rifugio preferito quando volevano isolarsi per un po' dal resto del mondo.

Con la macchina, Giaconia ci arrivò in una decina di minuti. Lasciò l'auto sul ciglio della strada, spense i fari, scavalcò il guardrail e dopo una ripida discesa tra i ciottoli, cominciò a seguire il letto di un torrente in secca.

Il buio era pressoché totale.

Alla sua sinistra cresceva una vegetazione fitta.

A un certo punto distinse la sagoma dell'amico.

Stava seduto su un pietrone sulla sponda destra del torrente, ai piedi di un terrapieno da cui in lontananza si intravedevano le luci di Corleone.

«Fredo?»

Il ragazzo all'inizio non lo riconobbe. Vide qualcuno avvicinarsi e cominciò a correre a perdifiato, come solo lui sapeva fare.

«Fredo! Sono io, Nino! Fermati!»

Appena sentì quel nome Fredo si bloccò all'istante.

«Sono venuto per aiutarti, aspettami! Voglio solo parlare!»

La voce di Giaconia rimbombava sulle pareti della gola.

Fredo rallentò, come se i razzi ai suoi piedi si fossero spenti di colpo. Fece dietrofront e lo raggiunse di corsa.

«Nino, aiutami tu», lo implorò quasi piangendo. «Mi vogliono ammazzare!»

Giaconia cercò di rassicurarlo.

«Ma che dici, Fredo? Ci sono io, no? Nessuno ti farà del male...»

«Sì, invece. Tuo cognato Gaspare mi vuole scannare. Ce l'ha con me perché ho parlato con Cagnazzo.»

La voce di Nino si fece improvvisamente fredda e tagliente.

«E tu che gli hai detto al capitano?»

«Di tuo cognato, niente, ma Cagnazzo mi ha minacciato. Mi ha detto che se non gli raccontavo qualcosa, qualsiasi cosa, mi sbatteva in cella e buttava via la chiave.»

Giaconia si accigliò.

«Che cosa gli hai raccontato, Fredo?»

«Mi ha chiesto se ero passato dal magazzino del barone Rizzini la sera della bomba e gli ho risposto che ci sono passato con te, che sei il mio angelo custode, quello che mi protegge dai cattivi...»

Fredo fece una pausa, guardò l'amico con la sua faccia paciosa e domandò: «Ho fatto bene, vero? Tanto a te non fanno niente, giusto, Ninetto?»

Giaconia, con la faccia tirata, rispose senza troppa convinzione.

«Giusto Fredo, giusto... Ma non gli hai detto dove mi nascondo, vero?»

Fredo fissò il cielo, come se cercasse una risposta tra milioni di stelle. Poi con un gesto molle della testa, tornò a posare gli occhi su Nino e accennò un sorriso ebete.

Balbettò qualcosa, infine rispose, vago: «Non me lo ricordo».

Giaconia masticò un'imprecazione tra i denti e gli tese una mano.

«Non ti preoccupare, Fredo, è tutto a posto, adesso vieni qui, avanti, abbracciami!»

L'altro gli si avvicinò.

Finalmente sorrideva felice. Guardò Nino con i suoi occhi grandi, ingenui e sperduti, come quelli di un bambino.

Ora si sentiva tranquillo, al sicuro.

Giaconia lo strinse forte a sé.

Quindi, fulmineo, impugnò con la mano destra la pistola che teneva nella tasca del giubbotto, appoggiò la canna al petto di Fredo e tirò due volte il grilletto.

Due colpi secchi, all'altezza del cuore.

L'eco degli spari rimbombò per tutta la gola.

Fredo si protese in avanti, cadde addosso a Giaconia come un peso morto. Pareva che le sue gambe fossero diventate di carta. Nino sentiva nelle orecchie l'agonia dell'amico, l'aria che lentamente svuotava i polmoni. Percepì prima un respiro, poi un altro più lungo, poi un rantolo e poi... nulla più.

Adagiò delicatamente il suo corpo a terra, lo guardò in faccia. Fredo era morto come aveva vissuto, col sorriso sulle labbra. Giaconia era stato più veloce della sua testa malata. Non gli aveva dato neanche il tempo di cambiare espressione. Era come se avesse fatto di tutto per fermare il suo cuore senza dovergli spiegare che non esistono gli amici quando ci sono in mezzo gli affari.

Tanto questo Fredo non lo poteva capire.

Palermo, 1996

Nino Giaconia non era un latitante come gli altri. Era un mafioso Corleonese, una razza a parte. Traditore. Cane senza padrone.

Grassottello, non troppo alto, con i baffi e i capelli brizzolati, parlava un italiano stentato, ne scriveva uno peggiore. Non aveva mai lavorato in vita sua. Sparare era la cosa che sapeva fare meglio.

Da piccolo si era allenato in montagna. Ci saliva di notte e impallinava le pecore che pascolavano senza guida ai piedi di Rocca Busambra. Era capace di colpirne una da cinquanta metri. Anche al buio. Una mira infallibile.

L'omicidio di Fredo era stato il suo battesimo del fuoco. Da lì in poi si erano aggiunti molti altri delitti.

Gaspare Occhiuzzo, suo cognato, nel giro di qualche anno era diventato il capo dei Corleonesi e lui il suo braccio destro.

Cosa nostra per Nino era tutto, veniva prima di tutto. Neanche lui sapeva quanti uomini aveva ucciso dalla sera della morte di Fredo, da quando aveva cominciato a sognare di diventare leggenda. Ma non rimpiangeva nulla del proprio passato.

Neanche il fatto che la sua vita, così come quella di sua moglie Rosa, in fondo fosse l'epopea di due fantasmi senza fama e senza gloria, una corsa consapevole verso l'infelicità e la solitudine.

* * *

Rosa Martinez aveva quasi diciotto anni. Era cresciuta in una famiglia all'antica, con due fratelli maschi e un padre opprimente che la comandava a bacchetta. Era un uomo a cui doveva sempre chiedere il permesso, anche per aprire bocca.

Aveva una passione, la danza classica.

Era stata costretta a rinunciare anche a quella.

A diciassette anni aveva smesso di ballare perché il padre non trovava decorosa quella sua passione.

«Finché eri più piccola andava bene», le aveva spiegato, «le bambine in tutù sono tenere e dolcissime. Ma adesso no, sei grande, e diventa sconveniente studiare danza. Le ballerine lo sai come sono, Rosa, sono tutte donnacce!»

Rosa viveva da reclusa, in una casa modesta, al piano ammezzato di una palazzina a tre piani, a Palermo, nel cuore della borgata dell'Addaura. Andava a scuola e tornava. Non le permettevano di fare altro. Se tardava più di venti minuti dopo lo squillare della campanella erano guai. La sua stanza dava sulla strada e aveva i vetri specchiati per evitare che qualcuno la spiasse da fuori. C'erano pure le sbarre alle finestre. Suo padre le aveva fatte montare da un fabbro. Ufficialmente per scoraggiare i topi d'appartamento, che in quella zona facevano razzia di frigoriferi e lavastoviglie, in realtà per evitare che la figlia scappasse ancora una volta di casa.

Era successo la sera della festa per i diciott'anni di Clara, la sua amica del cuore, che aveva impiegato una settimana per organizzare la serata.

«Dai, devi venire, Rosa, ci sono tutti i nostri amici!» aveva detto Clara a scuola durante la ricreazione.

Ci sarebbe stata la torta, avrebbero ascoltato musica: insomma, una serata d'allegria, diversa dalle solite.

Clara abitava al terzo piano di un palazzo dall'altra parte della strada. Rosa conosceva tutta la sua famiglia. Una volta si era presa pure una mezza cotta per suo fratello Matteo, che era poco più grande di lei e manco la guardava perché aveva una fidanzata più grande, carina, una di cui era molto innamorato.

«Papà, stasera ci posso andare da Clara?»

Il padre di Rosa si storceva sempre quando sapeva che la figlia doveva uscire senza di lui. Fosse anche per andare solo dal droghiere all'angolo della strada, diventava malmostoso.

Di sera, poi, manco a parlarne.

Era geloso, di una gelosia morbosa, asfissiante.

Un senso di possesso dal quale in anni e anni non era riuscito a guarire, ma che in genere mascherava facendo la parte del genitore inflessibile.

«No, non puoi, è tardi, e poi domani c'è la scuola», aveva sentenziato dalla sua poltrona.

Avevano appena finito di cenare.

«Ti prego, papà, Clara ci tiene! Ci sono tutti i miei amici!»

«Ti ho detto di no, glielo spiegherò io al padre di Clara perché non ci sei potuta andare. Adesso dammi un bacio, vai in camera tua e non ti fare vedere fino a domani. Buonanotte.»

La festa cominciava alle nove.

Rosa di solito ubbidiva, ma quella festa era troppo importante per lei. Non chiedeva mai niente e poi era stanca di chiudersi nella sua stanza e piangere.

I suoi fratelli uscivano e tornavano all'ora che volevano, lei no.

Maledizione, non sono più una bambina.

Per una volta aveva fatto di testa sua.

Aveva chiamato Clara, che era tutta preoccupata, e l'aveva rassicurata.

«Sta' tranquilla, in qualche modo arrivo, ciao.»

Si era infilata un paio di jeans e un golfino blu, aveva spento la luce e si era sdraiata sul letto vestita, aspettando che tutti andassero a dormire.

Verso le dieci, quando non aveva più sentito alcun rumore, aveva aperto la finestra e aveva guardato di sotto.

Non poteva andarsene dalla porta principale. Il padre l'avrebbe sentita. L'unica alternativa era calarsi da quella dannata finestra.

Che ci vuole? Ce la posso fare.

Così era salita sul cornicione, si era accucciata, dando le spalle alla strada, e aggrappandosi con entrambe le mani al parapetto di marmo aveva fatto scivolare lentamente le gambe fuori dalla finestra. Poco alla volta, un centimetro dopo l'altro, aveva cominciato a calarsi giù, ma a un certo punto, quando ormai più della metà del corpo era fuori, si era bloccata cacciando un urlo di dolore. Tre dita della mano sinistra, che erano ancorate a un'intelaiatura di metallo, avevano toccato uno spuntone ed erano scattate a sangue.

Dio, che male!

Rosa si era lasciata andare, cadendo sul marciapiede. Aveva cercato di attutire il colpo con le gambe, ma era finita col culo per terra e la caviglia destra che le faceva un male cane.

Si era presa una storta, una di quelle toste.

Sentiva la schiena indolenzita, le faceva male un braccio, le era scoppiato un tremendo mal di testa.

E il dolore non si attutiva, non passava, anzi.

Come cavolo faccio adesso?

Non c'era nessuno per strada, neanche una fottuta macchina che passasse per caso.

Non riusciva a muoversi.

Aveva cominciato a gridare.

«Aiuto, aiuto!»

Sentiva le voci dei suoi amici che si divertivano, la musica, attutita dai muri, che rimbombava dentro casa di Clara.

Era Vasco, andava pazza per Vasco.

Cantava *Albachiara.*

Respiri piano lallalallalà...

La caviglia le faceva così male che non riusciva neanche a respirare. Era distesa a terra, la mente annebbiata, gli occhi persi nel cielo scuro sopra di lei.

...sei chiara come lallalallalà...

Pianse.

...diventi rossa lallalallalà...

La sua mente cantava con Vasco e non riusciva a fermarsi.

...e sei fantastica lallalallalà...

Rosa cominciava a odiare quella musica, con quel dolore al piede le sembrava insopportabile, fastidiosissima.

Una tortura.

Zitto... basta...

...nei tuoi problemi lallalallalà...

Aveva riprovato a gridare ancora più forte.

«Aiuto, aiuto, papà!!!»

Qualcuno nello stabile già dormiva, qualcun altro no.

Non era neanche tanto tardi.

Rosa aveva guardato verso il suo appartamento: un serpentone di luci si stava snodando poco alla volta. Prima si era illuminato il corridoio, poi la cucina, infine la sua stanza.

L'ultima immagine che le era rimasta impressa nella memoria, prima di finire in ospedale, era stata quella di suo padre in vestaglia che la fissava immobile dalla finestra con la delusione stampata negli occhi.

La odiava per quello che aveva fatto.

Aveva tradito la sua fiducia.

Le sbarre alle finestre erano arrivate il giorno dopo.

Nino Giaconia era da un po' che teneva d'occhio Rosa. Quella ragazza gli piaceva da pazzi. Anche se non la conosceva, la voglia di diventare parte della sua vita gli sembrava una strada da percorrere, obbligata, inevitabile, un po' come il dolore. Era una donna già fatta, con una classe e un portamento che non avevano niente da invidiare a quelli delle modelle in televisione.

In un certo senso era come se la immaginasse già al suo fianco.

Mia moglie, la mia signora!

Nino l'aveva incrociata la prima volta per caso. Si era come pietrificato, e quella era stata anche la prima volta che aveva disobbedito a Cosa Nostra.

Da allora aveva solo lei in testa.

La sua faccia se la sognava pure la notte.

Minchia, è la fine del mondo!

Di mattina seguiva il cognato nei suoi soliti giri, di pomeriggio si andava a piazzare davanti all'ingresso della scuola di danza solo per vedere uscire Rosa. La guardava mentre gli passava davanti e si beava tutto il giorno dell'ebbrezza di quel ricordo. Lei lo aveva capito e ogni tanto gli regalava il brivido di un sorriso pudico e compiaciuto.

«Si è accorta di me, io le piaccio, ne sono sicuro!»

«Lasciala stare quella lì», gli continuava a ripetere Occhiuzzo, che lo aveva accompagnato una volta fino alla scuola di Rosa, «meglio di lei ce ne sono mille!»

«Non credo Gaspare, non credo proprio», ribatteva Giaconia con la faccia stralunata e gli occhi pieni d'amore.

Da una settimana Nino non vedeva più Rosa a danza e si sentiva nervoso. Come un avvoltoio che gira intorno a una carcassa, passava e ripassava col vespino davanti casa sua nella speranza che la ragazza facesse capolino – anche solo per un attimo – da dietro la finestra.

Aveva bisogno di vederla per non uscire pazzo.

Il perimetro di quello stabile Giaconia lo conosceva a menadito. Doveva averlo percorso con lo scooter almeno un milione di volte. L'appartamento di lei era a piano terra, con due affacci sulla strada e altri due sul cortile interno.

In una delle due finestre sul retro, quella della camera di Rosa, Nino notò qualcosa di diverso. C'erano le sbarre. Erano state messe da poco, perché la calce tutto intorno ai ferri era ancora fresca. Con i vetri specchiati lui non poteva sbirciare all'interno, ma Rosa, invece, vedeva benissimo lui.

Non sapeva neanche come si chiamasse quel ragazzo, ma sapeva che era lì per lei. Questa cosa la faceva sentire bene.

Protetta.

Speciale.

Non era abituata a ricevere così tante attenzioni.

Da tre settimane, dalla notte della festa di Clara, Rosa era in punizione, murata viva nella sua stanza. Si era slogata una caviglia e zoppicava. Il padre le aveva permesso solo di girare per casa e solo per aiutare la madre nelle faccende.

Per il resto non la voleva tra i piedi.

Giaconia passava sotto la sua finestra a orari fissi. Alle dieci del mattino e alle cinque di pomeriggio. Arrivava e si metteva a girare con il motorino. Ormai aveva fatto i solchi intorno al palazzo. Restava per un paio d'ore e poi spariva. Rosa aveva imparato a riconoscere il vespino dal rumore e un pomeriggio – approfittando che la madre era al telefono – con la scusa di lavare i vetri aprì la finestra e si fece vedere.

I loro occhi si incrociarono in un attimo e in un attimo si fusero.

Diventarono una cosa sola.

Si guardarono per un po' senza dirsi niente, lei con il Vetril in mano, lui con la sigaretta in bocca.

A un tratto annuirono entrambi, nello stesso momento, come se si stessero parlando col pensiero.

Rosa chiuse la finestra.

Nino diede un colpo secco alla pedivella del vespino e se ne andò.

«Basta, ho deciso, stasera me ne vado, scappo», confidò per telefono Rosa alla sua amica del cuore, «sono stanca di questa vita. Voglio essere libera.»

«Ma Rosa, sei sicura, ci hai pensato bene?» l'ammonì Clara. «E poi questo Nino non lo conosci neanche. Cosa sai di lui?»

«Niente», disse lei, «ma non ha importanza, mi basta sapere che vive lontano da qui.»

«Quando ti rivedrò?»

«Presto, Clara, non aver paura. Ti voglio bene, ciao.»

* * *

Quella notte stessa la vedova Merlo, la vicina di casa dei Martinez, fu svegliata da un boato che le fece tremare la camera da letto. Per un attimo pensò che fosse scoppiata una bomba. Quando alzò le tapparelle e guardò fuori ebbe la sensazione che un aereo avesse bombardato il palazzo. Si accorse che nell'appartamento accanto al suo c'era una specie di voragine. Sparpagliati sulla strada, c'erano un pezzo di persiana, la cerniera, il telaio della finestra, la grata, un mucchio di calcinacci.

Nino si era procurato una jeep, una di quelle massicce, con un argano e un cavo d'acciaio. Aveva fissato il gancio alle sbarre e schiacciando il pedale dell'acceleratore aveva fatto il botto.

Si era portato via Rosa.

Erano fuggiti insieme.

Per un paio di giorni andarono a vivere in casa di Occhiuzzo, che li ospitò senza troppo entusiasmo. Poi Nino spiegò a Rosa che con lei voleva fare sul serio.

«Mi vuoi sposare?» le chiese un attimo dopo.

«Sì», rispose lei d'istinto.

Non ne era affatto convinta, ma doveva andarsene da lì. Sognava di cambiare strada, quartiere, magari anche città. Si sentiva soffocare dentro quel mondo. Se amasse o meno Nino, era un problema secondario. Quel ragazzo l'aveva salvata. Col tempo magari avrebbe imparato a volergli bene.

Giaconia fece le cose come si deve e andò a chiedere la mano di Rosa al padre. Gli portò i soldi per riparare la finestra e «una milionata» extra per fare un regalo alla moglie. Fosse stato un altro ragazzo, il signor Martinez lo avrebbe pestato a sangue e magari avrebbe tenuto Rosa segregata in casa per un altro anno o due. Ma sapeva chi era Nino, nel quartiere aveva sentito parlare sia di lui sia dei suoi amici Corleonesi.

Quando Giaconia gli chiese il permesso di impalmare sua figlia, Mariano Martinez non ebbe il coraggio di dire no.

La sua benedizione era solo una formalità. Sapeva che tanto ormai la «fuitina» l'avevano fatta, e che sua figlia non era più solo «cosa sua».

A Rosa Nino non piaceva particolarmente. Gli si era buttata tra le braccia perché aveva sconfitto suo padre, perché si sarebbe messa pure col diavolo pur di andarsene da quella casa. Nino forse era peggio del diavolo, ma lei ancora non lo poteva sapere.

2

Rosa era furibonda. Dovevano sposarsi tra una settimana e Nino le aveva concesso di invitare solo i parenti più stretti. Nessun altro.

«E Clara?»

«No, niente amici», ribadì Giaconia, «se no, non ne facciamo nulla. E poi quella lì non mi piace...»

Fece una pausa e si lasciò scappare una frase.

«Appartiene a una brutta famiglia!»

Era come se volesse farle capire di sapere più di quanto potesse rivelarle.

«Ma che stai dicendo?»

«Fidati di me.»

Non aggiunse altro. La piantò in asso, se ne andò. La sera stessa Rosa telefonò a Clara. Parlarono del più e del meno, poi la sua amica, con un'ingenuità disarmante, le rivolse la domanda cruciale.

«Senti, come vanno i preparativi del matrimonio? Voglio sapere anche il più piccolo particolare, dai, racconta...»

Rosa era imbarazzata, cercava le parole giuste per dirle che non la poteva invitare.

«Clara, veramente io...»

Non ne ebbe il coraggio.

L'amica interpretò il suo imbarazzo, capì al volo.

Sapeva che a Nino lei non era simpatica e la tolse subito dall'impaccio.

«Ho capito, Rosa, stai tranquilla... vorrà dire che ci prenderemo un gelato quando tutto sarà finito. Ti auguro ogni bene.»

«Perdonami, Clara...»

«Non ti preoccupare, lo so che non è colpa tua. Un bacio.»

Per sposarsi in gran segreto, Giaconia aveva scelto la Cappella della Sacra Spada. Era un gioiello del Barocco incastonato tra i casermoni di cemento che stritolavano il quartiere Brancaccio. Un luogo intimo e suggestivo. Sembrava fatto apposta per accogliere i latitanti che non temevano Dio, i ricercati con la lupara in macchina e i santini in tasca che inseguivano la fede con la stessa caparbia imprudenza dei poliziotti quando inseguivano loro.

Sul retro della chiesa, due vie di fuga si aprivano a nord e a est. Da un lato c'era la statale per Agrigento, dall'altro l'autostrada per Catania. Solo lì certi mafiosi con la passione per le cose complicate potevano entrare e uscire senza dare troppo nell'occhio.

Era l'unico posto in tutta Palermo in cui Nino Giaconia si sentiva al sicuro, quasi fosse il padrone di casa.

Il prete era uno di famiglia, si chiamava padre Mariano Zolfo. Era un sacerdote che andava al sodo e non si perdeva in chiacchiere. Sapeva tenere la bocca chiusa e – cosa più importante – non faceva mai domande. Non era un uomo d'onore, ma poco ci mancava. Era cugino di secondo grado di un boss di Villagrazia. La chiesa la usava più come casa propria che come dimora di Nostro Signore. Con la povera gente digrignava i denti, faceva quello integerrimo che mai e poi mai avrebbe venduto l'anima al diavolo. Con i mafiosi non si azzardava. Quand'era il momento di ricevere il potente di turno, spalancava le porte al terrore e si faceva di pane. Per padre Zolfo molti uomini d'onore avevano il fascino del proibito. Il suo era una sorta di amore non dichiarato e non corrisposto, intimo, rotondo, irresistibile, proprio come una vocazione. Li venerava e nella sua testa segretamente li metteva in fila come le statuette di un presepe privato e maligno.

Di giorno li ascoltava e li consigliava. La sera li accarezzava col pensiero, bramando quelli che non conosceva e che gli mancavano per finire la collezione.

Nino andò a trovarlo quando mancavano due giorni al matrimonio. Prima ancora di aprir bocca gli mise in mano dieci biglietti da centomila lire.

«Padre, questi sono per i suoi orfanelli», esordì sarcastico.

«Grazie, Ninuzzo, grazie…»

Il prete sollevò la tonaca e ficcò i soldi nella tasca destra dei pantaloni. Poi fece accomodare Nino in sacrestia e corse a chiudere la porta che collegava il suo studio alla cappella. Dato che la canonica era un porto di mare, voleva evitare che all'improvviso entrasse qualcuno, il solito inopportuno scocciatore.

«Non ci sono per nessuno!» disse al giovane sacrestano mettendolo di guardia alla porta.

Tornò indietro tutto trafelato e si scusò con Giaconia per averlo fatto aspettare.

«Ninuzzo, sono tutto orecchie… dimmi… che ti serve?»

I due di solito si capivano al volo. Le parole in quella chiesa erano come le preghiere, superflue.

Padre Zolfo non era stupido. Sapeva benissimo che Nino non era venuto per fare beneficenza. Sotto ci doveva essere qualcos'altro. Si armò di pazienza e aspettò che il ragazzo sputasse il rospo.

«Padre, le devo chiedere un favore», esordì il giovane Corleonese, «devo sposarmi tra due giorni e la cerimonia deve durare poco, al massimo dieci minuti, per motivi, come si dice… di ordine pubblico. Mi capisce?»

Il sacerdote restò interdetto.

Prima di rispondere cercò di riflettere sul senso di quella espressione.

Che intende dire con ordine pubblico?

Ci mise un po', ma poi afferrò il concetto.

Ha paura degli sbirri!

Nino con gli anni aveva imparato a essere prudente. L'esperienza gli aveva insegnato che meno tempo passava in giro per Palermo e minori erano le probabilità che lo arrestassero. In fondo bastava sfogliare i giornali: la città era piena di latitanti catturati nel momento in cui si sentivano più sicuri.

Ma esiste al mondo un posto più sicuro di una chiesa? No, non c'è!

Un matrimonio cotto e mangiato, ecco di cos'aveva bisogno.

Padre Zolfo lo capì quando Nino gli prese la mano, gli mise sul palmo altre cinque banconote da centomila lire e gli chiuse le dita. L'espressione del prete, che prima era tirata, si sciolse improvvisamente in un sorriso complice.

«Ninuzzo, come faccio a scontentare uno come te, uno con un cuore così grande! Va bene, vi aspetto tra due giorni, scegliete voi l'ora.»

Il «parrino» era consapevole che a uno come Nino non si poteva dire di no. Quello faceva paura solo a guardarlo. Sapeva che era generoso, ma non lo avrebbe mai voluto vedere arrabbiato.

Con tutto che ne aveva fatte di cose strane nella vita, ancora a padre Zolfo non era mai capitato di dover sposare un latitante in così poco tempo.

Il matrimonio fu celebrato alle tre del pomeriggio. Per farlo durare fino alle tre e dieci, il sacerdote strinse la cerimonia all'essenziale. Saltò il rito di accoglienza e la liturgia della parola. Iniziò con un padrenostro e si concentrò sulla manifestazione del consenso e la benedizione degli anelli.

Rosa arrivò in chiesa vergine e bellissima, avvolta nel candore di un abito che sapeva di lavanda. Se l'era fatto fare da un artigiano di corso dei Mille, uno dei pochi che li cuciva ancora a mano. Il vestito era di organza, con il corpino ricamato, le maniche a sbuffo e la gonna ampia, a campana, che si allargava fino a sfiorare il pavimento, come il bocciolo maturo di un tulipano rovesciato. Aveva i capelli raccolti in una crocchia e il velo sul capo faceva intuire un trucco appena accennato attorno a due occhi nerissimi e palpitanti.

Nino aveva un abito di lino blu, con camicia bianca e cravatta grigio argento, scarpe nere lucide, il viso ben rasato che sapeva di colonia Dior e i capelli unti di brillantina. Il completo e gli accessori li aveva comprati ai magazzini De Spuches, dietro via Dante, che acquistavano i tessuti direttamente dall'India e confezionavano tutto su misura.

Rosa era elegante, di un'eleganza ricercata e spontanea.

Lui invece no. Sembrava impacciato e fuori posto. Più che dall'emozione di sposarsi con la donna dei suoi sogni, l'ansia gli veniva dal pensiero di sbrigarsi e fuggire. Se avesse potuto, per il tipo di carattere che aveva, si sarebbe ammogliato da solo.

Un minuto e mezzo ci avrei messo!

Che ci voleva? Avrebbe fatto firmare una carta alla fidanzata, avrebbe pregato il Signore pure per lei e buonanotte ai suonatori.

Scherzando, ma neanche troppo, lo aveva proposto a padre Zolfo che dall'alto della sua saggezza lo aveva – *con rispetto parlando, s'intende* – rimproverato.

«Figlio mio, come ci vai all'altare senza tua moglie? Il Signore si offende. E che, ti vuoi inventare i matrimoni per corrispondenza?»

Per i primi tre minuti della cerimonia Nino rimase assente. Anziché guardare la moglie fissava l'ingresso della cappella, nel timore di veder spuntare da un momento all'altro un plotone di carabinieri con i mitra spianati.

Il resto del tempo lo impiegò a controllare e studiare ogni gesto, ogni minimo movimento.

«C'è qualcosa che non va?» gli sussurrò Rosa davanti all'altare.

«No, amore, niente, sono solo emozionato.»

Non era vero.

Nino si sentiva addosso gli occhi dei parenti di Rosa. C'erano i suoi genitori, gli zii, i cugini, il fratello prediletto, Pino, che le era stato sempre accanto. Mancava l'altro, Diego, che molti anni prima aveva cercato fortuna negli Stati Uniti ed era rimasto bloccato a New York.

Giaconia era preoccupato che i suoi gesti rozzi, da cafone, da «viddano» sfuggissero al controllo e alterassero quell'eleganza che era solo di facciata, palesemente posticcia, inappropriata su quel corpo da minotauro. La cerimonia durò un amen. Il tempo di entrare e tutto era già bello che finito. Grazie a padre Zolfo i due sposi arrivarono e se ne andarono come un alito di vento, una folata di scirocco. Fecero presto, prestissimo a dire «sì», ancora prima a scambiarsi gli anelli, a darsi un bacio e salutare – senza troppi convenevoli – gli invitati che c'erano in chiesa.

Quaranta.

Venti da una parte della navata e venti dall'altra.

Poi salirono di corsa in una macchina che li aspettava fuori col motore acceso e scomparvero.

Se ne andarono come le dieci colombe bianche che dal campanile della chiesa si librarono verso quel cielo di garza.

Padre Zolfo era felice.

Nino, prima di fuggire, gli aveva portato i saluti di suo cognato, uno tra i killer più sanguinari dei Corleonesi, forse il pezzo più pregiato e ambìto che al sacerdote mancava nel suo presepe immaginario. Chissà, magari un giorno lo avrebbe conosciuto e pure confessato.

Era il suo sogno.

Pensò a che cosa avrebbe rinunciato pur di parlare un giorno col cognato di Nino.

«A tutto, anche a questi», si disse contando i soldi che gli aveva lasciato Nino.

Non era vero, ma al prete dei boss piaceva pensare che fosse così.

3

Il matrimonio si festeggiava tra i tavoli bianchi e le colonne liberty del *Grotta Azzurra*, un ristorante sul golfo di Mondello. Era una festa a porte chiuse, accessibile solo ai parenti più stretti degli sposi.

Nino all'inizio era contrario a organizzare il banchetto. Una settimana prima delle nozze, lui e la moglie avevano discusso non poco sull'argomento.

Erano volate anche parole grosse.

«Ma che facciamo il ricevimento per fare divertire gli altri?» aveva iniziato a innervosirsi Giaconia. «Metti che poi c'è un contrattempo e al ristorante non ci andiamo, che gli diciamo agli invitati, gli mandiamo una cartolina?»

Rosa stava per esplodere. A stento si era trattenuta dal mettergli le mani addosso.

«Non mi interessa», si era sgolata con gli occhi di fuori. «Che matrimonio è senza il ricevimento? Io questa mala parte ai parenti non la voglio fare, hai capito?!»

Dopo un tira e molla estenuante, Nino alla fine si era convinto. Pur di vederla felice, aveva convocato il proprietario del ristorante dandogli cinque milioni sull'unghia per organizzare un rinfresco all'altezza delle aspettative.

«Mi raccomando, voglio fare figura!»

All'inizio Nino era tentato di correre qualche rischio in più e fare una capatina al ristorante dopo la chiesa, ma all'ultimo minuto – erano già in macchina – cambiò idea.

«Non ci vengo al banchetto!»

«Guarda che un salto tocca farcelo», cercò di farlo ragionare Rosa, «non possiamo piantare gli ospiti in questo modo!»

«Lo so», rispose lui, «ma è meglio evitare, ascoltami...»

Le raccontò che uno sbirro sul libro paga dei Corleonesi, uno chiamato in codice «campanella» – proprio perché serviva a dare l'allarme in caso di pericolo – un'ora prima del matrimonio gli aveva fatto sapere che era meglio non farsi vedere in giro. Aveva sentito di una retata imminente, roba grossa. Il questore aveva mobilitato perfino il Reparto Celere per fare perquisizioni e rastrellamenti nella zona di Mondello.

Cercavano armi e latitanti.

Nino se ne doveva andare, cambiare aria, se voleva consumare il suo matrimonio. C'era il rischio che il regalo di nozze, quello che non gli avevano potuto comprare i parenti più stretti per ragioni di tempo, alla fine glielo facesse la Questura.

«Io non posso scendere a Mondello, vai tu», disse Nino alla moglie col tono di chi dice una cosa, ma di fatto ne pensa un'altra.

Rosa stava per arrabbiarsi, poi ci ripensò.

«Non importa», sospirò rassegnata. «Andiamocene via, e basta!»

Delusa e arrabbiata Rosa, fece fermare la macchina di fronte a una cabina telefonica e chiamò suo fratello.

«Pino ci devi pensare tu ai parenti, io non posso venire.»

Affidò nelle sue mani la riuscita del ricevimento. Lo fece con un'unica speranza: che i suoi familiari e quelli del marito tra un dolce e il caffè non si ammazzassero a coltellate. Le premesse, a dire il vero, c'erano tutte.

Ad attenderli al ristorante al posto degli sposi gli ospiti trovarono una gigantesca torta di panna. Il dolce era stato sistemato dallo chef al centro della sala, come una sorta di ponte ideale con Nino e Rosa. Un simbolo, un totem che doveva servire, in qualche modo, a evocare la loro presenza.

«Minchia, ma è bellissima, la fine del mondo!» esclamò uno degli invitati che non ricordava di averne mai vista una così grande.

Gli ospiti iniziarono con un aperitivo a base di ostriche e champagne. C'erano una cinquantina di persone: i quaranta della chiesa più un'altra decina che non avevano fatto a tempo a partecipare alla cerimonia.

La sala del ristorante sembrava enorme e dispersiva, era persino troppo per così poche persone, ma era stata presa apposta tanto grande. Pino, per farsi vedere da tutti, salì su una sedia, chiese un attimo di silenzio e propose subito un brindisi.

«Alla salute di chi sapete voi!» esclamò senza fare nomi. «Buon appetito!»

«Viva Nino!» tuonò tutto orgoglioso un cugino dello sposo.

«No! Semmai viva Rosa», gridò quasi contemporaneamente uno dei Martinez.

Ma nel dirlo quei due non si degnarono nemmeno di uno sguardo. Facevano di tutto perché gli applausi che si tirava dietro uno coprissero e superassero in fragore quelli che poco prima avevano sottolineato il brindisi dell'altro. Era una sfida, un modo come un altro per continuare una vecchia guerra, una faida lunga almeno vent'anni.

Al ristorante, come in chiesa, i parenti dello sposo e quelli della sposa continuarono a ignorarsi.

I familiari di Nino erano tutti di Corleone, mafiosi «vincenti». Quelli di Rosa erano invece Palermitani, «perdenti», sconfitti dai Corleonesi e scampati a una delle più feroci guerre di mafia della storia, quella scoppiata tra il 1981 e il 1983, millecinquecento morti nella sola Sicilia occidentale.

Al tempo in cui Nino sposò Rosa, i «viddani» a Palermo comandavano ancora ed era la prima volta che un matrimonio, per quanto affrettato e rocambolesco, mettesse intorno a un tavolo il vecchio e il nuovo, le vittime con i carnefici.

Per i Palermitani ci voleva ben altro che un semplice banchetto di nozze per cancellare la sofferenza patita in passato. I ricordi bruciavano ancora sulle loro ferite, bruciavano come sale sulla carne viva. L'odio che aveva accompagnato l'arrivo dei Corleonesi a Palermo, anni prima, continuava a riempire le loro bocche di quel retrogusto di veleno, di amaro che restava lì, bloccato sul palato, non se ne andava nonostante il passito, la torta di panna e i pezzi sfusi di gelato *scorzanera e cannella*.

Era la finzione che rendeva quella sceneggiata più sopportabile, lo sforzo di ogni famiglia di apparire più felice e più unita dell'altra e la consapevolezza di sedersi a tavola sapendo – per una volta – di non doverla cedere o dividere col nemico.

«Ognuno si siede dove vuole?» chiese a Pino un cugino di Giaconia, guardandolo con sospetto.

«No, Salvatore», s'affrettò a rispondere lui, «troverete una targhetta col vostro nome su ogni sedia.»

I posti erano tutti assegnati.

Nessuna possibilità di errore.

Nessuna invasione di campo.

Per convincere tutti a partecipare, gli sposi si erano impegnati a far valere una regola non scritta, una regola dalla quale non si poteva prescindere: prima, durante e dopo la festa non ci dovevano essere commistioni tra i Giaconia e i Martinez, ognuno doveva stare al proprio posto.

Ognuno con la propria famiglia.

Per tutta la durata del ricevimento, alcuni invitati fecero a gara a chi si faceva scattare più foto. I due fotografi assunti per l'occasione ci mancava poco che uscivano pazzi. I familiari di Nino erano più sboccati, si allentavano il nodo della cravatta e facevano caciara.

Gli zii e i cugini di Rosa, che erano Palermitani, si sentivano più raffinati, erano più silenziosi e passavano il loro tempo a sfottere i dirimpettai.

«Guarda com'è vestito quello», oppure: «Guarda che cravatta tascia ha quell'altro». Tutta la festa così. Un continuo tiro al piccione.

La torta era squisita: a tre piani, ed era una delle chicche del menu insieme alle aragoste appena pescate e al Moet & Chandon Riserva Imperiale.

Per non fare disparità le prime due fette del dolce, identiche, stessa grandezza, furono offerte contemporaneamente ai membri più anziani di ogni famiglia.

I camerieri, prima di porgerle, per non sbagliare si guardarono. Allungarono il braccio nello stesso istante in modo che nessuno alla fine si potesse lamentare di essere stato servito per secondo. C'era anche un'orchestrina che suonava al centro della sala: valzer e mazurche, anche per coinvolgere nelle danze chi aveva una certa età e non sapeva muoversi al ritmo della musica moderna.

I familiari di Rosa ballarono tra loro, in una parte del ristorante. Lo stesso fecero quelli di Nino, nella porzione restante del locale. Nessuno – neanche per sbaglio – sconfinò nel territorio dell'altro.

Quella torta in mezzo alla sala fece da spartiacque. Diventò una specie di cordone immaginario, un concentrato di sabbia e dinamite, pronto a cedere o saltare in aria alla prima scintilla.

Pino, che oltre a essere il fratello della sposa era l'unico «ascaro» (un Palermitano che lavorava per i Corleonesi), sembrava un artificiere.

Dall'inizio alla fine del banchetto passò il tempo a correre da un angolo all'altro del ristorante per spegnere le micce e i fuochi che inevitabilmente si accendevano per i motivi più banali; brutte occhiate, sfottò, gelosie, comportamenti giudicati inopportuni dall'una o dall'altra fazione.

«Gli devi dire a quel signore vestito di bianco al primo tavolo a destra di non voltarsi da questa parte», ringhiava a Pino con i denti di fuori uno dei Giaconia, «mi da fastidio essere guardato.»

«Va bene.»

«Devi dire a quei 'viddani' del tavolo al centro che la forchetta si tiene con la sinistra, non con la destra, non è una pala», bisbigliava all'orecchio di Pino un altro uomo d'onore, ma del gruppo Martinez, al polo opposto della sala.

«Va bene.»

A tutti rispondeva va bene, Pino, sia ai Palermitani sia ai Corleonesi. E per evitare che succedesse qualche *vivamaria*, anziché portare i messaggi ai destinatari, li ruminava tra sé e li inghiottiva uno per uno. Alla fine della festa era l'unico a non avere toccato cibo, ma non aveva neanche fame.

Tutti quei messaggi, velenosi e affilati come spade, una volta arrivati nello stomaco giustamente gli avevano fatto acidità.

Dall'autista che li recuperò fuori dalla chiesa, gli sposi si fecero accompagnare in via Roma, davanti alla stazione centrale. Sulla piazza c'era la baraonda di mezzogiorno, che in certi casi è peggio di uno tsunami, quell'ordinato caos dove solo i palermitani riescono a districarsi: quello del traffico impazzito con i guidatori che strombazzano il clacson, l'autobus bloccato tra due macchine in doppia fila, i tassisti che si scannano per accaparrarsi l'unico cliente disponibile.

Con gli abiti da cerimonia ancora addosso, i due sposi entrarono nella stazione e salirono su un treno, il primo che partiva per Messina.

Non fecero neanche il biglietto.

Sarebbero scesi alla stazione di Bagheria. Lì Nino si era fatto preparare dai suoi uomini una macchina con la quale si sarebbero spostati in provincia, magari in uno di quei paesini tranquilli dove avrebbero potuto aspettare che a Palermo le acque si calmassero.

Non si portarono dietro neanche i bagagli.

Tanto Giaconia aveva le tasche piene di contanti, qualunque cosa fosse servita a lui o alla moglie la si poteva comprare sul posto.

«Problemi non ce ne sono», sorrideva Nino tutto spavaldo mostrando a Rosa una spessa mazzetta di bigliettoni.

Sul treno occuparono la carrozza numero 4. Nello scompartimento c'erano perlopiù studenti e coppie di pensionati, gente che tornava in paese dopo un giro in città. Solo qualcuno si stupì di vedere due sposini in abiti da cerimonia che viaggiavano mano nella mano in seconda classe. I più scafati pensarono all'ennesima stramberia di un fotografo dallo scatto artistico, uno che voleva fare l'originale e magari dopo la chiesa aveva messo i clienti su quel treno per realizzare un servizio «diverso» anziché immortalarli, come facevano tutti gli altri, davanti alle solite fontane o ai soliti giardini.

«Minchia che sono tasci!» commentò ad alta voce un ragazzino smargiasso che stava con tre amici in testa alla carrozza.

Poteva avere al massimo quattordici anni e aveva preso Nino e Rosa per due cafoni, due bersagli da sfottere per passare il tempo del viaggio a divertirsi.

Nino, che lo aveva sentito, all'inizio fece finta di niente. Gli sembrava ridicolo che uno del suo calibro si abbassasse al livello di un moccioso, un pidocchio con la tosse. Ma siccome quello continuava a fare teatrino, a un certo punto si scocciò. Si alzò e per un secondo – un secondo che per il ragazzino durò un'eternità – lo guardò dritto negli occhi. Lo incenerì con una delle sue occhiate corrosive e il ragazzo – che prima faceva il gradasso – si fece piccolo, sparì, si accucciò sul sedile come un cane bastonato e per tutto il viaggio smise di fiatare.

Ogni tanto, senza farsi vedere, alzava la testa per accertarsi che Nino fosse ancora seduto. Era terrorizzato che da un momento all'altro si alzasse e lo prendesse a legnate.

Poco dopo Villabate, passando in mezzo a una campagna con una vegetazione secca e fitta, il treno rallentò. Improvvisamente.

Si procedeva a passo d'uomo.

Era scoppiato un incendio, uno grosso, che rischiava di lambire i binari e le carrozze.

Un contadino aveva bruciato un cumulo di sterpaglie e aveva perso il controllo del fuoco. A domarlo erano arrivati i pompieri con le autobotti, affiancati dai carabinieri. Il convoglio attraversò due file di frasche in fiamme – fiamme alte – suscitando la curiosità, e anche il timore, di tutti i passeggeri.

«Guardate! Sembrano le vampe di San Giuseppe!» urlò uno studente, che era stato colpito da quella visione infernale.

Non si vedeva più niente, manco il mare, solo fuoco tutt'intorno, mentre i finestrini andavano ricoprendosi di uno spesso strato di fuliggine. C'era caldo, pioveva cenere e una nube rossastra oscurò l'azzurro turchino del cielo.

Pareva di stare ai piedi dell'Etna, quando la terra trema, il vulcano borbotta e si prepara a sparare le «bumme», i pietroni fiammeggianti che scendono da monte fino a valle e sembrano piccoli meteoriti.

Bagheria era appena dietro la collina, eppure appariva ancora lontanissima. Le fiamme a poco a poco furono domate, ma il convoglio improvvisamente si fermò. Uno dei macchinisti era rimasto intossicato dal fumo e venne portato in ospedale. Bisognava aspettare il cambio. Nino strinse la mano della moglie, piuttosto alterato.

«Che hai?» gli chiese Rosa che sentiva la sua mano tutta sudata.

«Niente, amore, è tutto ok, è solo il caldo.»

Giaconia indurì le mascelle. Di solito, quando lo faceva, significava che era agitato.

Sul treno, una carrozza più avanti, era salito un giovane appuntato dei carabinieri. Al militare era stato comandato dai superiori di sincerarsi che tutti i passeggeri stessero bene. Un po' di fumo era entrato anche nel resto del convoglio e in testa l'aria si era fatta pesante, a tratti irrespirabile. Nino si alzò e lo vide dal vetro della porta che separava una carrozza dall'altra. Non poteva sapere che l'appuntato fosse salito per un semplice controllo.

Giaconia, di regola, qualunque cosa gli capitasse tra capo e collo, si preparava sempre al peggio. Lo faceva per un riflesso condizionato.

Dal borsello che si portava sempre dietro, tirò fuori una pistola – una Smith & Wesson calibro 38 a tamburo – e se la mise di fianco. La voleva a portata di mano.

Davanti a loro i posti erano liberi, non si era seduto nessuno. Rosa vide il marito con quell'arma e fece per alzarsi.

«Cosa vuoi fare? Ma che sei, pazzo?»

Giaconia le intimò di guardare davanti a sé e non muoversi.

«Stai seduta», le ordinò, «fai finta di niente.»

Il carabiniere avanzava verso di loro, si avvicinava sempre di più, ormai era a una manciata di metri.

Rosa tremava.

Nino, che aveva il ghiaccio al posto del sangue, provò a rassicurarla.

«Sta' tranquilla, tieni questa sulle gambe, se c'è bisogno la prendo io, d'accordo?»

Rosa, ubbidiente, fece sì con la testa.

Il marito le sollevò il vestito, che era voluminoso e a più strati, si fece largo con le mani tra la stoffa e le appoggiò la pistola sulle ginocchia. Poi riabbassò la gonna e si ricompose alla velocità della luce.

Nessuno degli altri passeggeri si era accorto di nulla.

Giaconia ebbe il tempo di inforcare un paio di occhiali da sole e fingere di guardare – tutto interessato – un panorama senza interesse, quello oscurato dal fumo fuori dal treno.

Rosa si sentiva una morsa allo stomaco.

Se solo avesse potuto, si sarebbe alzata e avrebbe gridato con tutta se stessa, ma cercò di resistere. Si fece di ghiaccio, proprio come l'acciaio di quella pistola che le gelava le gambe. Il carabiniere stava dando un'occhiata veloce allo scompartimento: tutti stavano bene, guardò i ragazzi, i pensionati, poi si accorse degli sposini. Si avvicinò a loro e, rivolto a Rosa, fece un sorriso compiaciuto.

«Buongiorno, tanti auguri», disse con voce galante.

Era un bel ragazzo, biondo con gli occhi azzurri, dall'aspetto sportivo e dall'accento nordico. Poteva avere massimo ventidue anni.

«Grazie», rispose lei gentile e diede una leggera gomitata a Nino perché anche lui si voltasse verso il militare e ricambiasse la sua cortesia.

Giaconia era teso, tesissimo.

«Grazie», ruggì guardando quel ragazzo per un attimo come se gli volesse prendere le misure.

Poi si girò di nuovo verso il finestrino.

L'appuntato pensò che quell'uomo era storto, doveva avere un caratteraccio.

Non c'era andato poi così lontano.

Mai in vita sua Nino aveva pensato di dover ringraziare uno sbirro. Ma più che a scambiare convenevoli o a mostrarsi socievole, a lui interessava osservare – attraverso gli occhiali da sole – l'immagine del carabiniere riflessa nel vetro, senza mai perdere di vista la sua mano destra che ciondolava, senza volerlo, davanti alla fondina con infilata la pistola d'ordinanza. L'appuntato non lo riconobbe, era troppo giovane ed era cresciuto troppo lontano da Corleone per aver presente la sua faccia. Pensò solo che fosse un tipo strano. Proseguì l'ispezione, arrivò in fondo al convoglio e sparì.

Da una stazione vicina finalmente arrivò il nuovo macchinista. Si sentì un fischio in lontananza e il treno piano piano ripartì. Nella carrozza degli sposi c'era silenzio. A un certo punto, coperto dallo sferragliare delle rotaie, si udì solo un tonfo, un rumore ovattato, come di un oggetto pesante caduto sul pavimento.

Rosa, quasi in un gesto liberatorio, al segnale di cessato pericolo, senza volerlo, aveva scostato le gambe e fatto cadere la pistola. Giaconia, senza dire niente, la raccolse, la ripose nel borsello e con un colpo di tosse si schiarì la voce.

* * *

La macchina che Nino si era fatto preparare dai suoi uomini alla stazione di Bagheria era nel parcheggio di fronte al secondo binario.

Fece salire a bordo la moglie, mise in moto e partì.

Entrarono in autostrada e tornarono indietro verso Palermo, imboccando lo svincolo per Agrigento. Per più di un'ora non scambiarono neanche una parola. Lasciarono che la cenere di quel fuoco grande – l'incontro col carabiniere, la tensione, la paura – si depositasse lentamente intorno a loro.

Rosa era scura in volto, proprio come le nubi cariche di pioggia che vedeva avanzare verso di loro. A un tratto le spuntò una lacrima, subito dopo un'altra. Il trucco si sciolse, due righe di mascara le colarono sul viso e le imbrattarono le guance.

«Che hai, Giò, che ti prende?»

Nino, quando voleva fare quello tenero e innamorato, la chiamava Giò, che era il diminutivo di gioia.

Rosa sentì il bisogno di un po' d'aria.

«Accosta, ti prego.»

Poco più avanti, sulla destra, c'era una stazione di servizio. Nino rallentò, fermò la macchina e la fece scendere.

Rosa stringeva nella destra una borsa di pelle nera.

Andò in bagno, si guardò allo specchio e pianse finché l'artiglio che sentiva arpionato sulla bocca dello stomaco non allentò leggermente la presa. Poi aprì la borsa. Si tolse l'abito da sposa e infilò una maglietta bianca e un paio di jeans.

Uscì dopo venti minuti.

Nino fumava una sigaretta con le braccia appoggiate sul tettuccio della macchina. Guardò la moglie attentamente: gli sembrava diversa, ora che indossava dei vestiti normali. Era come se da quel bagno fosse spuntata un'altra donna.

Salirono in macchina e ripartirono. Si scorgevano dei fulmini in lontananza. Cominciò a piovere, all'inizio qualche goccia, poi sempre più forte. Finirono in mezzo a un temporale. Rosa non aveva ancora smaltito tutta la tensione che aveva in corpo.

Aveva voglia di urlare, e lottò per dominarsi.

A Nino non piaceva l'idea che sua moglie fosse triste il giorno delle nozze. Voleva fare qualcosa per distrarla dai brutti pensieri, per tirarla su, per mostrarle – come si dice – il bicchiere mezzo pieno. Ma non sapeva che dire per consolarla e si affidò a una frase ovvia, la prima che gli passò per la testa.

«Dai, Giò, tranquilla, andrà tutto bene.»

Poi le mise una mano sulla spalla e da lì la fece scivolare verso il collo.

Rosa si soffiò il naso e cercò di riprendersi.

«Sì, certo», rispose.

Giaconia non aveva la sensibilità per capire la causa dell'amarezza che gonfiava il cuore di sua moglie. Pensò che ce l'avesse con lui perché non erano andati al banchetto nuziale.

Tentò di rincuorarla. Lo fece con una bugia, quella che teneva sempre di riserva e tirava fuori all'occorrenza ogniqualvolta la brezza di una conversazione diventava turbolenza.

«Non ti preoccupare, Giò, una di queste sere torniamo al *Grotta Azzurra* e ci facciamo cucinare le stesse cose che c'erano al banchetto, promesso. Ti regalo una bella cena romantica, sei contenta?»

Rosa non rispose.

Tutto era, tranne che contenta.

Pensava a quella pistola posata sulle gambe mentre erano sul treno, ed era come se quella scena le avesse finalmente aperto gli occhi. Ora cominciava a intuire che vita avrebbe fatto accanto a un uomo del genere.

Qualche giorno dopo il matrimonio, Pino telefonò alla sorella per farle il resoconto della festa al *Grotta Azzurra*.

«Come è andato il ricevimento?» gli chiese Rosa.

«Benissimo», rispose lui. «Certo, sembravano due feste diverse, ma alla fine si sono divertiti tutti.»

Pino cercò di sorvolare sul muro di acredine che per tutta la cena aveva separato i Corleonesi dai Palermitani.

Rosa non era stupida. Mentre il fratello parlava era come se vedesse ogni scena.

I balli per conto loro dei suoi parenti e di quelli del marito ai due lati della torta se li immaginava e le sembravano una sorta di requiem, una specie di funerale anticipato celebrato senza i corpi dei defunti. Era delusa, avvilita, perché quelle nozze e quella fuga-lampo le pareva ricalcassero i tempi e i modi di una sceneggiata grottesca.

Il latitante in fondo era il marito, non lei. Le colpe di Giaconia le aveva ricevute in dote, come un corredo nuziale.

Rosa non era cattiva. Era solo una ragazza inquieta, una che non aveva saputo aspettare l'uomo giusto e pur di scappare da casa aveva rinunciato al diritto di vivere il suo momento di felicità e di gloria.

«E la tua prima notte di nozze, come è andata?» la interrogò il fratello.

«Lasciamo perdere», tagliò corto Rosa in tono affranto.

Un quarto d'ora, ecco quanto era durato a occhio e croce il giorno più bello della sua vita, più o meno come da Palermo a Villabate su un treno che non porta ritardo. Nessuna foto ricordo, niente viaggio di nozze. E una notte, la prima, passata in una casa cantoniera dalle parti di Marineo, un vecchio casolare disabitato messo a disposizione da un amico di Nino, che lo usava come magazzino e più spesso come pied-à-terre. Aveva fatto l'amore per la prima volta in una delle stanze umide al primo piano di quella casa.

Era una costruzione rossa con un gigantesco numero 13 dipinto sopra, il numero della strada statale che le correva a fianco. Nino aveva l'ossessione di nascondersi nei posti più impensati. La prima notte che passò con la moglie, Giaconia si era portato dietro un vecchio mangianastri con le cassette di Gianni Celeste, un cantante napoletano, uno di quelli neomelodici che gli piacevano tanto. Lo aveva attaccato alla corrente e prima di mettersi a letto aveva scelto una canzone che parlava del mare.

Era stata l'unica nota romantica della serata, a parte il fuoco sul camino che proiettava su un muro giallo, di tufo, la danza goffa e improbabile di due sagome scomposte. Ombre incerte, irrigidite dall'imbarazzo quando invece avrebbero dovuto essere infiammate dalla passione.

«Giò, ti è piaciuto?» le aveva chiesto Nino quando ebbero finito di fare l'amore.

Era a caccia di conferme.

«Indimenticabile!» aveva commentato secca la moglie, dandogli le spalle.

Era una risposta ironica, anche un po' polemica.

Rosa non aveva sentito niente.

Non voleva ricordare nulla, anzi, sentiva il bisogno di dimenticare tutto, compresi lo squallore e la tristezza che la circondavano.

Da quella notte, Rosa associò il sesso al freddo, all'umidità e all'odore di chiuso, l'odore delle cose dimenticate, le cose di cui nessuno si cura.

Un odore che presto le sarebbe stato familiare.

Non avevano ancora una casa.

Ma quello che Rosa non sapeva, e tuttavia intuiva, era che una casa loro non l'avrebbero mai avuta. Tutti i posti in cui si fermarono da quel giorno in avanti non erano mai per sempre, erano rifugi che potevano durare una settimana come due mesi, erano buchi, tane per lucertole, nascondigli improvvisati dov'era impossibile mettere radici.

«Quando avremo una casa tutta nostra?» aveva chiesto Rosa al marito mentre erano a letto, quella prima sera.

«Noi non abbiamo bisogno di una casa nostra», le aveva risposto lui con le mani poggiate sulle sue spalle, «noi abbiamo Palermo ai nostri piedi. Io sono il re e tu la mia regina.»

Quindi aveva spento la luce e si era addormentato di schianto.

Rosa, per tutta la notte, non era riuscita a chiudere occhio.

4

Palermo, 2008

GLI anni passarono e i tempi si fecero difficili per Giaconia e compagni. Le cose a Palermo erano cambiate. Non erano più come una volta. I Corleonesi comandavano ancora, ma non avevano più la forza di un tempo. Le retate della polizia e le dichiarazioni dei pentiti avevano indebolito il clan a tutti livelli: semplici soldati, quadri intermedi, anziani capi bastone.

La vecchia Cosa Nostra di Riina e Provenzano era sbarcata nel nuovo millennio con la paura di scomparire, di dover gestire la peggiore crisi militare e finanziaria di tutti i tempi.

I capi dei Corleonesi, le leggende, gli imprendibili, erano ormai fuori gioco.

I loro pupilli, i giovani – quando non erano pentiti – marcivano al carcere duro, il 41 bis. Bisognava ricostruire l'intero gruppo e soprattutto fare *bisiniss*, «piccioli». Mancavano i soldi per i carcerati e per le loro famiglie, per pagare gli avvocati e i giudici corrotti. Ogni attività, ogni forma di rendita di cui i Corleonesi disponevano in passato era ferma, ingessata dalle confische e dai sequestri di beni.

Tutti i prestanome dalla fedina penale pulita, ai quali i Corleonesi avevano affidato pezzi sparsi del loro impero, erano stati individuati e annientati. Non si riciclava più neanche denaro all'estero.

Gli unici proventi che piovevano nelle casse della mafia erano quelli delle estorsioni.

Persino i miliardi di dollari del traffico di droga, che un tempo avevano arricchito i boss, erano solo un ricordo. Ormai a comprare l'eroina in America ci pensavano i cugini della 'ndrangheta, i calabresi, gli unici che potevano vantare buoni contatti al di là dell'Atlantico.

Occhiuzzo e Giaconia erano gli ultimi due Corleonesi vecchio stampo, «duri e puri», gli ultimi due latitanti che fino a quel momento erano riusciti a beffare sia la legge sia la sfortuna. Quelli che nella lista dei ricercati venivano prima e dopo di loro, li avevano presi tutti.

Nel vuoto di potere che si era creato a Palermo dopo la cattura di Riina e Provenzano i due cognati avevano realizzato il sogno di una vita, erano diventati due capi, i due nuovi astri nascenti di Cosa Nostra. Rappresentavano l'argine che doveva impedire ai Palermitani di riprendersi la loro città.

Nino da tempo non voleva che Rosa mettesse neppure il naso fuori di casa. Lui lo chiamava istinto protettivo, ma in realtà era troppo geloso e troppo impegnato per pensare a come farla distrarre.

E presto la moglie si era accorta che – per uno scherzo del destino – era passata da una prigione all'altra, dalla casa del padre a quella di Nino, da un'inquietudine stanziale a una itinerante.

Il giorno che Nino l'aveva convinta a seguirlo le aveva promesso che l'avrebbe ripagata di quel sacrificio.

«Ti giuro», le ripeteva a settimane alterne, «ti farò vivere come una principessa.»

Ma ormai erano passati dodici anni dal loro matrimonio e l'unica corona che Rosa sentiva sulla testa era piena di spine, come quella di Nostro Signore sulla croce.

Spesso le capitava di non parlare con qualcuno per intere settimane.

Per tenere allenato il cervello, Rosa ogni mattina annotava qualche frase su un diario, e scriveva lettere che poi regolarmente non spediva. Non poteva toccare il telefono né sapeva usare il computer. L'ossessione del marito per i traditori e gli sbirri, il suo sentirsi continuamente pedinato, braccato, intercettato, l'aveva isolata da tutto e da tutti.

Non poteva uscire di giorno, ma solo di notte (e solo con lui). Era una giovane donna di trent'anni che viveva come una monaca di clausura, murata viva, proprio come uno di quei poveracci che Nino, dopo aver ucciso, faceva sparire dentro le colonne di cemento armato dei palazzi in costruzione.

Ogni tanto sentiva musica classica, si sforzava di ricordare qualche passo di danza e lo provava in salotto per fare movimento. Tutto il giorno sfogliava giornali, riviste di gossip, fumetti, ma poi si scocciava pure di quelli. Stava continuamente col naso appoggiato alla finestra che dava sulla strada e guardava da lontano un mondo in cui non le era permesso di entrare.

Rosa non poteva vedere neanche i suoi fratelli. Il più grande, Diego, si era innamorato di New York. Lasciata Palermo anni prima, aveva bussato alla porta di un boss italo-americano che era entrato a far parte della famiglia dei Gambino, e si era messo a lavorare come pizzaiolo in uno dei suoi locali.

L'altro fratello, Pino, era invece rimasto a vivere a Palermo.

Nino lo aveva messo a lavorare come «ragioniere» dei Corleonesi. Annotava entrate e uscite nel libro mastro delle estorsioni.

All'inizio il ragazzo rigava dritto, si impegnava, lavorava sodo e rincasava presto. Poi era entrato in una comitiva di sbandati e aveva cominciato a far tardi la sera, a spendere soldi, a comprare macchine e gioielli per le sue donne. Frequentava picciotti che se non avevano la cocaina non riuscivano a divertirsi.

E tutti avevano un maledetto bisogno di soldi.

Sempre.

Con due di loro, Pino aveva organizzato una rapina in una banca di Bagheria. Era andata male, un vigilante aveva sparato. I suoi complici erano morti. Lui l'aveva sfangata, ma l'avevano arrestato prima che potesse scappare e lo avevano schiaffato in galera.

Così Rosa era rimasta totalmente sola, una figurina sbiadita che si nutriva di silenzi e ricordi, un oggetto inanimato in una casa priva d'anima come tutte quelle in cui aveva abitato con Nino.

A volte le sembrava che per lui la sua presenza fosse uno spiacevole incomodo, proprio come in chiesa il giorno delle nozze. A parole il marito era affettuoso, ma nei suoi occhi non c'era nessuna luce quando le parlava. Pensava sempre ad altro. Si muoveva per casa come se lei non esistesse.

Poteva stare con un uomo così tutta la vita?

Di questo passo rischiava di impazzire, ma, anche volendo, Rosa non poteva tornare indietro.

Che le piacesse o no, ormai era la signora Giaconia, con tutto quello che questo comportava.

5

Palermo, agosto 2008

PER molto tempo, i Giaconia saltarono da un nascondiglio all'altro, senza mettere radici da nessuna parte. Poi, per il loro dodicesimo anniversario, Nino regalò a Rosa una casa «vera».

Si trasferirono in un appartamento all'ultimo piano di un palazzo al Papireto.

Alle spalle avevano la cattedrale di Palermo.

Di fronte c'era il mercato delle Pulci.

L'appartamento si affacciava su piazza Domenico Peranni, uno slargo dove abitava anche il nemico storico di Giaconia, il sostituto procuratore Elvira Salemi.

Era un magistrato giovane e intraprendente, un osso duro, una che aveva studiato anni sui crimini dei Corleonesi e sognava di estirpare la loro mala pianta. Rappresentava la pubblica accusa in una decina di processi in cui Occhiuzzo e Giaconia erano imputati.

Elvira era una bella donna, alta, slanciata, capelli biondi lunghi fino alle spalle, occhi scuri, di una magrezza nervosa. Una donna diversa dalle siciliane classiche, più normanna che araba.

Aveva sempre un'ombra sul viso, un velo d'inquietudine che le dava un'aria sofferente e insieme fascinosa.

Non era sposata né fidanzata.

Era single per scelta.

Aveva paura di soffrire per un uomo – in passato aveva patito parecchio – e nel lavoro aveva cercato e trovato il compagno ideale. L'unico che le avesse dato la libertà di scegliere come e quanto tempo trascorrere insieme.

Per Giaconia la Salemi rappresentava un'ossessione, un'autentica malattia. La mattina, da dietro la finestra della camera da letto, si divertiva a spiarla mentre usciva per andare al lavoro. Il suo delirio di onnipotenza era tale che a volte, davanti alla moglie, minacciava di aprire i vetri e di urlare a squarciagola il nome del giudice. Così, solo per il gusto di farsi sentire.

«Magari lo faccio, una di queste mattine. Ti immagini?» diceva rivolto a Rosa. «Ti immagini la faccia che farebbe?»

Rosa, dietro di lui col caffè in mano, non gli dava nemmeno conto.

Ma Nino insisteva: «Ti immagini?»

«No, non me lo voglio immaginare», sbottava lei infastidita, alla terza volta che glielo chiedeva.

«Smettila.»

Giaconia apriva la finestra e si schiariva la voce.

«Guarda che la chiamo», stuzzicava la moglie per farsi prendere sul serio.

Continuava a vaneggiare finché a Rosa non spuntava un sorriso e allora la piantava.

Scherzava Nino, gli piaceva fare il fenomeno. E attraverso quel suo gioco idiota voleva che Rosa capisse quanto fosse stato furbo nello scegliere quella casa. A costo di sembrare pazzo, Giaconia era convinto che quell'appartamento, in fondo, fosse il posto più sicuro in cui nascondersi. La polizia lo cercava dappertutto. Ma neanche al più scafato investigatore poteva venire in mente che uno dei più feroci Corleonesi a piede libero, il killer prediletto da Gaspare Occhiuzzo, si nascondesse proprio lì, a pochi metri in linea d'aria dal giudice Salemi, di fronte a un palazzo che era sorvegliato notte e giorno da una camionetta dei carabinieri e da due guardie armate.

A Rosa non fregava niente di quella casa. La odiava. Anzi, odiava tutte le case in cui il marito la obbligava a vivere da sola.

Aveva voglia di uscire.

Si sentiva soffocare tra quelle mura.

Basta, non ce la faccio più!

Una di quelle mattine in cui Nino spiò il giudice alla finestra e inscenò il suo solito demenziale teatrino, Rosa tentò di convincerlo a portarla da qualche parte.

«Usciamo? Ho voglia di fare quattro passi.»

«No», rispose lui vago, «adesso devo andare, ho da fare, mi aspettano, però stasera ti porto a cena fuori, amore. Giuro!» disse con una mano sul cuore. «Fatti bella che vengo a prenderti alle otto.»

Rosa passò tutta la giornata a pensare quale vestito mettersi, come se l'appuntamento col mondo esterno fosse quello con un principe galante.

Alla fine scelse un tailleur blu, si truccò, cercò la borsa e le scarpe giuste, si mise una collana di perle, si truccò con cura e si spruzzò sul collo due gocce di *Poison*. Andava pazza per creme e profumi. Quelli il marito non glieli faceva mancare mai.

Era già pronta alle sei, con due ore di anticipo.

Restò così, immobile e bellissima, ad aspettare Nino per tutta la sera, seduta sul divano del salotto.

Il marito non arrivò, né alle otto, né alle dieci né alle undici.

A mezzanotte le telefonò.

Disse che aveva avuto un problema, un imprevisto, e non sarebbe rincasato prima dell'alba.

«Vai a dormire, ci vediamo domani.»

Non le chiese neanche scusa.

Rosa lo rivide tre giorni dopo.

Per evitare che la moglie gli tenesse troppo a lungo il muso, Nino le portò due borse piene di regali costosi, pellicce, scarpe firmate, gioielli d'oro. Credeva di barattare con quelle cose le sue assenze passate, ma pensava di usarle anche come acconto per quelle future.

Tra i tanti doni c'era pure un servizio di posate d'oro di Cartier, su cui aveva fatto imprimere in rilievo le loro iniziali: N & R.

Nino voleva che la moglie le usasse tutti i giorni.

«Sei una regina, solo l'oro deve toccare la tua bocca», la magnificava.

Lei non le sfiorò neppure.

Neanche una volta.

E continuò a usare le stesse forchette, gli stessi coltelli e gli stessi cucchiai di sempre. Lo faceva per comodità, ma anche per non dargliela vinta.

Il massimo che Giaconia si inventò per farsi perdonare fu di organizzare una cena a casa, sulla terrazza da cui dominava le guglie della cattedrale e i tetti dei palazzi del centro storico di Palermo.

Comprò una gigantesca spigola e la cucinò al vapore. Apparecchiò la tavola, accese le candele e invitò la moglie ad accomodarsi.

«Amore, hai visto? Ti ho portato fuori», scherzò quando lei si mise seduta.

Poi cominciò a mangiare e a ridere di gusto.

Aveva voluto fare una battuta.

Ma Rosa non gradì, fece gli occhi cattivi.

Gli buttò il tovagliolo in faccia e si alzò da tavola.

«Vai al diavolo, Nino!»

Andò a chiudersi in camera da letto e lo lasciò cenare da solo.

Dal giorno dopo cominciò a uscire di nascosto, tutte le volte che ne aveva voglia, tutte le volte che Nino preferiva il suo lavoro a lei.

Senza dirglielo, di mattina e di sera sgattaiolava fuori di casa I primi tempi andava a piedi, faceva un giro dell'isolato e tornava indietro, come se avesse paura di perdere la strada. Poi cominciò a usare la macchina, la Y10 del marito che lui non usava mai, perché ne aveva un'altra più grande con l'autista, un certo Tony, che lo portava sempre dappertutto.

Di solito Rosa scendeva fino a Mondello e risaliva in città.

Prendeva la strada che costeggiava Monte Pellegrino, quella che passava dall'Addaura, per rivedere i posti in cui era vissuta da bambina.

Si fermava per ore a guardare il mare e ne aspirava l'odore. Poi faceva rotta verso il centro di Palermo. Spiava le coppiette all'uscita dei cinema, i ragazzi che facevano baldoria a piazza Unità D'Italia, le commesse dei negozi del centro che dispensavano sorrisi a ogni cliente che entrava. Le invidiava, invidiava la loro piccola vita, il loro tempo pieno di niente.

Un giorno un ragazzo le si avvicinò, per chiederle da che parte fosse piazza Politeama.

«Di là, sempre dritto», indicò Rosa puntando il dito verso via Libertà.

«Grazie.»

«Di nulla.»

Si voltò senza guardare, immersa com'era nei suoi pensieri, e riprese la sua passeggiata. Un ciclista su una mountain bike, che arrivava in velocità sul marciapiede, tentò di scansarla, frenò, ma non riuscì a evitare che una ruota le passasse sul piede destro.

«Ahi!»

Rosa sentì un dolore lancinante e cadde sul selciato, ma aveva così paura della reazione di Nino, se si fosse accorto delle sue uscite di nascosto, che pensò subito di non dare peso all'incidente. Niente doveva saltar fuori, altrimenti…

«Tutto bene?» le domandò il ciclista, dopo aver mollato la bici per terra. Indossava un completino aderente che gli metteva in risalto un fisico asciutto e muscoloso. Si tolse il caschetto e gli occhiali da sole a mascherina. Era abbronzato, aveva gli occhi verdi, i capelli castani. Prese la mano di Rosa e gliela strinse. Lei sentì un brivido corrergli lungo la schiena.

«Signora, vuole che chiami un'ambulanza?»

«No, grazie», rispose sbrigativa lei senza riuscire a distogliere lo sguardo da quegli occhi. «È tutto a posto, davvero!»

Mollò la mano del tizio, si rimise in piedi e sparì dietro un angolo. Zoppicava, ma la sensazione che le aveva dato quel ragazzo sfiorandola appena l'aveva colpita a fondo.

Forse era un uomo, un altro uomo, la soluzione ai suoi problemi, qualcuno che la facesse sentire amata, desiderata, completa. Nino non l'attraeva più, ma l'alternativa era farsi un amante, costruirsi un mondo parallelo. La voglia forse no, ma a Rosa certamente mancava il coraggio di farlo.

Cercò di non pensarci.

Entrò in una cabina telefonica e chiamò la sua amica Clara. Il numero se lo ricordava a memoria.

«Ciao, sono io, è ora che ti offra quel gelato.»

«Rosa, che piacere!»

Si erano viste poco in tutti quegli anni, ma erano rimaste sempre in contatto. Rosa le telefonava di tanto in tanto, ma poi, ogni volta che si ripromettevano di vedersi, l'incontro puntualmente saltava.

Clara non stava nella pelle. L'entusiasmo nella voce dell'amica riempì a Rosa il cuore di gioia.

«Dimmi dove sei che ti raggiungo subito!» la incalzò l'altra.

Rosa aveva bisogno di sentire accanto una persona che la potesse capire e che le voleva bene. La incontrò alla gelateria del Foro Italico, davanti al lungomare di via Messina Marine. Clara aveva un caschetto di capelli biondi che incorniciavano un visino ovale. Era bassina e di corporatura esile, con la pelle chiara spruzzata di lentiggini. Era timida e parlava a voce bassa. Da anni era fidanzata con un ragazzo che per cinque giorni alla settimana lavorava a Pisa, dove faceva il ricercatore per una casa farmaceutica. Vivevano insieme quando lui era a Palermo, si volevano sposare, ma finché lei non avesse trovato un impiego, possibilmente in Toscana, era meglio rimandare.

La gelateria era un buco, ma disponeva di un grande spazio all'aperto dove i tavolini erano circondati da un giardino di felci e ibiscus.

Rosa aspettava Clara seduta in un angolo. Sorseggiava un

bicchiere d'acqua. Era irriconoscibile. Aveva una giacca di jeans, un cappellino in testa e lo sguardo nascosto da un paio di occhiali da sole neri. Aveva un aspetto orribile. Era senza trucco, sembrava sciupata, dimagrita, l'ombra di se stessa.

«Rosa, ma che ti è successo?»

Poco ci mancava che Clara neanche la riconoscesse.

Rosa si buttò tra le braccia dell'amica e la strinse forte.

«Sto bene, non preoccuparti», le sussurrò in un orecchio, «sono felice di vederti.»

Si vergognava di dire la verità, dirle che era una donna sola e infelice.

Non voglio che soffra per me.

Un cameriere arrivò a prendere l'ordinazione.

«Cosa vi posso portare?»

Per liquidarlo in fretta, Rosa rispose per tutt'e due.

«Due coni alla fragola, grazie.»

Clara cercò lo sguardo dell'amica, le sfilò gli occhiali e le prese una mano.

«Rosa, sei sicura che è tutto a posto? Non mi piace la tua faccia. Dimmi la verità. È per colpa di Nino che sei ridotta così?»

Lei cercò di minimizzare, però la sua voce tremava.

«Ma sì, lo sai come sono i rapporti di coppia, alti e bassi. Si litiga, si discute, si fanno due vite diverse, ma poi alla fine ci si vuole comunque bene...»

Clara l'ascoltava con attenzione. Capiva che Rosa era imbarazzata e cercò di correrle in soccorso.

«Tu devi cercare di farti la tua vita, Rosa. Non puoi andare avanti così, non puoi vivere con uomo come quello. Lascialo, se sei infelice.»

Le accarezzò il viso e le fece una proposta.

«Senti, ma perché non vieni per un po' di tempo da me, come ai vecchi tempi, che dici? Il mio fidanzato non c'è, stiamo da sole e non ci disturba nessuno.»

Rosa la zittì con una rivelazione inaspettata.

«Credimi Clara, mi piacerebbe, sul serio... ma sono incinta, aspetto un bambino. E sono sicura che con la nascita di un figlio tutti i miei problemi con Nino si risolveranno.»

La sua amica rimase senza parole.

Era incinta, Rosa, e la testa ora l'aveva a lui. Al soffio di vita che si portava dentro. Era quasi alla sesta settimana di gravidanza e diventare madre era l'unica cosa per cui le pareva valesse la pena di restare ancora in quella casa. Non era solo egoismo o, più meschinamente, la paura di restare sola a farle desiderare tremendamente quel figlio. Ciò che più la tormentava era la prospettiva di non trovare una memoria dentro la quale sopravvivere. La sua, in fondo, era la storia di una donna che aveva congelato i ricordi, aveva perso il senso del tempo e delle cose intorno. Un bambino forse l'avrebbe distolta da quei pensieri di cera, l'avrebbe riportata al mondo, quello fatto di suoni, di emozioni, di speranze, tutta roba che Rosa cominciava a non provare, a non sentire più da mesi, meglio, anni.

Com'è arrivato questo dono di Dio? Quand'è che lo abbiamo concepito?

Erano domande che si accavallavano nella sua testa e ne generavano tante altre.

Che era incinta se n'era accorta per caso.

Non le veniva il ciclo, così era entrata in una farmacia e senza crederci troppo aveva acquistato un test.

Sicura che avrebbe dato esito negativo.

Invece no, ne aveva fatti due ed entrambi avevano dato lo stesso risultato. Ancora non riusciva a credere che sarebbe diventata madre. Proprio adesso che non ci pensava più.

In fondo non c'era mai stata vera passione tra lei e Nino.

Il sesso tra loro era del tipo senza desiderio, senza fantasia. Quel genere di sesso che l'affetto e la routine trasformano negli anni in una tassa che fa venire l'ansia ogni volta che arriva il giorno di pagarla.

Il letto dei Giaconia era il terreno di scontro tra due ossessioni in conflitto: quella di Nino per i suoi traffici e quella di Rosa per la libertà. Due esigenze che restavano confinate nei loro spazi, ai rispettivi angoli, senza trovare mai una terra di mezzo nella quale convivere.

Rosa sapeva che il marito la tradiva sistematicamente. Certe sere tornava a casa con addosso il sentore di un profumo dozzinale o con i brillantini sulla faccia o appiccicati alla giacca. Lei sapeva, ma preferiva far finta di niente e soffrire in silenzio.

Nino d'altra parte la venerava come una madonnina. A volte aveva perfino timore di toccarla.

Quando si sentiva stanco o aveva voglia di una sveltina senza impegni, andava al *Blue Angel*, un locale dove lavoravano spogliarelliste provenienti dall'Europa dell'Est. Erano tutte belle e disponibili. Il proprietario del locale gliele metteva sempre a disposizione. Sapeva che Giaconia era uno che pagava bene e che era meglio avere amico.

Tutto dipendeva da lui, dal suo tempo.

Se Nino aveva fretta, sceglieva una ragazza e si faceva fare un pompino nel bagno degli uomini o in macchina, nel parcheggio sul retro del night. Altre volte – quando voleva fare le cose con calma – si portava la troia in un albergo di periferia e si levava ogni capriccio. Sapeva che a quella poteva chiedere tutto, tutto ciò che sotto le lenzuola non avrebbe potuto o saputo chiedere alla moglie.

«Davvero non sei arrabbiato?» si stupì Rosa quando gli annunciò la gravidanza.

«Ma che dici, amore? È meraviglioso, sono felicissimo!»

Nino la notizia che sarebbe diventato padre la prese inaspettatamente bene. La cosa sorprese Rosa non poco. Al momento di dirglielo, lei aveva messo in conto una sua crisi isterica. Per anni Giaconia era stato contrario all'idea di allargare la famiglia. Figli, ciucci e pannolini in mezzo ai piedi non ne voleva.

La moglie invece no.

Nei suoi sogni fatati di adolescente voleva una casa invasa dai marmocchi. Fosse dipeso da lei, un bambino lo avrebbe fatto subito dopo il matrimonio, quand'era più giovane e forse anche più incosciente.

Ma Nino aveva sempre frenato.

«È presto, Giò, divertiamoci per adesso», le ripeteva. «...E poi un bambino deve vivere libero e felice.»

Le diceva così sapendo che loro due non sarebbero stati mai né l'uno né l'altro.

Non se ne doveva parlare di figli.

Manco per scherzo.

Ora, superati i quarant'anni, Giaconia sembrava averci ripensato.

Ma perché? Perché l'ultima volta che avevano fatto l'amore era rimasto aggrappato al ventre della moglie più del solito? Cosa lo aveva spinto a volere un figlio dopo che lei aveva smesso di chiederglielo?

Ma sì, certo, ho capito cos'ha in mente! rifletteva Rosa.

Ne era sicura: Nino lo aveva fatto per evitare che lei si stancasse di quella vita, che lo abbandonasse alla sua sorte. Giaconia, con tutto il cinismo e la presunzione di vivere anche la vita degli altri, aveva capito – forse sperato in cuor suo – che la moglie, con un figlio a cui badare, non l'avrebbe mai più lasciato.

La solitudine non le sarebbe più pesata e lui si sarebbe potuto dedicare a se stesso e a Cosa Nostra, anima e corpo.

Che povero illuso che sei!

Rosa non amava più suo marito. Forse non lo aveva mai amato. Ora che era incinta però lo voleva questo figlio, con tutte le sue forze. Doveva farsi piacere il matrimonio, almeno fino al termine della gravidanza. Lo prese come una missione e fece un fioretto, un patto tacito con Dio: se il piccolo fosse nato sano giurò a se stessa che lo avrebbe cresciuto come un bambino normale, senza i suoi patimenti, senza l'angoscia di doversi sempre nascondere. Al contrario di lei, suo figlio sarebbe vissuto libero, alla luce del sole.

Una volta nato lo avrebbe portato via.

Lontano da qui, lontano da tutto questo schifo!

Nino però non lo doveva sapere, non doveva sospettare nulla, altrimenti avrebbe fatto di tutto per fermarla. Anzi, se avesse minimamente subodorato che nella testa di sua moglie frullava quest'idea malsana, era capace di fare una follia, forse persino di ammazzare entrambi, lei e il bambino.

Fingi che sei felice, non fargli capire niente.

Rosa cominciò a riempire la casa di giocattoli, di passeggini, di girelli, pannolini e scalda biberon, tutti oggetti che servivano a colorare di speranza e di tenerezza quell'attesa.

Era presto per conoscere il sesso di suo figlio, ma lei era fatta così, al pensiero di sapere non ci dormiva la notte. Se l'ecografia non poteva ancora rivelarle nulla, forse un modo per rispondere alla sua curiosità c'era.

Aveva sentito che a via Sant'Agostino, dalle parti di via Maqeda, abitava una vecchia levatrice conosciuta col nome di «Madre Santa». Era una specie di oracolo pagano. Nei rioni e nei vecchi quartieri di Palermo aveva fama di quella che raramente sbagliava una previsione. Aveva un metodo tutto suo per dare alle donne ansiose come Rosa le risposte che cercavano. Si faceva portare un po' della loro urina, la versava in un bicchiere, ci metteva dentro una gemma di grano e aspettava. Se il seme germogliava, il bambino era maschio, se la gemma restava tale e quale era femmina.

«Sono vecchie credenze popolari», l'avvisò suo marito. «Non sprecare tempo con queste minchiate!»

«Che ho da perdere ad andare da lei? Niente!» obiettò Rosa scrollando le spalle. «Male che vada mi sarò fatta una passeggiata. E tu me la permetti, in questo caso?»

Nino non ebbe la faccia di proibirgliela.

Andò a trovare la Madre Santa e aspettò la conclusione del rito. Il suo chicco, a differenza di quelli delle altre donne, si comportò diversamente.

Non si aprì né rimase intatto.

Diventò stranamente nero, nero come un grumo di catrame. Era la prima volta che succedeva e doveva essere un brutto segno, perché la Madre Santa, alla sola vista di quel seme bruciato, iniziò ad agitarsi, a stare male e a sbraitare.

Pensò che Rosa fosse una specie di demonio, uno spirito maligno venuto a ucciderla. Si mise a urlare, a dare calci alle sedie finché quella donna non uscì da casa sua e si allontanò. Rosa, sconvolta, lo prese come un cattivo presagio.

Prima di tornare a casa passò dalla chiesa della Madonna delle Anime Decollate, affidò alla Vergine le sue preghiere, poi risalì in macchina e proseguì verso il Papireto.

Ora aveva paura, paura di perdere tutto, il bambino, la sua vita lontano da lì, i suoi progetti futuri.

Tornò a casa, si sdraiò sul letto e non si alzò per dieci giorni.

Un paio di settimane dopo, era notte, Rosa si svegliò di soprassalto.

Stava male, le veniva da vomitare.

Aveva dolori lancinanti al basso ventre e si sentiva la pancia svuotata, come se qualcuno dall'interno gliela stesse voracemente rosicchiando. In certi momenti aveva fitte che la trafiggevano come punte acuminate e la piegavano in due dal dolore. Per un po' restò sul letto, al buio.

Sperava che gli spasmi si placassero, ma sulle gambe sentiva una sensazione di freddo, di bagnato.

Accese la luce di un abat-jour.

Si accorse che le lenzuola erano intrise di sangue.

«No, ti prego, nooooooo!»

Le sue grida squassarono come un tuono il silenzio della casa.

Nino, che dormiva profondamente, si alzò di scatto, impugnò la pistola che teneva sempre sotto il cuscino e senza guardare mirò davanti a lui, verso un punto imprecisato del corridoio.

Credeva che ci fosse un ladro, che Rosa l'avesse visto e si fosse spaventata.

La faccia della moglie era una maschera deforme, un concentrato di dolore. Gridava così forte che rischiava di svegliare tutto il condominio.

Nino non sapeva più che fare per calmarla.

«Ssst!» continuava a ripeterle con l'indice davanti alla bocca.

A un certo punto l'abbracciò.

Rosa si scansò, si tirò in piedi e poi, come raggiunta da un'illuminazione, si calmò. Un pensiero doveva aver allentato per un attimo la morsa che le stringeva le viscere e lei lo aveva seguito, per vedere dove la portava.

Andò in bagno, si fece una doccia, tornò indietro.

Senza neanche guardare il marito, si distese nuovamente sul letto, spense l'abat-jour e chiuse gli occhi. Era come stretta tra le unghie di un incubo. Cercava solo di scrollarsele di dosso.

Tremava come una foglia.

Toccò con una mano le lenzuola, sentì ancora quella sensazione di bagnato.

Il suo sogno era reale.

Quel sangue non se n'era andato.

Se lo sentiva ancora lì, caldo, appiccicoso, in mezzo alle gambe.

L'ho perso, pensò sconvolta, *sento che l'ho perso.*

Accese di nuovo la luce.

«Nino, ti prego, dimmi che è tutto a posto!»

«Certo amore, certo...»

Nino aveva rimesso la pistola sotto il cuscino.

Non sapeva cosa fare, e l'abbracciò di nuovo.

«Giò, calmati, stai tranquilla», le sussurrava, «vedrai che non è niente.»

Lo ripeteva ogni due secondi, come un disco rotto.

Lo diceva perché lo doveva dire, forse lo diceva più a se stesso che a Rosa, ma neanche ci credeva.

Per calmare la moglie si sforzò di avere un tono morbido,

confortante. Ma per quanto si impegnasse, gli usciva una voce esitante, un falsetto che sfornava parole confuse, smozzicate, senza un senso.

«Portami da un medico», sbottò la moglie a un certo punto, «non stare lì impalato, lo sento, abbiamo perso il bambino!»

Ricominciò a strillare come una pazza.

Nino, preso dal panico, le tappò la bocca con la mano.

Temeva che la sentissero i vicini, che i vicini chiamassero la polizia, che la polizia venisse a prenderlo.

La fece sdraiare e buttò un occhio verso la macchia di sangue sulle lenzuola. Si era allargata ancora di più. O almeno così gli sembrò.

Si sforzò di pensare.

Doveva trovare una soluzione, alla svelta.

Non poteva portare Rosa in ospedale, era troppo rischioso. I giornali pubblicavano di continuo le sue foto segnaletiche, un medico lo poteva riconoscere e avvisare la polizia. Già lo vedeva il film del suo arresto, sarebbe finito in galera nel giro di un minuto, come il più cretino degli uomini, come un volgare ladro di polli.

No, un altro modo per uscire da questo casino deve pur esserci.

Andò in salone, accese il cellulare e fece il numero di Tony Melluso, l'uomo d'onore di corso dei Mille che gli faceva da autista e da factotum. Un soldato fedele, nel cui cuore la paura e la reverenza verso il suo capo avevano sempre prevalso su qualunque ambizione.

«Parrino che è successo?»

L'autista rispose tutto trafelato, con la voce ancora impastata di sonno.

«Mi devi aiutare, mia moglie sta male.»

«Che ha?»

«Perde sangue, ci serve un dottore.»

«Uno qualsiasi?»

«No, uno per le cose di femmine.»

Giaconia voleva dire «un ginecologo», la parola l'aveva sulla punta della lingua, ma l'ansia e il fastidio per quell'incidente capitato tra capo e collo erano tali che non gli veniva fuori.

«Non si preoccupi», lo tranquillizzò Tony che per rispetto gli dava sempre del lei. «Ci penso io.»

Tony aveva un cugino ginecologo, un «picciotto» di trent'anni che si era laureato da poco.

Aveva aperto di recente un piccolo ambulatorio e gli aveva chiesto di aiutarlo – *tu che conosci gente importante* – a trovare nuovi clienti per fare pratica.

Si chiamava Pasquale, ma tutti lo avevano soprannominato «il dottoricchio», perché era giovane e alle prime armi.

Tony lo chiamò e gli disse di preparare subito lo studio.

«Dai forza, muoviti, sbrigati!»

Il cugino era intontito dal sonno. Vero che era ambizioso, ma non al punto da precipitarsi fuori nel cuore della notte. Parlava al telefono con un occhio aperto e uno chiuso e rispose a Tony di richiamarlo l'indomani.

«Sono a studio alle sette, ciao.»

«Guarda che non hai capito, Pasquà, devi uscire subito», lo strigliò Melluso. E per rendere meglio il concetto cercò di chiarirgli la situazione.

«La paziente è una persona importante.»

«Chi è?» lo interrogò sempre più svogliato suo cugino.

«Una che devi trattare come se fosse tua madre.»

Tony non gli diede neanche il tempo di ribattere, riattaccò e uscì di casa.

Pasquale dal letto si trascinò fino alla cucina. Si preparò un caffè, si vestì e discese in strada. In sella alla vecchia Vespa «special» grigia che teneva sotto casa andò ad aprire l'ambulatorio.

Lo studio si trovava a Brancaccio, dietro l'argenteria *Di Cristofalo*.

Tony intanto aveva richiamato Giaconia per dettargli l'indirizzo.

«Via del Cigno 11. Ci vediamo lì, mi faccio trovare davanti allo studio...»

Nino chiuse il telefono e corse da Rosa.

«Amore, ho trovato il dottore, dai, andiamo!»

La fece vestire, la caricò in macchina, poi partì come un razzo alla volta di Brancaccio. Salì da corso Calatafimi, imboccò via Regione Siciliana e dopo pochi minuti sbucò dietro via Villagrazia, a pochi metri dallo studio di Pasquale.

Tony lo aspettava in strada.

«Eccomi, parrino, tutto a posto?»

Con la solita ruffianeria che mostrava verso il suo capo, Melluso aprì la portiera della macchina dal lato del passeggero. Voleva aiutare la moglie del boss a entrare nello studio del dottore, ma Giaconia, risentito, lo bloccò, allontanandolo in malo modo.

«Tu vai dentro, a lei ci penso io!»

Nino entrò nell'ambulatorio con la sua donna in braccio. Era agitato, aveva il fiato corto. Rosa non voleva camminare per evitare di complicare le cose, perché si era resa conto di avere un'emorragia interna. Teneva un braccio intorno al collo del marito e con una mano si copriva la faccia tumefatta per le lacrime.

Nino l'adagiò sul lettino con dolcezza, come se stesse maneggiando un vaso di cristallo. Squadrò il medico con uno sguardo truce e si mise a studiarlo.

Voleva sincerarsi che fosse brutto, pulito e che portasse i guanti. Aveva tutti e tre i requisiti.

Il «dottoricchio» sudava freddo, era morto di paura. Pensò che fosse meglio non guardarla in faccia quella donna, tantomeno chi l'accompagnava. Ma per un attimo con la coda dell'occhio la vide e le sembrò bellissima anche in quelle condizioni. *Assomiglia a Maria Callas*, pensò.

Aveva gli stessi capelli neri, lo stesso collo allungato, lo stesso naso aquilino, lo stesso sguardo appuntito e magnetico. A occhio e croce doveva avere trentacinque, al massimo trentasei anni.

Pasquale aveva capito che si trattava della moglie di un latitante, da voci di quartiere aveva saputo che il cugino frequentava brutti giri. Quella visita lo terrorizzava, ma nella speranza di cavarsela mostrandosi efficiente e zelante, si fece trovare già pronto, con la macchina per l'ecografia accesa e la sonda in mano.

A Nino non disse neanche buongiorno e buonasera.

Il sudore gli colava dalla fronte, e aumentava il nervosismo. Il «dottoricchio» non aveva mai brillato per coraggio, per questo aveva scelto di fare il ginecologo. Perché avrebbe avuto sempre a che fare con le donne. E lui era un amico delle donne, uno che ci parlava, che sapeva sempre come prenderle.

Ora però se la stava facendo addosso. Di brutto.

Chiese il permesso di andare un attimo in bagno, ma Giaconia gli rispose «no», un no secco, perentorio. Così Pasquale dovette sforzarsi allo spasimo per non farsi scoppiare la vescica, e visitare «la signora», come quei due si aspettavano che facesse.

Rosa era rigida come un manichino.

Dentro di lei pregava tutti i santi del paradiso perché il medico non le dicesse quello che già immaginava. Sapeva benissimo che il feto se n'era andato, se lo sentiva, ma per la prima volta in vita sua dopo un brutto presentimento, implorò la Madonna perché la smentisse.

Nino aveva già la sua diagnosi in testa.

Continuava a ripetere che «erano tutte minchiate», preoccupazioni inutili. Insisteva perché Pasquale si sbrigasse a visitare la moglie e li rimandasse tutti a casa.

Non si sentiva tranquillo, non gli piaceva quel posto.

Gli metteva una strana ansia addosso.

«Giò, hai visto? Non hai niente», continuava a ripetere alla moglie. «Avanti, glielo dica anche lei, dottore!»

Il «dottoricchio» non volle contraddirlo.

Si guardò bene dal dire no, ma non disse neanche sì.

Abbozzò un sorriso tirato e spalmò sulla pancia di Rosa uno strano liquido gelatinoso.

Era spaventato, ma abbastanza lucido da intuire che qualsiasi cosa avesse Rosa doveva essere per forza qualcosa di serio.

«Mi dia ancora un attimo», disse rivolto a Nino.

Fece un bel respiro.

Come prima cosa ripulì la paziente di tutto il sangue che c'era dentro la vagina, poi cominciò a visitarla, prima manualmente, poi con l'aiuto dell'ecografo.

Rosa sapeva che solitamente quando c'è il feto c'è anche il battito cardiaco

Non si sente niente, dannazione!

La sonda girò a vuoto su quella pancia, disegnò decine di cerchi, ma da quel maledetto apparecchio per due interminabili minuti non uscì un suono che fosse uno.

Il cuore del feto aveva smesso di battere. Rosa aspettò ancora, dentro le viveva un'ultima speranza. Si mise a contare.

Uno, due, tre...

La sonda ripartì.

Rosa contò fino a venti, ma non accadde nulla. E quando il ginecologo posò lo strumento, si voltò verso Nino e fece no con la testa, capì che era finita.

Si mise a gridare di nuovo, a lamentarsi come una bestia ferita. Ebbe un'altra crisi e cominciò a graffiarsi sul collo, supplicando il marito perché facesse qualcosa e le restituisse quello che la natura le aveva tolto.

«Tu puoi avere tutto, tu puoi fare tutto», gli urlò fuori di sé. «E allora forza, riporta in vita mio figlio!»

Piangeva.

Delirava.

Le ricominciarono i dolori, che in breve diventarono fortissimi, insopportabili.

Il «dottoricchio», per farla calmare, le iniettò mezza fiala di un potente analgesico.

Giaconia chiuse gli occhi e buttò la testa all'indietro.

Ora per il medico veniva la parte più difficile.

Bisognava fare il raschiamento: il feto era morto e la pancia andava ripulita. Altrimenti la signora rischiava la setticemia. Oltretutto c'era pure un'emorragia in corso.

Bisognava operarla subito.

«Lei lo può fare questo intervento, vero?» ansimava Nino con l'aria di chi non è abituato a sentirsi dire di no.

«Veramente io… non l'ho mai fatto», farfugliò il giovane medico, «e poi qui mi manca tutto, i ferri, l'anestesia. Bisogna portarla in ospedale!»

«Niente ospedale, devi farlo tu, adesso! Mi sono spiegato?!»

In un attimo Giaconia era passato dal lei al tu.

Abbandonò la moglie sul lettino e con una mano afferrò la gola di Pasquale, lo sollevò a pochi centimetri da terra e iniziò a stringere come se avesse un'enorme tenaglia tra le dita.

Tony glielo tolse dalle mani prima che lo uccidesse.

«Va bene», si arrese il povero dottore tutto paonazzo.

Riempì di nuovo i polmoni d'aria e si fece coraggio.

Il «dottoricchio» non aveva mai praticato un intervento di quel tipo. Però era abbastanza furbo da intuire che se si fosse rifiutato sarebbe morto prima dell'alba.

Non aveva scelta.

Gli conveniva fare quel lavoro e possibilmente farlo bene. Era l'unico modo per rimanere vivo. Ormai in questa storia c'era dentro fino al collo. Maledisse il momento in cui aveva risposto alla chiamata del cugino. Prese un'agenda dalla tasca e compose un numero: quello di un altro ginecologo, uno più esperto.

Era un suo vecchio compagno di corso, uno con cui usciva la sera e che questo tipo di interventi lo faceva tutti i giorni.

Il collega doveva essere di turno all'ospedale, al Civico.

Il telefono squillò più volte, poi finalmente si sentì rispondere.

«Ho bisogno di te. Sei di guardia? …Va bene, arrivo!»

Giaconia e Melluso lo guardavano. Era come se pendessero dalle sue labbra.

In fretta decisero il da farsi: Nino rimase lì in ambulatorio, accanto a Rosa. Pasquale, scortato da Tony, prese la Vespa e andò dall'amico, al Pronto Soccorso.

Era tardi e, per fortuna, in ospedale non c'erano emergenze.

Pasquale spiegò al suo collega il caso che aveva per le mani e quello concordò con la sua diagnosi.

«Bisogna operarla, non la puoi portare qui?»

«No, non posso.»

Pasquale all'amico non poté dire di più. Gli chiese solo di aiutarlo.

«Per piacere, dimmi bene come fare l'intervento.»

Il «dottoricchio» si ricordava di aver studiato quell'operazione sui libri, ma si sa come funziona, una cosa è la teoria, un'altra è la pratica, il dover rischiare in proprio.

Dopo aver ascoltato le istruzioni del collega, si fece prestare gli strumenti adatti – valve vaginali, pinze da presa, courette, dilatatori di Hegar e anestetico. L'amico gli diede anche un liquido bianco che sembrava latte.

«Stai attento a non fargliene troppo, se no smette di respirare!»

Pasquale annuì, lo ringraziò, tornò in ambulatorio e alle tre della mattina, con la paura che gli azzannava il cuore, si avventurò nell'impresa.

L'intervento durò un'ora, ma a lui sembrò fosse durato due giorni.

Rosa si svegliò poco dopo, cosciente ma ancora intontita per gli effetti dell'anestesia.

Aprì gli occhi.

Cercò Nino.

Con la testa era già alla gravidanza successiva.

Era debole, ma il cervello le funzionava.

Fece due calcoli a mente.

Se rimango incinta di nuovo in autunno, potrei avere il bambino per l'estate prossima.

Il marito le stringeva la mano.

«Come stai, Giò?»

«Nino», lo supplicò lei, «prometti che ne facciamo presto un altro, appena si può.»

Voleva essere rassicurata. Il marito sorrise e la fissò senza dire niente con quei suoi occhi immobili, inespressivi, da animale travestito da uomo.

Giaconia era abituato a fare promesse che poi non manteneva. Mentire gli veniva facile quasi quanto sparare. Ma questa volta era diverso, non sapeva proprio cosa inventarsi.

Rosa lo guardò bene.

E glielo lesse negli occhi: capì che un altro bambino non lo avrebbe avuto, che non sarebbe arrivato né la prossima estate né quella dopo ancora. Nino stavolta non poteva farci niente, né poteva rifilarle una delle sue solite bugie. Suo marito per la prima volta era rimasto senza parole, seppellito dal peso della tragedia che avrebbe dovuto rivelarle.

«Dov'è il medico?»

Rosa era terrorizzata, cercava con gli occhi il «dottoricchio». Si voltò verso destra e sulla parete di mattonelle verdi vide una chiazza di sangue.

La sua angoscia crebbe fino a scoppiarle in gola.

Guardò a terra.

Il cadavere di Pasquale era a pancia in giù, proprio accanto al suo letto.

Tony aveva messo in conto di aver perso il cugino nel momento stesso in cui erano entrati in quel maledetto ambulatorio. Si era perfino portato dietro una vecchia coperta per avvolgere il cadavere a lavoro finito. L'aveva infilata in macchina, nel portabagagli.

Sapeva di che pasta era fatto il suo capo. Se doveva uccidere o lasciarti vivo, nel dubbio ti uccideva. Non lasciava mai tracce dietro di sé, né testimoni scomodi.

Il «dottoricchio» era morto per salvare la vita di Rosa.

Giaconia aveva ucciso quel ragazzo senza riuscire a cogliere l'orgoglio che gli aveva acceso il volto, l'euforia che gli brillava come argento vivo negli occhi per essere riuscito a non fallire un'operazione che era delicata e clandestina. Il boss si era limitato ad aspettare che il giovane medico finisse il suo lavoro e gli restituisse sua moglie. Poi, al momento giusto, aveva tirato fuori la pistola dalla cintola e gli aveva conficcato due pallottole in testa.

Pum pum.

A sangue freddo.

Senza neanche dirgli grazie.

Rosa all'inizio non capì perché il marito avesse dovuto eliminare quel ragazzo. Lo realizzò solo dopo, quando Nino, con una voce bassa fino al sussurro, le disse la verità. Le raccontò tutto, che il ginecologo col «cucchiaio» aveva raschiato con troppa forza, aveva danneggiato «una cosa che si chiama endometrio», l'utero si era chiuso. Non avrebbero più potuto avere figli. Mai più.

Per questo, le spiegò, lo aveva dovuto uccidere. Perché li aveva condannati a rimanere soli, soli in eterno nell'inferno che era la loro vita.

Rosa si sentì morire.

Nino l'abbracciò, la lasciò piangere, poi le parlò col tono di chi vuole (deve!) accettare cristianamente il volere di Dio.

«Amore, si vede che non era destino», concluse fngendosi rassegnato.

Pensava, sperava che Rosa prima o poi se ne convincesse. Non aveva ancora capito che la moglie se n'era andata insieme a suo figlio, insieme al dottore, insieme a tutti quelli che crepano ogni giorno.

Era una di loro adesso, una morta.

«Cosa posso fare per te, amore, dimmelo e io lo faccio!»

Rosa lo fissava come se lui le stesse parlando da dietro un vetro, da un mondo lontano, da quell'abisso di desideri contrapposti che li aveva separati per anni.

Nino cercò di scuoterla ancora.

«Giò, mi senti, stai bene? Andiamo a casa, vita mia?»

Il suono di quelle parole le arrivò ovattato nelle orecchie, quasi provenisse dall'altra parte della strada.

Quale casa? Quale vita?

Rosa non credeva di avere più né l'una né l'altra e mentre lo pensava, continuava a toccarsi la pancia. Per anni era sopravvissuta alla messinscena del suo matrimonio alimentata da una sola certezza, la certezza di essere nata per fare la madre. Era ancora così, lei lo sapeva e nessuno in quella stanza, neanche Dio, ora, poteva convincerla del contrario.

6

Ciccio Di Maio era un uomo d'onore di Altofonte. Era figlio e nipote di un mafioso. Prima di essere rinchiuso all'Ucciardone, lavorava come autista per Gaspare Occhiuzzo. Dall'ultima volta che lo avevano arrestato si era fatto solo sei mesi di galera, niente per uno come lui, ma era stanco di stare dietro le sbarre. Non che il carcere non lo sopportasse, anzi. Era la sua seconda casa. Per anni era entrato e uscito di prigione e poi in ogni penitenziario aveva un sacco di amici.

Il punto era un altro.

Voleva rivedere suo figlio, stare un po' con lui, e l'unico modo era togliersi il dente più doloroso di tutti, diventare un pentito. Per usare il gergo delle borgate palermitane, Di Maio *cantò senza bastonate.*

Lo fece per Robertino, perché il suo sogno era portarlo con lui, toglierlo dalle sabbie mobili di una terra che prima o poi – ne era certo – lo avrebbe inghiottito e stritolato.

Ciccio era separato.

Con la moglie aveva ingaggiato una ingarbugliata guerra di carte bollate. In ballo c'era l'affidamento del figlio. E sperava che la sua collaborazione lo aiutasse ad avere qualche speranza in più di vincere quel braccio di ferro.

Chiese di parlare col giudice Salemi. Non la scelse a caso,

voleva affidarsi alla donna che stava più sui coglioni ai Corleonesi.

Le raccontò la storia e il ruolo di ogni singolo uomo che Occhiuzzo aveva reclutato per ricostruire il clan dei «viddani». Parlò dei soldati, i pesci piccoli, e poi passò ai favoreggiatori, ai colletti bianchi, ai politici e ai poliziotti collusi.

Il lavoro minuzioso che Occhiuzzo e Giaconia avevano fatto per rimettere in piedi un gruppo di mafiosi anonimi e affidabili andò perduto. La Salemi riempì centinaia di pagine di verbali. Nel giro di pochi mesi ci furono decine di arresti e di retate. Gli eredi di Riina non ricordavano nessun pentito che avesse seminato più danni di Di Maio.

Elvira all'inizio diffidava di Ciccio, lo guardava con sospetto. Era sempre un po' scettica verso i pentiti che sbocciavano nella serra dei Corleonesi. Nella sua carriera ne aveva smascherati almeno quattro di impostori e li aveva rispediti tutti al 41 bis. Erano pentiti di «laboratorio», istruiti a dovere e mandati in avanscoperta dallo stesso Occhiuzzo per gettare fumo negli occhi ai giudici nelle aule dei processi e seminare veleno.

Era un sistema che Cosa Nostra aveva collaudato con l'aiuto degli uomini d'onore rinchiusi nelle carceri. Lo scopo era neutralizzare lo strumento della collaborazione, creare un corto circuito nel sistema giustizia. Il ragionamento di Occhiuzzo si basava su un'equazione semplice: se tutti i pentiti dicono cose diverse, alla fine tutti i pentiti finiscono per non essere credibili.

Era una strategia che nella testa dei Corleonesi prima o poi avrebbe provocato il caos.

Di Maio fin dall'inizio aveva dimostrato alla Salemi di non essere un pentito qualunque. L'aveva portata nelle campagne di Lercara, facendole trovare trecentomila euro in contanti nascosti in un baule sotterrato ai piedi di un ulivo.

Erano parte di una tangente versata nelle casse dei Corleonesi da una multinazionale francese, che aveva aperto a Bagheria un gigantesco centro commerciale e prima di sbarcare a Palermo – come spesso succedeva – aveva dovuto pagare un dazio. Di Maio conosceva il posto in cui Occhiuzzo aveva nascosto quei soldi e ne aveva parlato subito al giudice, prima che i Corleonesi sapessero del suo pentimento e potessero spostare il baule.

«Di Maio, avanti così, stiamo lavorando bene», si era congratulata la dottoressa Salemi quando aveva capito che faceva sul serio, «adesso viene la parte più difficile.»

«Lo so, dottoressa, ma che devo fare? Ora che siamo in ballo dobbiamo ballare.»

Da lì a qualche settimana Di Maio avrebbe fatto la sua prima apparizione in aula nelle vesti di collaboratore. Avrebbe dovuto deporre come testimone al processo che vedeva Occhiuzzo accusato – insieme ad altri dieci uomini d'onore – dell'uccisione di tre agenti di custodia in servizio all'Ucciardone. Erano servitori dello Stato che si erano rifiutati di fare da «postini» per conto dei boss, portando messaggi da un'ala all'altra del carcere: un no che avevano pagato con la vita.

Ciccio Di Maio di quella storia sapeva tutto perché era uno dei killer. Sapeva chi aveva sparato con lui e chi aveva ordinato quei tre omicidi. Come minimo, Occhiuzzo rischiava un ergastolo, il terzo nella sua lunga carriera da boss latitante.

Giaconia se ne fotteva dei processi.

Quando spuntava un nuovo pentito e qualcuno dei suoi si preoccupava, ripeteva sempre lo stesso ritornello.

«Pazienza, non è che a ogni cane che passa gli possiamo tirare una pietra!»

Il cognato invece no.

A lui le condanne facevano venire l'acidità di stomaco, lo mettevano di cattivo umore almeno per una settimana.

«Bisogna fare cambiare testa a questo cornuto!» continuava a urlare con la bava alla bocca.

Era furioso. Pretendeva che Di Maio ritrattasse tutte le sue accuse, che si rimangiasse tutto, dalla prima all'ultima.

«Deve dire che è un mitomane, se no ci rovina!»

I suoi colonnelli erano tutti seduti attorno a un tavolo. Non volava una mosca. Occhiuzzo era così nervoso che gli tremavano le mani.

Giaconia provò a farlo ragionare.

«Gaspare, scusa, ma come facciamo a tappargli la bocca? Quello ormai sta cantando da mesi, sta facendo canto e controcanto, come fa di punto in bianco a rimangiarsi tutte cose?»

«Lo farà», ruggì suo cognato, «vedrai che lo farà!»

Restò zitto per qualche istante, poi – come folgorato da un'idea diabolica – gli brillarono gli occhi. Nella sua faccia si disegnò un ghigno sadico.

«Ha un figlio questo infame, vero?»

Nessuno confermò o smentì.

Non ce n'era bisogno.

Quella del capo dei Corleonesi era una domanda e allo stesso tempo una risposta.

Quel bambino esisteva, qualcuno se ne ricordava, ma nella testa di Occhiuzzo era già morto.

Occhiuzzo negli ultimi anni si era dato una calmata. Quando poteva, cercava di contenere la rabbia, ma la sua natura era rimasta la stessa: quella di un uomo rozzo, violento e vendicativo. Non era mai stato uno con cui si poteva ragionare. Fino a qualche tempo prima, chiunque rappresentasse un problema lo faceva accoppare senza stare troppo a discutere, né a cercare di far cambiare la testa alle persone che invece di essere tonde gli sembravano quadrate.

Li avvisava una prima volta, poi una seconda, la terza neanche si scomodava, gli faceva sparare da qualcuno dei suoi tirapiedi e guariva dalla malattia.

Ma quelle erano altre storie, altri tempi appunto.

Ora era diverso.

Stavano attraversando una fase critica, in cui per amministrare Cosa Nostra ci volevano silenzio, astuzia, pazienza. Bisognava muoversi con i piedi di piombo, mantenere un profilo basso. Non una goccia di sangue era stata versata a Palermo negli ultimi due anni. Tutti i boss, anche i più incalliti, avevano fatto di necessità virtù. Si erano sforzati di sparire e creare meno rumore possibile. E lo stesso aveva dovuto fare Occhiuzzo. Era diventato un uomo invisibile. Ma quel Di Maio era una spina conficcata in un fianco, lui non lo sopportava proprio. Pur di toglierlo di mezzo era disposto a fottersene della diplomazia e a rispolverare i vecchi sistemi.

«Il piombo, solo il piombo ci vuole per questi infami senza riconoscenza!» si sfogava dando pugni sul tavolo.

Di solito, quando c'erano questioni importanti da discutere, Occhiuzzo convocava i suoi «picciotti» in un'anonima autoscuola tra piazza Noce e la rotonda di via Leonardo da Vinci. L'autoscuola era un'attività di copertura che aveva intestato a due pensionati di Misilmeri, gente pulita, ma di fatto sua. Tutto apparentemente era in regola e con tanto di permessi e di licenze rilasciati dalle autorità competenti. Ma più che a fare soldi, quel posto serviva da paravento all'ufficio segreto del capo dei Corleonesi. Era il quartier generale di tutti i suoi affari, dalla gestione degli appalti alla contabilità dei fondi che arrivavano dalle estorsioni. Una centrale della paura dove confluivano i soldi di migliaia di piccoli commercianti taglieggiati. Senza contare i grossi imprenditori e i padroni dei centri commerciali, che versavano ogni mese – chi più chi meno – un generoso contributo per garantirsi la pace, per dormire sereni la notte.

Era l'unico reddito garantito per i Corleonesi, l'unico col quale riuscivano a far quadrare i bilanci.

Sotto l'autoscuola, in gran segreto, Occhiuzzo si era fatto costruire una specie di bunker. Una stanza blindata, che si raggiungeva attraverso una botola nascosta da un tappeto marrone, nella sala dove si sostenevano gli esami per la patente.

Il bunker era grande una trentina di metri quadrati. Era freddo e umido d'inverno e bollente d'estate. Aveva il pavimento di cemento grezzo e i muri senza intonaco. Al centro era piazzato un tavolo di formica, con attorno alcune sedie di plastica da giardino. C'erano una stufetta elettrica e il necessario per sopravvivere qualche giorno senza uscire. E pure un frigorifero e la televisione via satellite.

Quando c'era un summit, gli uomini di Occhiuzzo entravano nell'autoscuola a uno a uno. Si calavano dalla botola senza dare troppo nell'occhio, si sedevano al tavolo e attendevano pazientemente l'arrivo del capo.

Occhiuzzo temeva sempre qualche tranello e compariva per ultimo. Oppure senza preavviso cambiava luogo dell'appuntamento. Aveva il terrore di essere venduto agli sbirri.

Giaconia aveva ereditato dal cognato la sua ossessione per i traditori e le imboscate. E lo precedeva sempre, prima di scortare il boss nel bunker, lo faceva aspettare dieci minuti in macchina per andare a ispezionare di persona il sotterraneo dell'autoscuola. Lo controllava con uno strano marchingegno elettronico che doveva captare la presenza di cimici o microspie. Solo quando lo scanner dava luce verde, Nino tornava fuori e faceva segno a Occhiuzzo che poteva entrare, che era tutto a posto. Di solito il capo dei Corleonesi, una volta dentro, si sedeva a capotavola. Beveva una tazza di caffè con una zolletta di zucchero e cominciava a parlare.

Lo faceva sempre col sorriso.

Anche quando c'erano problemi.

Quel giorno però era diverso: quel giorno tutti i suoi uomini si erano preparati a guardare in faccia il demonio.

7

ROBERTINO Di Maio abitava a Lercara Friddi. Viveva con sua madre Carmela, una donna minuta, sulla quarantina, tutto sommato ancora giovane e piacente. Carmela lavorava come badante al servizio del barone Giacinto Fontana, un vecchio proprietario terriero del paese, malato di cuore, benestante e senza figli. Costretto su una sedia a rotelle, l'aveva assunta all'inizio per aiutarlo in casa, ma poi se l'era presa in simpatia.

Aveva cominciato ad affezionarsi e se la voleva sposare. In cambio delle nozze, era arrivato perfino a offrirle una citazione nel testamento. Le voleva regalare due appartamenti e due salme di terra fuori dal paese.

Carmela alla proposta di matrimonio ogni tanto ci pensava, anche se per sposarsi doveva aspettare il divorzio da Ciccio. Ci pensava non foss'altro perché guadagnava poco e dal marito, che era un avanzo di galera, non arrivava mai un soldo.

Stava dalla mattina alla sera col barone e qualche volta si portava dietro Robertino. Lo chiudeva dentro una stanza per farlo studiare e dopo i compiti gli accendeva la tivù e lo lasciava a guardare i cartoni animati. Altre volte invece Carmela aveva troppo da fare in casa del vecchio, e non gli poteva badare. Allora affidava Roberto al nonno – suo padre – che allevava mucche e aveva una piccola stalla in un pezzo di terra due chilometri fuori dal paese.

Robertino era un bambino grazioso, con la carnagione scura, i capelli neri e gli occhi nocciola. Alto, magro, slanciato. Non sembrava neanche uno di tredici anni. Come minimo, tutti quelli che lo vedevano per la prima volta gliene davano tre in più.

Aveva la passione dei cavalli.

Il padre – quando militava dentro Cosa Nostra e aveva così tanti soldi da potergli tappezzare tutta la casa di banconote – gliene aveva comprato uno tutto suo. Un arabo col mantello bianco e la criniera nera.

«Ti piace?»

«Sì papà, è bellissimo...»

A Ciccio era costato un patrimonio. Robertino lo aveva chiamato Aggaddo, perché quello stallone non stava mai fermo, cercava sempre di salire sopra tutto e tutti, ostacoli e cristiani. Se fosse stato un uomo avrebbe litigato con chiunque.

Dal nonno, Robertino aveva avuto il permesso di tenere il cavallo nella stalla delle vacche. Quando stava da lui, gli dava personalmente da mangiare e lo spazzolava due volte al giorno, all'alba e al tramonto. Per montarlo meglio, era pure andato a scuola di equitazione. Col tempo lui e quell'animale erano diventati una cosa sola. Avevano partecipato pure a qualche gara in provincia di Palermo e vinto, senza troppi sforzi, due trofei e una targa. A scuola Robertino non andava tanto bene, ma di studiare non gli importava niente.

«Non mi servono i libri per montare un cavallo», ripeteva alla madre.

Il suo sogno era diventare un fantino.

Gli uomini di Occhiuzzo per attirarlo in trappola lo andarono a trovare nella piccola tenuta del nonno. Si spacciarono per agenti della Dia. Per non destare sospetti si procurarono dei finti distintivi e un'Alfa 33, con lampeggiante blu. Delle pistole – ovviamente – non c'era bisogno.

Al loro arrivo trovarono Roberto davanti alla stalla. Era seduto sul sedile di un vecchio trattore arrugginito lasciato in mezzo a un giardino pieno di ferri vecchi. Giocava con lo sterzo. Lo girava verso destra e verso sinistra e con la voce provava a imitare il rumore di un motore diesel smarmittato.

«Pam... papàm... papapapàm...»

Uno dei finti sbirri gli si avvicinò e gli sorrise. Aveva grandi baffi e un paio di occhiali da sole a goccia.

«Sei il figlio di Gaspare Di Maio?»

«Sì.»

Robertino si guardava intorno, cercava con gli occhi il nonno che si era allontanato nei campi per dar l'acqua a una filiera di pomodori.

Il finto poliziotto gli mostrò un tesserino con una placca di metallo incastonata dentro un fodero di cuoio. Poi si piegò sulle ginocchia e gli mise una mano sulla spalla.

«Tuo padre ti aspetta a cinque chilometri da qui, abbiamo l'ordine di portarti da lui, lo vuoi vedere?»

Il bambino sgranò gli occhi.

«Papà? Papà mio? Dov'è? Davvero è qui vicino?»

«Certo, ci ha detto lui dove potevamo trovarti...»

Robertino non vedeva suo padre da un anno.

Era tutto eccitato e non stava nella pelle all'idea di riabbracciarlo, ma il nonno gli aveva raccomandato di avvisarlo sempre prima di allontanarsi per qualunque motivo.

Il ragazzino si voltò verso la macchina. Prima di salire a bordo ci pensò ancora un momento.

Fissò l'orizzonte, aguzzando la vista.

Niente, il nonno non arrivava.

L'uomo con i baffi e gli occhiali scuri si rese conto del suo disagio e lo rassicurò.

«Roberto, non ti preoccupare», gli disse in tono dolce, «stanno venendo altri due nostri colleghi, glielo dicono loro a tuo nonno che sei con noi. Tu intanto sali in macchina che tuo padre ha premura e deve ripartire.»

Robertino non riusciva a sopportare l'idea di trovarsi a pochi chilometri da suo padre e non poterlo salutare. Quando mai gli ricapitava. Si conosceva, si sarebbe mangiato le mani un minuto dopo.

L'uomo con i baffi era basso e tarchiato. Aveva un viso paffuto e pacioso, a pelle gli faceva simpatia, sembrava un bonaccione, uno di cui ti puoi fidare.

Si convinse.

«Va bene, andiamo…»

Entrò in quella macchina col lampeggiante blu e sparì dietro una collina. Il nonno, al suo ritorno, lo cercò in lungo e in largo, si disperò, ma all'inizio non pensò subito a un sequestro. Temeva che al nipote fosse capitato un qualche incidente e batté palmo a palmo il suo piccolo pezzo di terra e anche la zona circostante. Invano.

All'imbrunire tornò affranto a casa e telefonò ai carabinieri.

«Aiuto! Mio nipote è sparito!»

Solo quando mise giù la cornetta si accorse di quella cartolina lasciata accanto alla porta. Si vedeva un paese dominato da una rocca e, sotto, a caratteri cubitali c'era la scritta: SALUTI DA CORLEONE.

Il nonno di Roberto capì al volo.

Cadde a terra in ginocchio e si strinse la testa con le mani.

Un grido disperato riecheggiò nella campagna, ma Robertino era già troppo lontano per poterlo sentire.

La notizia del sequestro arrivò a Palazzo di Giustizia mentre il giudice Salemi era a colloquio con un poliziotto fresco di nomina. Era Matteo Di Giannantonio, il nuovo capo della «Catturandi». Un bell'uomo sui trentacinque, aitante, introverso, di poche parole, che molti anni prima era salito alla ribalta delle cronache. Prima di diventare un cacciatore di mafiosi era stato una vittima della mafia.

Quand'era ragazzo aveva perso il padre, anche lui uno sbirro, ucciso a colpi di lupara dentro una rivendita di tabacchi nel centro di Catania.

Matteo era andato a trovare la Salemi per chiederle il permesso di interrogare Ciccio Di Maio. Voleva avere alcuni chiarimenti sul conto di Occhiuzzo e Giaconia, precisazioni che magari lo avrebbero aiutato a stringere il cerchio intorno ai due latitanti. La telefonata che avvisava il giudice del rapimento del bambino mandò tutto all'aria.

«Presto, trovami Di Maio!» urlò Elvira alla segretaria.

La Salemi, che era una donna precisa, scrupolosa, cercò di rintracciare il pentito. Voleva essere lei a comunicargli cos'era successo, prima che Ciccio venisse a saperlo da qualcun altro. Nello stesso tempo incaricò Di Giannantonio di avvisare la Questura e far partire immediatamente le ricerche.

«Andate, magari se siamo fortunati riusciamo a rintracciare i rapitori col bambino.»

«Va bene, dottoressa, ci muoviamo subito», la tranquillizzò il poliziotto.

La Questura mobilitò più di mille uomini per trovare Robertino. Furono setacciate tutte le campagne intorno a Lercara Friddi, gli ovili, le stalle, i ruderi, le serre di pomodori, le ville in costruzione, i vecchi magazzini. Furono perquisiti e controllati tutti gli anfratti dove i sequestratori potevano averlo nascosto, anche con l'aiuto dei cani. Per facilitare le ricerche il questore fece alzare pure un elicottero dall'aeroporto militare di Boccadifalco, ma anche questo fu inutile.

Non c'era verso di trovare quel bambino. Era come cercare un ago in un pagliaio.

La notizia della cartolina lasciata sulla porta di casa del nonno di Roberto fu l'unica a non essere data ai giornali. La Salemi e Di Giannantonio se la tennero per loro. Prima di renderla pubblica volevano ricevere dai Corleonesi una prova che il figlio del pentito fosse ancora vivo.

* * *

Robertino venne tenuto prigioniero in un cascinale dalle parti di Marineo. Lo avevano rinchiuso in fondo a una cantina, dentro una gigantesca botte vuota, che non serviva più perché era fradicia e bucata.

Il bambino aveva a disposizione una coperta e un pitale per i suoi bisogni. I carcerieri, due, lo sorvegliavano giorno e notte e portavano sempre il passamontagna. Ciccio Di Maio sapeva che dietro la scomparsa del figlio c'erano i Corleonesi, glielo aveva detto la Salemi, ma ascoltò i consigli del giudice e la lasciò fare, lasciò che ci pensassero lei e Di Giannantonio a ritrovargli il figlio.

Robertino rimase quasi due mesi nelle mani dei suoi sequestratori. Visse gli ultimi giorni di vita come un cane, a pane e acqua. Era pallido, pelle e ossa, da quando lo avevano rapito aveva perso dieci chili. Notte e giorno lo tenevano legato, con una catena intorno al collo, e lo facevano mangiare piazzandogli sotto il muso una scodella di rame.

Era diventato così debole che per fare un metro strisciava, non riusciva neanche a muoversi.

Roberto era talmente malridotto che perfino l'idea di morire non gli faceva paura. Anzi, la morte, più che una condanna, cominciava ad apparirgli come una liberazione.

8

ERANO passati ormai quasi due mesi dal rapimento di Robertino e giornali, investigatori, giudici, tutti parlavano di lui già al passato, come se la sua morte fosse scontata, la soluzione più logica di un caso che – in mancanza di prove o di piste degne di essere battute – era stato forse troppo frettolosamente affidato alla sorte.

Carmela, la madre del bambino, era convinta di avere individuato un primo responsabile della scomparsa del figlio: Ciccio, l'ex marito.

«Ti prego, tu che puoi, fai qualcosa!» lo implorò dalle colonne di un giornale locale, ma il suo appello cadde nel vuoto.

Provò a rintracciarlo al telefono tramite la Dia, gli scrisse. Cercò di parlargli in tutti i modi per convincerlo a ritrattare le sue accuse, ma non lo trovò o lui non si fece trovare.

Alla fine gli fece arrivare un ultimo messaggio vergato a penna che voleva essere l'addio a ogni speranza. Un epitaffio: *ti odio, infame*.

Ciccio Di Maio, con tutto che c'era in ballo la vita di suo figlio, rese regolarmente la sua testimonianza al processo per l'omicidio dei tre agenti di custodia.

In aula puntò il dito contro Occhiuzzo e Giaconia, senza esitare. A molti osservatori la sua decisione sembrò una follia più che un atto di coraggio. Ma il pentito in fondo non aveva colpa, si era fatto forte dei consigli del giudice Salemi. Era stata lei a spiegargli che l'unico modo per rivedere Roberto era non piegarsi, dimostrare ai Corleonesi che non aveva paura.

«Stia tranquillo Di Maio», l'aveva rassicurato, «la pressione della polizia è tale che Robertino tornerà a casa sano e salvo. Si fidi me.»

Di Maio si fidò, continuò a collaborare, ma commise un errore.

Fatale.

Irreversibile.

Forse il più grande della sua vita.

La Salemi, sfortunatamente, aveva parlato troppo presto. Di Giannantonio e i suoi uomini in quasi otto settimane di indagini non avevano concluso nulla. Non avevano nemmeno una vaga idea della zona in cui concentrare le ricerche.

L'ottimismo del commissario, come quello del magistrato, col passare del tempo si era infranto sullo scoglio del mutismo, del silenzio che circondava, come un mantello nero, la scomparsa del bambino.

Informatori, confidenti, mezze calzette, non parlava nessuno. Nessuno sapeva niente del nascondiglio in cui tenevano prigioniero Roberto. I Corleonesi erano stati abili a non fare trapelare all'esterno neanche il più piccolo particolare su questa storia.

Per quasi due mesi, ogni giorno Ciccio Di Maio chiese notizie sul figlio a chiunque: magistrati, prefetti, questori, semplici funzionari.

Ma dopo l'emozione del momento, tutti i signori delle istituzioni che all'inizio gli avevano detto di stare tranquillo – *lo Stato è al suo fianco!* – o sparivano o non si facevano trovare o prendevano tempo o allargavano le braccia. Il pentito si sentì ingannato, ebbe l'impressione che la polizia avesse smesso di cercare suo figlio. Si convinse che a certi funzionari venuti dal Viminale interessasse solo sapere chi erano gli sbirri corrotti di cui aveva parlato col giudice Salemi.

«Di tutto il resto, la mia vita, la mia famiglia, la mia condizione di padre non frega un cazzo a nessuno...» si sfogava Ciccio con i suoi angeli custodi, gli agenti della Dia che lo sorvegliavano giorno e notte.

Ormai ne era quasi certo.

Roberto era morto. E di quella morte, finora solo immaginata, Di Maio voleva presentare il conto a Elvira. Presentarle il conto di tutte quelle parole – fiducia, pazienza, giustizia... – con cui gli aveva riempito la testa impedendogli di fare forse l'unica cosa disperatamente ragionevole che c'era da fare: sottostare al ricatto, ritrattare, andare dai Corleonesi e dire vabbè, avete vinto voi, figli di puttana, mi arrendo, ridatemi mio figlio!

L'ordine di uccidere Robertino partì direttamente da Gaspare Occhiuzzo. Il boss svegliò Giaconia nel cuore della notte.

«Gaspare, sei sicuro?» chiese Nino a suo cognato. «Non è il caso di aspettare ancora un po'?»

«Sono sicurissimo. Quel cagnolino rognoso ha fatto il suo tempo. Ce ne dobbiamo liberare!»

«Va bene... come dici tu.»

Occhiuzzo per la prima volta ebbe l'impressione di avvertire una nota di incertezza nella voce di Nino, ma l'attribuì al sonno o a un disturbo nella linea.

Era l'alba.

Giaconia si alzò e mise il caffè sul fuoco.

Andò in bagno, si fece la barba. Prima di entrare nella doccia cercò Tony Melluso, gli chiese di passare a prenderlo.

«C'è una commissione urgente che dobbiamo sbrigare, vieni presto.»

Tony capì.

* * *

Alle cinque di mattina di quell'8 settembre, Nino Giaconia, seduto accanto al guardaspalle, in una Fiat Punto verde, era già sulla Palermo-Agrigento. C'era una brezza leggera e nell'aria spirava un profumo di gelsomino.

«Meno male», pensò Giaconia a voce alta, «inizia a rinfrescare.»

Quell'estate gli aranceti che costeggiavano l'autostrada e arrivavano fino al mare di Aspra, erano stati flagellati dallo scirocco. La siccità era stata tale che la poca acqua trovata dai contadini non era bastata per tutti. Intere coltivazioni erano rimaste a secco. Il caldo aveva spaccato la terra, aveva lasciato solchi e sollevato le radici, un po' come fanno i terremoti quando scatenano la loro forza impietosa e distruttiva.

«Lo sa, parrino», raccontava Tony a Giaconia, «ieri sera ho visto un film dove il surriscaldamento del pianeta provocava la furia degli elementi. Onde gigantesche che seppellivano intere città, bufere di neve, pezzi di ghiaccio grandi mezzo metro che cadevano dal cielo. Morivano tutti e si ritornava all'era glaciale. Se la immagina la Sicilia che diventa come il Polo Nord?»

«Non ti preoccupare, Tony», lo rassicurò Nino, «non c'è questo pericolo. Anche se tutto il mondo un giorno fosse un unico blocco di ghiaccio, sono sicuro che la Sicilia farebbe storia a sé. Qui il caldo non arriva da fuori, arriva da dentro, è la terra che lo sprigiona! Noi dobbiamo solo stare attenti dove mettiamo i piedi!»

Erano quasi le sette.

La macchina superò il cartello MARINEO. Tony fece molti giri a vuoto nel paese prima di imboccare la strada giusta e arrivare a destinazione. Il boss e il suo attendente dovevano essere sicuri che nessuno li stesse seguendo.

Per raggiungere la masseria di contrada Favazza, dove si trovava la prigione di Robertino, bisognava imboccare la statale 118 in direzione Ficuzza, superare due viadotti, prendere una trazzera sulla sinistra al chilometro 40 e salire sul fianco di una collina finché la strada non rotolava di nuovo verso valle. I carcerieri, comandati da Nino, fecero uscire Robertino dalla prigione e lo portarono sul retro della masseria, col passo dei fedayn prima di un'esecuzione.

Il bambino non ce la faceva a stare in piedi da solo.

Era stato al buio per quasi due mesi. Con la mano destra si copriva gli occhi per non essere accecato dalla luce. Si sforzò di guardare davanti a sé, si accorse che nessuno degli uomini che lo scortavano indossava più il passamontagna. Per un attimo pensò, sperò che lo stessero liberando. Ora erano in quattro e con loro c'era anche il tipo con i baffi, il finto poliziotto che l'aveva convinto a seguirlo quando stava a casa del nonno. Era teso, tesissimo. Non sorrideva più come la prima volta che lo aveva visto. Portava ancora gli occhiali da sole. Robertino lo vide allontanarsi per fumare una sigaretta.

Nino, che stava prendendo tempo, prese il cellulare, nella speranza che Occhiuzzo lo richiamasse per annullare tutto.

Fissò il display, non c'erano chiamate né messaggi, tornò indietro.

Con un gesto della mano fece segno ai suoi uomini di prepararsi.

L'ora era giunta.

Tolse dalla tasca una corda di nylon, ne afferrò le due estremità e strangolò Roberto. Il sole l'aveva alle spalle, ma tenne lo stesso gli occhiali. Giaconia non aveva il coraggio di guardare direttamente la sua vittima.

9

Rosa ormai viveva al buio, una figlia della notte. Da quando aveva abortito, si era chiusa in casa, aveva infilato una vestaglia e, barricata in salotto, aveva fatto di quella stanza il suo mondo.

Teneva perfino le tapparelle abbassate, perché non filtrasse più la luce. Non riusciva nemmeno a guardarsi, aveva una sorta di rifiuto per il proprio corpo.

Ogni tanto pensava anche al suicidio, ma più si convinceva che la morte l'avrebbe liberata e più non trovava né la forza né il coraggio di togliersi la vita. Si imbottiva di psicofarmaci per cercare sollievo e nel frattempo pregava perché diventasse tutt'uno col dolore.

La mente a poco a poco iniziò a tradirla, cominciarono le visioni. Lottava giorno e notte con dei fantasmi, spettri che le apparivano con sembianze di bambini, bambini dai corpi mutilati, alcuni senza la testa, altri senza le braccia.

Erano presenze malefiche che la accerchiavano e non le davano tregua. Si presentavano all'improvviso, la scuotevano sul suo divano e si arrabbiavano se lei non si alzava e non cominciava a giocare con loro.

Quell'inferno iniziava e finiva sempre allo stesso modo. Un bambino più piccolo degli altri a un tratto le si parava davanti, la chiamava «mamma» e iniziava a strillare finché lei non lo prendeva in braccio.

Certe sere era convinta di impazzire.

A volte si alzava, si andava a nascondere tutta tremante sotto un tavolo e urlava di paura.

Altre volte provava a chiudere gli occhi, a tapparsi le orecchie per cercare di non sentirli, di non guardarli in faccia i suoi demoni, ma quelli la braccavano lo stesso. Erano creature che non rispondevano alle leggi della fisica, non conoscevano ostacoli. Si moltiplicavano come insetti, si infilavano tra le dita delle sue mani, tra le palpebre che teneva serrate e facevano in modo che lei li vedesse e li sentisse.

«Mamma, mamma!»

Urlavano come forsennati.

Erano così tanti che Rosa non riusciva più a capire nemmeno quanti fossero. Erano come i demoni del castello della Zisa, quelli dipinti sul vestibolo della fontana, quelli che nei secoli avevano fatto impazzire imperatori ed emiri che avevano cercato di contarli tutti.

Rosa in certi momenti faticava a respirare, ma imparò che con la televisione accesa i fantasmi le facevano meno paura.

La tivù la teneva sempre sintonizzata sullo stesso canale, dalla mattina alla sera. E tutto quel bombardamento d'immagini, quel disordine di voci messe in fila dai palinsesti, ora allegre, ora tristi, ora neutre – voci di attori, di presentatori, di speaker pagati dalla pubblicità – li usava per contrastare le sue visioni, la Babele di suoni scomposti, di sussurri metallici e alterati che le scoppiava in testa con l'intento preciso di farla impazzire.

Rosa sapeva in cuor suo che quelle presenze erano frutto della sua immaginazione. Eppure, quegli esseri urlanti che le danzavano intorno rabbiosi le sembravano così reali da convincerla che avessero abitato sempre quella casa.

Una notte le capitò anche di scambiare il marito per uno di loro.

Nino dormiva.

La sentì gridare e si svegliò.

Si alzò, si avviò lungo il corridoio che separava la sua stanza dal salotto dove si era asserragliata Rosa. Voleva solo sincerarsi che fosse tutto a posto. Aprì lentamente la porta. Rimase fermo sulla soglia del salone.

Giaconia aveva i capelli dritti in testa, tutti scompigliati dal sonno, e indossava un pigiama nero di seta lucida. Al buio, effettivamente poteva avere un aspetto inquietante. Rosa lo fissò, ma illuminato alle spalle dalla luce del corridoio, non lo riconobbe. Lo scambiò per un altro demone, uno di quelli che la tormentavano.

«Aiuto!» strillò.

Terrorizzata, afferrò la coperta e si ficcò di nuovo, tutta tremante, sotto il tavolo. Era tesa e contratta come un elastico sul punto di spezzarsi.

«Vattene, ti prego, vattene!»

Sembrava sotto choc, a Nino adesso faceva persino pena. Avrebbe voluto abbracciarla come faceva una volta, ma capì che era meglio andarsene. Lui non sapeva cosa vedeva o credeva di vedere Rosa quando era in preda ai suoi deliri. Ma quella volta la lasciò pensare che lui fosse uno dei suoi fantasmi, l'unico che per una volta gliela dava vinta e la lasciava in pace.

Raramente Giaconia era preoccupato per qualcosa, ma quando gli capitava di avere troppi pensieri per la testa serrava a fondo le mascelle e rideva di un riso isterico. Proprio come sul treno il giorno delle nozze, quando si era accorto del carabiniere che si stava avvicinando a lui e a Rosa. Per tutti i suoi uomini, la mascella gonfia del boss e quella risatina scomposta erano il segnale che gli giravano i coglioni, che era meglio stargli alla larga.

Giaconia era così, aveva cento facce e sotto ogni faccia ce n'era sempre un'altra. Se un giorno si sentiva triste, con gli altri faceva di tutto per sembrare allegro. Se si mostrava comprensivo e accomodante, allora significava che bisognava aspettarsi ben altro. La sua forza era questa: apparire sempre il contrario di ciò che era. Ecco perché era diventato un bravo killer, perché nessuno lo sentiva mai arrivare, perché il primo uomo che aveva ucciso, Fredo, era il suo migliore amico.

Quella sera di inizio settembre, qualche ora dopo l'omicidio di Robertino, mentre tornava a casa con Tony, Nino stranamente era silenzioso. Sembrava pallido, ingessato e non riusciva neanche a stringere le mascelle.

Per la prima volta aveva paura di svelarsi per quello che era, un uomo preoccupato.

Tony, che lo conosceva bene e contava perfino i suoi respiri, se ne accorse subito e cercò di sondare il suo umore.

«Parrino, la vedo strano, mi pare seccato, tutto a posto?»

«Ma che sei scimunito?» si inalberò Nino lasciandosi scappare una risatina isterica. «Non lo vedi che sono nella pace degli angeli, ma che minchia ti dice la testa?»

Giaconia gli ordinò di fermarsi, aprì la portiera, scese e finse un'irritazione che invece era sgomento, raccapriccio.

«Ciao, ci vediamo domani!»

Chiuse lo sportello, mollo lì Tony e se ne andò.

Fece a piedi gli ultimi cento metri che lo separavano da casa. Era una pila elettrica. Si sentiva terrorizzato al pensiero che Tony potesse avere in qualche modo colto il suo turbamento.

Entrò in casa.

Dentro un armadietto, di fronte all'ingresso, c'era una bottiglia di bourbon sigillata. L'aprì, se ne versò tre dita in un bicchiere. Lo buttò giù tutto d'un fiato. Si sentì la gola bruciare. Andò in bagno, si lavò la faccia, si asciugò, se la lavò di nuovo. Si guardò allo specchio. Non riusciva a riconoscere i suoi occhi.

Neanche il sapone era riuscito a cancellare la sua inquietudine. Giaconia aveva il terrore dipinto in faccia e non c'era verso di farselo passare.

In qualche modo – a distanza – se n'era accorta pure la moglie.

Rosa, dall'altra parte della casa, al rientro del marito aveva captato nell'aria come un'onda debole di tormento. Le sue antenne funzionavano ancora bene ed erano le uniche cose dentro la sua testa che, nonostante ogni sforzo fatto per annullarsi, non aveva saputo o potuto spegnere.

Da quando aveva perso il bambino, lei e Nino non si erano quasi più parlati. Lui aveva provato a starle accanto, tentando di ricucire il loro rapporto. Ma ogni suo approccio, ogni sua parola per avvicinarla, erano miseramente rimbalzati sulla pelle di Rosa. Era come rivolgersi a una statua di granito. Anche nell'aspetto lei sembrava una miscela di acqua e cemento armato, la pelle bianca, la bocca sigillata, il corpo rigido e duro.

Quella sera Rosa avvertì in casa una strana atmosfera. Le creature che di solito le facevano compagnia improvvisamente si erano acquietate.

Giaconia aprì la porta del salone.

Come sempre era buio, come sempre c'era la tivù accesa. Nino si fermò sulla soglia, incerto se entrare o andarsene. Rosa dal divano lo guardò, capì che era successo qualcosa. Questa volta sembrava lui ad aver visto i fantasmi.

«Tutto a posto?» domandò lei con un filo di voce.

Poi tornò a fissare lo schermo.

Nino, che stava per allontanarsi, si bloccò.

Si voltò di scatto.

Non si aspettava che Rosa parlasse.

Fece un passo avanti, come se volesse assicurarsi di avere sentito bene. Erano le prime due parole che la moglie gli rivolgeva dopo settimane di silenzio.

«Sì, tutto a posto», mentì avanzando verso di lei, «ho un poco di cose per la testa, amore. Ma non ti preoccupare, pensa a te, pensa a riprenderti.»

Tentò un approccio, si chinò per farle una carezza, ma lei si scansò. Non voleva essere toccata. Nino si sforzò di essere ancora più amorevole. Le prese una mano, la strinse forte e la baciò. Per una volta cercò di parlarle col cuore.

«Senti, lo so che stai soffrendo e voglio che tu sappia che sto male anch'io per aver perso nostro figlio. Oggi più che mai mi chiedo che razza di padre sarei stato...»

Disse così, si raddrizzò e uscì dal salone.

Sembrava sincero. Rosa non ebbe bisogno di dubitarne. Una lacrima di Nino gli era finita sulla mano un attimo prima che il marito lasciasse la stanza col fardello che si portava dentro.

10

La magia di piazza Bellini era tutta concentrata lì, nelle tre cupole di San Cataldo, rosse come la vergogna, arabe e puttane, pronte ad accendersi per un niente, ad avvampare al primo raggio di sole. Alle sei e mezzo di mattina la Salemi e Di Giannantonio trascinarono il cadavere della loro sconfitta sul retro di quella chiesa.

Matteo aveva svegliato Elvira, era passato a prenderla e l'aveva portata in un bar pasticceria famoso per i cornetti buoni, che non chiudeva mai. Era un posto che conosceva bene, dove andava a fare colazione ogni volta che l'insonnia o una telefonata dall'ufficio lo buttavano giù dal letto. Il locale, nonostante l'ora, era già discretamente affollato. Sulla soglia c'era Tommaso, il barbone sessantenne che all'alba setacciava via Maqeda, nel tratto di strada tra la stazione e i Quattro Canti, a caccia di un buco dove nascondersi prima che il sole sorgesse.

Era l'ultimo esemplare di vampiro goloso, Tommaso, creatura che al sangue preferiva i cannoli, quelli scaduti, quelli che a metà settimana non voleva più nessuno e perciò lui si presentava a reclamarli, tanto il pasticcere il martedì li doveva buttare, cambiava la vetrina e faceva quelli nuovi, quelli con la sfoglia fragrante e la ricotta fresca.

Dentro il bar, appoggiati al bancone di alluminio grezzo, c'erano cinque o sei figuranti della Vucciria: pescivendoli, macellai, «quarumara», speziali. In silenzio divoravano chili di arancini e si scolavano litri di chinotto. Si riempivano le panze fino a scoppiare prima di imboccare discesa dei Giudici, attraversare a piedi via Roma, scendere quindici scalini e prendere il loro posto nella tela ancora umida del mercato immortalato da Guttuso.

«Buongiorno dottore», disse il barista.

«Buongiorno», rispose il commissario.

Matteo ed Elvira ordinarono cappuccino e cornetto e si appartarono in una piccola veranda sul retro del locale. Entrambi erano vestiti alla bell'e meglio, in jeans e camicia, ed entrambi avevano le facce stravolte. Nessuno fece caso al loro aspetto. Era normale incontrare in quel bar coppie di amici o di fidanzati che tiravano oltre l'alba nei locali del centro e prima di rincasare facevano una capatina – morti di fame – a San Cataldo per mangiare un cornetto, con gli occhi gonfi di sonno.

Il commissario si schiarì la voce.

«Dottoressa», esordì cercando di trovare le parole giuste, «abbiamo trovato i vestiti di Roberto.»

Lo disse a bruciapelo. Senza neanche dare a Elvira il tempo di prepararsi al colpo.

La Salemi rimase in silenzio.

Osservava la schiuma del suo cappuccino che si scioglieva lentamente, più o meno come la sua compostezza da maestrina.

Si ravviò i capelli in un gesto meccanico, poi si mise a rovistare nella borsa con tutte e due le mani, quasi a volerle nascondere alla vista del commissario.

Le tremavano, non riusciva a tenerle ferme.

Dannazione, calmati!

Tirò fuori gli occhiali da sole, poi un mazzo di chiavi, poi le bollette da pagare, in una serie di movimenti veloci e tutti uguali. Finalmente sembrò trovare quello che cercava, il pacchetto di Merit Blu. Lo aprì, ma nel momento di sfilare una sigaretta lo richiuse e lo ficcò con violenza di nuovo nella borsa.

«Maledetti!» sbottò.

Cacciò un pugno sul tavolo e il dolore si tramutò in rassegnazione.

Due ore e mezzo prima, verso le quattro, un vaccaro di Marineo, nei pressi di contrada Favazza – mentre era seduto sul bordo di un abbeveratoio e aspettava che le sue bestie si dissetassero – aveva notato qualcosa di strano accanto a un cassonetto dei rifiuti. Era una busta di plastica macchiata di sangue. Dentro c'erano una maglietta rossa, un paio di pantaloncini blu e due calzini bianchi. Puzzavano di vino e la taglia era quella di un ragazzino.

Il vaccaro, che come tutti guardava la tivù, aveva pensato che c'entrassero con Robertino. Aveva raccolto la busta e chiamato il 113, aspettando – tutto preoccupato – che una volante della polizia arrivasse e la venisse a prendere.

«Io ho solo trovato la busta, sia chiaro, non so niente, non voglio sapere niente», aveva precisato agli agenti che l'avevano torchiato per bene.

La busta fu portata subito a Palermo, al gabinetto di polizia scientifica.

I tecnici di laboratorio, dalle prime sommarie analisi, confermarono i timori più neri. Gli indumenti appartenevano senza dubbio a lui, a Robertino, erano gli stessi che il ragazzino indossava il giorno della scomparsa. Probabilmente anche il sangue di cui erano macchiati, ma per esserne sicuri bisognava aspettare l'esito dell'esame del Dna.

«Mi dispiace dottoressa, mi spiace tanto», disse Matteo col volto tirato, «il bambino devono averlo tenuto in qualche cantina nascosta, infognata chissà dove. Me lo fa pensare l'odore di vino di cui erano impregnati. A questo punto», aggiunse pessimista, «non credo che ci faranno trovare più neanche il corpo.»

Elvira si prese la testa tra le mani. Ora doveva dirlo al padre di Roberto. Fissò Di Giannantonio negli occhi e come se si stesse guardando allo specchio gli raccontò il suo ultimo incontro con Di Maio.

L'ultima volta che lo aveva visto era stato alla Dia di Roma, qualche giorno prima. Elvira non riusciva a levarsi dalla testa il volto del pentito, la serpaia di rughe che gli erano spuntate sulla fronte per la pena e per la rabbia, la barba incolta, le pupille serrate, contratte nello sforzo di trattenere tutto quanto in quegli occhi furenti, l'orgoglio e i lampi di follia, la paura e il desiderio di rappresaglia.

«Me la pagherete, quanto è vero Iddio, dottoressa, lei, i Corleonesi, la polizia, me la pagherete tutti, glielo giuro sulla testa di mio figlio.»

Elvira se la ricordava bene la faccia di Di Maio. Era un'altra persona ormai, un mezzo diavolo, pure lui. Per un attimo lei vide la fiamma della vendetta bruciare sulla coda di quelle parole consegnate al vento. Di Maio aveva smesso i panni del pentito, ormai definitivamente. Per un secondo parlò di nuovo come un mafioso, poi i ruoli si capovolsero. Lui diventò il giudice e lei l'imputata.

«È contenta, ora? Ora che mi ha rovinato la vita?»

Le vomitò addosso tutto il suo disprezzo, l'accusò di averlo tradito, di avere trasformato lui e suo figlio in agnelli sacrificali, pedine inconsapevoli – tra lei e la mafia – in quell'oscuro gioco di dama.

E quando finì di processarla, la congedò con asprezza e una punta di sufficienza.

«Io ho terminato, signora Salemi, adesso può andare.»

«Mi ha chiamato signora», disse Elvira a Matteo con un sospiro, «né giudice né dottoressa, semplicemente signora. Mi ha tolto tutto, anche la dignità, come io avevo fatto con lui...»

Elvira non ci provò neanche a replicare. Ascoltò fino all'ultimo improperio, fino all'ultimo insulto che Di Maio rivolse a lei e alla squadra guidata da Di Giannantonio. E alla fine si sentì di dirgli solo una parola: «Scusi».

Non riuscì ad aggiungere altro. Né riuscì a farsi una ragione di quell'insistenza, forse eccessiva, con cui aveva convinto Di Maio a non cedere, a non pensare al grido di aiuto che si levava dalla prigione di suo figlio. Un'insistenza che non doveva essere molto diversa da quella che Occhiuzzo aveva usato con i suoi uomini per far precipitare le cose, dando l'ordine di serrare, forse prima del tempo – ma chi poteva dirlo? – la corda di nylon intorno al collo di Roberto.

«È colpa mia, è solo colpa mia...» ripeteva Elvira al commissario.

Sì, si sentiva in colpa. Non aveva alcun diritto di fare pressioni su quell'uomo, di costringerlo a oltrepassare il limite. Si era comportata così solo perché non aveva niente da perdere, perché in gioco non c'era la vita di un suo parente. Facile spingere il pedale dell'acceleratore quando non sei tu a guidare. Se quello fosse stato suo figlio o suo fratello, forse avrebbe riflettuto, con più calma, e magari si sarebbe fermata. Oppure avrebbe trovato il modo di fermare i Corleonesi, *quelle belve feroci*, prima che fosse troppo tardi.

«In fondo si poteva prendere tempo», mormorò a Matteo, «intavolare una trattativa. Si poteva tentare, almeno», concluse con amarezza.

Invece no, le cose erano andate diversamente.

«Niente negoziati con la mafia, mi hanno insegnato i miei maestri, linea dura, sempre. Se ti pieghi è la fine. E così tutto mi è sfuggito di mano perché ero obnubilata dall'ossessione di vincere, di arrivare in fondo a questa storia, a qualunque costo, a qualunque prezzo...»

La Salemi guardò il commissario e fece una pausa. Si accese una sigaretta e nel frattempo si chiese se anche Matteo la vedesse come gli altri, una spregiudicata donna in carriera, senza affetti, senza amici veri, fedele solo al suo lavoro che, dopo averla illusa, l'aveva tradita.

Sì, forse in questo bisognava cercare le ragioni del suo fallimento con Di Maio. Nell'egoismo, nell'ambizione. Tutto quello che Elvira aveva fatto, lo aveva fatto per essere la più brava, la più rispettata, la più temuta. Era così anche ai tempi del liceo classico, quando andava dalle monache, alle Ancelle del Sacro Cuore di Gesù, ed era diventata la prima della classe e la spiona del preside. Un mostro di antipatia. Solo tra i banchi era la numero uno, quando indossava la sua divisa blu e col ditino alzato si metteva in piedi davanti alla lavagna. Solo allora aveva qualche speranza che qualcuno si accorgesse di lei. Perché poi, fuori dalla scuola, quando suonava la campanella, sparivano tutti e lei diventava invisibile per chiunque. Un'ombra, una sfigata qualsiasi.

Per non sentirsi sola sgobbava sui libri, guardava i suoi compagni dall'alto della sua presunzione e il suo cuore macerava nell'aceto. Era saccente, viziata, smorfiosa e le compagne la snobbavano, la tenevano lontana come la peste. Per non parlare dei ragazzi. Non ce n'era uno che se la filasse. Un motivo ci doveva pur essere.

Forse non era tutta colpa sua.

Elvira era cresciuta in una famiglia borghese e benestante, una di quelle col futuro in tasca e la puzza sotto il naso. Entrambi i genitori erano pretori. Nessuno in casa le diceva mai di no. Per tutta la vita dalla bocca di sua madre aveva sentito uscire sempre lo stesso ritornello: sei la migliore, la più bella, la più brava, continua così.

Dopo anni aveva finito per convincersene anche lei. Mai un'incertezza, un'esitazione, una perplessità.

Era stata allevata come una palermitana che poteva conoscere solo una parte di Palermo, quella «sicura», quella delle scuole di vela, del circolo «L'Auria», della Cuba e del bar di fronte al cinema *Tiffany*.

Posti dove, per quanto ne sapessero i suoi genitori, i rischi erano minimi, le tentazioni contingentate. Posti dove i ragazzi venivano spinti a controllarsi a vicenda per tenere il nemico lontano. E il pericolo spesso era dietro l'angolo. Era la risacca che risaliva dalla borgata e dalla periferia, una generazione come la sua che però parlava in dialetto stretto – una lingua per Elvira incomprensibile – e vestiva abiti a buon mercato. Erano «picciotti» che si divertivano con poco, vivevano senza regole e, quando potevano, sconfinavano nei quartieri dei ricchi per sovvertirle. Elvira conosceva solo il salotto della sua città, via Libertà, via Belmonte, piazza Politeama. Per molti anni le era mancato il resto, la parte più segreta e fascinosa. E infatti l'altra Palermo, quella di Ballarò, di Acqua dei Corsari, di Vergine Maria, la Palermo colorata dei vicoli, delle luminarie, dei filosofi di strada, l'aveva scoperta quand'era già grande. L'aveva guardata con gli occhi di una turista qualsiasi, una che non c'era mai stata e ci entrava per la prima volta. Per fare il magistrato e interrogare i pentiti aveva dovuto studiare pure l'odiato dialetto.

Solo a sentirlo le veniva il mal di pancia.

Ne detestava il suono.

A volte da ragazza, sull'autobus che la riportava a casa da scuola, incrociava per caso intere famiglie di borgata che ovviamente ignoravano i suoi pregiudizi. Si mettevano accanto a lei e sembravano insalivarsi del piacere di parlarle nell'orecchio. Elvira si vergognava per loro. Le sembravano tutti «tasci», tutti sguaiati, tutti cafoni. Era gente che, se poi non avesse fatto il giudice, neanche avrebbe saputo che esisteva, gente come Ciccio Di Maio, gente che la devi conoscere, ci devi parlare per poterla capire.

In quel bar di San Cataldo, mentre riviveva insieme al commissario il film sui suoi ultimi due mesi da magistrato tutto d'un pezzo, Elvira Salemi ebbe per la prima volta un dubbio. Il dubbio di avere fallito, il dubbio di aver mandato a morte un bambino per un capriccio: avere costretto suo padre, Ciccio Di Maio, a rinnegare il passato per imparare una lingua che non era la sua.

* * *

Matteo continuava a guardarla con un misto di interesse e di preoccupazione.

«Sta bene, dottoressa?»

Elvira a un tratto ebbe un capogiro, si tappò le orecchie con tutte e due le mani. Le sembrava di impazzire, come una balena investita dalle onde di un sonar. Era come se pensando a quel bambino avvertisse un brusio sempre più forte che le entrava nel cervello. Veniva dall'altra parte del locale, o forse no, era qualcosa che arrivava da fuori, che cresceva lentamente e le rimbombava nelle orecchie fino a sembrarle insopportabile.

State zitti, basta!

Il barista dietro il bancone confabulava con la moglie. Gli uomini di scorta del giudice, in strada, discorrevano appoggiati alle macchine con quelli del commissario. Solo il barbone Tommaso parlava da solo. Ma tutti, in modo diverso, parlavano della stessa cosa, la scomparsa di Robertino Di Maio. Ne parlava, da giorni, ormai tutta Palermo. Il rapimento di quel ragazzino aveva compiuto una specie di miracolo. Aveva scosso la pancia e la testa di una città che in passato aveva dimenticato e digerito ogni cosa, prepotenze e delazioni, orrori e nefandezze, ma ora era stanca di stare a guardare. L'angoscia che accompagnava le ricerche di quel bambino era diventata in quei giorni l'angoscia di ogni famiglia che la sera si riuniva davanti alla tivù, nei condomini dei ricchi e nelle case dei poveri, nei catoi di via Alloro come nelle palazzine liberty del quartiere Matteotti.

La foto di Roberto in sella al suo cavallo, regalata dal nonno a due cronisti, da giorni campeggiava sulle prime pagine dei giornali. Quell'immagine era dappertutto, in sovrimpressione nei notiziari delle tivù locali, nelle bacheche delle edicole, sulle locandine appese in chiesa e all'ingresso dei supermercati. Il nome di Roberto era sulla bocca di tutti. Si sentiva bisbigliare al porto, tra gli ormeggiatori del «postale» per Napoli, al Mercato Ortofrutticolo, tra i manovali che scaricavano cassette di melanzane tunisine e pomodori pachino. Ma girava anche tra i ragazzi dell'Università, tra gli onorevoli e i portaborse della Regione, perfino nelle carceri. Pure Santa Rosalia lo aveva sentito sussurrare tra una supplica e l'altra. Le donne che scalavano Monte Pellegrino a piedi, dalla strada fino alla cima del santuario, durante il tragitto pregavano e si distraevano. Perché, pure loro, la testa l'avevano solo per lui, per quel bambino di cui non si sapeva più niente.

Perfino all'Ucciardone era successa una cosa insolita. Una decina di uomini d'onore detenuti, mafiosi della vecchia guardia, scrisse una lettera ai giornali per dissociarsi da quel crimine odioso. Occhiuzzo e i suoi picciotti sequestrando Roberto si erano messi contro tutta Palermo, la parte buona e la parte cattiva, quella degli onesti e dei disonorati, quella dei devoti e quella dei senza dio.

L'errore che avevano commesso i Corleonesi non era stato tanto il fatto di usare l'arma della vendetta contro un pentito. A quello la gente era abituata dai tempi di Tommaso Buscetta, quando fratelli, mogli e cugini di collaboratori di giustizia furono riempiti di piombo soltanto perché nelle loro vene scorreva lo stesso sangue dei traditori. Questa era la prima volta che i boss se la prendevano con un innocente. Era la prima volta che la mafia tradiva se stessa e la sua storia. Nessuno, neanche il più feroce macellaio al servizio di Cosa Nostra, era mai arrivato a tanto.

«Tutto bene?»

Matteo aveva ripetuto la domanda a Elvira più volte, sfiorandole una mano.

Lei sembrava in trance, strabuzzò gli occhi e si guardò intorno come se fosse stata sradicata dai suoi pensieri e quel bar lo vedesse per la prima volta.

«Sì», rispose senza troppa convinzione, «sto bene, grazie.»

In testa aveva di nuovo Di Maio.

Ora come glielo dico?

Era come se avesse paura di aver dimenticato qualcosa, come se arrivata alla penultima scena del suo rapporto col pentito volesse saltare volutamente l'epilogo tragico – i vestiti sporchi di sangue trovati dal vaccaro, Robertino che era morto e non sarebbe più tornato – nella speranza di trovare un finale migliore.

Ormai rassegnati, è finita, Elvira, lo vuoi capire o no?

Non lo voleva accettare. E nei tempi morti in cui riavvolgeva la pellicola per riportarla al primo *frame*, tornava a osservare Matteo, con quei capelli biondi tagliati a spazzola, con quegli occhi verdi, profondi e penetranti, sintonizzati sulla sua stessa angoscia.

Perché ho raccontato tutte queste cose proprio a lui?

Era sorpresa di questo suo bisogno improvviso di condividere l'amarezza e il senso di sconfitta con uno sconosciuto. Perché questo era per lei Di Giannantonio. Nulla sapeva di lui e niente li aveva uniti in quei mesi, se non il pensiero di vincere quella guerra, che era innanzitutto una guerra di nervi. Matteo fino ad allora era stato un compagno di viaggio. Asessuato, trasparente. Perché ora lo guardava in modo diverso? Il commissario non era un amico né uno con cui sarebbe uscita la sera. E poi lei frequentava nell'ultimo periodo solo donne, in genere sue coetanee, altrettanto complicate, ambiziose e in fondo infelici. Le chiamava i porti sicuri.

È una vita che diffido degli uomini, specie di quelli come lui, belli, atletici, con lo sguardo furbo... e poi chissà quante donne ha...

C'erano stati solo tre uomini importanti in tutta la sua vita. L'ultimo suo vero fidanzato, un ufficiale di Marina, l'aveva mollata per una sua amica un anno prima. Avevano cominciato a uscire in tre, sempre insieme. Così per parecchi mesi. Quando era finita, Elvira era stata l'ultima a sapere che gli altri due avevano una tresca.

Ci aveva pianto sopra, ci aveva messo un po' a riprendersi. E, da allora, nessuna storia seria, solo passatempi, qualche flirt, qualche scopata liberatoria, ma niente di impegnativo. Uscite saltuarie e solo con gente che non le toccava vedere ogni giorno, che chiamava – al massimo – solo nei week-end, se i telefonini delle sue amiche erano spenti.

Anche quando andava a letto con un uomo, Elvira si comportava come nella vita. Non si godeva niente, aveva fretta di finire, di dimostrare a se stessa che il sommo piacere è l'autocontrollo, la consapevolezza di non dipendere da nessuno.

Lei ci lavorava con Di Giannantonio, e di quelli con cui lavorava – magistrati, avvocati, poliziotti o carabinieri – si dimenticava di proposito le facce. Erano ectoplasmi, corpi che fluttuavano anonimi tra i corridoi del Palazzo di Giustizia. Strumenti, sì, quella era la parola giusta, arnesi che saltavano fuori alla bisogna, esattamente come la pinzatrice, come la stampante del computer, come il telefono.

«Dottoressa, gradisce un altro caffè?» domandò il commissario notando i suoi occhi persi nel vuoto.

«No, *ti* ringrazio», rispose Elvira sovrappensiero. Si accorse subito della gaffe e si morse la lingua.

Ecco, vedi? Pure una figuraccia. Dal lei sono passata improvvisamente al tu. Sono sconvolta, sì, dev'essere questo il motivo. Sono sotto choc per Robertino, adesso mi fermo un momento e mi riprendo... un bel respiro e torna tutto come prima... Dai... ce la puoi fare... intanto scusati con lui e dagli di nuovo del lei.

«Le chiedo scusa, commissario, sono molto stanca», si affrettò ad aggiungere accendendo un'altra sigaretta e inforcando, rossa di vergogna, gli occhiali da sole.

«Non ti devi scusare», la stoppò Di Giannantonio.

Matteo le sorrise, le prese una mano e con tono affettuoso cercò di metterla a suo agio.

«Guarda che ti capisco perfettamente.»

Elvira restò interdetta.

Ti capisco mi ha detto, ti, t-i, hai visto gli uomini? Ti aspettano al varco. Non puoi sbagliare che ti fottono, gli dai un dito si prendono il braccio. Ormai incassa il colpo, lascia stare il lei. Fai la gentile e accetta il tu. Ma senza troppo entusiasmo.

«Va bene», disse a Matteo con un distacco e un tono il più possibile neutro, «allora ti ringrazio, ma adesso scusa, devo proprio andare.»

Di Giannantonio per tutto il tempo l'aveva ascoltata con attenzione, sapeva che Elvira aveva bisogno di aprirsi e non l'aveva interrotta mentre sciorinava quel suo rosario pieno di spine, dov'erano più le colpe che i rimpianti. L'aveva guardata soffrire e struggersi e maledirsi e ridere isterica per le cose che avrebbe voluto fare e non aveva fatto con Di Maio. E mentre la guardava, aveva pensato che era bellissima.

Ora Matteo si vergognò un po' di avere fatto quel pensiero, ma non riuscì a sentirsi in colpa. Elvira gli piaceva. Non era solo bella, era contorta, forse frustrata e piena di complessi, il tipo che da sempre lo intrigava.

Fuori dal bar era già giorno fatto.

Una lama di luce illuminò di sbieco il tavolino dove si erano appartati. Sembrava un riflettore puntato su un palcoscenico buio. Matteo guardò l'orologio. Erano le otto. Dentro il bar avevano acceso la tivù. Al telegiornale dicevano che la polizia aveva trovato i vestiti di Robertino. A San Cataldo, da qualche minuto non volava una mosca. Così in ogni quartiere, in tutta la città. Palermo era rimasta senza parole. Il prete della Martorana si preparò a suonare le campane a morto.

11

DAVANTI alla tivù quella mattina c'era pure Rosa, che il televisore lo teneva acceso sempre, giorno e notte, per contrastare i suoi demoni. Di solito, qualunque cosa sentisse o vedesse su quello schermo le rimbalzava addosso. Però la storia di Robertino l'aveva colpita. In quel diluvio di televendite, quiz, prove del cuoco e mariedefilippi, era l'unica cosa che l'aveva interessata, a cui avesse prestato un po' più di attenzione. Anche lei immaginava che il sequestro fosse opera della mafia, o di qualche malacarne uscito fuori di testa. Ma all'inizio era troppo stanca e troppo depressa per cercare di saperne di più. Quando alla tivù aveva sentito che Roberto lo avevano rapito i Corleonesi, all'inizio non aveva dato peso alla cosa. Molti giornalisti lo facevano spesso, avevano questo vizio. Se in un «pezzo» di mafia non sapevano che scrivere, per non sbagliare accollavano tutto ai Corleonesi.

Tanto nessuno poteva smentire.

Di ogni uomo catturato, di ogni cristiano scomparso, era sempre loro la colpa, degli eredi di Riina, che c'entrassero davvero oppure no. Se Rosa all'inizio non ci aveva badato, col passare dei giorni la curiosità aveva prevalso su quella specie di torpore che le ovattava la mente.

La storia di Robertino le aveva fatto tornare – cosa strana – la voglia di parlare con Nino. E non perché avesse nostalgia delle loro conversazioni inutili, *non ti manca per niente, ammettilo*, ma perché immaginava che Giaconia, essendo quello che era, potesse avere, rispetto a tutti gli altri – la tivù, i giornali, perfino la polizia – informazioni di prima mano. Il difficile era convincerlo a sbottonarsi.

Devi fargli qualche domanda, lui deve sapere per forza qualcosa.

«Non ne so niente, non siamo stati noi, lo sai che i giornalisti dicono sempre minchiate.»

Tutte le volte che la moglie gli chiedeva notizie, Nino era attentissimo a non tradirsi, a restare sempre sul vago. Le aveva detto soltanto che i sequestratori erano sicuramente degli sbandati, persone venute da fuori che dovevano avere qualche brutto conto in sospeso con Di Maio. Non era poi così strano, il pentito aveva più nemici che estimatori. Poi il marito le aveva spiegato che tutta quella polizia in giro non faceva che intralciare la loro vita quotidiana, rendere complicati i suoi spostamenti e quelli del cognato.

Palermo in quelle settimane era un inferno e Giaconia si era messo una mano sul cuore. Le aveva giurato che tutta Cosa Nostra – lui compreso – era mobilitata per far tornare a casa sano e salvo quel bambino.

«È nel nostro stesso interesse!» aveva precisato.

Non si era limitato a mentire, com'era suo solito. Giaconia aveva superato se stesso nel recitare la parte di quello sensibile quando, circa un mese dopo il rapimento di Roberto, la moglie gli aveva chiesto per l'ennesima volta notizie di quel sequestro e lui si era mostrato sempre più affranto.

«Non lo troviamo, chissà che fine ha fatto, povero figlio mio... Se trovo quello che ha rapito il picciriddo gli strappo il cuore con le mie mani.»

Appena Rosa sentì al telegiornale la voce dello speaker che annunciava, senza condizionale, la morte del bambino, il suo cuore di madre mancata – inaspettatamente – ricominciò a battere.

Lo hanno fatto, lo hanno ucciso, hai visto?

Più ascoltava il notiziario e più non ci poteva credere. Lo seguì sino alla fine, per essere sicura di avere capito bene. Vide le immagini dei vestiti di Roberto ripresi nel laboratorio della scientifica, la conferenza stampa del questore, i poliziotti affacciati alle finestre della squadra mobile – inermi e impotenti – mentre dall'alto guardavano Carmela, la madre di Roberto che usciva dalla Questura sorretta dai parenti.

No, non ce la posso fare, basta.

Immaginò di essere al posto di quella donna e si sentì un pugnale piantato nel cuore. Schiacciò il bottone rosso sul telecomando e spense la tivù. Le scoppiò un fastidioso mal di testa, le venne una nausea tremenda. Nino non c'era, doveva essere uscito, non sentiva i suoi passi per casa. Corse in bagno a vomitare e tornò in salone. Si buttò di nuovo sul divano. Era quasi mezzogiorno, ma per lei era sempre notte, non era mai troppo tardi per provare a dormire.

Da un po', per farsi qualche ora di sonno, Rosa ricorreva a un potente sonnifero di cui teneva sempre una scorta. Il marito gliene comprava due scatole ogni tre giorni. Ma l'ultima pillola della confezione che teneva a portata di mano Rosa l'aveva presa la sera prima. E l'altra confezione, quella nuova, non la trovava, chissà dove diavolo era. Cercò nell'armadietto del bagno, niente. Andò in cucina a rovistare in un cassetto dove tenevano qualche medicinale di pronto soccorso. Niente neanche lì. C'era troppa luce, le dava fastidio agli occhi. Su un tavolo vide il cellulare che Nino le aveva chiesto di usare solo in caso di emergenza.

Giaconia non aveva un numero fisso, li cambiava in continuazione e, ogni volta che lo faceva, lasciava quello nuovo su un post-it attaccato sul frigo.

L'ultimo era 337-363126.

Rosa lo digitò sulla tastiera e fece partire la chiamata. Sentì due squilli, la linea cadde. Riprovò. Questa volta il marito rispose. Giaconia aveva riconosciuto subito il numero, sapeva che poteva essere solo una persona.

Si agitò.

«Giò, che è successo, tutto a posto?»

«Non trovo le mie pillole per dormire...»

«C'è una scatola nuova dentro la giacca. L'ho lasciata sulla poltrona in camera di letto. Non mi ricordo se nella tasca destra o nella sinistra, cercala... io sto arrivando, ciao.»

Giaconia chiuse, la moglie aveva sentito un leggero vociare in sottofondo. Doveva essere occupato in una delle sue riunioni. Rosa lasciò il cellulare sul tavolo da pranzo, lì dove lo aveva trovato, e, strisciando con le pantofole sul pavimento, si avviò nell'ultima stanza in fondo al corridoio, quella dove dormiva – un tempo – col marito. La trovò diversa dall'ultima volta che c'era stata. Fece fatica a rimanere lì a lungo. Le appariva fredda, ostile, le ricordava cose che cercava di dimenticare, la macchia di sangue sulle lenzuola, i dolori alla pancia, l'aborto, la morte del «dottoricchio».

Il disordine di quella camera la innervosiva. Sui mobili c'era un dito di polvere, il letto era sfatto, c'erano tazzine da caffè vuote su entrambi i comodini, l'aria era viziata. Aprì la porta-finestra e si guardò intorno.

La giacca che cercava era una specie di sahariana color nocciola, di cotone leggero, che il marito indossava spesso perché era comoda e piena di tasche. Penzolava da una poltroncina a treppiede di pelle bordeaux trapuntata.

Era una di quelle poltroncine ampie, all'inglese, che vendono nei negozi di arredamenti navali. Giaconia se l'era comprata solo perché gli piaceva, perché lo faceva sentire importante. Se l'era fatta portare a casa da Tony, che s'era spezzato le spalle per trasportarla fino al terzo piano.

Per un paio di mesi Nino l'aveva lasciata in un angolo della casa, in attesa di comprare una scrivania che fosse degna della seduta. Ma poi l'aveva riesumata, sistemandola provvisoriamente vicino al letto, per usarla quando si vestiva o si doveva spogliare. Rosa prese la giacca per il colletto e frugò nella tasca sinistra. Trovò subito la scatola di pillole.

Eccole, sono queste.

Rimise la sahariana al suo posto, ma senza una cura particolare, così la giacca scivolò dalla spalliera di pelle della poltrona e cadde per terra. Rosa la raccolse, ma sul pavimento notò uno strano oggetto, una specie di pupazzo. Doveva essere uscito da una tasca interna.

Era un omino rosso, di pezza, e sembrava a prima vista un giocattolo, la riproduzione di un motociclista o qualcosa di simile. La posa era quella, pareva stesse per afferrare un manubrio. Aveva le ginocchia piegate, il busto proteso in avanti, i gomiti larghi, i pugni serrati. Era vestito con una specie di casacca bianca e pantaloni attillati, infilati in alti stivali. In testa aveva un caschetto e portava un paio di occhialoni.

Che cos'è?

Rosa non si dava pace. All'inizio le sembrò un motociclista. Si mise seduta sul letto e osservò ancora quell'oggetto, ancora più attentamente. Se lo girò e rigirò tra le mani per qualche minuto. A un tratto notò delle minuscole rondelle di metallo sugli stivali, proprio all'altezza delle caviglie.

Erano speroni.

Capì.

È un fantino, ecco cos'è.

Faceva caldo fuori, ma lei iniziò a sentire freddo, come quando aveva un presentimento. Esaminò ancora quel fantoccio, cominciò ad annusarlo. Sentì un odore forte, pungente. Le sembrò il tanfo dell'uva andata a male o del mosto che fermenta troppo e sa di aceto. Rosa ebbe la sensazione che dentro il pupazzo ci fosse qualcosa, qualcosa che ogni volta che lo inclinava o lo capovolgeva sbatteva sulle pareti interne. Lo rovesciò di nuovo, lentamente, prestando attenzione questa volta a ogni suono, cercando di captarne anche il più piccolo rumore che le potesse dare un indizio, un'idea. Niente. Lo guardò nella parte anteriore.

Non vide nulla di particolare. Ma sul retro, più o meno all'altezza delle spalle, notò che la casacca bianca del fantino era bucata.

C'era un piccolo foro circolare rammendato con ago e filo nero. I bordi erano macchiati di rosso, sembravano sporchi di pennarello. Rosa provò a infilarci un'unghia, ma non riuscì ad allargare il buco, la cucitura era incrociata, la fessura troppo stretta. Il pupazzo era stato aperto e richiuso, di questo ne era certa.

Ma perché? Per nascondere cosa?

Rosa non ce la faceva a resistere, doveva guardare, doveva sapere. Col cuore che le batteva in gola, tirò fuori dal cassetto del comodino un paio di forbicine per la manicure. Tagliò i vestiti del pupazzo, un taglio netto dal basso verso l'alto, e scostò la gommapiuma. Dentro trovò un pezzo di carta, un bigliettino arrotolato. Lo tirò fuori. Era lungo e stretto quanto una sigaretta «slim». Il rosso di cui era macchiato non era pennarello, era sangue, almeno così le parve dalla consistenza. Pregò che fosse il messaggio di un trafficante, il «pizzino» di un mafioso, l'appello di un carcerato al marito, qualunque cosa tranne l'unica che da quando aveva trovato il fantino temeva che fosse.

Si sentì barcollare e cercò un appoggio per non cadere. Come un lampo, nella testa le apparve un'immagine, una visione che cercò di scacciare subito, quella di un bambino e del suo cavallo.

Rosa si sentì invasa dal panico, aveva il fiato corto. Cercò di concentrarsi sul biglietto. Lo aprì e cominciò a leggere. Sopra c'erano sei parole, scritte con una grafia tonda e quasi infantile:
PAPI, TI PREGO, NON LASCIARMI MORIRE.

Sotto c'era una data, 6 SETTEMBRE.

Roberto!

Cadde senza forze sul letto, inerte, come il pupazzo che teneva in mano, e sentì una voragine aprirsi sotto di lei, come se da un momento all'altro dovesse sprofondare all'inferno.

Sì, era Roberto, e quel biglietto era il suo ultimo disperato appello prima di morire, prima di soccombere per mano dei suoi assassini. Era l'ultima supplica che Ciccio Di Maio, suo padre, non aveva mai ricevuto. Per uno di quegli strani scherzi del destino quel pupazzo era finito tra le mani dell'ultima persona che avrebbe dovuto riceverlo.

Rosa era una donna che non aveva dato ancora un senso al suo dolore, un dolore assoluto, insopportabile, che fino ad allora aveva vagato per quella casa senza mai diventare colpa, espiazione.

Ora, per la prima volta da quando aveva abortito, Rosa quel dolore sapeva dove indirizzarlo.

Qualche giorno prima di far uccidere Robertino, Gaspare Occhiuzzo lo aveva costretto a scrivere un biglietto. Lo voleva mandare al padre come prova di esistenza in vita. Era andato lui nella prigione di contrada Favazza per suggerire al ragazzino le parole che doveva usare. Gliele aveva dettate una dopo l'altra. E il giorno dopo aveva mandato uno dei suoi uomini in un negozio di giocattoli, a cercare un fantino o qualcosa che gli assomigliasse. Si era raccomandato che fosse morbido.

«Una cosa con la gommapiuma, che poi possiamo riempire!»

Se l'era fatto portare, l'aveva sventrato, ci aveva infilato il «pizzino» e lo aveva fatto ricucire con ago e filo. Poi aveva chiesto a Giaconia di trovare il modo di recapitarlo a Ciccio Di Maio. Era un modo per fare capire al pentito (in maniera discreta, bypassando la polizia) che il bambino era ancora vivo e i Corleonesi erano disposti a trattare il suo rilascio.

La metafora del fantino non rimandava solo alla passione di Roberto. Era molto di più. Nel gergo mafioso, doveva suggerire al padre che era più saggio «cambiare cavallo». Ossia fermarsi e ritrattare ogni accusa se voleva avere ancora una speranza di rivedere suo figlio vivo. Questo era il progetto iniziale di Occhiuzzo. Ma le cose, come spesso succede, alla fine avevano preso una piega diversa.

Di Maio, pressato dalla Salemi, aveva portato i poliziotti ad arrestare il proprietario di due cliniche private in cui i Corleonesi avevano investito un pacco di denari. E in più aveva testimoniato regolarmente al processo per l'omicidio degli agenti di custodia. In particolare aveva infierito su Occhiuzzo, il capo dei Corleonesi. Davanti ai giudici lo aveva definito un «pazzo sanguinario, uno che sputerebbe perfino sulla tomba di sua madre».

C'era una televisione che trasmetteva l'udienza in diretta. Occhiuzzo l'aveva seguita. Sentendo le parole di Di Maio gli era montato il sangue al cervello. Aveva scaraventato una sedia contro lo schermo, fracassandolo, poi aveva chiamato Nino.

«Basta, questo cornuto mi ha rotto la minchia!»

Aveva perso letteralmente la testa.

Invece di aspettare che Giaconia spedisse il pupazzo e Di Maio – ricevendolo – potesse valutare una correzione di rotta, il capo dei Corleonesi aveva voluto chiudere la partita.

Aveva voluto vincere.

A tavolino.

A modo suo.

Dopo aver fatto strangolare il ragazzino, aveva pure deciso che il suo corpo venisse dato in pasto ai maiali. Aveva ordinato il più infame dei delitti. Doveva essere qualcosa che nessuno avrebbe più dimenticato, un monito a tutti i suoi soldati, quelli a piede libero e quelli detenuti, quelli che non avevano intenzione di pentirsi e quelli che cominciavano a pensarci.

Giaconia era convinto che dell'omicidio peggiore di cui si era macchiato nessuno avrebbe mai saputo niente. Tantomeno sua moglie.

Eppure quel fantino rimasto nella tasca della sahariana a Rosa sembrava un messaggio, un segno che Roberto le aveva mandato per dirle che suo marito non l'aveva ucciso del tutto. Un piccolo pezzo di lui, nonostante tutto, viveva ancora.

Solo bugie, una montagna di bugie. Era una vita che il marito le mentiva e le aveva mentito pure questa volta. Faceva finta di non sapere chi aveva rapito Robertino e poi Robertino lo aveva rapito lui.

Assassino maledetto!

Ma come poteva immaginare Rosa che alla sua collezione di cadaveri Giaconia aggiungesse anche quello di un bambino innocente? Era questa la soglia che Nino doveva superare per essere il più grande dentro Cosa Nostra?

Pazzo, è un pazzo malato...

E dire che Nino recitava pure la parte di quello dispiaciuto mentre lei soffriva per aver abortito, di quello che in fondo aveva pure sperato di diventare padre.

Bastardo!

Era stato lui a uccidere Robertino o uno dei suoi uomini, uno dei suoi macellai?

Che importanza ha adesso, Rosa? Sono tutti assassini, lo hai sempre saputo, lo hai sempre coperto, tu sei come lui.

Il pupazzo era la prova che Nino era coinvolto. Bastava sapere questo, che suo marito e i Corleonesi avevano passato il segno e ora non si sarebbero fermati più davanti a niente. Quell'innocente era l'assalto all'ultimo bastione. Poteva cambiare qualcosa scoprire chi aveva ucciso e chi era rimasto a guardare, chi aveva dato l'ordine e chi l'aveva eseguito?

Sei come lui.

Se c'era un modo per cambiare le cose forse era alzarsi da quel divano, vestirsi, uscire, scappare lontano da quel mostro, cercare aiuto.

Sì, certo, e dove vai? Se ti prendono ti arrestano, tu sei come lui, rassegnati.

Si sentiva in trappola, Rosa, non riusciva a respirare e nemmeno a muoversi. Era prigioniera, rinchiusa in una cassa di legno, sotto un metro di terra. Robertino era solo l'ultimo chiodo che il marito aveva piantato sulla sua bara prima di seppellirla viva.

Vuole che muori, che ti levi di torno, non lo hai capito? Se non fai qualcosa, prima o poi ucciderà anche te.

Prese il biglietto. Lo aprì di nuovo. Lo lesse lentamente in controluce, sperando di scorgere qualcosa di diverso, qualcosa che prima le era sfuggito. Niente. C'era solo la richiesta di aiuto e quella data, 6 settembre. Roberto era stato rapito il 18 luglio. Rosa se lo ricordava bene, perché aveva abortito da poco e da allora aveva cominciato a tenere il televisore sempre acceso. Fece il calcolo a mente.

Tre, quattro, cinque.

Ecco, sette settimane. Tanto era durata la prigionia di quel povero bambino.

Quarantanove giorni, tanto quanto è durata la tua gravidanza, da quando hai scoperto di essere incinta. Hai capito, adesso?

Sì, doveva essere per forza una coincidenza, un caso.

O forse no, pensaci bene...

Si convinse che un filo sottilissimo legava il suo destino a quello del piccolo Di Maio. Lui era stato privato della sua vita, lei era stata privata di un figlio, del diritto di essere madre.

Dio ti ha voluto punire. Ti ha punito perché hai concepito un figlio con un assassino, un uomo che ha perfino versato il sangue di un innocente. Ti ha punito togliendoti la tua creatura.

Rosa in quel momento sentì il rumore di una chiave che girava nella toppa della porta. Era Nino, era tornato a casa. Se avesse avuto una pistola sottomano, l'avrebbe impugnata e gli avrebbe sparato all'istante.

Devi ucciderlo, tu sei come lui.

Sentiva la rabbia montarle dentro. Si alzò dal divano, andò in cucina, afferrò un coltello e tornò indietro. Si mise a correre verso il marito. Urlava disperata. Gli si avventò al collo, cercò di colpirlo con tutta la forza che riuscì a trovare. Voleva fargli capire quanto lo odiava. Quanto lo odiava per avere rapito Roberto e per averle negato tutto in quel matrimonio, anche la verità. Giaconia le afferrò i polsi, cercò di tenerla ferma. In una mano Rosa stringeva il coltello, nell'altra il fantino di pezza. A Nino bastò guardare quel pupazzo per capire.

«Giò, calmati», le continuava a ripetere mentre Rosa si dimenava come una bestia ferita.

Sua moglie lo guardò e lo crocifisse alla vergogna.

«Avete ucciso un innocente, farabutti, come avete potuto? È colpa tua se ho abortito, lo capisci? È colpa di tutto il male che hai fatto.»

Rosa si lasciò cadere a terra. Il pianto le serrava la gola. Si sentiva mancare l'aria, scoppiare le tempie. Ora era in ginocchio, senza forze.

«Tieni, Giò, prendi una pillola, vedrai che ti sentirai meglio.» Nino tentò di rabbonirla offrendole il solito sonnifero.

Ecco, fatti dare la pillola. Questo vuole lui, tenerti sedata, mattina e sera, farti vivere come un vegetale, così non guardi, non senti, non parli e non pensi. Una scimmia. Dai, prendi una pillola.

Rosa afferrò la scatola di sonniferi e la distrusse in mille pezzi. Fece un lungo respiro, cercò di riprendersi. Doveva parlare.

«Dimmi, Nino, rispondimi», cominciò con una voce che s'abbassò fino al sussurro, «hai ucciso tu quel bambino?»

Giaconia non rispose.

Rosa lo incalzò.

«È così, vero? Lo hai ammazzato tu», disse tra i singhiozzi.

Il boss guardò la moglie dritto negli occhi e in quegli occhi Rosa lesse la risposta.

Rivolse al marito un'ultima domanda, forse la più difficile di tutte.

«Come potevo darti un figlio se tu nel frattempo uccidevi quelli degli altri?»

Lui non rispose.

Rosa da quel momento si chiuse in un mutismo impenetrabile, barricata in sala, dietro una porta che era come un muro invalicabile.

Quella fu l'ultima volta che Nino sentì la voce di sua moglie.

12

SEI stata una moglie leale, fedele, rispettosa, sei stata una moglie perfetta, forse la migliore di tutte. E in cambio cos'hai avuto, come ti ha fatto vivere tuo marito? Adesso lo sai, è stata questa la tua debolezza più grande, il tuo peccato originale. Sapere chi era il tuo Nino e girare la testa dall'altra parte. Ogni giorno.

Quante volte hai fatto finta di non vedere? Dai, rispondi. Quante volte avresti potuto fermare la mano di quell'assassino e non l'hai fatto? Tante, troppe. Adesso sai perché ti è piovuto questo castigo dal cielo. Perché anche tu sei una criminale, sei un'assassina, come tuo marito. La tua indifferenza, il tuo silenzio, ti hanno reso complice. Ti importava solo di diventare madre, avere qualcuno a cui badare, il resto non ti riguardava. Ma gli assassini, Rosa, non meritano figli, non ne sono degni.

Bisogna sapere amare per avere un figlio e tu non sai cos'è l'amore. Non lo sai. Convincitene. Non è mai stato amore quello che ti ha spinto tra le braccia di Nino. L'hai capito, adesso? Dovevi rimanere con la tua famiglia, aspettare di trovare un altro uomo, quello giusto. A quest'ora avresti un marito normale o saresti una ballerina famosa.

Te la ricordi la tua passione, la danza classica? Hai smesso di studiare perché tuo padre era contrario. E Nino cos'ha fatto per rimediare, cosa ti ha detto? Te lo ricordi? Ti ha detto spo-

siamoci e poi se ne parla. E quando ne avete riparlato era troppo tardi. Eri già la moglie di un latitante, una prigioniera. Ti ha ingannato, il ragazzo venuto da Corleone, e tu non hai alzato un dito per cambiare la tua vita. Ti aveva detto che saresti stata felice diventando sua moglie, che la mafia vi avrebbe reso onnipotenti. Guardati! Hai l'aspetto di una felice? Dov'è il tuo potere, a chi stai facendo paura adesso, oltre che a te stessa? Una regina volevi diventare. Eccoti servita, sei diventata la regina del male, la moglie di un demonio. Fattene una ragione adesso e fai la cosa giusta.

Sapeva perfettamente cosa sarebbe successo, tutto sarebbe finito nel giro di un minuto, doveva solo resistere ancora un po'. Rosa si strinse al petto il fantino di pezza. Era suo, adesso, era suo di diritto. Lo voleva riporre nella scatola dei ricordi, dove c'erano tutte le sue cose. Era una scatola blu col fiocco rosa che teneva in fondo a un baule in camera da letto. Era una vita che non l'apriva. Andò a cercarla, la trovò sotto una pila di tovaglie e di coperte fatte all'uncinetto, il corredo che sua madre le aveva dato per il matrimonio e che lei sognava di passare un giorno al figlio che non avrebbe mai avuto. Toccò la scatola, sentì la superficie liscia, l'accarezzò, l'aprì. Dentro c'erano vecchie foto, un diario, la pagella della prima elementare e, in fondo, un paio di scarpette da danza misura 36. Erano bianche, con lacci lunghi e opachi, la punta rovinata. Le prese in mano. Il fantino di pezza era appoggiato sulle sue ginocchia. Li guardò entrambi. Non erano poi due oggetti così diversi. In fondo raccontavano due infanzie violate, due mondi negati, due ingiustizie, due prigionie.

Lei e Robertino uniti nel destino. Per sempre.

Richiuse la scatola, la ripose nel baule e prese il cellulare in mano.

Fece il numero di Clara.

L'amica rispose con una voce assonnata.

«Pronto?»

«Clara...»

La voce filtrata dal telefono era una specie di soffio. Sembrava quella di un fantasma.

«Rosa sei tu... pronto?»

«Volevo salutarti...»

«Perché dove vai?»

Clara cominciava a spaventarsi.

«Rosa, ti senti bene?»

«Vado in un posto migliore di questo, spero... voglio raggiungere mio figlio.»

La voce era sempre più bassa, si capiva sempre meno. Si coglieva solo l'angoscia che trasudava da quel timbro gelido, metallico, senza emozioni.

«Tuo figlio?» chiese ancora Clara col cuore che le batteva forte. «Ma che dici? Dove stai andando, Rosa?!»

«Clara, mia dolce Clara», bisbigliò Rosa come se scandendo quelle tre parole volesse trasmetterle il calore di un abbraccio, «sei stata un'amica meravigliosa. Perdonami se non sono stata alla tua altezza. Avevi ragione tu, non dovevo sposarlo quell'uomo...»

«Ma che dici, Rosa? Ascolta, mi stai facendo paura. Ti vengo a prendere così parliamo, dimmi dove sei e arrivo!»

Rosa non l'ascoltava già più.

«Ciao Claretta, ti mando un bacio.»

«Rosa, aspetta!»

La comunicazione fu interrotta.

Rosa chiuse il cellulare, alzò la serranda. Fu accecata dai raggi del sole.

Era mattina presto.

Uscì in terrazza, si avvicinò alla ringhiera, c'era silenzio. Guardò di sotto, la strada era deserta, sulle finestre del palazzo di fronte brillavano i primi raggi di sole.

Prese coraggio. Ormai aveva deciso, l'avrebbe fatto. Si mise a cavalcioni sull'inferriata, chiuse gli occhi.

Ora lasciati andare, Rosa, ancora un piccolo sforzo e sarai guarita.

La prima gamba, la destra, era già fuori dalla ringhiera, il suo corpo aspettava solo l'altra per volare di sotto.

«Noooo! Ferma!»

Rosa sentì un urlo.

Alzò le braccia, si inclinò verso destra, bastava un niente e sarebbe caduta. Riaprì gli occhi, era ancora lì, dondolava nel vuoto come il verricello di una gru.

Due braccia potenti l'avevano rubata al vento e le stavano serrando il petto.

Era la prima volta che la morsa di Giaconia non uccideva qualcuno.

13

Palermo, dicembre 2008

«PERCHÉ mi ha fatto chiamare?»

Elvira guardò il detenuto, cercando di scorgere un lampo di sincerità nel fondo di quegli occhi neri.

«Perché voglio che lei li fermi. Quei bastardi non meritano neanche di vivere.»

Erano le tre del mattino.

Nella sala colloqui di Rebibbia faceva freddo, c'era un'umidità che mangiava le ossa. Era una stanza piccola, illuminata da un grosso neon. Dentro c'erano solo un paio di sedie e un tavolo di formica piazzato al centro.

Erano seduti l'uno di fronte all'altra.

Era già la terza volta che la Salemi incontrava quell'uomo.

L'aveva cercata lui, le aveva scritto una lettera dal carcere.

Elvira conosceva i suoi trascorsi. Aveva incrociato il suo nome in un paio di inchieste. Sapeva che era un mafioso.

Uno della famiglia dei Corleonesi.

Il detenuto poteva avere massimo trent'anni.

Carnagione olivastra, naso aquilino, capelli impastati di cera, spettinati all'ultima moda, un piercing all'orecchio sinistro, le unghie delle mani tutte rosicchiate.

Un tipo nervoso.

Indossava una tuta azzurra con le bande rosse e un paio di

scarpe da tennis con i lacci allentati. In mano teneva un ritaglio di giornale con la foto di Robertino che aveva fatto il giro del mondo, quella di lui in groppa al suo cavallo.

«Dottoressa, non è facile per me, lei mi deve capire...»

Il carcerato aveva la barba di due giorni, era senza manette, i gomiti appoggiati sul tavolo, le mani incrociate. Faceva fatica a parlare, sembrava combattuto, sospeso tra la tentazione di aprirsi e l'istinto di alzarsi, chiedere scusa alla signora per il disturbo e tornarsene da dov'era venuto.

«La notte non riesco più a dormire.»

Fu questa la sua unica confessione, quella notte.

Elvira cercava di studiarlo: quel tipo la rendeva nervosa.

Le sembrava avesse l'aria del maschio stronzo che non si fida delle donne.

E pensare che mi ha cercato lui.

E poi era sconnesso, mentre parlava si perdeva di continuo.

Elvira ci riprovò.

Per l'ennesima volta.

«Ricominciamo daccapo. Cosa sa di Robertino Di Maio?»

«Quello che le ho detto.»

Era la quinta volta che gli faceva la stessa domanda ed era la quinta volta che otteneva la stessa risposta. Il riassunto delle cronache dei giornali.

La Salemi cominciava a stancarsi del suo tentennare.

«Sono due ore che andiamo avanti così. Non mi ha raccontato nulla che già non conosca.»

«È tutto quello che so», scrollò le spalle l'uomo con la tuta.

Ora basta cazzate, fine dei giochi.

Elvira si accese una sigaretta. Diede due boccate fissando il tavolo di formica in mezzo a loro, poi si alzò, raccolse la sua roba, infilò il soprabito e si avviò verso l'uscita.

«Quando deciderà di parlare mi farà chiamare. La saluto, buonanotte.»

Il detenuto restò immobile, in silenzio.

La Salemi doveva andarsene da lì.

Alla svelta.

Un altro minuto in quella stanza e gli avrebbe messo le mani addosso. Aveva voglia di sfogarsi, si sentiva il sangue pulsare alle tempie.

Tu pensi di fottere me, ma io ti lascio marcire in carcere, pezzo di merda, te la do io la crisi di coscienza...

Era furiosa la Salemi, lo stomaco chiuso in un pugno, i muscoli tesi come corde bagnate.

Dovevo immaginarlo che era tempo perso...

Ma come le era venuto in mente, anche solo per un attimo, che uno così potesse fare sul serio?

Ma lo hai visto in faccia? È un cocainomane, un drogato del cazzo!

Aveva le pupille dilatate, come i gatti la notte.

A malapena le aveva detto dove abitava. Era chiaro che bluffava. Doveva esserci qualcosa sotto. Dietro quella messinscena c'era per forza la manina nera dei Corleonesi.

È quel bastardo di Occhiuzzo che l'ha mandato, me lo sento.

La Salemi bussò sul portoncino di ferro.

Quattro colpi.

Uno più forte dell'altro.

Il secondino ciondolava annoiato fuori dalla sala colloqui. Era stata Elvira a farlo uscire durante l'interrogatorio.

«Mi apre?»

Per un attimo ci fu silenzio.

Poi si sentì il rumore di un pesante chiavistello che girava su una serratura massiccia.

La porta si dischiuse.

«Dottoressa, si fermi!»

Elvira si bloccò sulla soglia, si voltò.

L'uomo con la tuta le stava sussurrando qualcosa.

«Che ha detto? Non ho capito...»

«Io posso farle prendere Nino Giaconia!»

14

Il fascicolo era in una busta gialla, di quelle spesse e con l'interno cartonato. Sulla copertina c'erano un nome e un cognome scritti a stampatello con un pennarello nero.

Elvira era arrivata in ufficio di mattina presto.

Voleva ritagliarsi qualche ora da sola. Doveva sfogliare quel dossier in santa pace, senza rischiare di venire interrotta o disturbata dai tanti visitatori – avvocati, sbirri, cancellieri – che bussavano dalla mattina alla sera alla sua porta.

Azionò un pulsante e sul citofono fuori dalla porta comparve la scritta rossa OCCUPATO.

Il fascicolo non riguardava nessuno dei suoi imputati abituali e niente giustificava il fatto di averlo tra le mani. Probabilmente – anzi sicuramente – tra quelle carte non avrebbe trovato nessun reato, nessuna notizia *criminis* degna di questo nome. Al massimo, avrebbe sfogliato solo qualche pagina di storia palermitana.

Storia ufficiosa. Perché per quella ufficiale c'erano i libri.

Questi, invece, erano pezzi di umanità andata a male, miasmi velenosi che uscivano da un vecchio calderone arrugginito. Storie di spiate e di spioni, anonimi combattenti a loro modo, sulla cui storia lo Stato aveva preferito prima tacere e poi dimenticare.

Elvira mise il soprabito sull'attaccapanni accanto all'ingresso.

Gettò la borsa sul divano di fianco alla libreria e si abbandonò contro lo schienale della poltrona.

Prese il fascicolo, lesse il nome e il cognome sulla copertina.

Lo aprì alla prima pagina e cominciò a leggere.

Arrivò a finire solo il primo capoverso.

Squillò il telefono.

Maledizione, mi ero dimenticata di staccarlo!

Era la segretaria del suo capo.

«Dottoressa, il procuratore la vorrebbe vedere, potrebbe venire in ufficio?»

Qualcuno doveva averla vista entrare.

La Salemi abbozzò una scusa.

«È urgente? Sa, sto parlando con una persona...»

«Sì, dottoressa, il capo vorrebbe incontrarla subito.»

«Va bene, arrivo.»

Il procuratore Manlio Bonoparrino era un vecchio magistrato, uno all'antica che non voleva arrivare primo al traguardo del cuore di nessuno. Non era né uno facile né uno difficile, né uno conciliante né uno ostile. Di solito viveva e lasciava vivere, aspettando la pensione. Ma era anche uno di quei pavidi che al primo sentore di guai non ti difendono, hanno paura di precipitare insieme a te, e allora nel dubbio scalciano, si agitano, finché non ce la fanno più e invece di tenerti stretto mollano la presa e ti abbandonano.

Gli occhi di tutta la città, dopo i funerali di Roberto, erano puntati sulla procura di Palermo e specialmente sulla dottoressa Salemi, che a parere di qualcuno – almeno apparentemente – aveva dimostrato di tenere più alle sue inchieste che alla vita di un bambino.

Qualche parlamentare in cerca di visibilità aveva anche scritto una lettera al Csm, perché il «caso Palermo» finisse in cima all'agenda di Palazzo dei Marescialli.

Le critiche, in particolar modo, si erano concentrate sul capo dell'ufficio, Bonoparrino appunto, crocefisso a mezzo stampa e accusato di non avere vigilato sul caso com'era giusto. Era dovuto intervenire anche il ministro di Grazia e Giustizia, che aveva disposto una visita immediata degli ispettori.

Ora il procuratore doveva trovare il modo per fermare la canea che si era scatenata intorno alla sua poltrona.

Formalmente, nelle interviste rilasciate ai giornali cittadini, Bonoparrino aveva dovuto riconoscere «l'integrità della dottoressa Salemi, uno dei migliori elementi di questo ufficio». Ma un conto era quello che il vecchio giudice diceva ai giornalisti su Elvira e un altro quello che effettivamente pensava di lei.

Aveva due facce, Bonoparrino.

Una che usava in privato e l'altra che esibiva in pubblico.

Il procuratore in cuor suo sapeva che doveva inventarsi qualcosa se non voleva essere trasferito in quattro e quattr'otto in una sperduta procura sui monti della Barbagia. E l'unica cosa da fare – di questo era certo – era sbarazzarsi di quella femmina con la toga che gli dava sempre pensieri.

Una portatrice sana di camurrìe.

Ecco come l'aveva definita a casa, quella mattina, parlando tra sé e sé, mentre si faceva la barba davanti allo specchio. Una fonte di seccature. Per arrivare al colloquio con la Salemi, il procuratore la notte prima non ci aveva dormito.

«Mi dica, dottoressa, a lei piace il calcio?» esordì appena la vide, preferendo affrontare la questione dal lato sportivo.

«No», rispose perplessa Elvira. «Ma scusi, dottore, perché?»

Il vecchio magistrato era a disagio, sembrava friggere su quella poltrona che era già caldissima di suo. Il principe di Galles che indossava sembrava farlo soffrire. Mentre era seduto continuava ad abbottonare e sbottonare i tre bottoni della giacca che lo fasciava sui fianchi e gli dava noia, si vedeva.

«Mia cara dottoressa, io seguo il calcio da quand'ero bambino e so che anche il migliore attaccante, il più forte del mondo, senza il supporto dei compagni non va da nessuna parte...»

Elvira iniziava a intuire qualcosa. Il cervello le girava a pieno regime, ma al suo capo non voleva darlo a vedere.

Continuò a fare la parte della ingenua.

«Io non amo il calcio», ammise con un sorrisino artefatto.

«Appunto», seguitò lui nel ragionamento, «ma se le piacesse saprebbe che è il gioco di squadra che fa di un ragazzo talentuoso un grande campione...»

Pausa. Sospiro.

«...Senza il gioco di squadra, un campione, il suo talento se lo può fare impanato. È aria incartata con la polvere. Mi capisce?»

La Salemi aveva capito tutto, dal primo momento.

E ora cominciava anche a innervosirsi. Non aveva voglia di sorbirsi tutto questo sermone, aveva fretta di tornare alle sue carte.

Si fece spuntare un'aria supponente.

«Procuratore, andiamo al sodo, cosa sta cercando di dirmi?»

Bonoparrino si sbottonò di nuovo la giacca.

Cercò di cambiare tono.

Questa volta si sforzò di essere più diretto, di fare un discorso, come dire, di pancia.

«Sto cercando di dirle che la vedo stanca, dottoressa, provata dalla storia di Robertino. Mi piacerebbe che lei smettesse di portare sulle spalle tutto il peso del mondo. Si faccia aiutare dai suoi colleghi e soprattutto guardi me. Secondo lei io sono diventato capo di quest'ufficio perché ero bravo?»

«Ah no?»

«Eh no!» alzò la voce Bonoparrino, mettendo l'accento su quell'ultima frase.

Elvira si sforzava di restare seria, ma in fondo le scappava da ridere.

«Anche lì è stato il gioco di squadra che mi ha premiato», continuò il capo tutto fiero, «senza i miei colleghi, senza i loro consigli, io non sarei arrivato da nessuna parte, sarei rimasto un magistraticchio da quattro soldi, grigio, insignificante, uno che se lo vedi in mezzo alla strada lo guardi e ti fa pure pena.»

Il procuratore accese un sigaro, venne avvolto da una nuvola di fumo e, quando la nube si diradò, Elvira si accorse che aveva cambiato espressione.

Ora era solenne, compunto, grave, abbottonatissimo.

Continuò a parlare con un tono che voleva essere paterno ma nello stesso tempo austero.

«Lei ha la stoffa del campione, dottoressa; ma forse adesso ha bisogno di riordinare le idee. A volte, stando seduti in panchina, arriva l'occasione di una vita. Si faccia una bella vacanza, è il suo allenatore che glielo consiglia, per il bene di tutti.»

Elvira aveva capito l'antifona.

Bonoparrino le voleva togliere l'inchiesta sui carcerieri di Robertino, e darle una bella lezione di umiltà.

E non era il solo a pensare che lei ne avesse bisogno.

Aveva sentito anche altri colleghi mugugnare sul suo metodo di lavoro.

La Salemi rischia di far precipitare la procura nel caos. Procuratore, lei deve intervenire. Conoscendola, farà della atroce fine di un bambino, della caccia agli assassini, la sua guerra personale!

Molti magistrati facevano a gara per entrare con una scusa qualsiasi nell'ufficio del capo a parlar male della collega. La accusavano di fare la primadonna, di essere malata di protagonismo.

È un'invasata, una pazza! Un magistrato deve volare basso! È la vergogna della categoria! Quanta gente deve morire prima che si possa fermare?

Questo era il tenore dei commenti.

E Bonoparrino non poteva che convenire con quelle analisi spietate.

Ora basta.

Alla Salemi bisognava impedire di fare più danni di quelli che aveva già provocato incalzando il pentito Di Maio.

Cosa mi posso inventare?

Bonoparrino ci aveva pensato a lungo a casa, davanti allo specchio.

Si era sbarbato e si era massaggiato il collo col Proraso.

Poi, mentre frizionava le guance col dopobarba aveva sentito una specie di sollievo.

Gli era venuta un'illuminazione.

Lei deve credere che la voglio proteggere!

Il capo della procura sapeva di doversi muovere con tutta la cautela che la sua saggezza gli consigliava. Se la Salemi fosse stata estromessa dalle indagini sui Corleonesi di punto in bianco, contro la sua volontà, sarebbe stato ancora peggio.

All'esterno sarebbe passato un messaggio sbagliato. Quello di uno «scippo» o di una procura spaccata. In più i giornali avrebbero creato un nuovo «caso», facendo della Salemi un'altra giovane martire.

No, cara mia, non te lo faccio questo regalo!

Bonoparrino doveva giocare di fino, mediare, convincerla a cedere il testimone a un collega più vecchio e più sereno. Uno che magari godesse della fiducia di Elvira, ma anche della simpatia della stampa, che era l'unica cosa – altro che i Corleonesi – che al capo dell'ufficio interessava ammansire.

Per i giornali il procuratore aveva una specie di ossessione.

Soprattutto di fronte alle critiche, ne faceva una malattia.

Bastava un articolo in cui il commentatore di turno sollevava dubbi sul risvolto politico di questa o quell'altra inchiesta della magistratura palermitana per farlo andare nel panico. Spesso erano indagini di cui conosceva lo stretto necessario o addirittura ignorava l'esistenza e allora si informava, chiamava il magistrato competente e gli consigliava prudenza, imparzialità, giudizio.

«Mi raccomando!»

Lo teneva d'occhio finché le critiche non si placavano.

Bonoparrino odiava la cattiva pubblicità.

Ci aveva messo una vita per crearsi una posizione.

Gli mancavano pochi anni alla pensione e voleva arrivare al traguardo sereno, mantenendo tutti gli agi e i privilegi di cui aveva fin lì goduto nella sua posizione: i ricevimenti dell'alta società dove lo invitavano ogni venerdì sera con la moglie, le partite di bridge al circolo dell'Addaura, le prime dell'Opera al Teatro Massimo.

Questa era la vita che gli piaceva e a cui non intendeva rinunciare. Per i polveroni, i proclami, le battaglie di principio e le crociate non aveva tempo.

«Quelle le lasciamo agli eroi o ai conquistatori, perennemente incerti se essere santi o assassini. Noi siamo quello che siamo… ospiti su questa terra», amava ripetere ai suoi fedelissimi parafrasando Tarabas, il nobile russo reso celebre da Joseph Roth, l'uomo che vedeva la guerra come «unica patria».

Il procuratore, beato lui, non aveva nemici.

E, a essere proprio sinceri, manco ne voleva.

Da molti anni aveva scelto di campare sereno.

E non avrebbe permesso a nessuno, tantomeno a una come la Salemi, di bruciare la sua coperta – fatta di piccole certezze, di piaceri sottili – in nome dell'imprudenza e della stoltezza.

«Perché non se va alla Seychelles? Mi hanno detto che sono bellissime in questo periodo!» buttò lì Bonoparrino.

Era un consiglio, ma a Elvira suonò quasi come un ordine.

«Non so nuotare, magari vado in montagna», annunciò acida prima di uscire dalla stanza.

Non era vero, ma la sua supponenza le fece uscire dalla bocca quell'inutile bugia. Non disse nient'altro al procuratore.

Non gli parlò nemmeno dei colloqui «informali» che aveva avviato da qualche giorno con quel mafioso a Rebibbia.

La vocina che le parlava dentro in quel momento glielo sconsigliò.

Magari gli scrivi due righe dalle vacanze…

Elvira sapeva di essere sola adesso, contro tutto e contro tutti. Teoricamente non aveva scelta. Doveva accettare il consiglio di Bonoparrino. Ammettere la sconfitta e levarsi di torno, ma era troppo orgogliosa per sventolare bandiera bianca. E poi non riusciva ad accettare l'idea che di tutte le cose buone realizzate in passato – le inchieste sulla pubblica amministrazione, i processi contro mafiosi e gregari – ora non restasse più traccia.

Era bastato un errore per cancellarne per sempre la memoria.

Da adesso, per tutti, Elvira era il mostro, il giudice che aveva fatto ammazzare quel bambino nell'illusione di salvare il mondo.

Mi guardano come se l'avessi ucciso io!

Tornò nella sua stanza.

Chiuse la porta a chiave.

Da un cassetto tirò fuori il fascicolo che sfogliava prima di essere convocata dal procuratore.

Lo prese e ricominciò a leggere.

Sul frontespizio c'era un nome che conosceva bene: DI GIANNANTONIO.

15

Palermo, 1995

MATTEO era rimasto orfano quando era un ragazzo. Il padre era stato trucidato dalla mafia nell'aprile del 1989. La sua morte, allora, era sembrata una delle tante in quella stagione di corvi, veleni e morti ammazzati. Non era così.

In pochi lo sapevano, ma Cosimo Di Giannantonio era un agente sotto copertura, nome in codice «Giappone».

Si era infiltrato dentro Cosa Nostra per carpire notizie, informazioni che dovevano servire allo Stato per contrastare la guerra di mafia che avrebbe segnato la fine dei Palermitani e il trionfo dei Corleonesi.

Erano gli anni in cui di pentiti ce n'erano tanti, ma di affidabili sempre meno, anni in cui di una famiglia mafiosa si sapeva tutto quando non contava più niente, quando ormai era inoffensiva.

Cosimo era nato e cresciuto a Catania. Lavorava come centralinista in un commissariato di provincia, a Sant'Agata Li Battiati. Il lavoro di «spione» lo aveva accettato per soldi.

Aveva conosciuto per caso un funzionario dei servizi che in estate trascorreva le vacanze dove le faceva lui, tra le dune dell'oasi di Vendicari. Quel tizio gli aveva offerto il doppio dello stipendio di un poliziotto normale.

Il sogno di Cosimo, da sempre, era quello di potersi comprare una casa. Ci aveva pensato su due giorni e alla fine aveva accettato, sapendo che ovunque fosse andato, qualsiasi cosa avesse fatto, si sarebbe portato dietro la morte, una compagna di viaggio silenziosa e imperturbabile, che non gli avrebbe perdonato nulla, né il più piccolo errore né il più grande successo.

Si era trasferito a Palermo con una nuova identità. Si era portato dietro tutta la famiglia, la moglie e i due figli, Matteo, il primogenito, e Clara, la femminuccia. Aveva affittato una casetta sul mare, dalle parti dell'Addaura. Nessuno lo conosceva, nessuno sapeva niente di lui. Ufficialmente era un «forestiero», come tanti altri.

Diceva di chiamarsi Vincenzo, Vincenzo Mirabile, ma tutti lo chiamavano Enzo, Enzo Giappone, perché aveva gli occhi a mandorla, il naso a patata e i capelli a spazzola. A ognuno dei «bravi ragazzi» che incontrava in giro per Palermo chiedeva lavoro e raccontava la sua vita. Diceva di venire da Pedara, un paesino alle falde dell'Etna dove aveva lavorato come uomo di fiducia di un boss alleato dei Corleonesi.

Si chiamava Agatino Lo Presti, Tino «la Gru».

Lo avevano soprannominato così da quando mezza gamba destra, da giovane, gli era saltata su una mina e aveva iniziato a portare il pantalone arrotolato sul moncherino. Il bastone lo usava per camminare, ma quando si fermava e parlava con qualcuno lo appoggiava in un angolo o lo lasciava cadere per terra.

Non gli piaceva l'idea che la gente pensasse che fosse un diverso. E infatti, a suo modo, era speciale.

Tino, incredibilmente, riusciva a stare in equilibrio su una gamba sola, meglio di un acrobata del circo. Quel soprannome, «la Gru», gliel'aveva affibbiato per ingiuriarlo un cacciatore di Pedara, uno che sapeva tutto di volatili – conosceva anche le specie più rare – e, guardandolo, aveva pensato a uno di quegli uccelli migratori che vedeva ogni tanto planare sulla foce del fiume Simeto.

Tino «la Gru» controllava parte degli appalti nella piana di Catania. Ma da un giorno all'altro era sparito senza lasciare traccia, inghiottito dalla lupara bianca.

I suoi uomini avevano trovato il bastone spezzato in due e piantato a mo' di croce dentro uno dei terreni del fratello, un campo coltivato a pomodori. Era il segno inequivocabile che non sarebbe tornato.

Il suo *spicciafaccende* era scomparso insieme a lui. Aveva fama di essere un superkiller, una testa calda.

Si chiamava Enzo Mirabile.

Era orfano e non aveva parenti in Sicilia.

Quelli conosciuti erano tutti emigrati in Germania, ad Amburgo.

La polizia aveva ritrovato il suo corpo di notte, crivellato di proiettili, sotto un viadotto dell'autostrada Catania-Palermo, all'altezza dello svincolo di Gerbini, ma la notizia non era stata divulgata. L'avevano tenuta nascosta, proprio per dare a Di Giannantonio la copertura che gli serviva a completare la missione.

Lui e Mirabile più o meno avevano la stessa età e una fisionomia simile: la carnagione scura, lo stesso taglio di capelli, le stesse orecchie grandi, lo stesso modo di parlare.

Da catanese incazzato.

A denti stretti.

Enzo «Giappone» raccontava di avere girato le carceri di mezza Italia. Era svelto di mano con la pistola e giurava di avere accoppato, tra i tanti, pure uno sbirro, uno che in paese, a Pedara, gli aveva dato il tormento.

«Minchia, di notte la testa col crick gli ho aperto, compare, 'sto cornuto è morto senza capire niente!»

Rideva e buttava giù boccali di birra, il «catanese» che era venuto a svernare a Palermo.

Nei bar della malavita si vantava di essere un duro e qualcuno aveva cominciato a prenderlo sul serio.

Ogni mattina che Dio mandava in terra, prima di cominciare i suoi giri, Di Giannantonio si recava nella chiesa di Sant'Elena. Era la parrocchia della sua borgata.

Assisteva alla messa e soprattutto si confessava.

Lo faceva ogni giorno.

Ogni tanto, anche due volte nello stesso giorno.

Non era uno timorato di Dio. Era solo che attraverso la grata del confessionale l'agente Giappone faceva rapporto ai suoi superiori.

Il prete, un certo don Prizzi, veniva da Centuripe, un piccolo paese della provincia di Enna, ed era della sua stessa pasta, un altro spione sul libro paga dei servizi.

Ascoltava le notizie che Enzo gli sussurrava «in confessione» e girava tutto quanto a Roma, al quartier generale.

«Ego te absolvo in nomine patris...»

Di Giannantonio ci sapeva fare.

Sembrava un picciotto sveglio e parlava la stessa lingua di killer e latitanti. La notte frequentava le taverne più scalcagnate di Palermo. Erano posti dove bazzicavano mafiosi alla ricerca di ragazzi disoccupati, carne fresca da mandare in strada. Enzo girava per la Vucciria, si faceva vedere al Capo, si fermava all'Albergheria. Un certo Mariano, uno che sapeva il fatto suo, a un certo punto se l'era preso a cuore. Abitava vicino casa sua. Le mogli avevano fatto amicizia, i loro figli si conoscevano e frequentavano la stessa scuola.

«Enzuccio, te lo trovo io un bel lavoro, camina cu' mia!»

Mariano l'aveva portato in una casa tra i giardini di Ciaculli. Lo aveva presentato a un uomo d'onore che lavorava per un certo Occhiuzzo. Il cognome a Enzo non diceva niente. Però si era informato. E aveva saputo che si trattava di un giovane Corleonese rampante, tutto ferocia e spirito d'impresa. Era spuntato dal nulla e, grazie alle conoscenze giuste, stava facendo un sacco di soldi con la droga.

«E allora, mi posso fidare di lui?» aveva chiesto a Mariano il braccio destro di Occhiuzzo, riferendosi a Enzo.

Poi se l'era tirato da una parte e alzando il sopracciglio aveva assunto un'aria minacciosa.

«Non è che mi fai fare male figure col capo?»

Nonostante conoscesse il pedigree di Giappone e avesse sentito parlare delle imprese terribili di quel Mirabile della provincia di Catania, manteneva un'espressione diffidente, quasi che, d'istinto, sentisse attorno uno strano odore, come una puzza di sbirro.

«Fidati di me, Giappone è oro colato», aveva giurato Mariano. «Garantisco io. Un giorno mi ringrazierai!»

«Perfetto», si era convinto il tizio di Ciaculli. «Ti prendo in parola.»

L'uomo che lavorava per Occhiuzzo in quei giorni cercava un autista, uno che avesse i coglioni per fare un lavoro delicato. Bisognava trasportare un carico di droga da Punta Raisi fino ad Acqua dei Corsari, in un magazzino dov'era stata allestita una raffineria clandestina.

A Enzo avevano raccomandato di tenersi pronto. Avrebbe dovuto solo guidare un grosso camion per una trentina di chilometri. Tutto dipendeva però da quando «il carico» sarebbe sbarcato a Palermo. Era una questione di giorni, forse di ore. L'uomo dei Corleonesi gli aveva detto di tornare a casa e gli aveva promesso che quando sarebbe arrivato il momento gli avrebbe telefonato.

Il lavoro a quanto pare valeva l'attesa.

«Sarai pagato più che bene, tutto dipende da te, da come ti comporti...»

Il tizio gli aveva fatto intendere che se rigava dritto potevano esserci anche altri ingaggi per lui. Non era del tutto certo che dandogli quell'incarico avesse fatto la scelta giusta e gli aveva esternato i suoi dubbi.

«Ma ce l'hai la portata? Siamo sicuri?»

Giappone aveva risposto con la sua solita aria strafottente, da malavitoso impenitente.

«Non mi spavento di niente e di nessuno, quando volete sono qui.»

Si erano salutati tutti con una bella stretta di mano.

Enzo aveva ringraziato Mariano e si era fatto riaccompagnare a casa, all'Addaura.

Il quantitativo di droga che stava per arrivare in Sicilia dentro la stiva di un aereo era di quelli da foto in prima pagina.

Mille chili di eroina purissima provenienti dal Sudest asiatico.

Una miniera d'oro.

Era roba che ai Corleonesi avrebbe fruttato una decina di miliardi di lire. Un affare sul quale Occhiuzzo aveva investito il nome, la reputazione e soprattutto i soldi dei suoi capi, che sedevano a capo della commissione.

Appena saputo che la consegna era imminente, Giappone era corso a confessarsi come sempre nella chiesa dell'Addaura. Aveva raccontato tutto per filo e per segno a don Prizzi e fece in modo che la sua soffiata arrivasse a Roma.

«Ego te absolvo in nomine patris...»

I suoi capi gli avevano fatto poi sapere che erano interessati all'eroina, certo, ma ancor di più a mettere le mani su Occhiuzzo, che era già latitante e stava facendo carne di porco di tutti i boss della vecchia guardia, tutti i vecchi signori di Palermo.

A uno a uno – i più importanti – li aveva eliminati tutti.

Enzo non l'aveva mai incontrato, ma era più che sicuro che Occhiuzzo all'aeroporto avrebbe fatto una puntatina.

Di solito il boss ci pensava due volte prima di raggiungere posti da dov'era difficile scappare. Ma forse tutta quella droga per una volta valeva il rischio.

Era il primo lunedì di marzo.

A Punta Raisi pioveva e faceva freddo. L'aereo atterrò alle sei di pomeriggio. Dalla stiva uscirono dieci casse da cento chili l'una, con un marchio di porcellane cinesi stampato sui lati e la scritta FRAGILE. Gli uomini di Occhiuzzo si erano piazzati nel capannone dei bagagli con due ore di anticipo. C'erano tutti, c'era pure il camion, mancava solo l'autista. All'ultimo non si era presentato.

Il tizio che reclutava «picciotti» per conto del boss aveva cercato Enzo per tutta la mattina, ma senza fortuna.

Era andato a bussare pure a casa sua.

Anche quella sembrava deserta.

Non lo aveva visto nemmeno Mariano.

Da ventiquattr'ore Giappone e i suoi familiari sembravano stranamente scomparsi, proprio come Vincenzo Mirabile, il cadavere a cui Di Giannantonio aveva rubato il nome e la storia per infiltrarsi tra i Corleonesi. Ai suoi compari, quelli che nell'hangar di Punta Raisi per due ore si erano chiesti dove si fosse cacciato, bastò sentire le sirene della polizia per capire chi li aveva traditi.

I poliziotti erano arrivati lì a decine.

Sbucavano pure dai tombini e si erano smistati a raggiera per circondare il capannone.

Alla testa di tutti c'era lui, Enzo Giappone.

Un anno e mezzo dopo la sua avventura dentro Cosa Nostra era tornato a essere uno «sbirro».

«Cornuto, lo sapevo che eri un fango!» gli aveva ruggito contro, nel vederselo di fronte, il tizio che lo aveva assunto su consiglio di Mariano.

«E io lo sapevo che tu eri un coglione», gli aveva riso in faccia Di Giannantonio, stringendogli le manette ai polsi fino a fargli male.

Li avevano messi ai ferri tutti, mafiosi e corrieri, ispettori aeroportuali e doganieri. Li avevano caricati sui cellulari e li avevano portati dentro.

Le casse sbarcate dall'aereo finalmente erano state aperte, ma dentro i poliziotti non avevano trovato nemmeno un grammo di borotalco. Erano spuntate solo decine di vasi cinesi affogati in un mare di polistirolo.

«Non è cocaina, ma pure questi, volendo, si possono tirare!» aveva detto sghignazzando un poliziotto in vena di battute.

C'era poco da ridere.

Gli sbirri erano rimasti con un pugno di mosche in mano.

Occhiuzzo li aveva fottuti.

Un'altra volta.

Nell'hangar non c'era, non si era visto, eppure doveva trovarsi lì, da qualche parte, in mezzo ai mille passeggeri che affollavano l'aeroporto.

Giappone ne era sicuro, ne sentiva l'odore nell'aria, ne avvertiva la presenza. Aveva voglia di prendere la pistola e mettersi a sparare in tutte le direzioni.

Era certo che il boss lo stesse osservando da lontano.

Come spesso succedeva era stata una talpa annidata dentro la Questura a informare Occhiuzzo del blitz a Punta Raisi. Il boss all'ultimo aveva posticipato la consegna della droga, l'aveva caricata su una nave anziché su un aereo, e non lo aveva detto a nessuno. Aveva mandato tutti i suoi uomini all'aeroporto, come da programma, solo per il piacere di vedere in faccia il traditore. Era riuscito a evitare la cattura e a salvare pure il suo affare. Ma Occhiuzzo non si era dimenticato dell'uomo che lo voleva rovinare. E aveva giurato che gliela avrebbe fatta pagare. Lo aveva giurato sulla testa dei suoi figli.

Quarantasei giorni dopo la retata all'aeroporto, il sovrintendente Cosimo Di Giannantonio era stato ucciso a colpi di lupara a cinquanta metri dalla Questura di Catania, in una rivendita di sali e tabacchi dove aveva appena acquistato una schiuma da barba e due pacchetti di Nazionali senza filtro.

Occhiuzzo aveva incaricato il suo killer migliore di uccidere il «Donnie Brasco» palermitano, il poliziotto che voleva fottere i Corleonesi.

Nino Giaconia l'aveva ammazzato sparandogli in faccia.

Nessuno lo avrebbe dovuto riconoscere – questi erano gli ordini – manco da morto.

Di Giannantonio però era solo il numero uno della lista.

C'era un altro uomo che per Occhiuzzo doveva morire.

Mariano, il tizio che con i Corleonesi aveva garantito per Enzo Giappone.

Il 13 luglio dell'89, tre mesi dopo il delitto di Catania, Giaconia era andato a cercare pure lui. Si era fatto lasciare sul retro della palazzina in cui abitava da un complice, a cui aveva ordinato di restare nei paraggi. Si era portato dietro un'arma automatica. Sapeva che il suo uomo stava arrivando a piedi e lo voleva sorprendere alle spalle.

Mariano da un paio di giorni camminava *quartiato.*

Si guardava intorno preoccupato, come se la morte gli facesse sentire sul collo il suo alito pestilenziale.

Quel pomeriggio, come ogni mercoledì, si era fatto la sua partitella a briscola con gli amici della taverna *D'Ossuna.* La moglie per cena gli aveva preparato pasta con i tenerumi e polpette di neonata.

Erano le sette di sera.

C'era buio.

Il rumore di una tivù col volume troppo alto arrivava fino alla strada.

Nino era nascosto dietro un angolo.

In mano stringeva una Mitraglietta Uzi.

Mariano stava giungendo a piedi, aveva superato un incrocio. Nino gli arrivò alle spalle.

Era tutto pronto, tutto perfetto.

Stava per fare fuoco quando aveva visto una ragazza corrergli incontro.

Lo chiamava papà.

Giaconia l'aveva guardata, e aveva avuto un sussulto.

Per la prima volta nella sua vita aveva tolto il dito dal grilletto, aveva abbassato l'arma e si era nascosto dietro una macchina.

Quella ragazza era bellissima.

Nino aveva deciso che doveva essere sua.

Doveva sapere di tutto di lei, conoscerla e magari anche sposarla

Mariano Martinez era un morto che camminava. Doveva ringraziare sua figlia Rosa se era ancora vivo. Giaconia aveva pregato Occhiuzzo di risparmiargli la vita.

Lo aveva fatto per quella ragazza.

Lei di Nino Giaconia allora non sapeva niente. Né poteva immaginare che l'assassino del padre di Clara fosse lo stesso ragazzo che qualche tempo dopo avrebbe cominciato a girare ogni giorno attorno a casa sua.

Ai funerali la sua amica aveva pianto, lei no, lei aveva maledetto per l'ennesima volta quel posto, quel quartiere, quelle facce.

Che senso ha stare ancora qui?

Era cresciuta vedendo sempre più morti per le strade, sempre più gente che soffriva. Era stanca, stanca di vedere disperazione intorno a lei, stanca di sapere che i più deboli vivevano o morivano sempre per merito o per colpa di qualcuno.

Doveva andarsene.

Rosa non poteva sapere che un giorno sarebbe diventata la moglie di un killer. Eppure, quando Nino con la jeep aveva fatto saltare le sbarre della sua camera da letto, si era sentita libera di spiccare il volo, di rinascere a nuova vita. Era stata la sensazione di un momento, ma era bastata a convincerla che andare con lui era stata la scelta giusta.

16

Palermo, 2008

Elvira chiuse il fascicolo e lo ripose in fondo a un cassetto.

Cazzo, lo sapevo.

Era come se avesse avuto una conferma.

Ora sapeva perché Matteo aveva fatto il callido trovarobe nell'immondezzaio palermitano. Era diventato un poliziotto per dare la caccia a Occhiuzzo e Giaconia, gli assassini di Enzo Giappone. Suo padre.

Questa doveva essere stata per anni la sua grande ossessione.

Era un'altra guerra personale, come la sua col procuratore, come quella di Occhiuzzo con Di Maio e come quella di Di Maio con lo Stato. A lei andava bene così.

Qualunque sentimento animasse il commissario, il giudice Salemi ora era sicura di potersi fidare di lui, che il suo istinto non l'aveva tradita il giorno della colazione a San Cataldo, quando davanti a Matteo si era mostrata fragile e scoperta, spiazzata e insicura.

Aveva frugato nella sua vita e nel suo passato, di nascosto.

Pazienza.

Un giorno glielo avrebbe detto, e un giorno forse lui l'avrebbe perdonata.

Cercò Matteo al telefono.

Il cellulare era staccato, in ufficio non rispondeva.

Giaconia, io posso aiutarla a prendere Giaconia!

La frase dell'uomo con la tuta, il mafioso che aveva incontrato a Rebibbia, adesso che era sola e confusa, le rimbombava in testa.

Un martello pneumatico.

No, è un bugiardo, vuole solo buttarmi un po' di fumo negli occhi.

Si era fissata che quello voleva solo farle perdere tempo. Perciò non aveva parlato con nessuno, nemmeno con Matteo, dei colloqui con l'uomo d'onore rinchiuso a Rebibbia.

Dopo la morte di Robertino Di Maio Elvira aveva paura. Paura di fare l'ennesimo buco nell'acqua, di fare ancora una volta il passo più lungo della gamba.

E se avesse ragione, e se stesse dicendo la verità?

Questa volta non poteva rischiare di fare tutto da sola.

Aveva gli occhi del mondo puntati addosso.

Aveva bisogno di Di Giannantonio.

Se quello del mafioso era un bluff, Matteo era l'unico in grado di smascherarlo.

Riprovò a chiamarlo sul cellulare.

Sempre staccato.

Ma dove diavolo si è cacciato?

Sentì bussare alla porta.

Era lui.

«Come stai?» la salutò sorridendo.

«Siediti, ti devo parlare.»

Era preoccupata, si vedeva.

«Che è successo?»

Matteo era calmo, rilassato.

Indossava un paio di jeans e una maglietta blu aderente sotto una sahariana verde militare.

Doveva avere dormito a lungo, ed essersi appena fatto una doccia.

A Elvira arrivava l'odore del suo dopobarba.

Le piaceva. Era fresco, sapeva di buono.

«Mi sono fatto una bella nuotata. Non sai com'era calda l'acqua a Mondello.»

«Beato te», commentò lei un po' invidiosa.

Era una vita che non si faceva una passeggiata sulla spiaggia, una di quelle all'alba, col sole che si è appena levato e la sabbia ancora umida sotto i piedi nudi. Ne ebbe voglia, poi il ricordo dei suoi guai la riportò in quella stanza.

Elvira raccontò al commissario del suo colloquio col procuratore. Gli parlò dei suoi dubbi, delle sue paure. Gli confidò che volevano mandarla in vacanza, che era sola e aveva tutta la procura contro.

«Fregatene, è l'invidia che li fa parlare...»

Matteo fece una pausa e poi si lasciò scappare un commento inopportuno.

«Bello il tuo vestito!»

Il mio vestito? Io sono nella merda e lui mi parla del vestito. Questo è pazzo.

«È tutto quello che ti viene in mente?» gli chiese Elvira con voce imbarazzata e un po' delusa.

Di Giannantonio la vide risentita e cercò di recuperare.

«Scusa... che mi dicevi? Quando dovrebbero cominciare le tue vacanze intelligenti?»

Glielo chiese sperando di strapparle un sorriso.

Non ci riuscì.

«Prima possibile», rispose seria Elvira.

«Ho capito», ribatté lui abbassando di colpo gli occhi.

Matteo accavallò le gambe, cercò di assumere una posizione più consona alla gravità del momento.

Con le mani tormentava le astine degli occhiali da sole. Le apriva e le chiudeva in continuazione, come se fosse distratto da un altro pensiero.

A un tratto scattò in piedi. La guardò con un'espressione furbetta, una faccia da schiaffi che era – voleva essere, nelle intenzioni – un antidoto all'incazzatura.

Le sorrise.

Le tese una mano.

«Senti, io ho fame. Che ne dici se ti porto a pranzo e nel frattempo cerchiamo una soluzione? Vedrai che qualcosa troviamo.»

La voleva strappare da quella scrivania.

«Ti prego», le sussurrò.

Era la prima volta che Di Giannantonio con la Salemi si spingeva al di là di un caffè. Ed era la prima volta che Elvira riceveva un invito del genere da qualcuno che lavorava con lei.

Per un attimo fu assalita dai suoi soliti dubbi e restò ingessata.

E se ti vede qualche collega? Magari pensa che hai una tresca col commissario, forse meglio evitare.

Mentre pensava si guardava intorno imbarazzata.

Non sapeva se incazzarsi o mettersi a ridere, se inventarsi una scusa oppure accettare.

Matteo la vide titubante. Era tardi per fare marcia indietro. Ormai aveva deciso, doveva trascinarla fuori da quel posto. Prese da una tasca interna un paio di manette e le mostrò a Elvira.

«Se non ti alzi subito, mi incateno alla porta del tuo ufficio.»

Matteo indietreggiò di qualche passo. Non le staccava gli occhi di dosso.

Elvira lo fissava basita.

Questo è completamente fuori di testa.

Se quella frase l'avesse detta qualunque altro uomo, la Salemi lo avrebbe cacciato dalla stanza a brutto muso, ma con Di Giannantonio non ci riuscì. La minaccia del commissario, il suo modo di porla, infantile, giocoso, leggero, la fece sorridere e la strappò per un momento dal pantano dei suoi pensieri neri.

Ma sì, che c'è di male? In fondo è un pranzo di lavoro.

«Va bene, ma che non diventi un'abitudine.»

Aveva bisogno di raccontarsi una bugia per alzarsi e seguire Matteo. Inventarsene una e dirla a voce alta.

Neanche per un secondo Di Giannantonio doveva pensare che lui potesse piacerle.

Fuori era una bella giornata, la giornata ideale per un uomo e una donna che volevano isolarsi per qualche ora dal resto del mondo.

Andarono a mangiare a Mondello.

Un ristorantino sul mare.

Pasta con i ricci e frittura di seppioline.

Per una volta non parlarono di lavoro, solo di cazzate: gli amici, gli hobby (che non avevano), le vacanze.

Erano rilassati, padroni di dire parole in libertà.

Matteo era bravissimo a fare le imitazioni e fece a Elvira quella del procuratore Bonoparrino.

La stessa voce nasale, la stessa intonazione. Lo stesso gesto di sbottonarsi e abbottonarsi la giacca.

«Dottoressa, a lei piace il calcio?»

Risero come pazzi. Elvira soprattutto.

Con le lacrime.

E mentre Matteo continuava a fare il pagliaccio lei pensava.

Pensava, ed era come se quella sua paura gliela comunicasse col pensiero.

Non riuscirai a farmi innamorare di te!

Sentirono dietro di loro il clacson di una macchina ferma sulla piazza di Mondello. A bordo c'era un uomo che stava richiamando l'attenzione di qualcuno.

Matteo si girò a guardarlo e con un movimento maldestro fece volare per terra un bicchiere di vino.

Il rumore del vetro infranto ruppe l'incantesimo di quel pranzo, un pranzo dove era sparito tutto intorno a loro – il cibo, la gente, il mare, perfino il tempo.

Elvira guardò l'orologio.

Scattò in piedi.

«Dio, è tardissimo!»

Sul cellulare aveva tre chiamate dall'ufficio.

Erano rimasti quasi tre ore a cazzeggiare.

«Aspetta un attimo!»

Matteo fermò un cameriere, chiese il conto. Nel frattempo convinse Elvira a risedersi e questa volta le parlò con tono serio.

«Voglio aiutarti a tirarti fuori dai guai, ci dev'essere un modo.»

Fu in quel momento che Elvira gli confidò il suo segreto. Gli parlò del mafioso rinchiuso a Rebibbia, l'uomo che l'aveva mandata a chiamare.

«Ti prego, non raccontarlo in giro, non lo sa nessuno», gli raccomandò tutta preoccupata.

«Perché non me lo hai confidato prima?» chiese un po' contrariato Matteo.

«Non lo so, non me la sono sentita.»

«Che ti ha detto?»

«Ha intenzione di collaborare. Sostiene di poterci portare da Giaconia, ma non gli credo, secondo me ci vuole depistare.»

Giaconia.

Gli occhi di Matteo all'improvviso si accesero d'odio, diventarono rossi e minacciosi, come gli occhi di un lupo in una notte buia.

Era come se avesse sentito il nome di suo padre.

«Depistare?»

Il commissario non capiva.

Non capiva perché Elvira volesse lasciar perdere quel tipo invece di fare l'unica cosa sensata, torchiarlo e farsi dire tutto quello che sapeva.

«Se ci porta da lui sei salva, non lo capisci? Devi insistere, devi provare!»

Matteo cercò di convincerla. Col suo solito stile. Arrogante, prepotente, quello che usava sempre quando era convinto di aver ragione.

Elvira si accese una sigaretta, diede un'occhiata alle onde che si infrangevano sugli scogli, ne diede un'altra ai suoi vicini di tavolo, un'altra ancora ai camerieri che uscivano dalla cucina tenendo in equilibrio coppie di piatti fumanti, poi si girò di nuovo verso il commissario.

«Matteo, quello non ci porterà mai da Giaconia.»

Era come se già lo sapesse e si fosse arresa.

«Perché?» si arrabbiò lui alzando la voce.

«Perché non farebbe mai del male a sua sorella!»

Matteo quasi ci rimaneva secco. Si paralizzò di colpo, vide tutto nero come se all'improvviso il cielo si fosse coperto di cenere. Non aveva bisogno di chiedere altro. Ora aveva capito chi era il misterioso mafioso che parlava con Elvira.

Era Pino, il fratello di Rosa.

Pino Martinez per Matteo era un fantasma che tornava dal suo passato, un passato che era stato sepolto insieme al corpo di suo padre.

Per un attimo il commissario sentì un rivolo ghiacciato attraversargli le vene.

«Matteo che hai, c'è qualcosa che non va?»

Elvira lo vedeva sulle spine.

Il cameriere aveva appena portato il conto.

«No tutto a posto.» Di Giannantonio abbozzò un sorriso di circostanza.

Firmò la ricevuta della carta di credito.

Le mani gli tremavano, ma pregò che la Salemi non se ne accorgesse.

17

Sei ancora qui, Rosa.

Rassegnati.

Sei prigioniera di questa stanza e di questo buio, come prima, più di prima.

Non lo vedi?

Non sei libera neanche di suicidarti.

Non morirai né oggi né domani, a meno che non sia tuo marito a deciderlo.

Volevi ucciderti?

Dovevi essere più veloce su quella ringhiera, quando avevi la morte a portata di mano e l'hai lasciata scappare.

Hai aspettato troppo.

Tu aspetti sempre troppo.

Sei perennemente indecisa, lo sei stata in ogni maledetto giorno della tua vita.

Quando una cosa la vuoi, te la devi prendere.

Subito.

Senza perdere tempo.

Non hai ancora imparato la lezione?

È l'immobilismo che rende le persone deboli.

Dove volevi atterrare volando da quel balcone?

Ci hai pensato?

Sei sicura che fosse un posto migliore di questo?

Forse credevi che bastasse un salto nel vuoto per fare tacere tutti i tuoi demoni, per saldare il tuo debito con Dio, vero?

Sbagliato.

È restando qui che lo farai.

In questa vita.

Su questa terra.

La vita è il peggiore inferno che ti potesse capitare.

18

«L'HAI saputa la novità, Nino? Mi hanno detto che tuo cognato Pino si vuole pentire. Da quando in qua noi alleviamo sbirri in famiglia?»

Nella casa del capo dei Corleonesi ristagnava un odore pungente di limone e candeggina, ossessione della moglie.

Un odore che Giaconia si sarebbe ricordato per tutto il resto della sua vita.

Occhiuzzo abitava in una vecchia fattoria dismessa, un casale a due piani in mezzo alla campagna, nascosto da siepi e alberi di ulivo.

Niente di esagerato, una casa modesta, ma con tutte le comodità.

C'era un grande giardino con un'altalena al centro, un tavolo da lavoro di legno con degli attrezzi sparsi, una catasta di legna vicino all'ingresso coperta da un telo di cerata.

Dalla finestra della sala da pranzo si intravedeva la rocca di Monreale.

Occhiuzzo parlava con la sua voce di carta vetrata e a Giaconia quella coltellata in pieno petto l'aveva ammollata così, a fine pasto, tra un cannolo e un dito di passito.

«Me lo hanno mandato da Pantelleria, bevi Ninuzzo, bevi...»

Aveva un ghigno stampato in faccia e divagava con quel tono sarcastico che era sempre il preludio a un uragano di rabbia.

Seduto a capotavola, sorseggiava il vino e sorrideva di un sorriso isterico. La voce era bassa, ma la vena del collo era gonfia, come se da un momento all'altro gli dovesse esplodere.

Occhiuzzo aveva saputo di Pino Martinez prima di tutti, ancora prima di Di Giannantonio.

Giaconia era immobile, seduto di fronte a lui, la bocca asciutta e le gambe molli.

Due panetti di burro.

«Ma dimmi Nino, che vuole fare Pino? Ci vuole fare perdere la faccia? E noi che lo abbiamo trattato come un figlio...»

Non si dava pace, il capo dei Corleonesi. Da quando aveva cominciato a parlare, Giaconia si era già sentito mancare due volte. All'inizio, la storia del pentimento gli sembrava uno scherzo. Si era messo pure a ridere. Poi però aveva visto Occhiuzzo polverizzare il bicchiere di passito che stringeva tra le mani. Un gesto incontrollato, come quello di un fottuto androide. E allora l'allegria si era tramutata in sgomento. Di colpo aveva cambiato faccia, le parole gli erano morte in gola come salmoni che tornano alla sorgente, e si era rassegnato. Rassegnato a subire quella lavata di capo.

«Ma Gaspare, sei sicuro? Mi sembra impossibile.»

Giaconia prendeva tempo. Sperava che all'orecchio di Occhiuzzo fossero arrivate solo chiacchiere. Voci non controllate, non confermate.

«Magari chi te l'ha riferito si è confuso...» azzardò.

«Ma che, sei scimunito? Ti ho detto che è pentito!» gli ruggì contro suo cognato scagliando una brocca d'acqua contro il muro.

Giaconia incassò la testa nelle spalle e non fiatò più.

Occhiuzzo sul conto di Pino sapeva molto più di chiunque altro. Sapeva quando la Salemi lo aveva incontrato a Rebibbia e sapeva perfino quanto tempo erano durati i colloqui.

Erano stati tre in tutto.

L'ultimo era durato dieci minuti.

«Quella buttana lo è andato a trovare di notte, u capisti?» infierì ancora di più Occhiuzzo, digrignando i denti.

Certe notizie volano, in carcere.

In più quando un mafioso si fa trasferire in isolamento e revoca il mandato al suo avvocato ci dev'essere per forza qualcosa sotto.

Di solito è un segnale chiaro.

Significa che vuole parlare, che «si vuole buttare pentito».

Occhiuzzo davanti a Giaconia continuava a battere sullo stesso tasto, come se gli volesse far crollare i nervi, come se volesse rimarcare il fatto che la colpa di questo ennesimo pasticcio fosse sua.

«Dimmi, Nino, ora io che figura ci faccio?»

Un altro sorso di passito e ricominciava di nuovo con la stessa tiritera. Giaconia sentiva la lama di suo cognato affondare sempre più in fondo al petto. Per l'imbarazzo e la vergogna avrebbe voluto sprofondare. Pino, in fondo, era una sua creatura. Dentro il clan dei Corleonesi ce l'aveva portato lui. Non poteva non farlo, era il fratello di sua moglie.

«Rosa, chi glielo dice adesso a Rosa?» si chiese Giaconia a voce alta.

Col senno di poi, avrebbe fatto meglio a stare zitto.

In casa c'era pure Teresa, la sorella di Nino, la moglie di Occhiuzzo. Era lei che aveva preparato il pranzo. Teresa era una donna giunonica che si era cresciuta due figli da sola: un maschio di tredici anni e una femmina di dieci. Entrambi non avevano mai visto una scuola e tutto quello che sapevano lo avevano imparato dalla madre, che li faceva studiare in casa.

Da giovane aveva seguito un corso per diventare maestra elementare e aveva insegnato loro a leggere e scrivere.

Quando capì che i discorsi tra suo marito e Nino erano diventati pesanti, Teresa si alzò da tavola e andò a chiudersi in cucina.

Non sapendo che fare si mise a lavare i piatti.

Poi però sentì Giaconia pronunciare quel nome, *Rosa*, e allora si sentì invasa da una vampa di calore.

Si tolse il grembiule, lo scaraventò a terra e si diresse come una faina verso la sala da pranzo.

Era come se fosse posseduta da una forza sconosciuta, una forza demoniaca che le aveva riempito la testa e il palato di veleno.

Entrò nella stanza con la bava alla bocca.

«Nino, la colpa è tua, hai capito?»

I suoi occhi emanavano bagliori rossastri come quelli di un lupo e ora Teresa gli puntava il dito contro.

«Ti dovevi cercare una donna del tuo paese», lo ammonì, «una brava donna di Corleone. Invece ti sei preso una di città, una che non è stata buona neanche a darti dei figli. Lo vuoi capire o no che questi Palermitani hanno il sangue *fituso*???!!!»

Giaconia non capiva.

Un conto era Pino, che voleva disonorare tutta la sua famiglia, e un altro era Rosa.

Che colpa poteva avere sua moglie se aveva perso il bambino?

«Che c'entra lei con tutta questa storia?» domandò Nino alla sorella.

«C'entra», si sgolò Teresa, «se tu non l'avessi sposata, la loro razza *tinta* non si sarebbe mescolata con la nostra.»

Era odio, livore puro quello che la faceva parlare.

Rosa e Teresa non si erano mai prese, avevano scambiato sì e no due parole in tutta la loro vita.

Teresa la vedeva troppo diversa da lei. E quella diversità la inquietava.

Rosa era molto più evoluta. Aveva studiato danza, aveva frequentato il liceo classico e poi era una «palermitana».

Non era solo un problema di vecchi rancori tra famiglie di mafia.

Era molto di più.

Il fatto che Rosa fosse nata in città evocava a Teresa un'idea di corruzione, una vertigine di libertà che non coglieva negli occhi delle donne di paese.

Donne come lei.

Senza trucco.

Devote.

Consacrate ai mariti.

Teresa era cresciuta a Corleone e fin dall'inizio era stata contraria al matrimonio di suo fratello con Rosa Martinez.

Il giorno delle nozze si era fatta venire un finto mal di testa e aveva costretto Occhiuzzo a rimanere in casa con lei.

Lo aveva fatto per non dover vedere Rosa all'altare con suo fratello, col sangue del suo sangue.

Ora Teresa, dopo anni, si prendeva finalmente la rivincita.

L'aborto di Rosa, il pentimento di Pino erano la dimostrazione che su quella donna, su quella famiglia aveva ragione lei.

Ci aveva visto giusto.

Fin dall'inizio.

Occhiuzzo per tutto il tempo che la moglie aveva parlato non si era scomposto.

Come Nino si era limitato ad ascoltare il suo sfogo.

Violento.

Senza possibilità di appello.

Ora però era venuto il momento di intervenire.

«Teresa, hai parlato anche troppo, adesso basta!»

Con un gesto della mano Occhiuzzo le fece segno di tornare in cucina. La moglie non aveva ancora finito, ma ubbidì suo malgrado e sparì, non prima però di lanciare al marito un'occhiata che prometteva una resa dei conti.

Occhiuzzo aspettò che uscisse, che chiudesse la porta, poi si rivolse di nuovo a Giaconia.

«Nino, adesso noi dobbiamo agire. Quando verrà fuori che abbiamo un pentito in famiglia, dentro Cosa Nostra saremo rovinati, non conteremo più niente… mi sono spiegato?»

«Gaspare», lo interruppe il cognato con voce pietosa, «aspetta un attimo. Mi è venuta un'idea. Tra un mese arriverà Diego, il fratello americano di Rosa. La moglie è incinta e lui vuole far nascere suo figlio a Palermo. Mettiamo lui sottoterra, così nessuno potrà lamentarsi che siamo stati con le mani in mano. Me ne occupo personalmente e vedrai...»

Occhiuzzo non lo lasciò nemmeno finire di parlare.

«Nino!» lo richiamò all'ordine. «Diego non basta...»

Il cognato faceva segno di sì con la testa, aveva gli occhi bassi e le orecchie calate. Sembrava un cane maltrattato dal padrone che ora implorava una carezza.

«Certo, hai ragione, Gaspare, giustissimo, come dici tu.»

Occhiuzzo fece una pausa, una pausa che sembrò eterna.

Si alzò per sgranchirsi le gambe.

Fece un giro intorno al tavolo.

Prese in mano una vecchia rivista di caccia posata sulla credenza e si mise a fissare la foto in copertina. Era come se in quell'immagine cercasse la soluzione a tutti i suoi problemi.

La trovò.

A Nino la svelò poco alla volta, continuando a guardare il giornale.

«C'è una sola cosa da fare, lo sai...»

Giaconia annuiva da un quarto d'ora, e per qualche secondo continuò a farlo, come se andasse in automatico.

Un disco rotto.

«Giusto, giustissimo», continuava a ripetere.

Poi, per una frazione di secondo, rialzò la testa.

Ripensò bene all'ultima frase: *Una sola cosa da fare.*

Realizzò.

Rosa!

Si bloccò in una posa di sgomento, un'espressione di supplica.

Guardò Occhiuzzo con gli occhi lucidi. Era come se implorasse il cognato di rimangiarsi quella frase. Sentiva il coltello del capo dei Corleonesi che gli si rigirava nel cuore, l'aria che lentamente abbandonava i suoi polmoni.

«Ma Gaspare, come faccio? È mia moglie!» lo implorò a mani giunte.

Parlava con un filo di voce.

Occhiuzzo lo guardò con i suoi occhi piccoli e cattivi.

Da animale. Da bestia feroce. Occhi assetati di sangue.

Tornò a sedersi vicino a lui.

Gli mise una mano sulla spalla.

Giaconia tremava.

Occhiuzzo gli fece una carezza sulla guancia, qualcosa che a Nino sembrò un tocco di morte.

«Torna a casa, Ninuzzo. Ora sai quello che devi fare.»

19

Pino Martinez era un ragazzo di trent'anni col Rolex al polso e gli addominali scolpiti. Se non fosse stato per una cicatrice a mezzaluna sotto l'occhio sinistro, si poteva dire che avesse un corpo quasi perfetto. Era un maniaco della forma fisica. Quand'era a piede libero, andava in palestra anche cinque volte la settimana e mangiava solo carne. A chili.

Come i leoni della savana.

Niente pane né pasta.

Solo la domenica faceva qualche sgarro, quando era in compagnia degli amici e andavano tutti insieme a Sferracavallo a gustarsi il pasticcio di pasta con le sarde. Per il resto era un soldato, sempre a dieta. Mangiava bistecche, ingoiava integratori e tirava cocaina. Se la portava sempre dietro. Ne consumava un fottìo. Di mattina presto, di sera tardi. Ogni ora era sempre quella buona per farsi una strisciata. Aveva un fisico asciutto ed era sempre abbronzato, pure d'inverno. Oltre che di pesi si ammazzava di lettini a raggi Uva. Tanto erano gratis, non gli costavano niente. Si scopava una che lavorava in un solarium in viale Lazio, una certa Sonia, una che gli diceva: «Sei spiccicato a Benicio Del Toro!»

Pino non aveva una donna fissa.

Le ragazze gli piacevano, però non gli piaceva l'idea di tenersene una a vita. Ne frequentava tante, ma nessuna seriamente.

A Palermo lo si incrociava solo di notte e solo nei locali alla moda. Andava in giro con vestiti griffati. Nessuno ricordava di averlo mai visto con una tuta e un paio di scarpe da ginnastica, come l'ultima volta che lo aveva incontrato Elvira.

Scorrazzava con una Mini Cooper S, rossa con il tettuccio a scacchi e i paraurti cromati. La targa anteriore l'aveva fatta togliere dal carrozziere perché gli sembrava sfigurasse il muso della macchina.

«E se mi gira elimino pure la targa dietro», azzardava spavaldo con gli amici.

Amici finti, perché amici veri Pino non ne aveva.

Quelli che gli stavano intorno lo facevano per interesse, soprattutto perché era il cognato di Giaconia e aveva le tasche sempre piene di soldi e di droga.

Pino era una fotocopia di sua sorella.

Di Rosa aveva lo stesso sguardo, lo stesso taglio di occhi, il naso aquilino, il collo lungo, la carnagione olivastra. Si somigliavano anche nel carattere.

Lei però col tempo era diventata remissiva e accomodante, lui era rimasto lo stesso di sempre, petulante e aggressivo.

Con la sorella si vedevano quando capitava, mai con cadenze regolari. In genere per le feste: compleanni, Natali o qualche altra ricorrenza particolare. L'ultima volta era stato un anno prima, in occasione di un pranzo organizzato da Giaconia in un villone fuori Palermo, con tanto di palme, piscina e barbecue.

L'estate era alle porte.

C'era scirocco, era maggio ma sembrava agosto pieno. Nell'acqua della piscina ci si poteva calare la pasta, tanto era calda.

In quella casa principesca erano ospiti.

Nino se l'era fatta prestare da un imprenditore che gli doveva un favore, uno che era partito in crociera con tutta la famiglia e per un giorno gli aveva messo la villa a disposizione.

«Minchia, Giò, hai visto dove ti ho portato? Altro che Maaieemi. È una reggia da mille e una notte. Vuoi che te la compro?»

Giaconia c'era entrato come se fosse stata sempre sua, come se l'avesse regalata lui al padrone di casa. Rosa come sempre era rimasta senza parole davanti a quello sfoggio di megalomania, ma non lo poteva biasimare, era più forte di lui. Era troppo forte per Nino la tentazione di aggiungere anche questa perla nella sua collezione di spacconate.

In un altro momento forse sua moglie si sarebbe risentita e ci avrebbe litigato, ma quella volta fece finta di niente.

Non intendeva guastarsi la giornata.

Aveva voglia di stare con suo fratello.

«Mi devi raccontare un sacco di cose...» gli aveva detto nel salutarlo.

Pino l'aveva abbracciata forte.

«Mettiti comoda, che la giornata è lunga!»

Mentre Nino pensava al barbecue, Rosa e suo fratello si erano messi a chiacchierare sulle sedie in giardino e poi avevano continuato sotto il sole, sdraiati sui lettini a bordo piscina.

Avevano smesso di raccontarsela solo per il tempo del pranzo con la carne arrostita da Giaconia.

«Com'è? È buona? Non mi dite niente?»

Nino alla fine se l'era mangiata quasi tutta da solo. Un chilo e mezzo tra filetto e castrato.

Rosa non aveva fame. Aveva mandato giù solo un boccone e bevuto un paio di aranciate. Preferiva parlare con Pino, e le loro chiacchiere erano andate avanti per ore. A un certo punto si erano messi a scherzare e si erano divertiti da morire.

Avevano riso fino a stare male.

Piano piano si erano abbandonati a rievocare storielle e aneddoti pescati da un'infanzia che sembrava lontanissima, immagini di una vita fa.

«Ti ricordi il chioschetto di bibite con quel signore con un occhio solo che dava le aranciate ai bambini?»

«Certo che mi ricordo.»

«Lo chiamavamo Polifemo!»

Avanti così, per un pomeriggio intero.

Si erano chiusi dentro un cerchio magico, di affetto, di intimità familiare, di confidenza, in cui per Giaconia non c'era posto.

«Giò, quando dici tu ce ne andiamo.»

Nino era l'unico a non divertirsi.

Subito dopo pranzo aveva cominciato a tormentare Rosa per tornare a casa. Si sentiva fuori posto, si annoiava a morte vedendo quei due che ridevano come matti e lui che se ne stava in disparte, come un imbucato a una festa.

Per ammazzare il tempo aveva passato in rassegna tutte le piante e tutti i fiori della villa e si era accorto che non aveva più niente da fare e da vedere.

«Giò, allora, ce ne andiamo?»

Ogni cinque minuti guardava l'orologio, ogni dieci tornava dalla moglie con la stessa domanda. Rosa ogni volta gli rispondeva sempre più scocciata.

«Sto parlando con Pino, non lo vedi?!»

Nino si era fatto un altro giro nella villa.

Per combattere la noia si era buttato su un divano e si era messo a smanettare su un Nintendo che aveva trovato per casa.

Doveva essere del figlio del proprietario

Aveva cominciato a giocare nell'attesa che sua moglie si decidesse a schiodarsi da quel posto, ma dopo un paio di partite si era appassionato. Fino a sera si era divertito a incastrare cubi di Tetris e a fare strani pensieri sul videogame.

Minchia, ora me lo fotto, me lo porto a casa e ci continuo a giocare stanotte!

Con gli occhi persi sullo schermo del Nintendo si era dimenticato di tutto. Anche della moglie che, spinta da Pino, era finita in acqua in un momento di distrazione, mentre si stava rivestendo.

Per un secondo aveva voltato le spalle al fratello e lui l'aveva castigata. L'aveva buttata in piscina con tutti i pantaloni e le scarpe.

«Questa è guerra!» lo aveva avvertito Rosa cercando di riguadagnare la scaletta, dopo essere riemersa da quel tuffo sbilenco.

Pino, sul bordo della vasca, faceva le boccacce e la provocava.

«Vieni, prendimi, se hai coraggio.»

Avevano cominciato a inseguirsi intorno alla piscina, scivolando sulle piastrelle bagnate, piegati in due dalle risate. In un certo senso era come se fossero tornati bambini, ai giorni in cui d'estate, da piccoli, si rincorrevano sulla spiaggia di Mondello e si massacravano di gavettoni fino al tramonto.

«Ti ricordi?» chiese Rosa al fratello. «Allora vincevo sempre io!»

Erano altri tempi.

Rosa adorava i suoi fratelli.

Di entrambi aveva quasi un bisogno fisico.

Avrebbe fatto carte false per vederli tutti i giorni, ma non poteva. Con Diego, il maggiore, quello emigrato in America, non si incontravano da anni. Di tanto in tanto si scrivevano. Rosa sapeva che stava bene. Che aveva trovato lavoro come cassiere in una pizzeria e si era sposato con la figlia del proprietario, una ragazza di origini siciliane. Ormai era mezzo americano. Nell'ultima lettera le aveva promesso che presto avrebbe ricevuto una sorpresa.

Giuro, I swear!

Diego recentemente aveva parlato solo con Nino della sua intenzione di ritornare in Sicilia per fare nascere suo figlio a Palermo. Ma nella telefonata al cognato da New York, lo aveva pregato di tenere la bocca chiusa.

«Dev'essere un segreto, una sorpresa. Voglio vedere che faccia fa mia sorella appena mi vede, *You know what I mean?*»

«Va bene», gli aveva promesso Nino.

Con Pino, il fratello più piccolo, cui Rosa era più legata, i primi tempi del suo matrimonio si vedevano spesso. Poi però a Giaconia era venuta l'ossessione per gli sbirri. Peggio di una malattia. Si sentiva continuamente intercettato e pedinato. E la prima a farne le spese era stata la moglie. Non aveva deciso che non poteva più incontrare suo fratello.

«Se proprio devi, scrivigli i 'pizzini'. Ci penso io a farglieli avere.»

Rosa, con la morte nel cuore, aveva dovuto obbedire.

Lei e Pino avevano cominciato a scriversi messaggi, come succedeva con Diego.

Messaggi che volevano essere lunghissimi e invece finivano per essere telegrafici. Frasi del tipo: *Spero tu stia bene, un abbraccio forte, abbi cura di te.*

Pensieri neutri, che non erano niente, ma dentro i quali ci poteva stare tutto. Erano così tante le cose che avrebbero voluto dirsi che entrambi non sapevano come trasferirle sulla carta. Quando dovevano comunicare col «pizzino» a tutti e due capitava di bloccarsi davanti al foglio bianco.

Il nulla nella testa.

Di colpo.

Era come se temessero che nel viaggio per arrivare a destinazione le loro parole venissero annacquate dalla distanza, come se la paura più grande – per lei come per lui – fosse che dentro una busta perdessero forza e colore, o diventassero vecchie, troppo datate, macinando chilometri e passando di mano tra i vari postini che le prendevano in custodia.

E allora abbozzavano. Piuttosto che sporcarle, quelle parole se le tenevano dentro, le conservavano, come monetine d'oro, per scambiarsele un giorno, il giorno in cui si sarebbero rivisti e avrebbero ricominciato a parlare, come quel pomeriggio di maggio in piscina, senza nessuna mano estranea che portasse l'uno nel cuore dell'altra.

Pino, negli ultimi tempi, neanche sapeva dove abitava Rosa.

Giaconia, in un eccesso di prudenza, aveva preferito non comunicargli il nuovo indirizzo.

«È meglio così, fidati, meno gente lo sa e meglio è!»

Però gli aveva promesso che li avrebbe fatti incontrare quanto prima.

«Presto, prestissimo, parola mia!»

Poi Pino era stato arrestato.

Per la terza volta.

Aveva già precedenti per associazione mafiosa e spaccio di droga. Era finito dentro un'inchiesta su una truffa all'Ippodromo, un giro di corse truccate in cui i Corleonesi avevano guadagnato un bel po' di grano puntando sui cavalli giusti. Il giovane Martinez era stato filmato da una microcamera dei carabinieri mentre spartiva ordini e mazzette a tre fantini, spiegando loro quale doveva essere l'ordine di arrivo.

«Prima Corradino, secondo Pegasus, terzo Tempesta. Tutto chiaro?»

Lo avevano ammanettato un minuto dopo.

In caserma, un ufficiale dell'Arma, un tenente colonnello, aveva provato a farlo ragionare.

«Guardi che lo sappiamo che lei lavora per Occhiuzzo.»

«Occhiuzzo? Mai sentito questo nome in vita mia.»

«E Giaconia l'ha mai sentito?»

«No, neanche quello, chi è?»

«Suo cognato.»

«Ah, non lo sapevo!»

Pino come tutte le altre volte, teneva la bocca chiusa.

L'avevano sbattuto in cella di isolamento. Occhiuzzo neanche gli voleva pagare l'avvocato. Era fuori di sé. Era diventato isterico quando aveva saputo che all'Ippodromo era finita la festa. Diceva che era colpa sua. Di Pino. Che non sapeva muoversi.

«Minchia, una cosa gli ho chiesto di fare e non fu buono a farla!» sacramentava davanti a Nino.

Non gli sembrava vero di poter rimarcare il fatto che dei Palermitani non ci si poteva fidare. E questa era l'ennesima prova.

«È inutile, mio caro Nino, che ci sforziamo di pensare che le cose sono cambiate, il sangue non mente, cose inutili erano prima e cose inutili continuano a essere oggi.»

Occhiuzzo, con tutto che non aveva mai aperto un libro in vita sua, ragionava da mafioso. E aveva sentito che nell'arresto di quel ragazzo c'era qualcosa che ritornava dal passato. Qualcosa che non sapeva spiegare bene. Una specie di morte nera, di maledizione che perseguitava tutti quelli come Pino, i Palermitani, e li rendeva in un certo senso tutti uguali agli occhi di Dio e della storia.

«Perdenti, ecco cosa sono, dei perdenti!»

Giaconia ascoltava e inghiottiva bile.

In silenzio.

Aveva chiesto lui a Occhiuzzo di trovare a Pino qualcosa da fare. Era un regalo a sua moglie. In fondo il ragazzo lo conosceva, era sveglio, le cose che gli si chiedevano di fare le faceva.

Aveva solo quel vizietto, la coca, per il resto era «uno apposto».

Pino Martinez conosceva Ciccio Di Maio. Lo aveva incontrato nell'«ufficio» di Occhiuzzo, il bunker sotto l'autoscuola. Non erano amici, si conoscevano e basta, uomini della stessa banda. Solo che Ciccio era un membro attivo. Lui, invece, per espressa richiesta del capo, scontava la sua discendenza e stava ai margini, si occupava di piccole cose.

Pino aveva seguito tutto il percorso di Di Maio, dal suo lavoro di autista e vivandiere per conto del capo dei Corleonesi fino all'arresto.

Il suo pentimento, quando era stato reso pubblico, aveva colto di sorpresa ogni uomo d'onore di quel gruppo. Lui sembrava uno di quelli tosti, fedeli fino alla morte, l'ultimo che penseresti possa crollare davanti a un magistrato. Eppure aveva anche lui il suo tallone d'Achille.

Il figlio.

Pino si trovava in cella all'epoca del rapimento di Robertino. Di quel sequestro sapeva poco, quello che altri uomini d'onore gli avevano raccontato. Sapeva che era stata un'idea di Occhiuzzo per convincere il padre a ritrattare, ma tutti, compreso lui, erano convinti che la faccenda si sarebbe risolta bene.

Stanno facendo finta, ora lo rilasciano.

Se lo ripeteva in continuazione.

Poi a Rebibbia era arrivata la notizia.

Dissero che il bambino era morto.

Quel giorno Pino stava in mezzo agli altri detenuti, a metà dell'ora d'aria. Si era sentito male, era corso in bagno a vomitare. Quella notte non era riuscito a prendere sonno.

Lo inquietava un ricordo, un'immagine che vedeva nitida davanti a lui, come proiettata sul muro della cella. Era mattina e lui si trovava dentro l'autoscuola. In un angolo Ciccio piangeva senza ritegno, davanti a tutti. Piangeva per suo figlio, per il fatto di non poterci vivere insieme. La moglie, dalla quale si era separato, gli stava impedendo con ogni mezzo di farglielo vedere e gli erano crollati i nervi.

Lui, che era sempre freddo, lucido, che non si spaventava di niente e di nessuno, si stava rivelando per quello che era: un uomo fragile, un padre disperato.

Si era messo a piangere davanti ai suoi compagni, al suo boss, che in fondo erano la sua famiglia, tutto ciò che gli era rimasto, a parte la vita.

Come lo aveva visto Pino, lo aveva visto piangere pure Occhiuzzo.

Il capo dei Corleonesi non gli aveva detto neanche una parola, gli era passato accanto, mente lui singhiozzava, e aveva tirato dritto.

Però aveva memorizzato quella scena.

Capendo quanto Di Maio tenesse al bambino. E se n'era ricordato dopo, al momento in cui si era voluto vendicare di lui.

Gli aveva rapito e ammazzato il figlio per sfregio più che per vendetta. Occhiuzzo, volendo, prima di Robertino poteva uccidere almeno altre cinque persone: i fratelli di Di Maio, suo padre, persino sua moglie. Eppure tra tanti aveva scelto proprio suo figlio, il suo punto debole, la luce dei suoi occhi.

Pino su questa cosa non ci dormiva la notte.

La pensata di Occhiuzzo gli era sembrata infame, un'infamia quasi più grande dello stesso tradimento.

Fosse stato uno come me, con i parenti giusti, non sarebbe successo, Occhiuzzo non avrebbe fatto niente!

Da giorni gli frullava questa idea in testa.

Stava diventando una fissazione.

Si era convinto che se si fosse pentito a lui non sarebbe successo niente. Era stanco di Cosa Nostra, di questa Cosa Nostra.

Hanno superato il limite!

Ce l'aveva con Occhiuzzo, con Giaconia, voleva fargliela pagare, fare esplodere a entrambi una bomba in famiglia.

Così la smettete di ammazzare bambini, bastardi che non siete altro!

Pino era diverso da Ciccio. Era il fratello di Rosa, era il cognato del numero due dei Corleonesi. Nessuno avrebbe torto un capello a qualcuno della sua famiglia.

Che cazzo mi possono fare? Me la sucano!

Quando scrisse a Elvira Salemi chiedendole un incontro, Pino Martinez non era del tutto convinto di voler saltare il fosso.

Non aveva mai tradito nessuno in vita sua, ma era ragionevolmente sicuro che il giorno che avesse deciso di parlare non ci sarebbe stata nessuna vendetta. Occhiuzzo aveva le mani legate.

Pino sapeva che Rosa era la sua assicurazione sulla vita.

Non immaginava che anche lei per i Corleonesi fosse già un problema superato.

20

«Mi dispiace e mi fa male il cuore, la legge vale per tutti!»

Le urla di Gianni Turturro arrivavano fuori dal casolare, fino al cortile dove stazionavano autisti e factotum. Sulla stradina in salita di cemento grezzo che portava alla cascina, c'era una fila di auto che si arrampicava fino in cima.

Felice, l'autista del capomafia di Trapani Cataldo Fiore, ne contò sei.

«Sono sette, una è sul retro, sotto la tettoia», lo corresse suo cugino Carmine, uomo di fiducia del boss delle Madonie, Santino Mocciaro.

Turturro nel frattempo alzava sempre più la voce.

«Io parlo di regole. Se ci sono, bisogna rispettarle! Mi sembra di poterlo dire a nome di tutti!»

I pezzi grossi erano riuniti attorno a un tavolo, nel grande salone al piano terra del casolare. Le porte di legno erano sbarrate, ma fuori, i «picciotti» non potevano fare a meno di sentire.

Il cielo era blu pastello. Era sgombro, non c'era neanche una nuvola.

L'enorme distesa di grano davanti a loro fiammeggiava al sole.

Carmine prese una spiga, ci cominciò a giocare con le labbra e si rivolse di nuovo a Felice.

«Secondo te come finisce?»

«A schifio finisce... la terza guerra mondiale scoppia, vedrai. Ho visto Turturro gonfio come un istrice. Quello pazzo è... tu non lo conosci!»

«Oh, vedi che dentro c'è pure Occhiuzzo», obiettò Carmine, «non esiste uno più pazzo di lui!»

Felice prese dal taschino della camicia un pacchetto di Diana blu. Tirò fuori una sigaretta e se ne accese una.

Guardò il cugino e cominciò a sghignazzare.

«Perché ridi?»

Felice prese Carmine sottobraccio e glielo disse a bassa voce.

«Occhiuzzo? Forse solo tu qui dentro sei convinto che, dopo oggi, quello a Palermo conterà ancora qualcosa.»

In quella villa di Partinico si erano dati appuntamento i boss di mezza Sicilia. Li aveva convocati Gianni Turturro, un Palermitano giovane e rampante, ultimo erede della dinastia di quella vecchia mafia spazzata via dai Corleonesi. All'ordine del giorno c'era il pentimento di Pino Martinez. Turturro negli ultimi anni aveva volato basso. Controllava il mandamento di Porta Nuova e fino ad allora non aveva mai dato problemi. Quando vedeva Occhiuzzo e Giaconia di solito camminava a testa bassa. I Corleonesi gli avevano lasciato investire un po' di soldi nella droga, avevano permesso che nel suo territorio facesse il bello e il cattivo tempo. Era lui che decideva chi doveva pagare il pizzo e chi no, quali erano le imprese che dovevano lavorare nella zona e quali i politici da appoggiare durante le elezioni. Giaconia era stato contrario fin dall'inizio a lasciare la catena lunga a quella testa calda.

«È una mina vagante, gli dobbiamo fare il servizio subito!» se n'era uscito una volta col cognato.

Occhiuzzo con un gesto molle aveva alzato la mano, come a volergli impedire di passare dalle parole ai fatti.

«Ogni cosa a suo tempo», aveva sentenziato con la sua solita sicumera.

Aveva lasciato vivere Turturro. Lo aveva fatto per amore della pace, ma col senno di poi aveva sbagliato.

Negli ultimi mesi Turturro sgomitava per avere più potere dentro Cosa Nostra. Aveva sconfinato dal suo mandamento un giorno dopo l'altro. Con le estorsioni, con gli appalti, con la droga. A poco a poco si stava mangiando pezzi sempre più grossi di Palermo.

Tra i vecchi capimafia palermitani era il più giovane. Nel casolare di Partinico, oltre a Fiore e Mocciaro erano arrivati Andrea Gioè, da Altofonte, Domenico Ciaramidaro, da Prizzi, e Nunzio Stancampiano, da Alcamo. Seduto al tavolo c'era anche il proprietario della villa, Cosimo Marcianò, di Montelepre. I Corleonesi, Occhiuzzo e Giaconia, erano seduti in un angolo.

Turturro era bassino e con una pancetta incipiente. Aveva i baffi e quattro capelli in testa. Assomigliava a un topo. Il naso era praticamente inesistente, due fori sopra la bocca, le orecchie erano piccole, le dita delle mani corte e tozze. Per sembrare più alto portava stivali con tacco cinque. Da quando era cominciata la riunione si era alzato e aveva parlato solo lui.

«Zio Gaspare», abbaiava rivolto a Occhiuzzo, «Martinez è un vostro parente. Dovete ammettere che avete un problema in famiglia e trarne le conseguenze!»

Gli occhi del capo dei Corleonesi erano iniettati di sangue.

Quella caccola, davanti a tutti, stava mettendo in discussione il suo ruolo. Prima della riunione, chiacchierando con alcuni dei boss presenti, aveva tentato di spiegare che il problema non esisteva.

«Pino non conta niente», ripeteva a ognuno di loro.

In fondo era vero. Martinez rappresentava una terza fila, non sapeva nulla dei loro affari più grossi. Non avrebbe arrecato alcun danno all'organizzazione.

«Nessuno può dubitare di questo!» insisteva.

Turturro però da quest'orecchio non ci voleva sentire.

«Lui, che è il capo, non è diverso dagli altri, si deve fare da parte», salmodiava l'uomo-topo guardando gli altri capimafia seduti intorno al tavolo, «se no, decidiamo che d'ora in poi ognuno fa come minchia vuole e buona notte ai suonatori!»

Turturro voleva creare scompiglio tra i Corleonesi. Sperava che il pentimento di Martinez convincesse Occhiuzzo che era giunto il momento di cedere il bastone del comando.

Cornuto e becco!

Per la prima volta in vita sua il capo dei Corleonesi era in difficoltà. Tra l'altro non poteva contare sull'appoggio di nessuno dei presenti a quell'incontro.

Era isolato.

La paranoia gli ottenebrava la vista.

Aveva la sensazione che tutto fosse già stato deciso prima, a tavolino.

Turturro lo stava mettendo con le spalle al muro.

Per anni Occhiuzzo si era vantato di essere l'unico boss della mafia siciliana che non aveva traditori in famiglia.

Era vero.

Ora per colpa di quell'infame di Pino era costretto a subire un processo davanti a tutti.

Giaconia era seduto accanto a lui.

Impassibile.

Una statua di cera.

Ascoltava in silenzio e rimuginava.

Quel cornuto di Turturro lo doveva uccidere tanti anni fa, quando avevano avuto l'occasione. Questo pensava.

Il giovane Palermitano aveva una boria che lo faceva camminare a un metro da terra.

Questo nano fituso!

Occhiuzzo, per quanto fosse avvelenato, lo studiava cercando di rimanere freddo. La tattica di Turturro gli sembrava abbastanza chiara. Per il tradimento di Martinez stava chiedendo ai Corleonesi di assumersi la responsabilità e fare un passo indietro.

Sapeva che la sorella del pentito era sposata con Giaconia.

E sapeva che l'altro fratello, Diego, quello di New York, era ammanicato con i boss della Quinta strada.

I «viddani» non potevano fare niente, erano fottuti.

Il ragionamento di Turturro non faceva una grinza: visto che non se la potevano prendere con nessuno, l'unica per loro era farsi da parte.

Questo lo pensi tu, scimunito! rifletteva rabbioso Occhiuzzo.

Il capo dei Corleonesi si alzò in piedi, allargò le braccia, come Gesù Cristo davanti gli apostoli.

«Signori, che vi posso dire? Mi sembra che avete già stabilito che sono colpevole! Non sono qui per chiedervi di capire, sono qui per chiedervi qualche giorno per lavare, come si dice, i panni sporchi in famiglia. Rivediamoci tra una settimana e se non sarete soddisfatti di ciò che avrò fatto, accetterò cristianamente il volere di questa commissione.»

Il boss si fermò, puntò gli occhi su Turturro. Lo guardò con ribrezzo, come si può guardare uno scarafaggio un attimo prima di schiacciarlo.

«Che dici, Gianni, pensi che se la meriti una possibilità di rimediare, questo povero vecchio? In fondo, io, quante te ne ho date?»

Era una domanda retorica.

Il Palermitano non rispose, si guardò intorno spaesato a cercare il sostegno degli altri mafiosi presenti.

Facevano tutti i vaghi.

Occhiuzzo, con una mossa di fino, aveva giocato in contropiede.

Per guadagnare qualche giorno si era rivolto al suo principale accusatore. Se riusciva a strappargli un sì era fatta, gli altri boss lo avrebbero seguito a ruota.

Andò esattamente come lui aveva previsto.

Turturro nel suo disegno sperava di detronizzare Occhiuzzo quel giorno stesso. Ora sapeva di non poter tirare troppo la corda.

Sarebbe apparso esageratamente presuntuoso se non avesse ceduto neanche di un millimetro. Si dichiarò favorevole a concedergli qualche giorno. Gli altri capimafia presenti approvarono soddisfatti.

«E sia!»

Era una soluzione che faceva contenti tutti.

Occhiuzzo era caduto in piedi.

Ancora una volta.

Aveva troppa esperienza, troppo carisma per farsi mettere sotto da quella cacchetta insignificante. Era riuscito a emergere dalle sabbie mobili di quel confronto, ma non aveva più molto tempo a disposizione. Dopo essersi difeso, adesso doveva attaccare se non voleva soccombere.

«Nino, ora tocca a te», sibilò Occhiuzzo al cognato mentre si alzavano da quel tavolo.

Gli stava ricordando che doveva ammazzare sua moglie.

Giaconia annuì, come a dire: «Ho capito».

Seguì in cortile il capo dei Corleonesi e prima di infilare la porta fissò Turturro. Lo guardò come se lo volesse strangolare con gli occhi, come se gli stesse dicendo: «Ci vediamo presto».

I pezzi da novanta presenti nel casolare sciamarono fuori uno dopo l'altro.

Gianni Turturro fu l'ultimo a uscire.

Prima, si guardò intorno in quella stanza vuota, restando seduto al suo posto. Schiumava di rabbia. Era così agitato che le mani gli tremavano. Sentiva le punta delle dita fredde.

Per rilassarsi andò in bagno a farsi una strisciata di coca.

Piegandosi sul lavandino, sentì il calcio della sua «stufa» premergli sulla schiena.

Era una 7,65 automatica color argento.

Lui la chiamava Anna. Il nome di sua madre.

La prese in mano.

L'accarezzò.

Ora si sentiva forte come un leone.

21

GIACONIA era dovuto uscire di corsa quella mattina, ma non si era sentito di lasciare Rosa sola in casa, come se la volesse proteggere da ogni pericolo, anche se sapeva che il più grande era proprio lui. Lui che aveva accettato di uccidere sua moglie.

Nino aveva ordinato al suo cane da guardia, Tony, di sorvegliare la stanza in cui stava Rosa fino al suo ritorno.

«Non muoverti da qui e non aprire mai questa porta, hai capito?»

«Va bene, parrino.»

Tony non vedeva la signora Giaconia dal giorno in cui era stata male e l'aveva accompagnata nello studio medico della buonanima di suo cugino. Forse, se l'avesse vista adesso, non l'avrebbe nemmeno riconosciuta. Se la immaginò come uno spettro macilento che vagava in quella stanza, nella porzione di casa che a lui era proibita.

Aveva intuito che era successo qualcosa negli ultimi giorni. Ci doveva essere un motivo per cui Giaconia voleva che la moglie non uscisse da lì, ma preferì non chiedere spiegazioni.

Si limitò a fare esattamente quello che il boss gli aveva ordinato.

Si piazzò come una sentinella davanti alla stanza in cui stava la signora e si preoccupò che tutto rimanesse come Giaconia l'aveva lasciato.

Immobile.

La prima ora che aveva passato di guardia, Tony aveva sentito il rumore della tivù accesa provenire dall'interno della stanza e non si era preoccupato. Le palpitazioni gli erano cominciate dopo un'ora e quarto, quando si era accorto del silenzio totale.

Non si sentiva un rumore, il nulla assoluto.

Tony prima immaginò che la signora stesse riposando.

Magari è stanca e si è addormentata!

Poi gli vennero i dubbi, che aumentarono a dismisura man mano che passavano i minuti. Iniziò a immaginare cose sempre più terribili. Cose irragionevoli ma verosimili. Prima pensò che Rosa si fosse sentita male, poi che avesse aperto una finestra e fosse caduta di sotto. Poi ancora che stesse scappando da quella prigione, magari scavando un buco nel muro con un cucchiaio. Lo aveva visto fare a un detenuto in un film. Il titolo gli venne in mente subito: *Le ali della libertà.*

Già Tony immaginava Giaconia che tornava a casa e gli faceva un culo come un secchio.

Minchia, rovinato sono!

Si sentiva impazzire al pensiero di non poter vedere e sentire niente. A un certo punto fu tentato di bussare e di chiedere alla signora Giaconia se era tutto a posto. Ma se poi Nino si incazzava ancora di più e gli levava la pelle? In fondo chi gliel'aveva data a lui tutta questa confidenza?

Stai al tuo posto!

Glielo diceva sempre il suo capo, non prendere iniziative!

E così Melluso era rimasto appiccicato alla porta, l'orecchio incollato al legno come una ventosa. Fino al ritorno di Giaconia non si era mosso nemmeno per fare pipì.

Quando sentì la chiave girare nella toppa e vide il suo capo rincasare, Tony si lasciò cadere per terra, come se avesse retto sulle spalle il peso dell'intero palazzo. Ebbe la sensazione che perfino la vescica si fosse allentata. Corse in bagno per paura di pisciarsi addosso.

Minchia, meno male!

Giaconia era strano.

Silenzioso, sembrava triste.

Camminava lentamente.

Tony ebbe l'impressione di guardarlo come in un filmato al rallentatore.

Non l'aveva mai visto così.

Pareva che fosse appena tornato dal proprio funerale. Si stava avvicinando a lui livido, col passo di uno zombie.

«Parrino, ci sono problemi?»

Con tatto e discrezione Tony cercava di capire cosa gli frullava in testa. Giaconia aveva lo sguardo assente, sembrava frastornato, confuso.

All'inizio Tony pensò che il boss non lo avesse sentito, poi Nino lo guardò e gli diede un buffetto affettuoso sulla guancia.

«Problemi ce ne sono sempre, caro mio... non si finisce mai di fare i conti con i problemi.»

Il boss non aggiunse altro.

Gli appoggiò una mano sulla spalla e lo accompagnò all'uscita.

«Posso fare qualcos'altro per lei?»

«No, ti ringrazio, Tonino, hai fatto già abbastanza.»

Giaconia aveva gli occhi lucidi. Di colpo era diventato gentile, affabile, come non era stato mai.

Era il leone che in un capovolgimento di fronte diventava pecora. Si reggeva in piedi a fatica, si vedeva. Era come se si aggrappasse all'ultimo briciolo di forze che gli restava. Tony lo salutò. Nino sparì dietro la porta. L'ascensore era guasto da giorni, i tecnici non si decidevano a venire a ripararlo.

Tony era salito a piedi quella mattina.

Imboccò le scale e scese i primi dieci gradini.

Poi si bloccò.

Atterrito.

Terrorizzato.

Aveva sentito un urlo spaventoso, il latrato di una bestia provenire dalla casa da cui era appena uscito.

Giaconia!

Però andò avanti, senza più fermarsi. Non era compito suo occuparsi di quello che stava accadendo. Il suo lavoro era finito.

Per la prima volta dopo mesi, Nino, entrando in quella stanza buia, aveva violato il confine tra il suo mondo e quello di Rosa.

Ora c'era una ragione superiore per farlo, doveva ucciderla.

22

Matteo era teso. Non aveva parlato per tutto il viaggio. Un'ora piena di silenzi e pensieri nascosti.

«Che hai, c'è qualcosa che non va?» gli chiese la Salemi mentre stavano atterrando.

Di Giannantonio chiuse gli occhi e strizzò la faccia in una smorfia.

«No, niente, tutto a posto, ho solo un po' di mal di testa.»

Aveva il viso smorto, tirato, bianco come un cencio.

Sembrava la sua controfigura di cartone scadente.

Elvira e lui avevano preso l'ultimo volo per Roma, quello delle venti e quindici. Il viaggio era stato organizzato in tutta fretta.

Pino Martinez finalmente si era deciso a parlare.

Avrebbe detto come arrivare a Giaconia.

Ti prego, Signore, fa' che sia vero!

Per la Salemi era l'unica speranza per tirarsi fuori dai guai.

Per quasi tutto il pomeriggio era rimasta chiusa in ufficio, al telefono con Roma, col colonnello della Dia Marzio Puma. Era un uomo di sua fiducia. Era stato lui a confermarle che Martinez era pronto a vuotare il sacco.

«Siamo sicuri? Ci ha parlato lei?»

La Salemi aveva fatto una pausa. Dall'espressione del viso era parsa rinfrancata.

«Ho capito...»

Aveva dato all'ufficiale tutte le coordinate per l'incontro.

«Perfetto, colonnello, allora ci vediamo lì, intorno alle ventuno e trenta... Conto sulla sua discrezione... A più tardi!»

Puma avrebbe prelevato in gran segreto Martinez a Rebibbia per portarlo al posto di polizia di Fiumicino. Elvira lo avrebbe interrogato lì, in una stanzetta discreta all'interno dell'aeroporto.

All'inizio sarebbe stato un colloquio informale, riservato.

Poi, chissà.

Dipendeva tutto da lui, da Martinez.

Elvira era stata tentata di avvisare il procuratore, poi ci aveva ripensato.

Se tutto va bene, glielo dico a cose fatte.

Con lei, in stanza, c'era Matteo.

«Tutto a posto», si era rivolta sbrigativa al commissario, «vedo Martinez tra un'ora e mezzo.»

«Ah benissimo», si era congratulato Di Giannantonio. «Allora ti lascio, così parti subito. Dai, ci sentiamo quando arrivi... chiamami!»

Matteo si era infilato la giacca e aveva fatto per andarsene.

Elvira lo aveva bloccato sulla porta.

«Aspetta un attimo!»

Era sembrata rifletterci su ancora un momento, poi la proposta gliel'aveva buttata lì, come una serpe in mezzo alle gambe.

«Senti, ma perché non vieni con me?»

Il commissario aveva assunto un'aria imbarazzata.

«Non lo so, Elvira... così su due piedi... dici che è il caso?»

Di Giannantonio dentro di sé pregava perché lei non insistesse.

«Sì, assolutamente sì. E poi Giaconia è anche roba tua, ti interessa per forza sapere cos'ha da dire suo cognato... L'aereo parte tra un'ora. Dai, forza, muoviamoci!»

A Di Giannantonio si erano aggrovigliate le budella.

Se avesse potuto sarebbe fuggito da quella stanza, ma si era sforzato di dominarsi. E si era trincerato dietro un sorriso finto, di circostanza.

«Va bene, andiamo!»

Fuori dal Palazzo di Giustizia, la scorta di Elvira li aveva subito condotti a Punta Raisi in una quindicina di minuti. Avevano imboccato l'autostrada. Alla loro destra c'era un mare immobile come se fosse laccato, verde con macchie indaco, il porticciolo di Sferracavallo, lo scoglio disabitato di Isola delle Femmine. Sembrava un grosso sasso tirato in acqua dalla mano di un gigante.

Elvira aveva accarezzato tutti quei luoghi con gli occhi, come se fosse l'ultima volta che li vedeva, poi era tornata a fissare la strada.

Erano arrivaati all'aeroporto. Sia lei sia Matteo avevano dei biglietti elettronici.

Mentre stava completando il check-in, alla Salemi era squillato il cellulare.

«Pronto?»

Era Bonoparrino.

Per non essere troppo sbrigativo il capo le aveva chiesto come stesse.

«Bene, grazie», aveva risposto Elvira.

Poi il procuratore era andato dritto al punto.

«Dottoressa, ma lei non mi doveva dare una risposta?»

Accidenti, le ferie!

Elvira aveva indugiato per un attimo, cercando di pensare a una scusa.

Non le era venuta.

E aveva buttato lì la prima cosa che le era passata per la testa.

«Sì, procuratore, ha ragione. Ma sa, non sono stata troppo bene in questi giorni. Le prometto che domani mattina alle otto e trenta sono da lei e parliamo delle mie vacanze.»

Neanche una parola su Martinez.

Finta calma e finte cerimonie.

«Buona serata e saluti alla signora!»

* * *

Era una follia andare a Roma di nascosto.

Elvira lo sapeva. Ma ormai aveva deciso.

O dentro o fuori.

Se Pino Martinez le avesse consegnato Giaconia, Bonoparrino le avrebbe perdonato anche questo. Al contrario, se anche questo tentativo fosse andato a vuoto, l'indomani si sarebbe presentata al procuratore e avrebbe preso atto del suo fallimento.

Si sarebbe tolta di torno.

Basta! Ormai ho deciso!

Aveva pensato fino al più piccolo particolare per andare e tornare in tempo.

Da Roma avrebbe preso il primo aereo per Palermo, quello delle sei.

Dopo un'ora di volo sarebbe atterrata.

Alle otto, con po' di fortuna, si sarebbe presentata in tribunale.

Ce la posso fare!

Per tutto il viaggio la Salemi si era preparata mentalmente una lista di domande da sottoporre a Martinez. Le era venuto un leggero attacco d'ansia quando aaveva pensato a come verbalizzare le sue dichiarazioni. Ci avrebbe impiegato ore se si fosse messa a scrivere ogni parola. E non poteva chiedere a Matteo di farlo per lei. Non era giusto. Allora aveva frugato nella borsetta e tirato fuori il registratore digitale che si portava dietro, quello dove ogni tanto appuntava a voce pensieri e appuntamenti.

Era tornata a respirare normalmente.

Meno male.

Ecco come avrebbe fatto. Avrebbe registrato ogni parola sul nastro, poi, al rientro a Palermo, avrebbe trascritto tutto su computer.

L'ansia si era sciolta in un sorriso compiaciuto.

«Non abbiamo molto tempo», aveva detto a Matteo come se

stesse pensando a voce alta, «di sicuro Occhiuzzo e Giaconia sanno già che Martinez vuole collaborare… me lo sento!»

Dall'altra parte nessuna reazione.

Silenzio.

Il vuoto assoluto.

Di Giannantonio se ne stava zitto.

Nel sentire i dubbi di Elvira si era limitato a guardarla per un secondo, annuendo, poi si era voltato di nuovo scocciato verso il finestrino. Sembrava a disagio, fuori posto. Non aveva voglia di fare conversazione, era chiaro. La Salemi ne aveva dedotto che gli fosse saltata la mosca al naso.

Chissà che diavolo gli è preso…

Lo aveva lasciato ai suoi pensieri e fino a Roma non gli aveva più rivolto la parola.

Quando l'aereo toccò la pista di Fiumicino, Elvira guardò l'orologio. Erano le nove e cinque minuti. Una berlina scura con il lampeggiante acceso li aspettava sulla pista. L'autista della Dia era fuori, appoggiato al cofano della macchina. L'hostess aprì il portellone anteriore e spinse il pulsante che faceva allungare la scala elettrica. Elvira e Matteo erano i primi passeggeri subito dietro di lei.

C'era caldo, c'era vento.

Il cielo era coperto da uno strato opaco e gelatinoso, l'aria era pesante e appiccicosa. Salirono in macchina, lei davanti, lui dietro. Matteo accese il telefonino, aspettò che ci fosse campo e cominciò a picchiettare con le dita sulla tastiera.

Scrisse un sms alla velocità della luce.

Aveva una strana fretta, come se quel messaggio fosse l'ultimo della sua vita.

Elvira notò anche questo, ma non si soffermò troppo a pensarci.

L'autista mise in moto. Fece un giro intorno al loro aereo, un Md80 dell'Alitalia. Guardò a destra e a sinistra e si infilò spedito dietro un autobus, sul corridoio delimitato da strisce bianche, quello che portava dritto agli arrivi.

Matteo continuava a essere stranamente taciturno. Dal momento in cui Elvira gli aveva chiesto di accompagnarla a Roma, aveva cambiato atteggiamento. Aveva perso la parola.

Era diventato ombroso, scostante, irritabile.

Era come se qualcosa lo avesse impensierito e al contempo disturbato.

Magari si è storto perché l'ho trascinato con me!

Elvira provò a farsi un piccolo esame di coscienza.

Pensandoci bene forse era stata prepotente.

Ancora una volta.

In fondo a Matteo non aveva dato la possibilità di scegliere se rimanere a Palermo o partire con lei. L'aveva messo su quell'aereo come un pacco da portare in dono a Martinez e aveva dato per scontato che il commissario avesse voglia di accontentare quel suo ghiribizzo.

Non si fa così!

Gli doveva parlare.

Subito.

Ammettere l'errore e magari scusarsi.

Per farlo, aspettò solo di uscire dalla macchina.

Matteo scese per primo. Le aprì la portiera. Osservò Elvira scendere e la guardò malissimo, come gli adulti guardano i bambini viziati. Poi, senza dirle niente, si avviò verso l'ingresso del Terminal.

Elvira era dietro di lui.

Trascinava un pesante trolley pieno di carte. Erano rapporti di polizia e fascicoli, spaccati di Cosa Nostra in cui il ruolo di Martinez veniva messo a fuoco dai migliori investigatori palermitani.

A un tratto Elvira accelerò.

Raggiunse il commissario. Lo prese per un braccio, lo bloccò, lo girò prepotentemente verso di lei.

«Maledizione, mi spieghi che cos'hai? Non hai spiccicato

una parola per tutto il viaggio, se non ti andava di venire potevi dirlo subito!»

L'intenzione era quella di un chiarimento, ma le parole le uscirono dalla bocca nell'ordine sbagliato. Il tono sembrava di rimprovero.

Matteo era un fascio di nervi. Aveva fatto una fatica immane a nascondere la tensione fino a quel momento. Sentì un brivido di collera salirgli dalla schiena dritto al cervello.

«Elvira, ti ho detto che ho solo mal di testa! Adesso basta!»

Fece una pausa. Guardò la mano del giudice che gli stringeva il gomito. Le diede un'occhiataccia, come a dire: «Toglila», poi scaricò su di lei tutto il furore che covava dentro.

«Falla finita di preoccuparti per me, cazzo! Siamo venuti per un interrogatorio. Facciamo quello che dobbiamo fare e ce ne andiamo!»

Aveva alzato la voce. Non l'aveva mai fatto.

La Salemi non se l'aspettava.

Matteo sembrava un'altra persona.

Vaffanculo!

Si sentì offesa, umiliata. Lo fissò con un misto di stupore e commiserazione. Poi si avviò con passo spedito verso il posto di polizia. Camminava come se lui non ci fosse. Come se non fosse mai esistito.

Il commissario le corse dietro.

Provò a recuperare in qualche modo.

«Scusa», ammise con tono colpevole, «non volevo essere sgarbato.»

La Salemi non replicò. Continuò a procedere a grandi falcate sul corridoio davanti a lei, facendo finta che quello che sentiva fosse un rumore a cui non prestare troppa attenzione, qualcosa di simile al ronzio di una zanzara.

L'autista della Dia li seguiva imbarazzato. Camminava adagio, cercando di stare più indietro possibile Aveva capito che tra quei due stavano volando i coltelli e si teneva a distanza.

Il giudice, tallonato dal commissario, salì una rampa di scale, girò a destra, infilò un corridoio stretto. Il colonnello Puma l'aspettava davanti a una stanzetta con i vetri oscurati.

«Ben arrivata dottoressa, il nostro amico è dentro. Quando vuole possiamo cominciare.»

Matteo con un cenno della testa salutò il colonnello.

Elvira, con tono professionale, fece le presentazioni ufficiali: «Colonnello Puma, lui è il dottor Di Giannantonio, della squadra mobile di Palermo, sezione 'Catturandi'».

L'ufficiale della Direzione Investigativa Antimafia abbozzò un sorriso poco convinto, diede la mano a Matteo senza troppe cerimonie. Per la Salemi era l'ennesima prova che tra gli uomini della Dia e i cugini della polizia non correva buon sangue.

«Molto piacere», lo salutò sarcastico il commissario.

Elvira si guardò intorno, cercando con gli occhi una toilette.

«È da quella parte», indicò Puma, «mi segua, dottoressa, l'accompagno!»

Si allontanarono lasciando Matteo davanti alla stanza dov'era rinchiuso Pino Martinez.

Il commissario la osservò attentamente. Con quei vetri oscurati, non si riusciva a vedere all'interno.

Intanto in bagno, davanti allo specchio, la Salemi rimuginava sulle parole del commissario.

Era inviperita.

Smettila di preoccuparti per me, mi ha detto, hai capito? Ma chi si crede di essere? È uno stronzo, ecco cos'è!

Il bottone sul dispenser del sapone liquido era rotto.

Elvira si infastidì.

Gli diede un pugno.

Si spostò sul lavandino vicino, dove ce n'era un altro funzionante.

Si strofinò per bene le mani e le passò sotto l'acqua.

Fece un bel respiro.

Si guardò nello specchio.

Adesso calmati, stai dicendo una stronzata. A Matteo piaci, lo sai. Lui sta volentieri con te, te lo ha pure dimostrato. Dev'essere un altro il motivo.

Dalla borsa tirò fuori la trousse del trucco. Si passò sul viso la cipria, poi spolverò le guance con un tocco di fard.

Intanto il suo cervello continuava a girare, a esaminare gli strani comportamenti di Matteo e le possibili spiegazioni.

Forse è l'aereo. Ma sì, certo, dev'essere quello che lo ha fatto irrigidire. Ha paura di volare e si vergogna a farlo vedere. Ci sono! Adesso ho capito!

Questa ipotesi la convinceva più delle altre.

Che stupido, poteva dirlo! E poi adesso fanno pure i corsi per superare il panico da volo. Magari lui non lo sa. Adesso torno indietro e glielo dico.

Le pieghe attorno agli occhi si distesero e lentamente sparirono.

L' espressione del viso diventò via via meno contratta.

Cominciava a rilassarsi.

Si passò un velo di rossetto sulle labbra.

Sentì vibrare il cellulare.

Lo prese in mano.

Guardò il display.

Lampeggiava la scritta PINO.

Il promemoria del telefono le ricordava il suo appuntamento con Martinez.

Elvira lesse quel nome.

Lo rilesse di nuovo.

Guardò lo specchio.

Guardò il telefono.

Riguardò la sua immagine riflessa.

Martinez.

Matteo.

Uno squarcio di verità le si aprì davanti agli occhi.

Era come se improvvisamente le si fosse rivelato un mondo.

Collegò Pino a Matteo, Matteo a Pino, come se fossero stati da sempre legati in una serie di fili sottilissimi e invisibili.

Cazzo!

Si batté una mano sulla fronte, poi agguantò la borsa e schizzò via.

Con la paura che le faceva bruciare il petto.

Con un presentimento.

Brutto.

Che Di Giannantonio su Pino Martinez le stesse nascondendo qualcosa.

Non voleva incontrarlo insieme a me, ecco perché era così strano.

Più se lo ripeteva, più se ne convinceva.

Si fece l'ultimo pezzo di corridoio di corsa, fino al posto di polizia.

Il colonnello stava davanti alla porta.

Ma Di Giannantonio non c'era.

È con lui, lo sapevo!

«Dov'è il commissario?» chiese Elvira col fiatone.

«È entrato, dottoressa. Mi ha detto che è stata lei a dargli il permesso.»

«Va bene, grazie!»

Matteo aveva mentito.

Perché? Per aiutarla o per giocare sporco?

Non c'era modo di sentire da fuori cosa si stessero dicendo.

Quando Elvira entrò nella stanza era troppo tardi per scoprirlo. Qualunque cosa il commissario volesse dire a Pino senza che lei sentisse, gliel'aveva già detta.

«Ti senti bene?» chiese d'istinto Di Giannantonio vedendola trafelata.

Elvira lo incenerì con un'occhiata.

«Benissimo!»

Il commissario e Martinez erano in piedi, l'uno di fronte all'altro.

La Salemi li osservò. Aveva una strana sensazione. Era come se nei loro occhi ci fosse qualcosa di simile al residuo di uno sparo. Polvere di odio che era esplosa quand'erano soli e ora si era dispersa nell'aria per aiutarli a salvare le apparenze.

Elvira si sedette.

Mentre si preparava all'interrogatorio le si accese un'altra lampadina in testa.

Enzo Giappone, ricordi? L'hai letto nel dossier dei servizi. Con i Martinez erano vicini di casa.

Doveva essere per questo che Matteo aveva fatto tutte quelle storie per non partire. Doveva essere per questo che, arrivati lì, aveva approfittato della sua assenza e si era infilato nella stanza per parlare da solo con Pino Martinez.

Perché? Per dirgli cosa?

Forse era il padre di Matteo la chiave di tutto.

Elvira non ne era sicura.

Il commissario non le aveva mai parlato di quella storia.

Di Enzo Giappone, lei sapeva quello che aveva letto di nascosto nell'informativa dei servizi. L'unica cosa che non c'era scritta in quel rapporto era quanto bene si conoscessero Pino e Matteo.

Erano stati solo vicini di casa o anche amici una volta?

Erano rimasti in contatto o si erano persi di vista?

Elvira non riusciva neanche a immaginarlo, ma il solo pensiero di doverlo scoprire le faceva paura.

23

«Mi raccomando, stasera tieni il telefono acceso e non prendere impegni, mi devi aiutare a fare una cosa.»

Buttanaeva!

Tony strinse gli occhi, fece una smorfia e imprecò tra sé.

Giaconia se ne accorse.

«Qualche problema?» si irrigidì inarcando le sopracciglia.

Melluso cercò di farsi passare l'espressione sofferente e infastidita che gli si era incollata alla faccia.

«No, perché, parrino?»

«Niente, mi era sembrato che non fossi convinto. Che hai impegni stanotte, Tonino?»

Tony si mise paura.

«No...»

E attaccò a balbettare, come ogni volta che sparava una minchiata.

«Ma no che... che dice? Sta sch... scherzando? È un onore e un piacere poterla servire, lo sa!»

Giaconia lo guardò malissimo.

«Va bene, allora ti chiamo più tardi.»

«Sabbenedica!»

Tony lo salutò con un sorriso ruffiano. Mise in moto e se la squagliò prima che il suo capo ci ripensasse e gli chiedesse altre spiegazioni. Aveva rischiato grosso, ma fece spallucce. Era troppo stanco. Se non dormiva rischiava di impazzire. Mentre guidava verso casa, parlava da solo.

Imprecava.

Prendeva a pugni lo sterzo.

Minchia, manco stasera si dorme, cornuto del diavolo!

Melluso non si era ancora rassegnato a quella vita d'inferno.

Doveva fare qualcosa per guarire Giaconia dall'insonnia che lo atterriva, parlarne con qualcuno, fare in modo che gli arrivasse un aiuto.

Il boss sembrava a un passo dal precipizio.

Gli sta venendo un esaurimento nervoso, la testa gli sta partendo, si vede proprio!

Nino da un po' di tempo voleva uscire solo di notte, quando Palermo era deserta e c'era poca vita per strada.

Diceva che col buio riusciva a pensare meglio.

Lui pensa e io mi perdo i meglio programmi alla tivù...

Era malato di televisione, Melluso.

Quando davano vecchi film, quelli in bianco e nero, li guardava sempre volentieri. Si era fissato che Giaconia somigliava a Cristopher Lee, l'attore che impersonava il conte Dracula nella pellicola del '58.

Il film lo avevano trasmesso su Rete4 qualche giorno prima. All'inizio credeva che fosse la mancanza di sonno a fargli vedere tra i due somiglianze che non c'erano. Poi, a mente lucida, decise che era proprio così.

L'unica differenza erano i baffi.

Giaconia ce li aveva, quell'altro no.

Per il resto avevano la stessa faccia.

Quando la notte usciva di casa e saliva in macchina il suo capo sembrava un corvo. Intabarrato in un mantello nero, con i capelli tirati all'indietro e lucidi di gel. Di Dracula aveva il volto scavato e la pelle bianca, il mento sporgente, le pupille cerchiate di rosso.

Gli mancano i canini da lupo!

Ogni volta che Tony lo vedeva, notava un particolare in più.

E un pensiero malizioso cominciò a ronzargli in testa. Il boss doveva aver visto il film su Dracula la sera che l'aveva visto lui. Stava imitando l'attore che recitava la parte del vampiro.

Non c'era altra spiegazione.

Solo che non me lo vuole dire! Si vergogna!

Tony, segretamente, aveva soprannominato Giaconia «Il conte». Il nomignolo gli era venuto perché gli ricordava quell'altro. Quello della Transilvania. In fondo non gli mancava mica di rispetto. Il soprannome gli sembrava elegante. E se quello era il conte, lui era l'autista del conte.

Un giorno di questi mi chiederà di andarlo a prendere in carrozza, vuoi scommettere?

Rise di quella pensata e aprì il giornale sulla pagina degli spettacoli per dare un'occhiata ai programmi televisivi. Tony Melluso i film in tivù li guardava la sera, quando tornava a casa. Se Giaconia gli dava tutta una notte di tregua e magari la mattina libera, era capace di vedersene anche due o tre di fila. Solo che ultimamente dentro casa ci stava poco e niente.

Al suo normale orario di lavoro si era aggiunto il servizio notturno. Che era faticoso, sfibrante. Nelle ultime due settimane il boss lo aveva buttato giù dal letto sei volte. E sempre per non concludere niente.

Un beato cazzo!

Giaconia, a differenza di Dracula, non cercava giovani vergini da mordere sul collo per acquietarsi e vivere in eterno. Anche del sangue, lui che ne aveva sparso a fiumi, cominciava a essere un po' stanco. Aveva lo sguardo affamato di luoghi più che di persone.

«Tony, alzati, mi devi accompagnare in un posto, sbrigati!»

Tutte le volte che lo svegliava al telefono nel cuore della notte, con quella sua voce concitata, a Tony sembrava di sentire nell'orecchio la voce dell'istruttore dei marines di *Full Metal Jacket*.

Alzati, palla di lardo!

Doveva scattare in piedi come un soldatino.

E aveva venti minuti, non uno di più, per farsi trovare sotto casa del «conte» pulito e profumato, altrimenti erano guai.

«Vieni puntuale, se no ti scippo la testa», lo minacciava bonariamente Giaconia.

All'inizio Tony credeva che il boss volesse uscire di notte per incontrare qualcuno, come spesso succedeva in passato. E non batteva ciglio. Poi si accorse che le persone che il suo capo diceva di dover vedere non comparivano mai nel posto stabilito per l'incontro. Sulla carta si trattava sempre di pesci grossi, boss e capi mandamento a cui Giaconia doveva dare «la linea».

«È gente con cui devo parlare per conto di mio cognato», spiegava senza scendere troppo nei dettagli.

Ma alla fine non si vedeva nessuno.

Tutti gli appuntamenti che aveva in agenda da mezzanotte alle sei del mattino saltavano regolarmente. E i motivi erano sempre i più disparati. Una volta perché pioveva, un'altra perché c'erano troppi sbirri in giro, un'altra ancora perché il tizio che aspettavano, poco prima, era stato trovato dalla moglie a letto con l'amante.

Che a Tony piacesse o no, le cose andavano così e non c'era verso di farle cambiare.

«Il conte» bluffava, questo era un dato di fatto, ma non sentiva il bisogno di giustificarsi. Non gli importava che il suo autista capisse che quegli incontri erano scuse per uscire e vagare per la città senza una meta precisa. Se saltava un appuntamento gliene veniva in mente subito un altro e poi un altro ancora, finché il cielo non rischiarava ed era ora di rincasare. A volte Giaconia si faceva prendere dalla depressione. Quando Tony non poteva fare proprio a meno di rimarcarlo, lui gli diceva di sentirsi come Colapesce, quell'essere mitologico mezzo uomo e mezzo pesce che la leggenda vuole ancora negli abissi marini, a sostenere una delle tre colonne che reggono la Sicilia, la più consumata.

«Io sono come lui, sono stanco di portare tutto questo peso sulle spalle», ammetteva funereo quand'era in vena di confidenze.

Era da piccoli indizi che Tony intuiva il tormento del suo capo. In quei giri Giaconia stava cercando qualcosa, questo era evidente. Forse una risposta o un segno dal cielo, qualcosa che lo aiutasse a ritrovarsi, nell'incertezza in cui sembrava sperduto.

Ogni notte chiedeva a Tony di spingersi fino ai confini che segnavano il territorio dei Corleonesi. Ci rimbalzava sopra, come le falene sulle conterie dei lumi. Sembrava che il boss vedesse dei muri, dei cancelli insormontabili intorno a sé e si macerasse al pensiero di doverci sbattere sopra senza poterli oltrepassare.

Era come se avesse realizzato – per la prima volta in vita sua – che Palermo gli aveva mentito, come una donna incantatrice e bugiarda. In fondo quella città era stata la sua vera amante, la sola per la quale avesse trascurato davvero sua moglie. Una di quelle amanti calorose e comprensive che gli aveva dato tutto, l'illusione di comandare, la promessa di passare alla storia, persino la sensazione di onnipotenza che viene dalla facoltà di amministrare la vita e la morte. E poi? Poi lo aveva ingoiato, come ogni male di questo mondo. Lo aveva imprigionato nel suo ventre molle, lo aveva consumato, al pari di una malattia. Un cancro che ora però non aveva più tessuti da divorare.

«Lo sai», aveva confessato serafico una notte davanti al suo autista, «in vita mia, non mi sono mai preso una vacanza!»

Melluso a quella frase non aveva dato importanza.

Sapeva che non era lui.

Era la testa che a Giaconia faceva dire così.

«Fermati qui Tony!»

Quando gli era venuta la fregola di andarsene in giro di notte «Il conte» all'inizio voleva fermarsi sempre davanti alle chiese. Quelle della Gancia, di Santo Spirito e di San Domenico erano le sue preferite. Con la scusa di aspettare il tizio con cui doveva parlare, prendeva tempo e si mangiava le case di Dio con gli occhi.

Le osservava a lungo da dentro la macchina, senza mai scendere.

Un'ora, anche due.

Finché non tirava fuori il telefonino e, leggendo un finto sms, diceva che l'appuntamento era saltato.

«Niente, pure questo alla fine non viene, andiamo, Tony!»

Col passare del tempo, Giaconia aveva preferito mete più insolite ai luoghi religiosi. Una notte si era inventato un appuntamento a Capaci solo per entrare in autostrada e passare davanti alla stele che ricorda il martirio del giudice Falcone. Un'altra volta, verso le quattro di mattina, aveva fatto una testa tanta all'autista per andare a comprare le sigarette in un bar-tabacchi in via Libertà. Si trovavano in periferia, da tutt'altra parte. Per arrivare in centro dovevano attraversare di nuovo tutta Palermo.

«Parrino, guardi che è lontano da qui!» si era lamentato sommessamente Melluso.

Non c'era stato niente da fare.

Doveva essere per forza quello il bar.

Anche quando Tony aveva provato a dire a Giaconia che aveva un pacchetto della sua marca preferita in macchina.

«Non m'interessa! Camurria buttana! Voglio quelle e basta. Le sigarette di quel bar sono meglio! Vai, camina!»

Tony aveva obbedito, senza fiatare. Aveva attraversato tutta la città e, arrivato sul posto, si era guardato intorno. Accorgendosi che quel bar non era lontano dal luogo in cui avevano ucciso il presidente della Regione Mattarella, e allora aveva capito. Era come se, tessera dopo tessera, un puzzle folle stesse prendendo forma nella sua mente.

Tony cominciò a notare che in ogni luogo in cui Giaconia convocava qualcuno, c'era sempre vicino una lapide che ricordava un poliziotto ammazzato, un giudice saltato in aria, un giornalista scomparso nel nulla.

All'inizio gli erano sembrate solo coincidenze, poi no. Poi tutte le sue domande di colpo avevano avuto una risposta.

Tutto improvvisamente gli era apparso chiaro.

Vuole buttarsi pentito!

In un caso e nell'altro, che si trattasse di chiese o di luoghi-simbolo della storia di Palermo, Giaconia non spiegava, non chiariva il perché di questo suo bisogno di mentire per guardare col buio quale forma prendesse il bene o il male. Tony non riusciva a leggere i suoi pensieri, ma intuiva che il suo boss stava seguendo le stazioni di una privatissima via crucis, un sentiero immaginario che stava percorrendo in senso contrario per trovare il momento esatto in cui da giovane, in un punto imprecisato del suo passato, era diventato quello che era.

Un pessimo marito.

Un assassino.

Un uomo senza Dio.

Trovare quel momento per rinnegare, forse, adesso, tutta una vita.

Persino Tony che non amava le preghiere aveva cominciato a pregare.

Per disperazione.

Perché Giaconia tornasse a essere quello di un tempo.

Se si butta pentito, siamo rovinati!

No, non l'avrebbe permesso.

Non avrebbe abbandonato il suo boss proprio adesso.

Tony avrebbe annacquato la sua crisi di coscienza, gli sarebbe rimasto accanto, lo avrebbe aiutato a ritrovare la strada e la ragione. A costo di rinchiuderlo da qualche parte e buttare via la chiave.

Uno come lui non può finire così!

Lo guardava in silenzio e se lo ripeteva.

Solo quando albeggiava, quando non c'erano più posti da vedere o luoghi della memoria da visitare, Giaconia chiedeva al suo autista di tornare a casa.

W Santa Rosalia!

Soltanto allora Tony si rianimava, si illuminava a giorno come un giocattolo a cui hanno appena cambiato le pile. Scalava di marcia e accelerava. Con un occhio aperto e uno chiuso si scapicollava verso il covo del «conte». A tutta velocità. Come se invece di una Punto avesse una Ferrari sotto il culo.

«Piano, vai piano, Tony! Cornuto del diavolo!»

Giaconia imprecava, non aveva tutta questa fretta. Tony si scusava sottovoce e intanto si beava del pensiero sublime di riconquistare un letto e un cuscino morbido.

Ora dormo per due giorni. Stacco pure il telefono! Sparisco, giuro che non mi faccio trovare per una settimana!

C'erano albe in cui il boss, arrivato davanti al portone di casa, apriva lo sportello della macchina e senza dire niente si inconigliava dentro la sua tana lasciando l'autista con un palmo di naso.

Altre volte, prima di scendere, Giaconia si metteva una mano in tasca e passava a Tony due biglietti da centomila lire.

«Tieni, mettici un po' di benzina nella macchina!»

Diceva così, ma per Tony era chiaro che quei soldi servivano a comprare altro.

Silenzio innanzitutto.

Lui era l'unica persona al mondo a sapere che il suo capo era tentato da una brutta bestia: l'infamità.

L'ultima notte che «Il conte» gli chiese di raggiungerlo era diversa dalle altre. Tony lo capì quando arrivò con la macchina davanti alla casa del boss e aspettò per oltre un quarto d'ora che Giaconia si decidesse a uscire da quel dannato portone.

Ma dove minchia è?

I minuti passavano e quello non si faceva vedere.

Tony non gli voleva fare fretta, ma cominciava a preoccuparsi.

Chissà che cazzo è successo?

Tutta quella stranezza del suo capo cominciava a inquietarlo.

Era agitato e sul ritardo di Giaconia inanellava le ipotesi più funeste, come quel giorno che aveva fatto da sentinella a casa sua, davanti al salone dove dormiva la signora Rosa.

Magari è una trappola, magari si è buttato pentito e ha chia-

mato i carabinieri per consegnarsi. Ora arrivano gli sbirri e fottono pure me!

Girò la chiave sul quadro e spense il motore.

Scese dalla macchina e si allontanò. Era a piazza Domenico Peranni. A due passi da lì abitava il giudice Salemi. C'era una camionetta dei carabinieri inchiodata giorno e notte sotto quel portone.

Gli sbirri sono sopra, me lo sento!

Guardò in alto e cercò di vedere se per caso le luci dell'appartamento fossero accese.

Niente.

Tutto spento.

Mentre si avviava a piedi lungo una viuzza laterale, gli arrivò una chiamata sul cellulare.

Numero privato.

Era lui.

Giaconia.

«Posteggia e sali, senza fare rumore!»

Il boss aveva una voce cavernosa, da oltretomba.

Una voce che a Tony fece paura.

Ma lo spaventò ancora di più il pensiero di non sapere cosa lo aspettava di sopra.

Due sono le possibilità: o ci sono gli sbirri o si è sentito male.

Automaticamente si preparò ad affrontare entrambe le situazioni.

Dalla fondina ascellare estrasse la pistola che si portava sempre dietro, una Tanfoglio calibro 50.

Non si sa mai, in caso sparo e scappo! Non mi prenderanno vivo.

Contemporaneamente, da un cassetto della sua mente tirò fuori tutti i nomi dei medici che conosceva, come aveva fatto con la buonanima di suo cugino la notte che la signora Rosa aveva abortito.

Li passò in rassegna in ordine alfabetico, come una di quelle macchinette che contano veloci le banconote. Si fermò alla lettera B.

Brunetta, Brunico, Bruno... sì, il dottore Bruno, quello di via Maggiore Toselli, lui lo posso chiamare...

Tony accelerò il passo.

Si avviò verso il portoncino del palazzo guardandosi alle spalle più volte, come se si sentisse osservato.

Il portoncino era socchiuso.

Giaconia gli aveva aperto da sopra.

L'ascensore era fermo al terzo piano.

Non si sentì di prenderlo.

Scelse le scale.

Quando arrivò sul ballatoio, la porta dell'appartamento era semiaperta. Avanzò adagio, con la pistola in pugno e la paura che gli faceva sudare le mani.

Cercò di captare voci o suoni che provenissero dall'appartamento.

Non ne sentì, entrò in casa.

Provò a chiamare il boss.

«Parrino?»

«Vieni, Tony, sono qui!»

Nel disimpegno c'era buio.

Tony procedette in punta di piedi, un passo dopo l'altro.

Era sudato, teso, rigido.

Un blocco di cemento armato.

A parte la sua solita stranezza, il boss stava bene.

O almeno così gli sembrava.

Giaconia era a pochi metri da lui, gli dava le spalle.

Stava bevendo un bicchiere d'acqua.

Senza neanche girarsi gli chiese di seguirlo.

«Andiamo in salone!»

Tony infilò la pistola nella tasca della giacca sperando che il boss non la vedesse.

Avanzò nel corridoio.

Gli sbirri, sento che ci sono gli sbirri!

Sentiva il labbro inferiore che tremava, il sangue pulsargli alle tempie, le gambe che gli cedevano. Giaconia non gli parlava, non riusciva a rilassarsi.

Calma, Tony, stai calmo!

Fece in tutto dieci passi.

Si accorse che c'era qualcosa di diverso dall'ultima volta che era stato in quella casa. Guardò in fondo, dritto davanti a lui, verso l'ultima stanza, quella della signora Rosa. La porta era stranamente spalancata. Ma Tony non era abbastanza vicino da poter guardare all'interno. Le luci erano accese e proiettavano sul corridoio un'ombra triangolare. La porzione di un mobile, un divano forse. A terra, in un angolo, c'era un secchio pieno d'acqua. Arrivava un odore pungente di disinfettante.

Candeggina.

Qualcuno aveva lavato il pavimento da poco.

Forse la signora si è alzata!

Meno male, pensò, *forse sta meglio.*

Quando entrò nel salone, Tony capì che la sua paranoia lo aveva ingannato anche questa volta.

Non c'erano né carabinieri né poliziotti. Messo di traverso, a metà della stanza, c'era un gigantesco tappeto persiano arrotolato e fermato da cinque fili di spago, che cercavano di far rientrare delle strane sporgenze.

Ricominciò a sentire l'aria che gli riempiva i polmoni.

Ora gli veniva quasi da ridere.

Lo dicevo io che è fulminato!

Tony non credeva ai suoi occhi.

Non era possibile che Giaconia lo avesse chiamato nel cuore della notte per spostare un tappeto. Se era così, significava che era grave davvero.

«E questo dove lo dobbiamo portare, parrino?» gli chiese un attimo dopo.

Il boss era girato verso la porta-finestra, continuava a dargli le spalle.

Melluso sentì un suono impercettibile uscire dalla sua bocca, come un lamento, un singhiozzo spezzato, l'inizio di un pianto che Giaconia cercava di farsi morire in gola.

Minchia, questo piange pure per il tappeto! È proprio andato, ormai! Ci vuole lo strizzacervelli!

Tony pensò se per caso ne conosceva uno.

Questa volta scorse mentalmente l'elenco degli psichiatri che conosceva. Si fermò alla lettera F.

Franzese, Franzone, Frezza... ci sarebbe il dottore Frezza, ma quello lavora al manicomio, quello appena lo vede lo rinchiude!

Non gli venne in mente nessuno di meglio.

Provò a rassicurare il suo capo.

Con calma.

«Parrino, stia tranquillo, adesso lo spostiamo il tappeto, mi dica solo dove lo dobbiamo portare...»

Ancora silenzio, nessuna risposta.

Tony fece un ultimo tentativo. Questa volta gli mise una mano sulla spalla.

«Parrino?»

Finalmente Giaconia si girò.

Melluso ritrasse istintivamente la mano, come se gli si fosse parato davanti un fantasma: il boss aveva la camicia e le mani sporche di sangue.

«Non lo vedi dove lo dobbiamo portare il tappeto?» gli domandò con gli occhi fuori dalle orbite. «Al cimitero!»

Era gonfio come una rana.

Aveva una voce bassa, un soffio di fiato, le lacrime che gli intorbidavano gli occhi e li facevano sembrare due macchie nere e rossastre. Tony si avvicinò ancora di più al tappeto per guardare meglio.

Fece un mezzo giro intorno.

Vide.

Nella mente gli si impresse un'immagine che non avrebbe dimenticato.

Mai più.

Da una delle estremità del tappeto spuntavano le dita di una mano.

Era una mano piccola, di donna.

Sull'anulare sinistro c'era la stessa fede che portava al dito Giaconia.

La signora Rosa!

Il suo boss non era uscito pazzo, né aveva intenzione di diventare un pentito.

Tony si era fatto un altro film.

Quello sbagliato.

Giaconia aveva ammazzato la moglie per dimostrare a tutti – a lui, a suo cognato, a Turturro – che c'era ancora, era ancora quello di una volta.

Un cristiano come si deve.

Un uomo d'onore all'antica.

Per disfarsi del cadavere di Rosa Martinez fecero un viaggio breve quella notte.

Senza soste.

Senza tappe.

Caricarono in macchina il tappeto in cui era avvolto il corpo e partirono verso un luogo misterioso. Un camposanto improvvisato, sperduto chissà dove.

Tony non lo vide.

Arrivò fino a un certo punto di quel viaggio, poi Giaconia pretese di farsi l'ultimo pezzo da solo.

Come se invece di una sepoltura clandestina fosse una missione suicida. Fece scendere Tony a un autogrill, quello di Termini Imerese, sull'autostrada Palermo-Catania.

«Ti vengo a prendere tra un'ora, non ti muovere», gli ordinò.

Disse così e sparì nella notte.

Tony non ci pensò neanche a protestare.

Aveva capito che «Il conte» voleva seppellire la moglie da

solo. Aveva capito che nessuno, neanche lui che era il suo braccio destro, il suo angelo custode, poteva sapere.

Quale luogo, quale croce, quale preghiera Giaconia volesse scegliere per dare finalmente un po' di pace alla sua sposa doveva essere solo un affare suo.

24

«QUANDO è diventato un membro di Cosa Nostra?»

«A diciotto anni. Fui combinato insieme a mio fratello Diego, alla presenza di Francesco Ficarra, capo mandamento di Resuttana. Eravamo nella villa di mio zio Saro, a San Lorenzo. Fu lì che diventai un uomo d'onore. Dopo il matrimonio di mia sorella con Nino Giaconia entrai a far parte del clan dei Corleonesi. Deve sapere che...»

Il testimone si fermò per un colpo di tosse.

Deglutì.

Alzò la mano come a chiedere scusa e si rivolse al giudice.

«Le dispiace, ci possiamo fermare un attimo?»

Pino Martinez chiese un bicchiere d'acqua e cinque minuti di pausa. Era nervoso, come se fosse di fronte al padreterno. Il sudore gli imperlava la fronte.

Gli occhi erano liquidi, le pupille dilatate.

Si sentiva smanioso, come quando, in certe sere, andava nel panico se s'accorgeva che in casa era finita la sua scorta di coca.

Elvira fermò il registratore.

«Dottoressa, io ho un problema.»

«Mi dica pure», lo esortò la Salemi.

Pino per un attimo guardò Di Giannantonio, poi di nuovo lei.

«Gliene dovrei parlare in privato...»

Elvira si girò verso il commissario.

Matteo era in piedi in un angolo della saletta dell'aeroporto di Fiumicino. Cercava di ostentare una calma di facciata, ma aveva il viso tirato. Stava con gli occhi incollati al volto di Martinez, come se lo volesse azzannare.

Il colonnello Puma era seduto davanti alla porta.

Elvira osservò meglio Pino.

Fremeva.

I suoi occhi le stavano dicendo che Matteo lo innervosiva.

«Signor Martinez, non abbiamo molto tempo, la prego, mi spieghi qual è il problema.»

Pino, senza pensarci due volte, indicò il commissario.

«Dottoressa, io davanti a quel signore non parlo.»

«Figlio di putt..!»

Di Giannantonio fece un balzo in avanti e si avventò su di lui. Col pugno destro chiuso cercò di colpire il volto di Martinez, ma lo mancò per un pelo.

La Salemi cacciò un urlo. Si alzò in piedi. Si scansò.

«Matteo, che fai? Lascialo!»

L'ufficiale della Dia si slanciò sul commissario. Lo placcò. Gli immobilizzò le braccia e lo tirò verso di lui.

Matteo si curvò in avanti. Arrivò a un centimetro dagli occhi di Pino.

«Io ti ammazzo, pezzo di merda! Hai capito?»

Martinez rimase immobile sulla sedia.

Non si mosse di un millimetro.

Adesso fissava il poliziotto con aria di sfida.

«Avanti», sibilò spavaldo, «faglielo vedere a tutti di cosa sei capace, sbirrazzo!»

Di Giannantonio tentava di divincolarsi dalla stretta del colonnello. Doveva pestare quel verme, altrimenti non avrebbe trovato pace.

«Commissario, la prego, si calmi», lo esortò l'ufficiale della Dia mentre allentava gradualmente la presa sulle sue braccia.

Matteo rilassò i muscoli. Alzò le mani in segno di resa e fece capire a Puma che era tutto passato.

Ora era calmo.

Nella saletta erano entrati di rinforzo altri tre agenti della Dia. Li aveva chiamati Elvira, temendo che la situazione degenerasse. Nella stanza era calato un silenzio di piombo.

Il giudice guardava Di Giannantonio. Era paralizzata. Non muoveva neanche un muscolo. Di Giannantonio scrutava il giudice con un'espressione che era rabbiosa e insieme supplichevole.

«Elvira!»

Cercò di avvicinarsi a lei.

Le tese una mano.

Lei istintivamente fece un passo indietro.

«Elvira, ascoltami», la supplicò Matteo col dito puntato su Pino e la fronte imperlata di sudore, «questa merda di Martinez vuole incastrarmi. Non gli devi credere, hai capito? Qualsiasi cosa ti possa dire su di me è una bugia!»

La Salemi colse la furia e insieme il terrore annidati nei suoi occhi.

Non ti posso aiutare, adesso!

«Commissario, ora esca.»

Glielo chiese con un tono che non ammetteva repliche.

«La prego!»

Gli aveva dato del lei per rimarcare la perentorietà di quell'invito.

Matteo batté una manata rabbiosa contro il muro.

Afferrò la giacca dalla spalliera di una sedia e uscì.

Puma e i tre agenti lo seguirono a ruota.

La Salemi aspettò che la porta si chiudesse.

Si accese una sigaretta.

Tornò a sedersi di fronte a Pino.

Ora erano soli.

Devo scoprire cosa sta succedendo!

«Signor Martinez, era lui il problema, il commissario?»

«Sì, dottoressa», rispose Pino senza esitare. «Prima, quando lei non c'era, quel signore è entrato e mi ha detto che se parlo sono un uomo morto, mi uccideranno alla prima occasione. Me lo hanno mandato loro, i miei amici Corleonesi!»

Non è possibile! Non può essere!

Elvira era pallida.

Riempì mezzo bicchiere d'acqua e mandò giù una pillola per il mal di testa, la terza di quella giornata. Era frastornata, stordita, come se fosse stata investita da un camion.

Ora doveva andare avanti. Doveva chiedere a Martinez cosa sapeva di Matteo. Aveva solo paura di scoprire una verità che non le sarebbe piaciuta.

Una verità amara, indigesta.

Prese di nuovo in mano il registratore e schiacciò per la seconda volta il tasto RECORD.

Lo schiacciò come se fosse il pulsante di un ordigno.

Il nastro cominciò a girare.

«Che sa di lui?»

Martinez restò sul vago.

«Lo conosco. Le nostre famiglie erano legate una volta, poi è successa una cosa e ci siamo persi di vista.»

L'omicidio di Enzo Giappone!

«Continui...» lo esortò Elvira.

«Suo padre era diventato intimo amico del mio. Sembrava uno a posto. Papà gli aveva trovato un lavoretto dentro Cosa Nostra. Poi si scoprì che era uno sbirro e i Corleonesi lo ammazzarono. I suoi figli sono cresciuti con noi. Clara, la più piccola, è stata per anni la migliore amica di mia sorella Rosa. Matteo è sempre stato uno di noi. Quando ha perso il padre gli abbiamo dato anche un aiuto economico.»

Questo non è vero! Non ce lo vedo che prende i loro soldi!

Elvira scosse la punta della sigaretta sul bordo del portacenere, gli chiese di essere più preciso.

«Che intende quando dice che il commissario è uno di voi?»

Martinez fece un sorrisino odioso.

«Dottoressa, lei allora non vuole capire? Intendo che è diventato un poliziotto perché ci si è trovato. Come vittima della mafia lo Stato lo ha voluto aiutare. Ma il commissario è della nostra stessa parrocchia, mi spiego? È cresciuto con noi, nel nostro quartiere. Ha mangiato nei nostri stessi piatti, ha respirato la nostra stessa aria. Secondo lei, quando uno frequenta per troppo tempo lo zoppo, che fa? Impara a zoppicare. E lui è zoppo, solo che quando ci siete voi fa finta che gli funzionino tutte e due le gambe. Mi sono spiegato, adesso?»

Elvira annuì.

Portò di nuovo la sigaretta alla bocca e per prendere tempo fece finta di cercare una cosa nella borsa.

Non può essere uno di loro, non può essere che sono stata così ingenua da non essermene mai accorta!

Eppure era così. Nonostante facesse fatica a crederci, tutto quello che Martinez le stava raccontando lei lo aveva letto nel dannato rapporto dei servizi. Il padre di Matteo, le case all'Addaura vicine, i figli dei Di Giannantonio e dei Martinez che giocavano insieme. Tornava tutto. Pino sentiva che il giudice non era ancora proprio convinta delle sue accuse.

Provò a rinforzare il carico.

«Dottoressa, ve lo siete mai chiesto perché Occhiuzzo e Giaconia non li riuscite a prendere? È lui che li protegge, il commissario. Secondo lei, come ha fatto ad arrivare alla 'Catturandi'? Ce lo hanno messo loro, così possono stare latitanti altri vent'anni.»

Elvira gettò il mozzicone di sigaretta per terra, lo schiacciò col tacco della scarpa destra.

«Lei contro il commissario sta facendo accuse molto gravi, le può dimostrare?»

«Sì», rispose il testimone con gli occhi spiritati, «faccia un controllo sul cellulare di Di Giannantonio. Un paio di mesi fa dal suo telefono ha chiamato questo numero...»

Martinez scrisse su un foglio di carta bianca una sequenza di sei cifre. Il prefisso era 337.

«Questa era un'utenza in uso a Giaconia. Il commissario lo ha chiamato una sera per avvisare lui e Occhiuzzo di stare attenti. C'era una retata l'indomani a Brancaccio. Io ero con mio cognato, me lo ricordo benissimo...»

Pino non si fermava. Se avesse potuto avrebbe parlato di Matteo tutta la notte. Elvira lo guardava come se soffrisse, come se ogni minuto che passava lui le stesse staccando dal corpo brandelli sempre più grossi di carne.

Ora era a un bivio.

Rifletti, magari ha ragione Matteo, magari Pino lo vuole incastrare!

Non era del tutto convinta della sincerità di Martinez.

Nel suo tono di voce era come se avesse colto qualcosa di strano, una nota stonata, un accento di rancore.

Ora il suo sesto senso le consigliava prudenza.

Bloccò il registratore.

Si rivolse all'aspirante pentito e lo rassicurò.

«Va bene», sospirò esausta, «le prometto che indagherò sul commissario. Adesso parliamo di Giaconia. Mi aveva detto che poteva portarmi da lui...»

Fece un secondo di pausa e gli chiese di essere sincero.

«Ne è ancora sicuro?»

Pino ebbe un sussulto, un attimo di esitazione, come se si dovesse lanciare per la prima volta con un paracadute e fosse rimasto bloccato davanti al portellone dell'aereo. Di Giannantonio era una cosa, Giaconia un'altra. Dal momento in cui avrebbe iniziato a parlare della sua famiglia non sarebbe potuto più tornare indietro. Chiuse un attimo gli occhi, come se volesse recuperare dentro di sé tutta la forza necessaria per saltare.

Li riaprì.

«Sì, dottoressa. Ho deciso. Le dirò tutto!»

Si buttò.

Sullo stesso foglio su cui poco prima aveva appuntato il numero di telefono, la prova che Di Giannantonio era un traditore, scrisse un nome.

«Per arrivare a Giaconia dovete seguire lui.»

Tempo un'ora e il cellulare di Tony Melluso era già sotto controllo.

La Salemi uscì da quella stanza che erano le quattro di mattina. Aveva ancora due ore prima di salire sull'aereo che l'avrebbe riportata a Palermo. Matteo l'aspettava fuori dalla saletta insieme al colonnello Puma. Ora era più calmo, ma il pallore del viso tradiva tutta l'incertezza e l'angoscia che stava covando dentro. L'ansia di sapere cosa le avesse raccontato Martinez gli aveva messo sottosopra lo stomaco.

Elvira lo ignorò.

Andò dritta verso il colonnello Puma e si appartò qualche secondo con lui. Gli disse qualcosa sottovoce e lo congedò con un'energica stretta di mano.

«Grazie, colonnello, ci sentiamo domattina.»

«È stato un piacere, dottoressa.»

Puma guardò Matteo con aria di sufficienza e lo liquidò con una risatina sferzante.

Poi si allontanò e sparì dentro la saletta dov'era rinchiuso Pino.

La Salemi era stanca.

Cominciò a camminare verso il corridoio che portava all'ala opposta dell'aeroporto. La sala partenze era al secondo piano. Matteo la seguiva come un'ombra. Si infilarono entrambi nell'ascensore. Le porte si chiusero.

Elvira non sapeva dove buttare gli occhi, era come se si sentisse braccata dallo sguardo pesante del commissario, che a lei sembrava coda di paglia, senso di colpa, bisogno di espiare.

Matteo la prese per un braccio, la strattonò, la costrinse a guardarlo in faccia.

«Elvira, ti prego, tu mi devi ascoltare, io ti posso spiegare tutto!»

La mano del commissario ora le stava facendo male.

«Lasciami», gli intimò, liberandosi con un gesto brusco, «non c'è niente da spiegare!»

Le porte dell'ascensore si aprirono e la salvarono dalla tentazione di prenderlo a calci.

Si ritrovarono alle partenze.

Non c'era anima viva.

Di tanto in tanto saltava fuori da un angolo la sagoma di qualche addetto alle pulizie che spingeva un carrello pieno di detersivi.

Elvira buttò un occhio al monitor con le informazioni sui voli. Cercò la scritta PALERMO.

L'uscita era la A7.

Non era lontana.

Solo qualche decina di passi ancora.

Doveva sedersi.

Le scarpe le facevano male. Si sentiva la schiena a pezzi. Faceva fatica pure a trascinare il trolley.

Arrivò di fronte all'imbarco.

Mollò il bagaglio in un angolo.

Dalla borsa prese un elastico e raccolse i capelli in una coda, come faceva ogni sera a casa dopo una faticosa giornata di lavoro.

Si lasciò scivolare su un sedile, allungò le gambe, chiuse gli occhi.

Provò a rilassarsi.

Ingoiò un'altra pasticca.

La quarta.

Matteo era seduto vicino a lei. Era stremato anche lui, ma voleva parlare, doveva sfogarsi ed Elvira questa volta doveva starlo a sentire. Ma prima che potesse aprire bocca, lei lo freddò con una notizia che era una revolverata in pieno petto.

«Matteo, non ho altra scelta, ti devo indagare per favoreggiamento, le accuse di Martinez nei tuoi confronti sono molto pesanti.»

Il commissario ebbe uno scatto di nervi, diede un pugno al bracciolo della poltrona e scattò in piedi.

«Tu non hai capito un cazzo di me!»

«No, sei tu che hai capito un cazzo», gli ribatté la Salemi, «cosa pensi, che hai di fronte un'idiota?»

Elvira si alzò e gli vomitò addosso tutto il suo disprezzo.

«Ho dovuto parlare con Martinez per sapere che vi conoscevate, che hai abitato di fronte a casa sua e che tuo padre è stato ammazzato perché li ha traditi. Tu te ne sei guardato bene dal dirmelo. Avevi paura che scoprissi la verità... Che lavori per loro!»

Il volto di Matteo diventò un concentrato di buio e di sgomento. Elvira se ne accorse.

Si zittì di colpo.

Che ho detto? Maledizione!

Era pentita. Forse si era fatta prendere troppo dalla foga.

Forse l'ultima frase se la poteva pure risparmiare.

Matteo fece finta di niente, come se non avesse sentito.

«Elvira, io so che quello che hai appena detto non lo pensi. Io sono pulito. Guardami negli occhi, ho la faccia di un traditore?»

La Salemi, pur di non rispondere, si girò dall'altra parte.

«È vero», continuò il commissario, «non ti ho mai parlato di Enzo Giappone. Forse ho sbagliato. Ma è una parte del mio passato che ho cercato di rimuovere. Vuoi sapere la verità? Io te la dico...»

Di Giannantonio ora era calmo. Le parlava lentamente, come se convincere Elvira che aveva torto fosse per lui un punto di orgoglio.

«Vuoi sapere perché Pino Martinez mi odia? Perché è stato per colpa di mio padre se la loro famiglia è caduta in disgrazia dentro Cosa Nostra. Quando Occhiuzzo scoprì che Enzo Giappone era un infiltrato, voleva uccidere il padre di Pino. In fondo era stato lui a portare quel poliziotto nella tana dei Corleonesi.»

Matteo si interruppe. Si sentiva un groppo in gola. Si schiarì la voce. Era come se i suoi pensieri fossero filtrati dalla stessa ruggine che incrostava quella storia.

Fece un lungo respiro.

Ricominciò.

«Il padre di Martinez doveva essere ammazzato. Lo lasciarono vivere solo perché Nino Giaconia si era innamorato di sua figlia Rosa, che poi ha sposato. Ma lui e i suoi figli hanno vissuto per anni con quel marchio appiccicato addosso, quello di essere amici degli sbirri. Non me l'hanno mai perdonata. Pino mi odia per questo, me l'ha giurata da allora, da quando sono diventato un poliziotto.

Elvira lo ascoltava sintonizzata su due frequenze, quella del cuore e quella della mente. Istintivamente era portata a credergli, ma cercò di rimanere lucida. C'erano ancora troppe cose che non le tornavano.

Fissò Matteo con uno sguardo inquisitorio, come se avesse davanti il figlio prediletto di Giuda. Cercò di incalzarlo.

«Martinez dice che dal tuo cellulare hai chiamato Giaconia per avvisarlo di una retata...»

Di Giannantonio sorrise amaramente, come se si aspettasse anche quella insinuazione.

«Il mio cellulare me l'hanno rubato una sera in un locale del centro», spiegò, «un posto dove sono andato a bere con gli amici. Ho fatto la denuncia. Controlla, se vuoi.»

Non possono essere tutte balle quelle di Martinez!

Elvira se lo ripeteva fino alla nausea. Sentiva che stava cedendo.

Qualcosa di vero doveva pur esserci. Altrimenti non si spiegava come mai, prima dell'interrogatorio di Pino, Matteo fosse entrato in quella stanza, mentendo a Puma.

La Salemi provò a torchiarlo.

«Perché hai approfittato che andassi in bagno per parlare da solo con Martinez?»

«Perché sapevo che il primo nome che ti avrebbe fatto era il mio», confessò Matteo, «e volevo solo impedirglielo. Impedirgli di vendicarsi e gettare fango sulla mia reputazione...»

Elvira si indurì ancora di più.

Non le piacevano le cose fatte alle spalle. Qualunque fosse il motivo, Di Giannantonio con lei era stato scorretto, l'aveva imbrogliata.

«Forse sarebbe stato più onesto parlarmi delle tue paure, Matteo, invece di nascondermi tutto fin dall'inizio. Le persone in buona fede fanno così. Adesso è troppo tardi, mi dispiace!»

Non voleva sentire ragioni.

Il commissario chinò la testa per guardarla negli occhi, cercò di rabbonirla.

«Elvira, non ti chiedo di credermi, dammi solo la possibilità di dimostrarti che non sono il mostro che quel bastardo ti ha descritto. Fammi prendere Giaconia e tutto tornerà al suo posto!»

La Salemi fu categorica.

«No, assolutamente no, tu non puoi!»

Era come se in quel momento lo avesse marchiato a fuoco. Amico dei mafiosi.

Matteo la fissò con uno sguardo che era un insieme d'amore e delusione, la guardò come si possono guardare solo certe amanti ingrate.

«Ti prego, non mi tagliare fuori.»

Elvira non poteva fargli questo. Prendere quel macellaio di Giaconia era la missione della sua vita. Lui l'aveva giurato sulla tomba di suo padre.

«Ti supplico», le sussurrò ancora una volta.

La Salemi si accorse che stringeva i pugni, come se stesse pregando all'infinito. Lo guardò in faccia. Nei suoi occhi si stava facendo strada la resa.

Elvira si voltò di nuovo verso il corridoio deserto. Le veniva da piangere. Non voleva, non poteva guardarlo in quello stato. Sentiva una fitta al cuore. Non glielo poteva dire, ma stava male come lui, peggio di lui.

Non posso fargli questo!

«D'accordo, va bene, lavora alla cattura di Giaconia», si lasciò scappare Elvira.

Lo disse quasi senza accorgersene. Era come se la sua bocca

avesse pronunciato quella frase in automatico e lei fosse un ospite dentro il suo corpo, uno spettatore inerme.

Cercò di riprendere subito il controllo della mente.

«Ma ti tengo sotto osservazione», si affrettò a precisare, «al primo segnale ti sbatto in galera, ci siamo capiti?»

Matteo l'avvolse in un abbraccio che era più di un grazie. Scoppiò a piangere.

«Non lo dimenticherò mai», le sussurrò in un orecchio.

Elvira si scostò da lui e andò a sedersi.

Non sapeva neanche perché l'avesse fatto, eppure l'aveva fatto.

Lo stava aiutando. Fino al giorno dell'arresto di Giaconia avrebbe congelato le dichiarazioni di Martinez sul commissario.

Non aveva mai nascosto una prova in vita sua.

Mai.

Per nessuno.

Perché per lui sì? Perché per lui era pronta a commettere un reato? Possibile che quell'uomo le piacesse a tal punto da voler rischiare in proprio, da voler mandare tutta una carriera in fumo?

Non mi piace, lo detesto con tutta me stessa, non gli darò tregua, gli starò alle costole!

Dovette convincersi di questo, Elvira Salemi, per salire insieme al commissario sull'aereo che da lì a poco li avrebbe riportati a Palermo.

Fuori c'era ancora buio.

Dalle vetrate dell'aeroporto videro la parte bassa del cielo colorarsi di una scia violacea.

Albeggiava.

In aereo avevano di nuovo posti vicini.

Fecero tutto il viaggio in silenzio.

Proprio come all'andata.

Entrambi avevano sonno, voglia di dormire l'uno sulla spalla dell'altra.

Ma nessuno dei due aveva il coraggio di confessarlo.

25

QUELLA dove sto è una bella casa, bianca, con le finestre azzurre. La mia camera da letto dà direttamente sulla spiaggia, attraverso una vetrata scorrevole, che adesso è aperta.

Un vento leggero flirta con le tende, le ama e le respinge in un turbinoso passo di tango.

Mi sono appena svegliata: volevo fare un sonnellino e invece devo aver dormito a lungo, tanto che mi accorgo di avere il vestito tutto spiegazzato.

Intontita, mi do una fugace occhiata allo specchio.

Ho persino una guancia segnata dalle grinze del cuscino.

Mi tiro in piedi ed esco sul patio.

«Lorenzo? Dove sei?» chiamo.

Mi guardo intorno e strizzo gli occhi per non essere accecata dal sole.

Fisso il mare.

È calmo, quasi immobile.

Quella distesa placida che sembra fare tutt'uno col cielo mi dà sempre un senso di pace.

Mi avvio sulla spiaggia: la sabbia è calda, anzi bollente. Cerco di sfiorarla appena con i piedi. Mi lascio alle spalle impronte piccole, leggere.

«Lorenzo?» chiamo di nuovo.

Ah, eccolo laggiù.

È in riva al mare.

La sua figurina di bambino – ha poco più di cinque anni – contrasta con la vastità del paesaggio che lo circonda.

È bello, con i capelli agitati dal vento e l'aria assorta. Sta plasmando una torre con la sabbia umida. A pochi passi da lui c'è la tata, presenza rassicurante e vigile, con la sua mole imponente di donna di colore.

Lo raggiungo, mi inginocchio di fronte e gli do una carezza.

«Ciao, Lorenzo. Che stai facendo?» gli chiedo.

«Sto facendo un castello di sabbia. Ti piace?»

Lui mi fissa, è ansioso del mio parere.

«Sì. È bellissimo il tuo castello.» Poi lo abbraccio, lo stringo forte.

Ma lui si divincola e corre a riempire d'acqua il secchiello.

Ora è tutto sporco di sabbia, le mani, i capelli. Ne ha un po' perfino in bocca.

Torna da me e grida: «Voglio andare a fare il bagno!»

«Lo sai che non mi piace la parola 'voglio'», lo rimprovero dolcemente. «Com'è che si dice? Com'è che ti ho insegnato?»

Lui ci pensa su un attimo, fa gli occhietti furbi, poi mi guarda ridendo e ripete la lezioncina a memoria: «Per favore, posso andare a fare il bagno... mamma?»

26

Elvira era nella stanza del suo capo.

Si era scapicollata per arrivare puntuale all'appuntamento.

Non aveva riposato neanche mezz'ora. Si sentiva uno straccio.

Bonoparrino, al contrario, si era alzato di buon umore.

Non succedeva da mesi. Il solo fatto di sapere che si sarebbe tolto di torno quella testa calda della Salemi gli aveva messo addosso una strana allegria, quella che ti pervade quando vai ad abitare in una casa nuova, una che odora di vernice fresca, uno spazio vuoto che puoi riempire con quello che ti pare.

Quel giorno il procuratore aveva scelto una bella cravatta per andare in tribunale, rosa, un segno chiarissimo che dimostrava quanto si sentisse in pace col mondo. Era entrato a Palazzo di Giustizia distribuendo sorrisi e strette di mano. A tutti: colleghi, avvocati, forze dell'ordine e cancellieri. E si era fermato a fare colazione nel bar al piano terra: cappuccino senza schiuma e cornetto integrale.

Poi, fregandosi le mani, era entrato nella sua stanza e si era messo ad aspettare.

Con le fauci aperte.

Con la stessa pazienza e la tranquillità di uno squalo che senza troppa fatica aspetta dentro la tana sapendo che una preda da un momento all'altro gli arriverà dritta in bocca. Ogni trenta secondi guardava l'orologio e chiamava la segretaria.

«È arrivata la Salemi?»

«No, procuratore.»

«Mi raccomando, fino alle nove non ci sono per nessuno.»

«D'accordo.»

Mancavano dieci minuti all'appuntamento ma già fremeva. Non stava nella pelle al pensiero di comunicare a tutta la procura l'inizio di una nuova era.

Già pensava a quanti colleghi gli avrebbero fatto i complimenti per essere riuscito a liberarsi di Elvira, a disinnescare quella vera e propria bomba a orologeria.

Si vedeva già attorniato dagli altri pubblici ministeri che lo avrebbero guardato finalmente con rispetto e deferenza, non come un'animella che veicolava il traffico dentro un ufficio che assomigliava a un porto di mare. Sognava e nel frattempo si gustava l'attesa di quel momento.

Elvira era arrivata alle otto e trenta spaccate.

Per presentarsi puntuale non era neanche passata da casa.

Era rimasta vestita come la sera prima, con gli occhi gonfi, la faccia segnata, l'odore del viaggio appiccicato addosso.

«Vada, dottoressa, il procuratore la aspetta!»

La segretaria aveva dato semaforo verde senza neanche annunciarla. Si era limitata a fare uno squillo di avvertimento al telefono del capo.

La Salemi era entrata col suo solito passo. Deciso e marcato. Si era fermata solo davanti allo specchio dell'anticamera per darsi una sistemata ai capelli nella speranza di assumere un aspetto il più possibile normale.

Bonoparrino stava facendo finta di leggere qualcosa. Aveva la lampada della scrivania accesa su un fascicolo qualunque e gli occhiali da vista poggiati sulla punta del naso. Aveva sentito la porta aprirsi e aveva assunto un'aria impegnata, come se un regista in quel momento avesse battuto un ciak.

«Eccola qui, la dottoressa Salemi, come sta?»

Si era alzato dalla poltrona.

Le era andato incontro.

Le aveva stretto la mano.

«Bene, grazie, procuratore, e lei?»

«Si accomodi, mia cara...»

Erano l'uno di fronte all'altra.

La Salemi teneva gli occhi bassi, aveva un aspetto orribile. Quasi se ne vergognava.

Sembrava che non dormisse da un mese.

Bonoparrino non sapeva niente del viaggio a Roma.

Pensava che avesse quella brutta cera per colpa della depressione, il tormento magari, di vedersi estromessa e spedita in ferie forzate.

Ebbe un moto di compassione.

«Via, Elvira, sorrida», la incoraggiò con un tono che voleva essere paternalistico, «pensi che tra qualche minuto sarà libera di andarsene in vacanza mentre noi, poveretti, dovremo stare qui, a sacrificarci, in balìa dell'acqua e del vento.»

A Bonoparrino sembrò una battuta spiritosa.

La Salemi accennò un mezzo sorriso, poi tornò subito seria. Il suo volto diventò una lastra di ghiaccio. Impassibile, impenetrabile.

Toccava a lei dire qualcosa adesso, ma non voleva rispondere. Non subito. Aveva bisogno di dilatare quella pausa il tanto che bastava a far capire al suo capo che aveva scelto il giorno sbagliato per festeggiare.

«Dottoressa Salemi?»

Il procuratore odiava i tempi morti.

Iniziò a fremere sulla poltrona, si sbottonò la giacca, poi mandò giù un sorso d'acqua dal bicchiere che teneva poggiato su un ripiano accanto al tavolo. Quando non ne poté più si alzò.

«Qualcosa non va, dottoressa?»

Il viso paffuto del capo era contratto in una smorfia, il naso arricciato, la fronte spugnosa, le labbra tremule.

Elvira si schiarì la voce.

Si appoggiò con un braccio al tavolo e si sporse in avanti, come se volesse fargli una confidenza.

Lui si rimise seduto.

«Procuratore, c'è un problema...» esordì Elvira quasi sottovoce.

«Che vuole dire?» saltò su lui, tutto irritato.

«Che io me ne andrei in vacanza, ma prima c'è qualcosa che voglio farle ascoltare...»

La Salemi tirò fuori il registratore.

Schiacciò il tasto PLAY.

Dall'apparecchio uscì la voce di Pino Martinez.

La Salemi gliela fece sentire qualche minuto, poi stoppò il nastro, proprio sulla parte in cui il testimone parlava di Matteo.

«Che cos'è, uno scherzo?» domandò interdetto il magistrato.

Elvira mise il registratore nella borsa.

«No, procuratore, è un uomo d'onore che ha manifestato l'intenzione di diventare un collaboratore. Ieri sera a Fiumicino mi ha detto che ci può portare da uno dei Corleonesi che hanno assassinato Robertino Di Maio, ma ora non so che fare, le avevo promesso che andavo in ferie...»

La Salemi lasciò quella frase sospesa. Vide il colore della faccia di Bonoparrino che cambiava, dal rosa pallido al bianco cadaverico. Il procuratore era indeciso se svenire o mettersi a gridare.

Il magistrato, in teoria, avrebbe dovuto ribaltare la Salemi. In fondo era andata a Roma a interrogare un imputato senza autorizzazione. Roba da provvedimento disciplinare. Ma sentendo quella parola, *collaboratore*, spalancò gli occhi e drizzò le orecchie. Si irrigidì come il busto bronzeo di Calamandrei che si ergeva alle sue spalle. Era una scena che Elvira aveva visto molte volte.

Di solito, quando sapeva che c'era un nuovo collaboratore pronto a vuotare il sacco davanti a un giovane magistrato, Bonoparrino accusava immediatamente un accenno di febbre. Vedeva la maggior parte dei pentiti come navi alla deriva in cerca di un approdo in cui scaricare il loro carico di vendette e di veleni. Ed era sempre preoccupato di chissà quali nomi potesse fare un collaboratore per compiacere un pubblico ministero. Non temeva conseguenze sul piano personale, temeva semmai che tra quei nomi c'era o ci poteva essere sempre qualcuno di importante che conosceva o di cui aveva sentito parlare. Un senatore, un faccendiere, un imprenditore. Magari uno che giocava a bridge con lui e la moglie il venerdì sera, chissà. E si allarmava, anche se non c'era motivo.

«Un nuovo collaboratore? Capisco, dottoressa. E mi dica, chi è?» chiese Bonoparrino con la voce arrochita e due punte di bava che gli facevano capolino dagli angoli della bocca.

Elvira ora cominciava a divertirsi, sapeva come tenere il vecchio magistrato sulla graticola.

«Per il momento, se lei non ha niente in contrario, preferirei sorvolare sull'identità, almeno finché non saprò se sarò io a occuparmi dell'inchiesta oppure un collega della procura.»

«Certo, certo!» annuì Bonoparrino facendosi improvvisamente di miele. «Mi pare naturale.»

Tirò fuori dalla tasca un fazzoletto.

Si tamponò la fronte che era leggermente sudata.

Si accese un sigaro e si voltò verso la finestra.

Il sole faceva entrare una luce di taglio che illuminava come un riflettore la sedia vuota accanto a Elvira. Il capo appoggiò le spalle allo schienale della poltrona, diede una boccata avida al sigaro e si mise a osservare la spirale di fumo che alonava verso il soffitto.

Avesse avuto il dono della veggenza, in quella nube avrebbe scorto i mille pericoli che si celavano dietro la decisione che avrebbe preso da lì a poco.

Cercò di ragionare.

Forse sarebbe stato prudente tenersi amica la Salemi, nel caso il nuovo pentito avesse fatto qualche nome di troppo. Sostenere Elvira significava poterla controllare meglio, accedere alle informazioni, arginare qualsiasi pericolo celassero quei verbali. Nessuno dei suoi amici avrebbe rischiato niente. E anche se fosse capitato, ci sarebbe stato sempre lui a vigilare, a sopire. Nel caso invece il nuovo collaboratore non avesse avuto intenzione di *mascariare* nessuno, se non avesse voluto tirar fuori nomi roboanti ma si fosse concentrato sui suoi compari– per esempio i boss e i «picciotti» responsabili dell'omicidio di Robertino – allora tanto di guadagnato. Il merito con i giornali se lo sarebbe preso anzitutto lui, che fin dall'inizio aveva spinto la giovane dottoressa Salemi a dedicarsi anima e corpo alla soluzione del caso.

No, cedere a Elvira questa volta per lui non era una sconfitta. Era una vittoria.

Già Bonoparrino vedeva i titoli dei giornali, la sua foto e la didascalia in prima pagina.

«Va bene dottoressa, mi ha convinto», sentenziò, «ma voglio essere costantemente informato di tutto ciò che dice questo signore, siamo intesi?»

Elvira annuì.

«Sarà fatto.»

Comunicò il nome del pentito al suo capo, lo salutò e si avviò verso l'uscita.

Era soddisfatta.

Era stata brava.

Grazie a Martinez si era ripresa l'inchiesta su Robertino, facendola sembrare un'idea del procuratore.

«Scusi, dottoressa, un'altra cosa...»

Non era ancora finita.

Elvira si bloccò sulla soglia, si girò con gli occhi chiusi, quasi a voler esorcizzare il pericolo di un ripensamento.

Bonoparrino la tranquillizzò con un sorriso rassicurante.

«Lavori tranquilla, ma mi raccomando... trovi anche il tempo di riposarsi, non mi faccia preoccupare...»

Lei avrebbe voluto sorridere della vigliaccheria di quell'uomo, ma si astenne e si avviò lungo il corridoio che portava al suo ufficio. Mentre passava vide un gruppetto di colleghi che la guardavano e bisbigliavano. Erano i soliti invidiosi, quelli che aspettavano sempre l'occasione per parlare male di lei col capo.

Abbassò gli occhi.

Tirò dritto per la sua strada.

Elvira non li amava, ma in fondo era dispiaciuta per loro. Il procuratore stava per chiamarli per annunciare che la festa era rimandata.

27

L'AGENTE Spartivento chiese al commissario il permesso di allontanarsi un attimo dalla sala ascolto.

«Solo un momento, devo fare pipì!»

Matteo gli fece cenno di sì con la testa.

Il giovane poliziotto, un nanetto riccio con un drago tatuato sul braccio sinistro e la maglietta con l'effigie di Jimi Hendrix, sparì e tornò dopo due minuti scarsi.

«Ha visto che ho fatto presto, commissario?!»

L'omaccione che aveva a fianco, il sovrintendente Bellipanni, un armadio di due metri per tre con la mascella quadrata e i capelli a spazzola, lo guardò con aria curiosa.

«Wai-Fai, te le sei lavate le mani?» gli chiese a voce alta, chiamandolo col soprannome che gli avevano affibbiato.

Sembrava volerlo sfottere.

Spartivento non rispose.

Prese in mano le cuffie e cominciò a smanettare sulle manopole dello scanner, viola di vergogna.

Bellipanni sghignazzava.

Erano le otto di sera.

Il commissario li osservò per un attimo senza starli a sentire, poi tornò a fissare preoccupato l'apparecchio per le intercettazioni.

Il cellulare di Melluso era sempre spento.

Giorno e notte.

Di Giannantonio lo stava facendo seguire ormai da una settimana. Gli aveva messo sotto casa due dei suoi, l'ispettore Iannuzzo e il maresciallo Chiavetta. Per quanto ne sapevano loro, il tizio conduceva una vita morigerata. Stava la maggior parte del tempo chiuso nel suo appartamento. Metteva il naso fuori poco, pochissimo, solo quando era strettamente necessario.

Quella mattina, per esempio, era uscito per fare un po' di spesa al supermercato ed era rientrato subito. Prima però si era fermato da *Blockbuster* e aveva noleggiato tre dvd.

«Commissario, ma siamo sicuri che è la persona giusta? A me questo non mi pare proprio santo che suda!»

Spartivento, il tecnico delle comunicazioni, era giovane e sempre pessimista sul buon esito di un'operazione. Era il classico *cacadubbi*. Vedeva sempre nero, ma era un mago nell'elettronica e aveva un buon orecchio. Aveva la scrivania dell'ufficio piena zeppa di fili che entravano e uscivano da un computer. Per questo ai colleghi trovargli quel soprannome, Wai-Fai, era venuto facile.

«Minchia!» esclamò Bellipanni toccandosi le palle e facendo gli scongiuri. «Cominciamo bene! Ma che ce l'hanno portato i morti, Wai-Fai, commissario?!»

L'ispettore Iannuzzo si alzò dalla sedia. Si avvicinò a quell'armadio col petto all'infuori e lo affrontò con un'espressione da duro.

«Ma perché non lo lasci stare quel ragazzo, Gigante, ti senti forte a prendertela con uno che è la metà di te?»

Bellipanni prese l'aria di un orco cattivo.

«Me lo devi dire tu cosa devo fare, ah?»

Era una montagna, faceva paura. Iannuzzo lo guardò senza rispondere. Incrociò le braccia e rimase a fissarlo per un tempo infinito.

Quei due non si amavano.

In tutta la loro carriera non si erano mai presi neanche un caffè assieme. L'ispettore Iannuzzo odiava i prepotenti. In ufficio cercava di starci sempre il meno possibile, proprio per non vedere i tipi come Bellipanni. A prima vista sembrava un vagabondo. Aveva i capelli lunghi e la barba incolta, indossava sempre camicie sdrucite verde militare e jeans a zampa di elefante. Non era uno che legava facilmente con gli altri, ma la sua dote migliore era un'altra, aveva la pazienza e la vista di un falco.

Gli piaceva stare all'aria aperta, era un solitario, suonava la chitarra. Forse era quello che nella squadra faceva la vita peggiore di tutti, l'unico che a differenza degli altri non aveva fidanzate, mogli e figli ai quali badare.

Se c'era un latitante da catturare o qualcuno da seguire, il Falco era capace di vivere un mese sopra una montagna pur di riuscire a fotografarlo durante un appostamento. E non scendeva finché il suo binocolo non gli dava un buon motivo per farlo.

«Calma, picciotti, non scaldiamoci, non è successo niente!»

Il maresciallo Chiavetta cercò di spegnere la scaramuccia e mettere pace tra i due colleghi. Era il più anziano della squadra, l'unico con i capelli bianchi e gli abiti da burocrate anni Settanta. Aveva la memoria di un elefante. Conosceva ogni vicolo di Palermo e ogni boss che da trent'anni a quella parte era naufragato davanti al portone della Squadra Mobile. Era il saggio, quello che Di Giannantonio consultava quando aveva un dubbio o un vuoto in testa, la memoria storica del gruppo. Il suo nome di battaglia era «Storione».

Matteo sentì il cellulare vibrare dentro la tasca della giacca. Era Elvira.

«Novità?» chiese lei.

«Niente, oggi siamo qui da ore, ma continua a non succedere niente», farfugliò il commissario con una voce cupa, «aspetta un attimo...»

Matteo vide Gigante scagliarsi un'altra volta contro il Falco.

«Senti, tu la devi smettere di rompermi i coglioni, hai capito?»

L'altro, che era esile, di corporatura media, sembrava un soldo di cacio in confronto a lui, ma non gliela voleva dare vinta. Anzi, lo sfidò.

«Perché se no che fai?»

Ci mancava poco che arrivassero alle mani.

Matteo lasciò la Salemi in attesa e intervenne per dividerli.

«Insomma, basta, ragaz...»

«Zitti, zitti tutti!» gridò Wai-Fai alzandosi. «Commissario, ci siamo!»

Tutti rimasero immobili. Si voltarono verso la lucina rossa che lampeggiava sullo scanner. Melluso aveva acceso il telefono, aveva fatto partire una chiamata.

Il commissario congedò Elvira.

«Ti richiamo dopo!»

Nei sotterranei della Squadra Mobile non volava più una mosca.

Si avvicinarono tutti all'apparecchio agganciato al telefonino di Tony e aspettarono di sentire la sua voce.

La Salemi non vedeva il commissario da una settimana. Da quando erano tornati insieme da Roma si sentivano solo al telefono. Ogni giorno alla stessa ora. Il giudice lo chiamava alle otto di sera, poco prima di uscire dal tribunale, con la scusa di chiedere notizie sull'autista di Giaconia.

«Nessuna novità», ripeteva lui tutte le volte, «stiamo lavorando...»

Parlavano solo di Melluso, ormai.

Quando Elvira gli domandava di aggiornarla sugli sviluppi dell'indagine, il commissario rispondeva a monosillabi. Era come se avesse paura che la troppa confidenza o la troppa vicinanza innescasse tra loro due un meccanismo di dipendenza in cui lui era necessariamente il più debole.

Di Giannantonio si era convinto che agli occhi di Elvira era un potenziale indagato, niente di più. Era uno che doveva dimostrare la sua innocenza. E si comportava come tale. Senza quella leggerezza, quella complicità che aveva segnato fin dall'inizio la loro amicizia.

Matteo ormai viveva in ufficio.

Non era più andato a trovare Elvira a Palazzo di Giustizia. Neanche una volta, neanche col pretesto di doverla vedere per lavoro. Prendere Giaconia per lui era diventata una fissazione, ancora più forte della necessità di dimostrare alla sua amica magistrato che non era un poliziotto corrotto, una mela marcia. Aveva messo quella cattura al di sopra di tutto, forse perfino della sua stessa esistenza.

La Salemi aveva quasi voluto dimenticare l'asprezza della loro ultima conversazione a Fiumicino. All'inizio, memore dell'avvertimento di Martinez, era stata tentata di far pedinare il commissario dai carabinieri, ma poi aveva rinunciato per paura di arrecargli un danno ancora maggiore.

Se lo mettono sotto tiro è la fine!

In un certo senso lo stava proteggendo, ma sentiva che dentro di lei qualcosa era cambiato, avvertiva nella pancia la morsa di una delusione cocente. E cercava di distrarsi.

Pino Martinez! Nella mia testa ci dev'essere solo quello!

Se lo continuava a ripetere come una preghiera e nel frattempo studiava carte e riempiva verbali.

Certe volte però la tentazione era più forte di lei.

Tirava fuori dal cassetto il nastro con le accuse che Pino aveva vomitato addosso a Matteo e lo ascoltava di nascosto, come se fosse un racconto infernale. Lo ascoltava e soffriva, perché si accorgeva che quelle parole le facevano male, come il primo giorno che le aveva sentite.

La bobina era sulla sua scrivania anche quella sera. Dopo che finì di parlare al telefono con Di Giannatonio era indecisa se riascoltarla.

La guardò, se la girò qualche minuto tra le mani.

No, stasera no!

Invece di infilarla nel registratore, la prese e la chiuse di nuovo in fondo a un cassetto.

Spense la luce del suo ufficio.

Era tardi.

Chiamò i ragazzi della sua scorta e si fece accompagnare a casa.

Melluso abitava dalle parti di corso Calatafimi, di fronte a un cinema per adulti, il *Paradise*. La sua casa era modesta ma accogliente. Un salone, due camere da letto e servizi. Aveva una macchina non troppo vistosa, una Fiat Punto che usava pochissimo. Ultimamente la teneva sempre ferma, posteggiata sotto casa, salvo i giorni in cui raggiungeva il fratello in corso Tukory, dove avevano aperto insieme un negozio di scarpe.

Andava e tornava nel giro di un'ora.

Per il resto era un asociale.

Non frequentava nessuna donna, non usciva mai la sera, non aveva né amici né parenti che lo venivano a trovare. Da una settimana Giaconia lo lasciava dormire come un bambino felice e Melluso era tornato a godersi i suoi film. In tivù quella sera non davano niente di vagamente interessante.

Scese da casa ed entrò da *Blockbuster*, all'angolo della strada. Noleggiò tre dvd: *Papillon* con Steve McQueen, *Il padrino* con Marlon Brando e *Cleopatra*, il colossal del 1963 girato a Cinecittà con Elizabeth Taylor e Richard Burton.

L'ultima pellicola la vide per prima.

Si ricordava una scena in cui Cleopatra arrivava al cospetto di Cesare avvolta in uno splendido tappeto, come se fosse un dono prezioso. Infilò nel lettore il dvd, lo portò su quel punto e lo riguardò più volte.

Era una scena che nella mente di Tony si sovrapponeva prepotentemente a quella vista a casa di Giaconia, la notte in cui il boss aveva ucciso sua moglie.

In quella circostanza il tappeto raccontava un'altra storia, una storia di morte. C'era una donna uccisa e c'era una camicia sporca di sangue, c'era la disperazione di un marito assassino e la fine tragica di un matrimonio nato male. Ma per Tony era come se il film e la realtà raccontassero in fondo due vite parallele.

La forza che Rosa Martinez aveva dimostrato restando accanto al marito fino all'ultimo, fino al sacrificio estremo, a Tony era sembrata straordinaria, una grande prova d'amore. Degna di una Cleopatra dei nostri giorni.

E poi la signora Rosa era più bella di Liz Teilor, a Hollywood avrebbe fatto furore!

Melluso schiacciò un bottone sul telecomando, mise in pausa il dvd e prese il cellulare.

Non lo accendeva da una settimana.

Gli era venuta voglia di pizza.

Chiamò il numero di un locale vicino casa, *La bella Napoli.* Prenotò una consegna a domicilio.

«Vorrei una pizza margherita, per favore...»

Fece una pausa e si corresse.

«...Aspetti... anzi no... me ne porti due!»

Dettò al telefono il suo indirizzo al tizio del ristorante, spense il telefonino e tutto felice prese il telecomando e schiacciò di nuovo PLAY.

Nino Giaconia non voleva più dormire a casa sua. Dalla notte in cui era morta sua moglie aveva cercato un'altra sistemazione e con l'aiuto di Tony e del buon Dio l'aveva trovata.

Aveva smesso di uscire, anche di notte. La scomparsa di Rosa apparentemente l'aveva reso più forte agli occhi degli altri, a cominciare da Occhiuzzo, ma dentro lo aveva completamente annientato.

Era un uomo distrutto.

Da una settimana viveva rinchiuso in una stanza, al buio. Mangiava e dormiva. Non faceva altro. Un vegetale. Prima di isolarsi dal mondo si era solo premurato di far sapere a Occhiuzzo che sua moglie era passata a miglior vita e che lui aveva bisogno di qualche tempo per stare da solo.

Del resto non gli importava niente.

«Ninuzzo, pigliati tutto il tempo che vuoi», lo rincuorò suo cognato, «tanto con i nostri vicini di casa ci penso io...»

Occhiuzzo al telefono gli parlò in codice, per fargli capire che si sarebbe occupato lui di riunire nuovamente la commissione nella villa di Montelepre. Avrebbe detto agli altri boss, Turturro in primis, che Giaconia aveva fatto quello che doveva fare.

Era stato un uomo.

Aveva sacrificato ciò che aveva di più caro.

Sua moglie.

Dopo quella prova di coraggio il capo dei Corleonesi era convinto che tutto sarebbe tornato al proprio posto. Dentro Cosa Nostra nessuno poteva mettere più in dubbio che lui e Giaconia avevano usato due pesi e due misure.

Un pentito aveva disonorato la loro famiglia.

L'onta di quel tradimento era stata vendicata.

Una donna era morta.

Rosa Martinez non c'era più.

Solo questo contava.

Gli altri capimafia non potevano far altro che chiudere la bocca e togliersi il cappello davanti a lui e al cognato.

Occhiuzzo aveva solo un desiderio adesso.

Farla pagare a quel cornuto di Turturro, l'uomo-topo che davanti a tutti aveva sperato di vedere rotolare la sua testa.

Hai giocato d'azzardo e hai perso, caro mio!

In un primo tempo pensò di farlo ammazzare.

Poi ci ripensò.

Sapeva che Diego Martinez stava arrivando a Palermo con la moglie.

Quel nano malefico gli serviva vivo.

«Due pizze, commissario? Ma tutta 'sta fame ha questo qua, può essere mai?»

Wai-Fai non era il solo ad avere questo dubbio. Storione e il Falco concordavano con lui.

Anche a Matteo sembrava tutto molto strano.

Le cose erano due: o a Melluso era venuta all'improvviso una fame da lupi oppure in quell'appartamento c'era un'altra persona.

Un secondo dopo averlo sentito chiudere la conversazione con la pizzeria, il commissario richiamò *La bella Napoli* e annullò l'ordinazione.

Contemporaneamente mandò lì Gigante a comprare due margherite da asporto.

«Devi correre, prendi le pizze e gliele porti, vai… vai!»

Corso Calatafimi era dietro la Questura.

In moto sarebbe stata una volata.

Bellipanni c'era arrivato in un attimo.

Di Giannantonio lo voleva mandare da Melluso, al posto del garzone della pizzeria, con l'intento di dare una sbirciatina alla casa.

Nel locale c'era confusione. La fila arrivava fuori. Gigante stava facendo fatica a sfangarla sugli altri clienti. C'era troppa gente prima di lui e quelle maledette pizze tardavano a uscire dal forno.

«Sbrigatevi, ho premura!» continuava a dire al pizzaiolo.

«Carissimo amico, io due mani c'ho!» si giustificava l'altro, tutto sudato e con la pala in mano, «o mi dà ancora due minuti oppure, se si vuole sbrigare, io le do l'impasto e le pizze se la fa da solo… d'accordo?»

«D'accordo, aspetto… ma la prego… faccia presto!»

Erano passati più di venti minuti da quando Tony aveva telefonato al ristorante e sul finale di Cleopatra stava cominciando a spazientirsi.

Aveva una fame che se lo mangiava vivo.

Prese di nuovo il cellulare in mano.

Lo accese.

Digitò il codice pin.

Aspettò che ci fosse campo, scorse la lista degli ultimi numeri chiamati.

Vide *La bella Napoli* e schiacciò il tasto INVIO.

Era occupato.

Wai-Fai, con le mani attaccate alle cuffie, scattò in piedi e si mise a gridare verso Matteo.

«Commissario, quello sta chiamando di nuovo la pizzeria, non abbiamo più tempo!»

«Cristo! Ma dove cazzo è Gigante?!» imprecò Di Giannantonio.

Melluso non si doveva accorgere di nulla, altrimenti per loro era la fine.

Nella sala ascolto della Questura scese il gelo.

Matteo si attaccò allo scanner.

Il numero della pizzeria ora era libero.

Sentì il primo squillo.

Poi il secondo.

Sentì Tony e il suo respiro.

Sbuffava.

Poi dal microfono del telefono di Melluso, uscì l'eco di un altro suono in sottofondo.

Era il citofono di casa.

«Gigante è arrivato!» annunciò il commissario lasciandosi cadere su una poltrona come se avesse perso dieci anni di vita.

Tony interruppe la telefonata, buttò il cellulare sul divano e corse ad aprire.

Il commissario a Gigante aveva dato ordini precisi.

Non doveva far niente: solo un'occhiata veloce e via.

«Mi raccomando!»

Per fare prima Bellipanni aveva mollato la moto davanti alla pizzeria e si era messo a correre con i cartoni della pizza. Aveva corso fino a sentire le gambe che gli facevano male. Era arrivato davanti al portone di casa Melluso con i polmoni che gli bruciavano.

Al citofono gli aveva risposto una voce cupa e irritata.

«Sei quello delle pizze?»

«Sì», rispose il poliziotto, col fiatone.

«Minchia, era ora… sali, secondo piano.»

Gigante prese l'ascensore. Melluso stazionava sulla soglia di casa con una spessa mazzetta di banconote in mano tenute insieme da un elastico.

Tony non si aspettava che il garzone delle pizze fosse una specie di bestione, un gorilla alto due metri. E quando se lo trovò davanti, lo guardò con aria preoccupata.

Gigante si stava ancora riprendendo dalla corsa fatta per arrivare prima possibile in quella maledetta casa.

Passò le pizze a Tony.

Con la mano gli fece segno di aspettare e si appoggiò con la schiena al muro del pianerottolo per riprendere fiato.

«Quant'è?» gli chiese Melluso continuando a fissarlo con una certa apprensione.

«Dodici euro…» rispose Gigante in debito di ossigeno e con le mani attaccate alle ginocchia.

Melluso aveva solo pezzi da cinquanta.

Tolse l'elastico e fece frusciare la mazzetta.

«Ce l'hai il resto?»

Il poliziotto fece no con la testa.

Tony allargò le braccia, come se non volesse credere alle sue orecchie. Era proprio una serata sbagliata.

Gigante alzò gli occhi.

Lo guardò.

Melluso aveva la barba incolta, i capelli arruffati e il segno di un cuscino sulla guancia destra. Indossava una maglietta bianca stropicciata e i pantaloni celesti di un pigiama.

Sembrava un terremotato.

Bellipanni tossì, si sforzò di assumere un'aria sofferente.

«Te la posso chiedere una cortesia?»

«Dimmi...» rispose Melluso.

«Me lo dai un bicchiere d'acqua?»

Tony ci pensò un attimo, era tentato di rifiutare, ma in fondo che gli costava?

«Aspetta qua!»

Rientrò in casa.

Con un piede diede una leggera spinta alla porta e la accostò leggermente.

Gigante si avvicinò allo spiraglio e cercò di registrare qualunque cosa fosse all'interno della visuale.

Vide un salone subito dopo l'ingresso. In fondo notò una cucina con un tavolo di formica e delle sedie intorno. Sopra c'era una tovaglia a quadretti, piatti e bicchieri.

Minchia... ha apparecchiato per due!

Gigante sentì i passi di Tony che tornava indietro.

Si scostò dalla porta.

«Tieni, ecco l'acqua...»

Mandò giù un sorso.

«Grazie!»

Melluso fece appena in tempo a riagguantare il bicchiere che Gigante si era già slanciato nella tromba delle scale.

«Oh, scimunito!» gli urlò Tony dal suo pianerottolo. «Ti sei dimenticato i soldi della pizza!»

«Lascia stare», rispose l'altro mentre scendeva i gradini a due a due, «non ho il resto, me li darai un'altra volta!»

28

È NOTTE.

La luna è una macchia pallida in bilico su un fianco, impigliata tra spessi filari di nubi.

Dal patio ora si distinguono solo ombre che vagano sulla spiaggia.

Sono guardiani silenziosi, macchie nere in movimento che proteggono la mia casa.

Lorenzo si è addormentato da poco, cullato dal profumo del mare e da una musica dolce. Sul comodino accanto al suo letto ho messo un carillon, che proietta sul soffitto della cameretta una miriade di luci colorate. Ma adesso posso spegnerlo: il bambino ormai riposa tranquillo.

A piedi scalzi, senza fare rumore, mi chino su di lui e gli do un bacio sulla guancia.

«Dormi bene, amore della mamma.»

Poi, dando un'occhiata circolare alla stanza, piena dei suoi giochi sparsi un po' dappertutto, esco e chiudo piano la porta.

Mi infilo le scarpe e scendo al piano di sotto.

Nel salone mi aspetta Diego: ci abbracciamo forte, a lungo.

«Il bambino come sta?» mi chiede lui per prima cosa.

«Bene, adesso dorme. Era stanco, è stato tutto il giorno al mare... E tu che mi dici? Hai buone notizie per me?...»

«Ottime!» esclama lui, compiaciuto. «I nostri amici di Brooklyn mi hanno detto, testualmente: 'Martinez, non dimenticarti di portare i nostri saluti alla signora'.»

«Bene, sono contenta. Anzi, mi sento anche più tranquilla, adesso.»

29

Il Falco era sul tetto di un palazzo.

Con il binocolo puntava la casa di Tony.

All'orecchio aveva un auricolare collegato con il cellulare di Matteo.

«Falco, lo vedi?» gli stava chiedendo il commissario.

«Sì, lo vedo, si è appena alzato. Ha aperto le tende, ma non c'è nessuno con lui, sembra da solo!»

Cazzo!

Era quasi mezzogiorno.

I vetri della casa di Melluso erano sporchi, ma non abbastanza da impedire all'ispettore Iannuzzo di poter curiosare all'interno.

Era sdraiato a pancia in giù, le mani ben salde sulle impugnature del binocolo, i gomiti piantati a terra. Con spazzolate impercettibili il Falco inclinava l'asse del cannocchiale dall'alto verso il basso, da destra verso sinistra, nella speranza che il suo occhio individuasse la preda e la prendesse al laccio. Ogni gesto era lento, calcolato, sembrava la pennellata delicata di un imbianchino che a distanza ritoccava millimetriche imperfezioni sulla facciata del palazzo.

Dalla sua postazione Iannuzzo vedeva chiaramente l'ingresso della casa, il salone e la cucina. L'unica zona che gli era proibita era quella dei bagni e delle due camere da letto, che avevano le tapparelle abbassate.

Di Giannantonio era con Storione e Gigante dentro un furgone bianco, anonimo. Si erano piazzati sul marciapiede dall'altra parte della strada.

Tutti e tre indossavano una tuta da operai della compagnia elettrica.

Il commissario si girò verso il sovrintendente Bellipanni.

«Ma tu sei certo che in cucina ieri sera era apparecchiato per due, vero?»

«Certissimo, commissario», rispose Gigante, «c'erano due piatti e due bicchieri! Garantito al limone!»

La fiducia del commissario sembrava vacillare ancora.

«Vabbè, dai... muoviamoci!»

Fece scendere Bellipanni dalla macchina e lo spedì all'angolo della strada dove c'era una cabina Enel.

Gigante la aprì. Aveva uno schema in mano e si mise a trafficare su cavi e centraline.

Matteo contattò in ufficio Spartivento.

«Mi senti, Wai-Fai?»

«Sì, ci sono», frusciò una voce gracchiante che usciva dalla ricetrasmittente.

Tutti gli uomini di Di Giannantonio ora erano collegati via radio.

«Allora, siete pronti? Si parte al mio segnale...»

Di Giannantonio cominciò il conto alla rovescia: «Quattro, tre, due, uno...»

A casa di Tony improvvisamente andò via la luce.

Melluso se ne accorse perché, appena alzato, aveva acceso la tivù e di colpo si era spento tutto.

Buio totale.

Porca troia! Il contatore!

C'erano tre elettrodomestici accesi contemporaneamente.

Televisione, lavatrice e frigorifero.

Tony pensò a un sovraccarico e andò a controllare il quadro elettrico.

Armeggiò con un interruttore.

Lo spinse verso l'alto e verso il basso.

Due volte.

Tutto inutile.

Poi prese il cellulare.

Non c'era campo, sembrava morto.

Lo spense e lo riaccese.

Niente.

Ma che cazzo è successo, è scoppiata la guerra?

Tony si affacciò alla finestra per controllare che la città fosse come l'aveva lasciata la sera prima.

Sembrava così.

Wai-Fai era riuscito a fare una specie di miracolo. Aveva provocato una sorta di black-out. Con un sofisticato sistema elettronico a largo raggio aveva creato come un cono d'ombra sul palazzo di Melluso. Tutti i cellulari nell'edificio erano andati in tilt.

Gigante invece si era occupato della corrente elettrica.

Con un po' di fortuna aveva individuato la linea che portava la luce in casa di Melluso e l'aveva isolata.

E ora che faccio? si chiese Tony.

Temporeggiò seduto sul letto una decina di minuti, poi decise di vestirsi e di dare un'occhiata fuori dal pianerottolo.

Il Falco, che non perdeva una sua mossa, avvisò immediatamente Matteo.

«Commissario, sta uscendo!»

Tony voleva controllare se la luce mancava in tutto il palazzo. L'ascensore funzionava.

In più sentiva anche il rumore di un frullatore in lontananza.

Proveniva dal piano di sopra.

Continuava a scervellarsi.

Che minchia mi viene a dire questa situazione?

Che gli avessero staccato la corrente direttamente quelli della compagnia elettrica a Tony sembrava improbabile. Pagava regolarmente tutte le bollette. Ci stava sempre attento.

Suonò il campanello dell'appartamento accanto al suo, quello della signora Genco. La sua vicina era anziana, parecchio sorda. Era stata pura fortuna che lo avesse sentito e gli avesse aperto la porta. Melluso le chiese se poteva entrare.

«Cosa?» domandò la vecchia che non era riuscita a leggergli le labbra.

«Devo telefonare, sono senza luce!» le urlò lui dentro l'orecchio.

«Va bene, trasissi!»

Era tutto molto strano.

La signora Genco la corrente a casa ce l'aveva.

Melluso guardò sulle pagine bianche il numero del pronto intervento della compagnia elettrica: 80046.

Lo digitò sul telefono fisso della vicina e chiamò.

Wai-Fai dalla Questura fece in modo che la telefonata fosse deviata direttamente sul cellulare di Di Giannantonio.

«Pronto?»

«Sì, mi dica», rispose il commissario all'interno del furgone. Aveva usato un tono formale e cortese.

Tony cominciò a urlare.

«Non ho più la luce a casa! Che avete combinato, ah? Dovete mandarmi qualcuno prima che faccio come un pazzo! Avete capito?!»

Gridava così forte che la signora Genco aveva sentito ogni parola.

Matteo si sforzò di mantenere un tono professionale.

«Certo, signore, si calmi... mi dica dove abita!»

Tony gli diede l'indirizzo.

Di Giannantonio fece passare un secondo, come se lo stesse appuntando su un foglio, poi lo tranquillizzò.

«Guardi, stiamo effettuando dei lavori in zona, abbiamo una squadra vicino a casa sua, gliela mando subito!»

Melluso attaccò il telefono senza neanche dire grazie.

Salutò la signora Genco, tornò a casa sua e corse a farsi una doccia.

Il Falco in bagno non poteva vederlo.

«Commissario, è uscito dalla mia visuale, io sono al buio, adesso!»

«Non ti preoccupare, ora ci pensiamo noi», lo tranquillizzò Matteo, parlandogli attraverso la trasmittente.

Di Giannantonio fece passare una ventina di minuti.

Poi guardò Storione e gli fece segno che dovevano andare.

Avevano entrambi in mano una cassetta degli attrezzi.

Scesero dal furgone e si avviarono verso la casa di Melluso.

Bellipanni li vide e fece la stessa cosa. Mollò la cabina Enel e cercò di raggiungerli per accodarsi.

«Fermo, Gigante!» gli ordinò via radio Matteo. «Che sei pazzo? Gli hai portato la pizza ieri sera, se quello ti vede siamo fottuti!»

Bellipanni fece dietrofront, chiese scusa e si allontanò a grandi falcate. Di Giannantonio gli diede nuove istruzioni.

«Ti lasciamo il portoncino socchiuso. Appena entriamo in ascensore tu ci segui e prendi le scale. Sali fino al secondo piano e tieni le orecchie aperte, se c'è bisogno ci dai manforte, tutto chiaro?»

Matteo vide Gigante da lontano fare segno di sì con la testa.

I due finti operai suonarono al citofono.

Rispose la solita vocina supponente e infastidita: «Chi è?»

«Siamo quelli della luce, possiamo salire?»

«Terzo piano!» biascicò Melluso col tono sempre più scocciato.

Di Giannantonio e il maresciallo Chiavetta presero l'ascensore.

Bellipanni aspettò un minuto, poi entrò anche lui nel portone e salì le scale lentamente, un gradino dopo l'altro.

I cacciatori della «Catturandi» erano armati fino ai denti.

Nella cassetta degli attrezzi avevano nascosto pistole e munizioni. Sotto la tuta da operai indossavano giubbotti antiproiettile.

Storione uscì per primo dall'ascensore, seguito da Matteo.

Avevano un'aria allegra.

Melluso li aspettava sulla soglia a braccia conserte, con un sorriso odioso incollato alla faccia, un ghigno che voleva dire «fottetevi».

Guardali come sono freschi e pettinati! si disse incazzato. *Ti staccano la corrente e poi si permettono di ridere, questi fanghi!*

«Buongiorno», lo salutò il maresciallo Chiavetta.

«Buongiorno», gli fece eco il commissario.

Tony non rispose nemmeno.

Osservò i due uomini per qualche secondo, guardandoli come se fossero due blatte schifose che aveva trovato a rincorrersi dentro il letto.

«Possiamo?» chiese gentile Storione.

Tony si spostò sulla destra e prima di lasciarli entrare commentò a voce alta: «Minchia, presto siete arrivati!»

Il commissario e il maresciallo si guardarono intorno.

Il salone era in disordine.

C'era un'aria viziata.

Dappertutto si vedevano piatti di carta, avanzi di cibo e lattine di Coca-Cola. Troppe, forse, per una persona sola. Sulla destra, appoggiato alla parete, c'era un divano lercio, con una coperta blu gettata sulla spalliera. Dall'altra parte una piattaia con gli scaffali vuoti e delle mensole a parete con un centinaio di film in dvd. Al centro della stanza c'era il mobile della televisione, il lettore dvd, una Playstation posata a terra con due joystick e una raccolta di vecchi fumetti.

«Vi volete comprare casa mia o mi volete riattaccare la luce?» chiese ironico Tony, con l'aria di uno che non aveva tempo da perdere.

«Sì, ha ragione», si scusò Di Giannantonio, «ci mettiamo subito al lavoro!»

Melluso fece per richiudere la porta dell'appartamento.

Il commissario cercò di impedirglielo.

«La lasci pure aperta, dobbiamo controllare la cassetta sul pianerottolo!»

Tony finse di non sentirlo e la chiuse lo stesso.

Matteo tirò fuori uno strumento per misurare gli ampere sui cavi della luce, si inginocchiò accanto all'ingresso e cominciò ad armeggiare su una presa.

Fece passare qualche secondo, poi guardò il padrone di casa con una faccia strana, arricciando le labbra.

Tony si incuriosì.

«Che c'è?»

«Purtroppo dobbiamo controllare tutte le prese dell'appartamento, dev'essercene qualcuna in corto. Quante stanze ci sono?»

«Quelle che vede!» s'affrettò a rispondere Melluso con tono piccato.

Dal punto in cui si trovava Matteo si vedevano solo il salone e l'ingresso della cucina.

Sulla destra c'era una porta chiusa.

«A me veramente risultano altre due stanze», provò a dire pacatamente Storione.

«Sì, ma lì non ci potete andare», tagliò corto Melluso, «di là c'è la mia ragazza che dorme e non la potete disturbare!»

Tony stava cominciando a cuocersi.

«Vedete di risolvere il problema qui e adesso, è chiaro?» disse con un tono nel quale si coglieva una velata minaccia.

Di Giannantonio si sforzò di mostrarsi conciliante.

«Io la capisco», argomentò gentile, «ma se non ci fa controllare le prese delle altre stanze, come facciamo a riattaccarle la luce?»

Tony stava diventando viola dalla rabbia.

Ora li ammazzo! Due palle a testa e li ammazzo, che ci vuole?

Per un attimo fu tentato di mandare via gli operai e di lasciar perdere la luce, ma senza corrente come faceva a stare in casa?

Storione aprì la porta e uscì sul pianerottolo.

Melluso lo guardò, poi gli occhi gli caddero sulla sua cassetta degli attrezzi.

Uno sportello era inclinato e leggermente aperto.

Accanto a un cacciavite e a una pinza Tony vide brillare la luce dorata di qualcosa di piccolo, cilindrico e bombato, qualcosa che gli sembrava familiare.

Minchia, un proiettile!

Doveva essere uscito accidentalmente da una scatola di munizioni mentre erano saliti a casa di Melluso.

Melluso fece finta di niente, prese tempo.

Cercò di ragionare alla velocità della luce.

Altro che operai, questi sono venuti a farmi la pelle! Li ha mandati Turturro!!!

La sua pistola era in camera da letto.

La testa ce l'aveva unicamente a quella, adesso.

Doveva solo andare a prenderla e tutto sarebbe finito in un attimo.

«Sentite, mi avete convinto», disse con un mezzo sorriso al commissario, «vado a svegliare la mia ragazza così entrate, va bene?»

Matteo annuì, ma osservando bene Tony si accorse che aveva le sopracciglia alzate, la voce impastata di saliva, delle goccioline di sudore che gli imperlavano la fronte.

Melluso si girò lentamente.

Cominciò ad avanzare verso quella porta chiusa.

Camminava in modo innaturale, come se con la coda dell'occhio volesse controllare cosa succedeva alle sue spalle.

Era sempre più sudato, le mani gli tremavano. Sembrava un kamikaze su un autobus un attimo prima di farsi saltare in aria.

Chiavetta rientrò nell'appartamento.

Di Giannantonio lo guardò e gli fece segno che era ora di agire, il loro uomo aveva mangiato la foglia.

Tony fece altre due passi.

Matteo non lo lasciò arrivare nemmeno alla porta.

Prima che Melluso se ne accorgesse gli piombò alle spalle con un balzo e gli puntò alla nuca la canna gelida della sua Beretta.

«Una parola e ti faccio saltare in aria il cervello», gli sussurrò all'orecchio.

Tony rimase impietrito, una statua di sale.

«Ti prego, non mi ammazzare», lo supplicò, «io sono *Palermitano* come voi!»

Era convinto che quelli fossero mafiosi invece che sbirri, sicari mandati da Turturro per farlo fuori. E disse più di quanto avrebbe dovuto dire.

«Stai tranquillo», lo rassicurò Matteo sottovoce, «fai tutto quello che ti dico e ti lascio vivere!»

Tony si voltò adagio.

Si agitò ancora di più. Perché gli bastò guardare un secondo Matteo per leggergli in faccia che era uno sbirro.

«Corn..!»

Tentò di cacciare un urlo, ma Di Giannantonio ancora una volta fu più veloce di lui. Gli schiaffò un pezzo di nastro adesivo sulla bocca e lo scaraventò a terra. Lo fece sdraiare a pancia in giù, poi si accucciò e gli parlò vicino all'altro orecchio, come se volesse infliggergli il supplizio di uno sfregio.

«Adesso sai che faccio? Vado di là e faccio la festa alla tua ragazza!»

Tony capì e chiuse gli occhi, come se sentisse su tutto il corpo il bruciore della sconfitta.

Nel giro di un secondo avvertì uno spostamento d'aria. Si ritrovò improvvisamente con una coperta sulla testa. Era come se una forza sovrumana lo avesse sollevato da terra e lo avesse caricato sulle spalle. Si sentiva un maledetto quarto di bue.

Melluso era in ascensore, adesso. Sentì quel leggero senso di vuoto dovuto alla cabina che scendeva a terra, poi udì una voce familiare.

«Dai Tony non dirmi che non sei contento di vedermi! Mi devi ancora i soldi della pizza!»

Gigante gli scostò per un attimo la coperta dagli occhi, si fece riconoscere, gli rise in faccia, poi lo ricoprì.

Appena lo vide Tony si sentì impazzire.

Dalla rabbia gli veniva quasi da piangere.

Matteo si assicurò di avere la pistola carica.

Storione era dietro di lui.

Iniziò ad avanzare lentamente verso il corridoio.

Fece una decina di passi.

Si fermò davanti alla stanza da letto che c'era sulla sinistra.

La porta era chiusa.

Non arrivava nessun rumore dall'interno.

Il commissario appoggiò la mano sulla maniglia.

Aveva le mascelle serrate, sudava freddo, la tensione gli gonfiava le vene del collo e delle braccia.

Apri, dai, apri!

Era come se fosse bloccato.

L'uomo che aveva cercato per anni, l'assassino di suo padre, forse era dietro quella porta, ma Matteo non era ancora pronto ad affrontarlo. Se lo era immaginato mille volte. Lo odiava a morte, lo odiava con tutto se stesso, ma il pensiero di vederlo in carne e ossa gli faceva tremare le mani.

Dai, è lì, a due metri da te, che aspetti? Apri e spara!

Quell'attesa gli dava un senso di eccitazione e insieme di paura.

Finalmente si decise.

Abbassò la maniglia e aprì la porta.

Le pistole dei due poliziotti vibrarono nell'aria senza un bersaglio preciso, pronte a sparare a qualsiasi cosa si muovesse.

La stanza era profonda.

C'era buio.
Non si vedeva niente.
Il maresciallo Chiavetta accese una piccola torcia. La luce innaturale dal soffitto svirgolò sul letto e scese fino a terra. Illuminò un paio di scarpe, poi salì a scoprire un materasso, un paio di pantaloni neri, una camicia scura, sempre più su, fino a scorgere il profilo di un uomo con i baffi e la barba incolta.
Giaconia!
Matteo lo osservò attentamente.
I suoi occhi erano aperti.
Fissavano il nulla, il vuoto assoluto.
Sembrava morto, un cadavere ancora caldo.
Il boss si girò verso il commissario, gli mostrò le mani, come a volergli confermare che era disarmato.
Nino aveva deciso di restare lì, ad affrontare la sorte.
Sembrava volesse vivere fino in fondo quella sensazione nuova per lui, quel senso di ineluttabilità che si accompagnava alla consapevolezza che era arrivata la fine. La sua ora era giunta, la polizia gli stava di fronte, ma per la prima volta in vita sua non gliene fregava niente.
Non ci aveva provato neanche, a scappare.
Per questo si era trasferito a casa di Tony.
Per essere un bersaglio facile.
Era come se per giorni dentro di lui avesse sperato, pregato che Di Giannantonio lo venisse a prendere.
Mentre Matteo lo teneva sotto tiro, Chiavetta alzò le tapparelle.
Il sole della mattina irradiò di luce la stanza e il volto emaciato di un uomo che sembrava vent'anni più vecchio della sua età.
Era appesantito, intontito, bolso. Per un attimo si coprì gli occhi con le mani per riuscire a vedere qualcosa, proprio come aveva fatto Roberto Di Maio un attimo prima di morire.
Giaconia guardò oltre la canna della pistola che aveva puntata in mezzo alla fronte.
Cercava gli occhi del commissario.

Li vide.

Erano venati di rosso, il colore dell'odio.

La voce che uscì dalla sua bocca sembrava tagliente e metallica, un tuono in una notte d'inverno.

«Guarda chi c'è, il figlio dello sbirro catanese...»

Matteo ebbe un sussulto, non credeva alle sue orecchie. Il boss lo aveva riconosciuto.

Accanto al commissario c'era uno specchio.

Matteo lo guardò con la coda dell'occhio, in un attimo gli apparve l'immagine del padre, vide le sue lacrime di orfano, la disperazione di Clara, e poi la sofferenza di Robertino Di Maio. Quella stanza sembrava una fottuta macchina del tempo, una finestra aperta sul suo passato.

Bastardo!

Matteo sentì l'odio pervadergli ogni centimetro di pelle.

Col dito accarezzò il grilletto della pistola, era tentato di sparare, era come se da un momento all'altro non si sentisse più padrone dei propri gesti.

Cacciò un urlo: «Giaconia, alzati!»

Nino rimase immobile.

Si mise una mano sulla faccia per proteggersi dalla luce. Accennò un'espressione stanca, svogliata, poi, fissando il commissario, gli lanciò il suo guanto di sfida.

«Dai, ammazzami, figlio di Enzo Giappone, forza...»

«Sta' zitto», gli intimò Matteo. «Zitto, hai capito?!»

Giaconia aveva intuito che Di Giannantonio stava per avere un crollo di nervi.

«Che fai, non trovi il coraggio?» lo torturava. «Dai, forza! Pensa a come ha sofferto tuo padre! Vedrai che il coraggio ti viene!»

Sembrava che il boss avesse un piano prestabilito in testa. Un piano suicida. Chiavetta lo capì e cercò di fermarlo.

«Giaconia, guarda che così ti fai ammazzare...»

Il boss si voltò verso il maresciallo.

La sua espressione era tranquilla, rassegnata.

«Maresciallo, lei lo sa come si dice dalle nostre parti? Più scuro di mezzanotte non può fare… lei lo sa che vuol dire, vero?»

Sì, Chiavetta lo sapeva.

Giaconia voleva fargli capire che ormai era finita, non aveva più niente da perdere. Sua moglie non c'era più, la sua vita era distrutta, cosa pensava che gli importasse ormai di finire al creatore?

La sua mezzanotte Nino l'aveva superata da un pezzo.

Storione mise una mano sul braccio di Matteo e lo implorò di abbassare la pistola. Temeva cadesse nella trappola di Giaconia e del suo giochino psicologico.

«Non lo ascolti, commissario… non faccia stupidaggini!!!»

Il maresciallo si accorse che Di Giannantonio ormai era in trance. Gli tremavano le mani, gli bruciavano gli occhi, la testa gli scoppiava. Era come imprigionato in un brutto sogno, una specie di allucinazione. La voglia di vendicare suo padre era diventata più forte di qualunque pensiero razionale. La sua arma tremava impercettibilmente. Per farla stare ferma Matteo l'aveva dovuta impugnare anche con l'altra mano mentre la voce di Giaconia gli mandava in pappa il cervello.

«Forza, commissario, spara!»

In una frazione di secondo Di Giannantonio abbassò il cane, prese la mira e tirò il grilletto.

Sparò.

Storione istintivamente si portò le mani alla testa.

Giaconia non si mosse di un millimetro. Rimase impassibile, come se quello sparo fosse avvenuto un chilometro lontano.

Di Giannantonio aveva mirato cinque centimetri sopra la sua testa. Afferrò il boss per la camicia, lo fece alzare in piedi, lo guardò dritto negli occhi.

«Giaconia, sai che c'è? Non te lo faccio questo favore, io ti sbatto dentro, figlio di puttana!»

Gli strinse le manette ai polsi e lo trascinò fuori dalla stanza.

«Ce l'abbiamo, picciotti, l'abbiamo preso!»

Con la ricetrasmittente, Chiavetta annunciò la notizia a tutta la squadra.

«Sì, il porco è dentro, tutto a posto!» continuava a ripetere il maresciallo.

Il Falco dal palazzo di fronte vide il commissario e il collega uscire dall'appartamento di Tony. In mezzo a loro c'era un uomo tarchiato, vestito di nero.

Ciao, Giaconia, benvenuto tra noi!

Matteo ora stava bene.

Sentiva alla radio i suoi uomini che esultavano: Storione, Gigante, Wai-Fai.

Gioivano come se l'Italia avesse vinto i mondiali di calcio. Era una festa intima, privata, chiusa al mondo. Di Giannantonio ebbe un senso di liberazione nell'udire quelle voci. Ora quella che gli saliva dalla pancia non era più paura, forse nemmeno odio. Era adrenalina, era felicità, era voglia di gridare al mondo che ce l'aveva fatta, aveva vinto!

Mentre scendeva le scale del palazzo con la mano ancorata al gomito del boss, prese il cellulare e scrisse un messaggio al giudice Salemi: TI SALUTA GIACONIA.

Schiacciò INVIO.

Elvira lo lesse mentre era in una riunione con Bonoparrino.

Sorrise.

Pianse.

Nello stesso momento.

Ora aveva solo voglia di correre da Matteo.

Mollò la riunione e chiamò i ragazzi della scorta.

«Andiamo alla Squadra Mobile, presto!»

Intanto Di Giannantonio si ficcava con Giaconia dentro il furgone. Lo teneva sotto tiro con la Beretta incollata alla sua testa.

Gigante era al posto di guida. Storione accanto. Matteo telefonò al questore e chiese di inviargli dei rinforzi.

Il Falco nel frattempo si godeva la scena dall'alto.

Iannuzzo sentiva nella radio le urla dei suoi colleghi. Dentro di lui sapeva che doveva scendere in mezzo a loro a festeggiare, ma il pensiero di tornare in ufficio e litigare con Gigante, l'idea che domani non avrebbe saputo che fare, gli fece venire voglia di prendere in mano il binocolo e guardare un altro po' il cielo.

30

La Squadra Mobile di Palermo sembrava un Maracanã. C'era una fila di poliziotti affacciati alle finestre che improvvisavano coretti da stadio e facevano la ola. Sul balcone polveroso al centro della caserma, quello dove svettava il pennone con la bandiera italiana, qualcuno aveva legato alla ringhiera un lenzuolo bianco, con la V di vittoria tracciata sopra a pennarello.

La Croma blindata del giudice Salemi arrivò di fronte all'imponente portone color ruggine e si fece annunciare da due piccoli colpi di clacson.

Il piantone in divisa si affacciò dalla guardiola e corse ad alzare la sbarra.

La macchina scivolò lentamente fin dentro il cortile.

Elvira scese da uno dei sedili posteriori.

Un poliziotto in borghese la riconobbe, si staccò dal gruppetto di colleghi con cui chiacchierava e le andò incontro.

«Benvenuta, dottoressa, vuole che l'accompagni dal commissario?»

«No, grazie», rispose lei cortese, «non si disturbi, conosco la strada...»

La Salemi salì a piedi due rampe di scale e si avviò verso il lungo corridoio che portava alla sezione «Catturandi». Il baccano per i festeggiamenti era tale che si sentiva dalla strada.

La porta della stanza di Di Giannantonio era aperta.

Elvira si affacciò timidamente per dare un'occhiata.

Il commissario non c'era.

Al suo posto vide un ragazzo a torso nudo, riccio e con le spalle coperte di tatuaggi.

Lo chiamavano Wai-Fai e cercava di sfuggire alle grinfie di un colosso che minacciava di infilarlo sotto la doccia semivestito.

«Minchia, se ti becco!»

Tra i ragazzi della «Catturandi» l'euforia era alle stelle.

Gigante per un attimo lasciò perdere Spartivento.

Prese in mano la bottiglia di spumante e l'agitò fino a creare un concentrato di gas compresso sufficiente a far esplodere il palazzo.

Fece saltare il tappo e inondò tutti di schiuma.

Uno schizzo colpì di sbieco pure il Falco.

Era arrivato in ufficio per ultimo.

Aveva bevuto un bicchiere, si era seduto in disparte e si era messo a pulire in silenzio le lenti del binocolo.

Sembrava annoiato.

«Che fai lì? Vieni a festeggiare con noi!» lo invitò Gigante mostrandogli la bottiglia piena a metà.

Iannuzzo si scrollò le gocce di spumante di dosso, si alzò e fece una faccia che non prometteva nulla di buono.

I colleghi se ne accorsero e si zittirono all'istante.

Temevano che lui e Gigante questa volta arrivassero alle mani. Iannuzzo sapeva che le feste non erano fatte per lui e lui non era fatto per le feste. Si era infilato in quella baraonda solo per rispetto del commissario, ma col senno di poi forse avrebbe fatto meglio a declinare l'invito.

«Ragazzi, non cominciamo, oggi è un giorno di festa!» li rimproverò Chiavetta, mettendosi tra loro con le mani alzate.

Poi fissò serio prima uno e poi l'altro.

Il Falco gettò la giacca sul divano e cominciò ad arrotolarsi le maniche della camicia con aria minacciosa. Era come se volesse fare capire a Bellipanni che era pronto a dargli una lezione.

A piccoli passi cominciò ad avanzare verso di lui e quando

gli arrivò a un palmo dal petto stirò le braccia e fece schioccare le nocche delle mani. Solo che invece di dargli una sberla come tutti pensavano che facesse, alzò la testa e lo guardò.

«Bravi, oggi siamo stati proprio bravi!» esordì fiero.

E si fece scappare un mezzo sorriso.

Bellipanni non se lo aspettava, rimase spiazzato, gli diede una spinta affettuosa.

«Sei un maledetto stronzo, ci avevo quasi creduto! Abbracciamoci, dai!»

Per la felicità lo alzò da terra, lo prese in braccio e se lo portò in giro per la stanza.

Avevano fatto pace.

I ragazzi della squadra li chiusero in un cerchio di affetto e applaudirono soddisfatti.

La festa ricominciò da dove si era interrotta un attimo prima.

In quella confusione nessuno si era accorto della Salemi.

Elvira era tornata in corridoio. Si era seduta su un divano, in una specie di sala d'attesa che c'era di fronte alla sezione.

Aveva deciso di aspettare paziente il ritorno del commissario.

Quasi quasi gli mando un sms!

Prese il cellulare dalla borsa e cominciò a scrivere.

Giaconia e Melluso erano appena arrivati in Questura

Il questore aveva mobilitato un elicottero per scortare i «cacciatori» dall'appartamento di Tony fino alla caserma di piazza della Vittoria.

L'AB 412 della polizia per non perdere di vista il furgone volava bassissimo e richiamava alla memoria certe scene di guerra quando faceva le gimcane tra i palazzi.

Matteo era sceso per primo, con Giaconia sottobraccio.

Non aveva neanche fatto caso all'applauso fragoroso che lo aveva accolto al suo arrivo in ufficio.

Per tutto il tragitto aveva pensato solo a una cosa: a prendere il boss per la collottola e trascinarlo nell'atrio della Mobile, davanti alla lapide con i nomi di tutti i martiri della mafia.

Giaconia dovette subire quell'umiliazione davanti a tutti. In un rigurgito di amor proprio provò ad abbassare gli occhi, a non darla vinta al commissario, che in fondo gli sembrava volesse solo sbandierare un trofeo davanti al suo pubblico.

«Guardali, guarda quanti sono!» gli urlò a un certo punto Di Giannantonio afferrandogli le guance e sollevandogli il mento per costringerlo a leggere quei nomi.

Fu l'unica soverchieria di cui il commissario si vergognò quel giorno.

Giaconia fu affidato a un paio di agenti e portato alla Scientifica per le procedure di rito, prima fra tutte la foto segnaletica.

Mentre procedeva a piccoli passi lungo il corridoio del primo piano, il boss guardo giù da un davanzale che dava sul piazzale. Vide Tony.

Stava entrando alla Mobile sotto una pioggia di fischi e di insulti.

«Assassino!»

«Maiale! Fai schifo! Ora ti sistemiamo noi!»

I poliziotti ce l'avevano con lui perché sapevano che era uno dei macellai di Robertino Di Maio.

Anche Giaconia lo era – anzi era lui il vero carnefice – ma l'atteggiamento che i poliziotti avevano nei suoi confronti era diverso.

Giaconia era un vecchio boss, uno navigato. Lì dentro tutti sapevano che era capace di sopportare qualunque angheria pur di non parlare, di tenere fede al suo codice d'onore, e quindi con lui neanche perdevano tempo. Nella speranza di farlo sentire una nullità, un verme, lo ignoravano di proposito.

Con Tony no.

Tony era un mafioso di serie B, non aveva la pellaccia dura del suo «principale». Si sentiva sicuro solo se era in mezzo al suo branco, vicino ad altre mezzecalzette come lui. Dentro la Squadra Mobile era una preda. Lì si sentiva perduto. In quel momento chiunque gli avesse abbaiato contro gli avrebbe messo paura.

Al quinto «pezzo di merda» che sentì piovergli addosso, Tony era già sul punto di crollare. Giaconia non ne era sicuro, ma dal balcone al piano di sopra gli era sembrato di vederlo piangere. Il boss chiuse gli occhi come a voler scacciare un pensiero, un timore che era più di un presentimento.

Era ragionevolmente certo che Melluso si sarebbe pentito prima dell'alba.

31

Sono passate da poco le otto. Lorenzo si è appena svegliato, zampetta con i piedini sul parquet della camera. La sua vocina squillante sembra riempire la casa.

Mi vesto in fretta: una tunica bianca, niente sandali – mi piace girare scalza –, un paio d'occhiali neri a mascherina perché il sole è già abbacinante.

Raccolgo i capelli in una coda, poi preparo il bambino e scendiamo al piano di sotto.

Lorenzo corre subito fuori, in giardino, e spalanca una porta.

Diego è fuori, su una delle sdraio di tela bianca. Ha accanto dei giornali e sulle ginocchia tiene una grande busta con il marchio di un famoso emporio di giochi di New York. Dev'essere lì da un po', perché ha l'aria impaziente di chi aspetta con ansia qualcuno e si è alzato presto per non mancare l'appuntamento.

«Lorenzo», esclamo io. «Guarda chi c'è, lo zio Diego! Su, corri ad abbracciarlo...»

Diego si alza: nella sua espressione c'è un misto di rispetto e nello stesso tempo una sorta di rabbia trattenuta, quasi di furore.

«Ciao, zio!» lo saluta il bambino.

Diego, lo capisco subito, si trattiene. Per amore del piccolo abbozza un sorriso tirato e solleva la busta per mostrargliela.

Lorenzo, eccitato, comincia a tirar fuori i regali: un trenino elettrico, una pista con le macchinine, un aeroplano telecomandato.

«Mamma, hai visto? C'è anche l'aeroplano! Che bello!»

«Ho visto, tesoro. Ci giochiamo più tardi. Adesso però corri a fare colazione...»

Lorenzo obbedisce e, con in mano l'aereo, infila la porta e sparisce oltre la vetrata.

Diego mi si avvicina, ha un'aria sempre più contrariata.

«Ma ti rendi conto di quello che stai facendo?»

«No, cosa?» gli rispondo seccata.

«Gli hai detto che sono suo zio... Questo non è giusto! Arrivo a Palermo da New York, sono due mesi che non lo vedo. Ieri sera ho fatto tardi per parlare d'affari con chi sai tu e lui già dormiva. Stamattina mi sono alzato presto, prestissimo, per non perdere nemmeno un minuto... Avevo una gran voglia di stare con lui, di coccolarmelo un po'... e tu gli dici che sono suo zio!»

«Diego, non adesso, per favore, ne parliamo più tardi. Ora non mi seccare... Ti dispiace? Vorrei dare un'occhiata ai giornali...»

«Sì che mi dispiace, invece. Dobbiamo parlarne adesso, subito! Lorenzo è un bambino sveglio, perché lo tratti da stupido? Rispondi!»

«Stai calmo!»

Dico così ma sono io quella agitata, me ne accorgo dalle mani che mi tremano, seppure impercettibilmente, mentre volto le pagine del giornale.

«Io voglio bene a Lorenzo, che credi!»

Diego ha i nervi tesi allo spasimo, pare sul punto di esplodere.

«Tu gli devi dire la verità», mi incalza alzando la voce più di quanto io possa tollerare.

A quel punto gli mostro un'aria impassibile, chiudo il giornale e, lentamente, mi sfilo gli occhiali da sole.

Ho le palpebre chiuse.

Le apro.

Fisso Diego.

Si calma all'istante.

È come se avesse visto gli occhi di una folle.

Probabilmente ha capito che io, pur di tenermi quel bambino, potrei fare qualunque cosa.

32

«Elvira!»

La Salemi si sentì toccare una spalla e si voltò di scatto.

Era Matteo.

Istintivamente le venne voglia di abbracciarlo, ma cercò di controllarsi.

«Ciao...»

«Scusa, ero dal questore», si giustificò lui, «è da molto che aspetti?»

«Non ti preoccupare, non volevo disturbare...»

Il giudice non sapeva se restare oppure andarsene.

In mezzo a quella baraonda si sentiva un pesce fuor d'acqua.

Il commissario la prese per mano.

«Vieni, andiamo nella mia stanza...»

La porta era chiusa.

Da fuori si sentiva un gran baccano e una serie di risate sparse per la stanza, come se provenissero dalle casse di uno stereo disposte a casaccio.

Matteo voleva presentare la Salemi alla sua squadra, ma scelse il momento sbagliato. Né lui né Elvira potevano infatti immaginare quale spettacolo si sarebbero trovati davanti aprendo la porta.

I «cacciatori» avevano approfittato dell'assenza del capo per procurarsi una digitale con l'autoscatto.

L'idea era quella di fare una foto di gruppo dove ognuno invece della faccia mostrava il culo. Nelle intenzioni doveva essere qualcosa che fosse di buon auspicio per il futuro dell'intera sezione. Erano un po' brilli e, senza sapere come, si erano trovati coinvolti in una di quelle cazzate senza senso che si fanno tra amici.

Ora, davanti al faccino perbene e stupefatto della Salemi, gli uomini del commissario non sapevano se sprofondare dalla vergogna oppure far finta di nulla e uscire dalla stanza ostentando un'aristocratica nonchalance.

Wai-Fai istintivamente deglutì e si coprì la faccia con le mani.

«Minchia!» sbottò.

Gli altri compagni decisero di restare immobili.

La Salemi capì che tutto dipendeva da lei. Li tolse dall'impaccio e si lasciò sfuggire un sorriso. Matteo fece lo stesso, i ragazzi si rilassarono. Si ricomposero alla meno peggio e uscirono a uno a uno, in fila indiana.

Erano verdi per la vergogna.

«Arrivederci, dottoressa, piacere di averla conosciuta!» disse Gigante a nome di tutti chiudendo l'ultimo pezzo della cerniera dei jeans.

«Piacere mio, arrivederci!»

Elvira non sapeva dove guardare mentre i «cacciatori» alla rinfusa si tiravano su i pantaloni facendosi scudo l'uno con l'altro. Finse di essere interessata alla cartina gigante di Palermo che campeggiava in alto sulla parete sopra la scrivania del commissario.

Matteo chiuse la porta, la prese per un braccio, la fece voltare e la guardò negli occhi.

La Salemi reagì come se quel gesto lo avesse messo in conto. Si era preparata da un pezzo a quel momento, eppure non riusciva a reggere il suo sguardo. Il muro che Elvira alzava con gli altri uomini per proteggersi da loro, con Matteo non funzionava, diventava una parete di carta.

Maledizione!

Cominciò a farfugliare qualcosa per vincere il disagio. Le

mani le tremavano. Sapeva perfettamente cosa sarebbe successo adesso, eppure cercava di prendere tempo, di ostentare un distacco che invece si stava rapidamente trasformando in eccitazione, in turbamento, l'ultimo appiglio di un equilibrio sempre più precario.

Provò a dire qualcosa: «Senti, Matteo, io...»

Di Giannantonio le appoggiò delicatamente una mano sulla bocca, come se volesse farle capire che ogni parola, ogni scusa ora era superflua.

La strinse a sé e la baciò.

Un bacio lungo, appassionato, dolcissimo.

Le loro labbra si dischiusero contemporaneamente. Le loro lingue all'inizio si sfiorarono con la punta, quasi volessero mantenere un minimo di cautela, di riguardo, poi lentamente presero confidenza, fino a manifestare un desiderio che per entrambi non si poteva esaurire in quel bacio, anzi lo rese insopportabile.

Elvira era diventata di colpo vulnerabile, inerme.

Sentì le gambe diventarle d'argilla, il cuore dentro il petto schizzargli fuori come una molla, in basso, nel ventre, una fitta che era insieme di dolore e di piacere.

Era come se il suo corpo e la sua mente per la prima volta fossero entrati in conflitto, come le periferiche di un computer che non comunicano.

Da un lato lei sentiva il bisogno di arrendersi a Matteo, di abbandonarsi a lui.

Dall'altro decodificava una specie di impulso che arrivava da un angolo recondito della sua testa, un piccolo richiamo alla prudenza, qualcosa che la invitava a conservarsi una via d'uscita, a non farsi prendere troppo la mano.

«Basta, ti prego, Matteo, qui non ce la faccio...»

Elvira si staccò dalle sue labbra.

Si sentiva bruciare la pelle e insieme percorrere dai brividi.

Infilò le mani tra i capelli e cominciò a ravviarseli, tirandoli leggermente, come se volesse costringere la sua testa a riprendere il controllo, a ragionare freddamente.

Chiuse il viso in una smorfia e batté il tacco della scarpa destra sul pavimento.

Un gesto nervoso, come di chi ha un bisogno fisico impellente e si irrita perché sa di non poterlo soddisfare.

Di Giannantonio avrebbe voluto che il bacio durasse all'infinito. Lo sperava per evitare di dover parlare con Elvira di cosa sarebbe successo dopo.

Forse non sarebbe cambiato niente tra loro o forse sì.

Comunque non era affatto preoccupato.

Qualunque strada avesse preso la loro storia dopo quella sera, Matteo si sentiva preparato a ogni evenienza.

«Scusa!» le sussurrò Di Giannantonio per averla presa alla sprovvista.

«Non devi scusarti!» lo rassicurò Elvira.

Guardò per terra, poi tornò a fissarlo.

Gli si avvicinò ancora una volta, gli diede un altro bacio e sul finale gli morse dolcemente il labbro inferiore.

Il commissario non capiva più niente. Non sapeva se quello di lei fosse un gioco innocente o un invito a proseguire la serata da un'altra parte.

«Cosa stai cercando di dirmi?»

Elvira ostentava uno sguardo complice.

«Stasera niente pippe mentali, ho deciso!»

Stava facendogli capire che voleva passare la notte con lui.

Per salvare le apparenze si diedero appuntamento dopo un'ora a casa di lei, come due amanti clandestini.

La Salemi passò a salutare tutti e uscì dalla Questura con la scorta.

Matteo tornò a brindare con i suoi ragazzi, ma dopo un po' sparì e la raggiunse.

Nel ritrovarsela davanti, il commissario si accorse che era diversa, si era spogliata di quelle insicurezze e quelle nevrosi che sul lavoro la facevano apparire scostante e inafferrabile.

Elvira ora era una donna come le altre, che aveva solo voglia di fare l'amore con un uomo che le piaceva, senza troppi retropensieri e preconcetti.

Quell'incontro in fondo era stato rimandato per tanto tempo, forse troppo per aspettare ancora, ma ora che Matteo si trovava lì, capiva che per lei non era dettato da un pensiero ragionato.

Doveva essere stato qualcos'altro a convincerla ad aprirgli la porta di casa; forse la voglia di risvegliare un sentimento tenuto per troppo tempo sopito, che forse temeva di avere ucciso negli anni e a cui adesso chiedeva una prova di esistenza in vita.

Non ne poteva più di sapere che era padrona e carceriera delle proprie emozioni.

Svegliati, cazzo! Vivi!

Per una volta voleva sentirsi libera dai preconcetti, dal bisogno di sapere cosa è bene e cosa è male, cosa è bianco e cosa è nero.

Elvira abitava in un appartamento piccolo e curato al quale Matteo, entrando, non badò.

Teneva gli occhi fissi su di lei, senza neanche guardarsi attorno.

Elvira camminava scalza sulla moquette.

Lo prese per mano.

Lo portò in salotto.

Cera una musica jazz di sottofondo.

Miles Davis.

Elvira lo spinse sul divano.

Gli tolse la camicia.

Gli montò a cavalcioni.

Si muoveva su di lui con la sensualità di una gatta.

Cominciò ad accarezzarlo e a baciarlo, prima sul collo, poi sul petto, finché con le labbra scivolò in basso fino a sfiorare il suo sesso.

«Ti avverto, lo faremo una volta sola», gli mormorò con uno sguardo conturbante e voglioso, «ma tu non potrai più farne a meno...»

Di Giannantonio la guardava senza dire nulla.

Non riusciva a mettere in fila due parole.

Le accarezzò le gambe.

Sentì sulle mani il ruvido delle calze.

Risalì i polpacci fino alle ginocchia.

Volle andare ancora più su.

Tentò di sollevarle la gonna, ma era troppo stretta.

Maledizione!

L'eccitazione gli stava facendo perdere il filo dei pensieri. Le domande che si voleva fare, che si era fatto fino a quel momento su di lei stavano diventando sempre più opache, sfocate, un insieme di frasi slegate tra loro.

Non riusciva più a orientarsi in quel mare di desiderio.

Ne era come sopraffatto.

Si spogliarono e finirono sul letto, come se lo avessero fatto ogni notte, da tempo.

Matteo le accarezzò i fianchi e i seni, le leccò i capezzoli e passò con la lingua ogni centimetro di pelle finché la voglia di Elvira di sentirlo dentro non si fece insopportabile, come un dolore acuto.

La penetrò come se fosse la donna perfetta.

Matteo sentiva il suo respiro affannoso, le sue unghie conficcate nella schiena e, quando arrivò in fondo, sentì il ventre di Elvira contrarsi e godere insieme a lui.

Erano venuti nello stesso momento.

Ora lei aveva avuto la sua prova.

«Ti amo!» le sussurrò sommessamente Matteo.

Elvira non rispose.

Aveva appena finito di fare l'amore, il cuore le batteva ancora forte, come dopo una corsa, ma il suo respiro stava tornando normale.

Chiuse gli occhi.

Li riaprì.

Ebbe paura.

Guardò l'uomo nudo accanto a sé e pregò Dio perché lo facesse sparire al più presto dal suo letto.

Era tornata a essere l'Elvira di sempre.

33

PALERMO. Erano le tre di notte.

Dal numero 16 di via Michelangelo un tizio di nome Samuele prese il telefono e fece un numero di New York.

«Nina, ciao, sono io, tuo fratello...»

Dall'altra parte dell'oceano erano le nove di sera.

C'era un leggero ritardo sulla linea.

Nina non sentiva bene.

Aveva attorno due amiche che chiacchieravano e lei faceva fatica a pensare e rispondere in italiano.

«Hello, Sam, comme stai?»

«Bene, bene, senti, devo parlare con tuo marito... me lo passi?»

«*Just a moment*, te lo chiamo!»

Nina scostò il ricevitore dalla bocca e cacciò un urlo.

«Honey, come here! Sam is on the phone!»

Samuele aspettò qualche secondo. Dal telefono sentì un rumore stridulo di gomma che sviolinava sul pavimento, come se qualcuno si stesse avvicinando con un paio di scarpe da ginnastica nuove.

«Pronto?»

Il marito di Nina aveva un forte accento siciliano.

«Sono io...»

«Oh, Sam! Che si dice? Ti diverti?»

Samuele era in imbarazzo, non sapeva come dirglielo.

«Senti... devi venire subito a Palermo.»

Il cognato cambiò subito tono.

«Che è successo?»

«Hanno preso Nino... E stanno cercando tua sorella... non si trova più...»

Dall'altra parte ci fu una breve pausa.

Rosa!

«Come, non si trova più?!»

«È scomparsa!»

Diego Martinez strinse la cornetta con la mano fin quasi a frantumarla.

Avrebbe voluto che l'oceano scomparisse per essere a Palermo nel giro di poco.

La sua voce arrivava a Sam con una specie di riverbero.

«Sam, ascoltami bene, prepara la casa, arriviamo prima possibile!»

«Ok... ciao.»

Clic.

Sam era un tipo cicciottello, con i capelli sale e pepe e una voglia di caffè sulla guancia destra.

Andava sempre in giro con un cappelluccio da baseball in testa, la camicia fuori dai pantaloni e le scarpe da tennis.

Era arrivato a Palermo da nenache tre settimane.

Era cresciuto negli Stati Uniti, proprio come sua sorella Nina, e portava un cognome importante: Paino.

Suo padre, Pietro, era quello che in gergo si chiama uno «scappato», un sopravvissuto alla guerra di mafia scoppiata alla fine degli anni Settanta.

All'epoca era uno dei boss più ossequiati, capo del mandamento di Passo di Rigano.

Un Palermitano doc.

I Corleonesi erano scesi dalle montagne con i kalashnikov,

decisi a sterminare tutti i vecchi padrini della città, e Pietro Paino era nella lista nera.

Doveva essere ucciso, come gli altri, ma era riuscito a salvarsi.

Con la moglie e i due figli piccoli, Pietro aveva preso il volo diretto Palermo-New York – quello che dall'altra parte dell'oceano avevano ribattezzato *the mafia-express* – e da un giorno all'altro si era trasferito nella Grande Mela.

Aveva raggiunto suo fratello Vincent, che a Brooklyn aveva aperto una barberia ed era imparentato con un certo Joe Termini, il capo della decina di Cosa Nostra sulla Diciassettesima Strada. Era stato per merito di Joe se Pietro Paino e i suoi familiari erano usciti vivi da Palermo e avevano trovato riparo negli Stati Uniti.

I Corleonesi li avevano risparmiati solo per l'intervento del loro amico americano, ma gli avevano imposto un giuramento: a Palermo i Paino non ci dovevano mettere più piede.

Mai più.

Pietro, il vecchio boss in esilio, si era rassegnato all'editto dei «viddani». Aveva aperto una trattoria siciliana a Little Italy, ed era morto nel suo letto. Di vecchiaia.

Se n'era andato al camposanto col desiderio di rivedere la sua terra, lasciando ai figli tutto quello che aveva.

Il più grande si chiamava Samuele, «Sam», la più piccola Antonietta, «Nina».

Tutti e due erano *miricani*, ma avevano nel sangue la stessa maledizione del padre. I Corleonesi li avevano condannati a vivere lontano da Palermo per sempre.

Sam allora era un ragazzo.

Ma sulla tomba del padre aveva giurato che avrebbe cambiato il suo destino.

La sua trattoria di New York negli anni Ottanta era diventata il punto di ritrovo di un gruppo di «bravi ragazzi». Avevano tutti nomi di peso. C'erano i Modica e i Matarrese di Staten Island, gli Abbagnale di Brooklyn, i Fappiano di Cherry Hill. Gli volevano bene. Col tempo Samuele Paino si era fatto un sacco di amici.

Nel giro di qualche anno aveva aperto altri tre ristoranti a Manhattan. Aveva cominciato a fumare il sigaro, si era comprato una limousine con la targa personalizzata e sul mignolo sinistro sfoggiava un anello con brillante.

«Sam, mettici una buona parola!»

«Sam, aiuta mio fratello!»

«Sam, non ti dimenticare di me!»

A Mulberry Street giuravano che fosse diventato un *wiseguy*, un uomo di rispetto. L'Fbi lo aveva tenuto sotto botta per anni, per cercare di inchiodarlo, ma non aveva trovato niente contro di lui. Sam era così abile da non lasciare mai tracce.

Tutti i soldi che guadagnava li riciclava e li reinvestiva in attività pulite: cinema, casino, night-club.

Dicevano che fosse un uomo generoso, uno che mangiava e faceva mangiare tutti, americani e *paisà*.

Era diventato uno dei boss più promettenti della mafia americana.

Sua sorella Nina si era innamorata di un ragazzo che era arrivato a New York dalla Sicilia e aveva bussato alla porta di uno dei ristoranti dei Paino per chiedere lavoro.

Si chiamava Diego Martinez.

A Palermo aveva parenti importanti e un pedigree di tutto rispetto.

Lo avevano assunto come aiuto pizzaiolo e aveva fatto subito carriera.

Era diventato cameriere, poi capo-sala, infine cassiere.

Dopo qualche mese lui e Nina si erano sposati.

Il regalo di nozze di Sam era stato un ristorante tutto per loro, tra Broadway e la Ventinovesima Strada.

Lo avevano chiamato *Mondello Bay*.

* * *

Erano passati più di trent'anni da quando Samuele Paino aveva visto per la prima volta la Statua della Libertà.

Allora era un bambino e suo padre lo teneva per mano.

Il primo regalo che aveva ricevuto sbarcando nella Grande Mela era stato un cappellino da baseball.

Ora cominciava a essere un po' stanco degli Stati Uniti.

Sentiva il richiamo del sangue.

Voleva tornare nella «sua» Palermo.

Così aveva fatto la valigia e si preparava a partire.

Sua sorella Nina era incinta, al settimo mese.

Finalmente si era decisa a dargli un nipotino.

«Ma come, non lo vuoi vedere il bambino?» si era risentita lei il giorno che Samuele le aveva annunciato che se ne sarebbe andato.

«Certo che sì, *quiet down*, Nina! Ho già parlato con Diego, il bambino lo facciamo nascere in Sicilia.»

Se n'era andato con questa dichiarazione solenne.

Qualcosa che era più di una promessa.

Sam Paino era a Palermo da tredici giorni. Era andato ad abitare in via Michelangelo, nella stessa casa di suo padre e di suo nonno, la stessa che quand'era bambino aveva abbandonato in fretta e furia per sfuggire alla furia dei Corleonesi.

Era ritornato con la scusa di raccogliere i parenti e visitare la clinica dove sarebbe nato suo nipote. Nessuno sapeva quale fosse il vero scopo del viaggio.

Sam voleva chiamare a raccolta gli eredi delle «vecchie» famiglie di Palermo, proporgli di entrare in società e riempirgli le tasche di dollari. Con il loro aiuto intendeva cacciare i Corleonesi dalla sua città natale, proprio come costoro avevano fatto col padre.

Paino aveva l'appoggio e la benedizione di tutte le famiglie americane. Per non esporsi troppo si muoveva in incognito, ma aveva trovato il mafioso giusto che gli stava preparando il terreno per uscire allo scoperto.

Il giorno della cattura di Giaconia era appena stato a cena con il suo uomo ed era turbato. Sconvolto.

Quel tizio gli aveva detto che Occhiuzzo, per eliminare qualunque legame di sangue con i Martinez, aveva preteso la testa di Rosa, la sorella di Diego.

«Pare l'abbia fatta uccidere dal marito!» gli aveva confidato la sua fonte.

Quel mafioso sembrava sapere il fatto suo.

Il suo nome era Gianni Turturro.

34

Rosa Martinez!

Anche la Salemi si svegliò con questo tarlo in testa. Sapeva che Giaconia aveva una moglie, strano che la donna del boss non fosse uscita ancora alla luce del sole. Di solito le donne dei latitanti si comportavano tutte allo stesso modo, tornando a fare una vita normale in due casi: quando i mariti morivano o quando venivano catturati.

Perché Rosa faceva scuola a sé?

Cosa le era capitato?

Il fatto di non rivelarsi era voluto?

Dal carcere Pino la chiamò per avere notizie.

«Dottoressa, novità? L'avete trovata mia sorella? Si è fatta viva?»

«No, ancora no...»

«Dottoressa, lei deve trovarla! Io ho un cattivo presentimento...»

Ce l'aveva anche Elvira, ma preferiva non confessarlo a Pino.

«Martinez, mi ascolti bene... stiamo cercando di capire dove possa essersi nascosta. Ormai la notizia della cattura di Giaconia si è sparsa in città. Dobbiamo ancora scoprire il covo. Forse lì troveremo le risposte che cerchiamo...»

Con lui la Salemi aveva preferito parlare di Rosa al presente, come se fosse ancora viva. Voleva esorcizzare il pensiero che potesse esserle capitato qualcosa di brutto. Quella chiamata alle sette del mattino le aveva fatto sentire sul collo la morsa dell'angoscia.

Le mancava l'aria.

Le girava la testa.

Aveva la sensazione di vivere un *déjà vu.*

Si ricordava di aver usato lo stesso tono rassicurante con Di Maio molto tempo prima, nei giorni tragici della scomparsa del figlio.

Stia tranquillo, vedrà che si risolve tutto!

Ora temeva di ripetere lo stesso errore.

Le sembrava che da una sua frase sbagliata, da una parola di troppo, dipendesse il destino di quella donna, come se al gesto di una corrispondesse inspiegabilmente una reazione dell'altra.

Non me lo posso permettere un'altra volta!

Era distesa sul divano dove la notte prima aveva cominciato a far l'amore con Matteo.

Sul corpo aveva ancora il suo odore.

Si sentì schiava di un inutile senso di colpa, si tirò una coperta di cotone sulla testa e improvvisamente ebbe voglia di piangere.

«Buongiorno!»

«Ciao!»

Elvira e Matteo si ritrovarono alla Squadra Mobile come se tra loro non fosse mai successo nulla, come se la notte prima non fosse mai esistita e fosse stato solo un sogno, un bellissimo sogno condiviso da entrambi e sfumato in un pallido ricordo.

Si presero un caffè e si misero subito al lavoro.

Di Giannantonio aveva lasciato casa della Salemi verso le due del mattino.

Elvira lo aveva salutato con un bacio sulla guancia e da quel bacio il commissario aveva capito che un'altra notte con lui non ci sarebbe mai stata.

All'inizio era stata solo una sensazione, ma ora che Elvira si trovava nel suo ufficio, seduta di fronte a lui, era diventata una certezza.

La Salemi faceva di tutto per ostentare un distacco forzato e Matteo si chiedeva in cosa avesse sbagliato.

Domandarlo a lei in quel contesto sarebbe stato inopportuno e pretestuoso. Temeva di fare la figura del bambino capriccioso. Preferì sorvolare.

Aprì un cassetto della scrivania, tirò fuori una busta di plastica e ne sparpagliò sul tavolo il contenuto.

«Ecco, guarda! Questo è tutto quello che abbiamo trovato addosso a Giaconia...»

C'era un mazzo di chiavi, c'era lo scontrino di un bar-tabacchi, c'era un portafoglio con un po' di contanti e una carta d'identità falsa. In ultimo c'era un ciondolo portafoto d'argento. Matteo lo prese e mostrò al giudice il ritratto in bianco e nero incorniciato al suo interno.

«È lei Rosa Martinez?»

«Sì, il ciondolo Giaconia lo portava al collo, appeso a una catenina. E poi non dimenticare che era vestito di nero!»

La Salemi si accese una sigaretta e guardò fuori dalla finestra, come se volesse formulare una domanda di cui conosceva già la risposta.

«Questo che significa, secondo te?»

«A rigor di logica, Giaconia è a lutto, oppure vuole farcelo credere», azzardò Matteo, «non so cosa dirti...»

Elvira tirò un'altra boccata dalla sigaretta.

Osservò di nuovo quel ciondolo alla ricerca di un particolare che le fosse sfuggito prima e si mise a pensare a voce alta.

«Se c'è una morta dev'esserci per forza una tomba, dobbiamo trovarla! Novità sul covo?»

«No, ancora niente! Lo stiamo cercando!»

Una delle chiavi che Giaconia aveva con sé era quella tipica di una porta blindata. Dentro quella casa doveva esserci per forza una traccia di Rosa Martinez.

«Speriamo solo di essere i primi ad arrivarci!» si lasciò scappare Elvira.

Matteo capì.

La Salemi temeva un blitz degli emissari di Occhiuzzo. Era già successo una volta con la cattura di un altro latitante. Prima che i poliziotti potessero individuare il suo covo, Cosa Nostra aveva già mandato una squadra di uomini fidati che lo avevano ripulito in quattro e quattr'otto. Avevano passato sul pavimento pure l'aspirapolvere.

«Forse una speranza di trovare quella casa c'è!» la sorprese Matteo.

«Che vuoi dire?»

«Melluso... forse lo convinciamo a rivelarci dove si trova il covo!»

«È crollato?»

«Non ancora, ma secondo me manca poco.»

«Ok, vado, ci sentiamo dopo!»

Mentre era sulla porta Elvira ebbe come un'illuminazione. Tornò indietro verso il tavolo del commissario e diede un'altra occhiata agli oggetti di Giaconia sparsi sul tavolo.

«Mi dai un attimo lo scontrino del bar-tabacchi?»

«Sì, certo, tieni! Che ha di strano?»

La Salemi guardò la scritta sulla carta e impallidì.

«Cosa c'è?» le chiese Matteo che la vide irrigidirsi sempre di più.

«Questo posto io lo conosco, è a cinquanta metri da casa mia!»

«Ti devo vedere, devo parlarti a quattr'occhi di una faccenda importante! Puoi venire?»

«Certo, dove ci incontriamo?»

Gianni Turturro al telefono con Sam Paino non poteva essere più esplicito: gli aveva fatto solo capire che era una questione urgente.

Gli aveva dato appuntamento a mezzogiorno, in un caffè sulla rotonda di viale Lazio.

Sam, con in testa il solito berretto da baseball, posteggiò la macchina in doppia fila ed entrò nel locale.

Il bar a quell'ora non era particolarmente affollato.

Lavorava molto di sera. Durante il giorno era un posto tranquillo, poco battuto, dove poter chiacchierare passando inosservati.

Turturro era seduto a uno dei tavolini della veranda sul retro. Agitò la mano per farsi notare da Sam e si alzò. Paino si tolse il berretto, lo baciò sulle guance e si accomodò.

«Che prendi?» si premurò di domandargli Turturro, pronto a fermare un cameriere.

«Niente, Gianni, grazie... Dimmi, cos'è successo?»

Aveva fretta di sapere.

L'uomo-topo appoggiò i gomiti sul tavolo, si sporse verso Sam e gli chiese di avvicinarsi.

Il nome del soggetto di cui gli voleva parlare glielo voleva dire all'orecchio.

«Occhiuzzo! Mi hanno riferito che sta preparando qualcosa, un'ammazzatina di quelle grosse!»

Sam si scostò e lo fissò serio.

Di colpo era diventato ansioso.

«Chi te l'ha detto?»

«Gente a cui credo, gente che lavora con lui ma è più fedele a me, gente che vuole vederlo dove lo vogliamo vedere noi. Al camposanto!»

«Non ti hanno raccontato qualcosa in più?»

«No, ma se fossi in te starei attento, Sam. Lui ha saputo che sei qui, non mi stupirei se dopo aver chiesto a Giaconia di uccidere la moglie ora se la prendesse con te e Diego.»

«Che devo fare?»

Paino aveva la mente annebbiata.

«Tu non devi fare niente, ti metto due dei miei dietro le spalle che ti seguono in maniera discreta. Così stiamo tranquilli... i ragazzi sono qui fuori!»

«D'accordo, grazie!»

Paino baciò di nuovo Turturro, si rimise il berretto da baseball, salì in macchina e tornò a casa.

«Va bene, vi dico tutto, basta!»

Tony era esausto dopo la notte passata alla Squadra Mobile. Pur di farlo crollare, un ristretto gruppo di poliziotti all'insaputa di Di Giannantonio lo aveva sottoposto a un durissimo interrogatorio, da cui Melluso a un certo punto aveva creduto di non uscire vivo. Tra le altre cose lo avevano costretto a non dormire e a scrivere centinaia di pagine su un quaderno con la medesima frase: «Io sono un assassino e un mafioso pezzo di merda!»

Dalla paura, Tony se l'era fatta addosso.

Soprattutto all'ultimo, quando Gigante aveva finto di aver perso le chiavi delle manette e per liberarlo si era presentato con la fiamma ossidrica.

«Adesso scusa, ma ti farò un po' male!» lo aveva terrorizzato con un ghigno sadico.

Melluso si era accucciato in un angolo e gli aveva dato l'indirizzo che cercava.

La maggior parte degli agenti di polizia erano contrari, anzi condannavano certi metodi, ma chi li usava, come Bellipanni, sosteneva che le ragioni di una guerra – come quella tra lo Stato e la mafia – a volte rendevano necessario uno stravolgimento delle regole.

In fondo era una lotta contro il tempo. A casa di Giaconia i «cacciatori» dovevano arrivarci prima dei Corleonesi.

Gigante fece il numero di Matteo.

«Commissario, abbiamo l'indirizzo! Io e Storione stiamo andando lì!»

«Chi ve l'ha dato?»

Bellipanni fece una pausa.

Era su una macchina della polizia, in mezzo al traffico. Si sentiva in sottofondo un rumore di clacson e sirene spiegate.

«Melluso… di sua spontanea volontà!»

«Sì, certo, posso immaginare…»

Gigante tradì una risatina nervosa.

Matteo assunse un tono severo.

«Bellipanni, lo sai che non mi piacciono certe cose…»

«Commissario, stia sereno», lo rassicurò il suo uomo, «nessuno di noi gli ha messo un dito addosso. Quello ci fa schifo pure toccarlo!»

«Va bene, dammi questo benedetto indirizzo e passami Storione…»

Matteo lo appuntò su un pezzo di carta e se lo fece ripetere due volte.

Era incredulo.

Lì ci abita Elvira!

«Ma sei sicuro?»

«Sì.»

«Pronto, commissario?»

Al telefono ora c'era il maresciallo Chiavetta.

«Storione! Andate e cominciate la perquisizione! Occhio a Gigante, che quello fa sempre casini, mi affido a lei, ci vediamo lì tra poco!»

«Stia tranquillo, dottore…»

Matteo chiuse la chiamata e fece il numero di Elvira.

35

Era una giornata afosa, col sole che squagliava le pietre, ma Totò Briuccia e Onofrio Piscitello sentivano freddo, un freddo che gli mangiava le ossa.

«Minchia, 'Nofrio, a saperlo mi portavo il cappotto!» sacramentò Totò una volta entrato nel capannone gelido.

«Se vuoi ti do quattro timpulate e ti riscaldo io!» scherzò Onofrio mimando il gesto di uno schiaffo.

«Vaffanculo!»

Occhiuzzo li aveva convocati in un magazzino di pesce surgelato sul lungomare di Romagnolo. Briuccia e Piscitello erano originari di Altofonte. Avevano entrambi una quarantina d'anni, uno era alto e magro come un fuso, l'altro basso e tondo come un barattolo. Si atteggiavano a grandi mafiosi, ma erano due mezze tacche, viscidi e sdraiati sul padrone come servi senza spina dorsale.

A Occhiuzzo piacevano per questo.

Li aveva arruolati all'inizio come esattori del pizzo, ma poi li aveva coinvolti nel sequestro di Robertino Di Maio. Erano gli uomini che il ragazzino ogni tanto vedeva spuntare con i passamontagna nella masseria di contrada Favazza, quelli che lo avevano tenuto fermo mentre il suo assassino gli toglieva lentamente la vita.

A parte suo cognato Nino, Totò e Onofrio erano gli unici di cui Occhiuzzo davvero si potesse fidare.

C'erano un sacco di traditori in giro, ma Briuccia e Piscitello guardavano le spalle del loro boss anche con gli occhi e le orecchie. Giravano per Palermo, osservavano, ascoltavano i discorsi degli altri mafiosi e quando si faceva sera tornavano da lui a spifferargli i nomi di chi non gli voleva bene.

In questo modo se succedeva qualcosa di nuovo, se c'era qualcuno che remava contro o che alzava troppo la cresta, Occhiuzzo lo sapeva sempre nel giro di poco.

Briuccia e Piscitello gli avevano raccontato dell'arrivo in città di quel Sam Paino, il mafioso italoamericano tornato ufficialmente in Sicilia per far nascere suo nipote a Palermo.

«Diego Martinez quando arriva?» chiese Occhiuzzo scartando una caramella alla liquirizia.

«Domani, zu' Gaspare!» confermò Piscitello senza esitare.

«I ragazzi sono pronti?»

Briuccia s'affrettò a rispondere prima dell'altro.

«Che viene a dire? Certo!» confermò, come se fosse una domanda superflua.

«Guardate che nessuno deve capire che li abbiamo mandati noi...» sibilò il boss. «Dev'essere un lavoro fatto bene...»

Piscitello lanciò un'occhiata d'intesa a Briuccia e si voltò di nuovo verso Occhiuzzo con l'aria strafottente di chi sapeva il fatto suo.

«Zu' Gaspare, i killer li abbiamo reclutati tra i tossici, gli facciamo fare il servizio e poi li facciamo sparire. Tanto quelli nessuno li cerca! Girano nelle fogne, come la merda!»

Risero.

Occhiuzzo annuì soddisfatto.

I due scagnozzi lo salutarono e si avviarono verso l'uscita.

«Un'ultima raccomandazione!» li bloccò il capo dei Corleonesi.

Briuccia e Piscitello si fermarono sulla porta.

«Sì, dica, zu' Gaspare!»

«L'obiettivo è solo Diego!» alzò il dito il boss. «Paino non dev'essere toccato, se no ci mettiamo contro tutti i nostri amici americani...»

Occhiuzzo aveva un piano in testa, da giorni stava orchestrando una «tragedia».

Una volta eliminato Diego, avrebbe contattato Paino e sparso la voce che ad ammazzarlo erano stati gli uomini di Gianni Turturro. In fondo era per questo che quel nano infame lo aveva lasciato vivo.

Tutti i boss della Commissione potevano testimoniare che nell'ultima riunione era stato l'unico a dire che Occhiuzzo per colpa di Pino Martinez aveva un problema in famiglia. L'omicidio di Diego sarebbe stato interpretato come una vendetta, una rappresaglia dei Palermitani contro i Corleonesi. Occhiuzzo già si pregustava la scena.

Gli avevano detto che Sam Paino era un duro. Di certo non sarebbe rimasto a guardare. All'uomo-topo conveniva sparire. Gli restavano poche ore di vita.

La porta blindata era chiusa senza mandate. Gigante infilò la chiave nella toppa, la girò verso sinistra e la serratura si aprì come per magia.

«Bingo!»

I «cacciatori» erano arrivati nel covo di Giaconia.

«Siamo i primi?» chiese ansioso Di Giannantonio al maresciallo Chiavetta mentre erano al telefono.

«Sì, commissario, sembra tutto in ordine», rispose Storione.

«Okay, veniamo subito!»

Matteo era sulla Croma blindata di Elvira.

La Salemi per tutto il tragitto non aveva detto una parola. Quando Di Giannantonio le aveva svelato l'indirizzo del covo era sbiancata. Le era venuto subito in mente lo scontrino del bar-tabacchi che aveva visto nell'ufficio di Matteo, tra le cose trovate addosso a Giaconia al momento dell'arresto.

Se già al momento l'aveva colpita, visto che lì ci comprava pure lei le sigarette, la coincidenza non le aveva però suggerito altre ipotesi.

Come ho fatto a non collegare subito? Dovevo proprio essere un po' via di testa! E pure Matteo, perché gliel'avevo fatto notare...

Elvira abitava dall'altra parte della strada e, per quanto si sforzasse, non riusciva a immaginare cosa potesse aver spinto il boss e la moglie a sfidare la sorte in modo così sfacciato.

Due pazzi! Sono stati due pazzi!

Mentre lo pensava si guardava intorno.

Era come se improvvisamente quel mondo, quel piccolo mondo intorno al quale girava la sua vita, la sua casa, la sua storia con Matteo, la cattura di Giaconia, la scomparsa di Rosa, tutto era concentrato intorno al perimetro di casa sua e l'averlo realizzato le metteva i brividi.

«Tutto a posto?» le domandò Matteo sfiorandole un braccio.

«Sì, tutto a posto!»

La Croma si fermò davanti a una palazzina moderna a tre piani dove la massiccia presenza di poliziotti aveva richiamato un gruppetto di giornalisti e curiosi. Elvira scese dalla macchina per prima, accecata dai flash dei fotografi. Vide una troupe televisiva avvicinarsi a grandi falcate.

«Dottoressa, può confermarci che questo è il nascondiglio di Giaconia?» la incalzò il giornalista sbattendole il microfono in faccia.

Lei continuò a camminare guardando dritto.

«Non posso confermare niente, mi dispiace, buongiorno!»

Dietro di lei, Matteo e gli uomini di scorta infilarono rapidi il portoncino dello stabile.

Elvira e il commissario salirono in ascensore.

«Ti devo parlare!» le sussurrò Matteo approfittando del fatto che erano soli.

La sua voce aveva un tono fastidioso, da resa dei conti.

Elvira assunse un'espressione preoccupata.

«Di cosa?»

«Di noi due...»

La Salemi si voltò di colpo, come se quell'argomento non fosse nella rosa di quelli possibili.

Ora gli dava le spalle.

«Matteo, ti sembra il momento? E poi non c'è niente da dire... pensiamo a lavorare!»

Di Giannantonio ci restò male.

Le porte dell'ascensore si aprirono e si ritrovarono su un pianerottolo con tre appartamenti.

Il maresciallo Chiavetta era davanti a quello centrale.

«È questa la casa?» chiese Matteo.

«Sì, commissario! Sembra tutto in ordine. Non abbiamo trovato niente di particolare, ma c'è una cosa che vi voglio mostrare, venite!»

La casa era illuminata a giorno, con tutte le tapparelle alzate. Un paio di poliziotti stava dando un'occhiata in giro. Matteo vide Gigante che frugava dentro una cassapanca e lo salutò con un cenno della testa.

Era un appartamento di un centinaio di metri quadri, tre stanze più bagno e cucina.

Chiavetta si fermò a metà di un corridoio ed entrò in una camera con la porta chiusa. Sembrava più piccola delle altre.

«A quanto pare aspettavano un figlio!» commentò Storione.

Nella cameretta c'erano una culla coperta da un cellophane, dei vestitini da neonato mai toccati, qualche giocattolo, un passeggino con attacato ancora il talloncino del negozio. In un angolo era appoggiato un fasciatoio con sopra biberon e sterilizzatore.

La Salemi si avvicinò per guardare meglio.

«Era incinta!» commentò sorpresa. «Forse è scomparsa per andare a partorire da qualche parte!»

Matteo annuì senza troppa convinzione.

«Però questo non spiega perché Giaconia fosse vestito a lutto!»

«Magari vuole depistarci...»

«Aspettate un attimo...» si intromise sommessamente Chiavetta. «Forse avete ragione tutti e due. Venite a vedere, faccio strada!»

Storione uscì dalla cameretta, fece altri tre passi ed entrò nell'ultima stanza in fondo al corridoio, quella dove Giaconia una volta dormiva con la moglie.

Imperava il disordine.

Per perquisirla a fondo i poliziotti avevano aperto cassetti, avevano svuotato mobili e armadi, riversando oggetti e vestiti sul letto.

In un angolo c'era una petineuse d'epoca, bassa, con tre specchi, uno centrale e due laterali. Davanti aveva uno sgabello di velluto rosso con i piedi di legno dorato.

Era stata trasformata in un altarino.

Sul ripiano di marmo centrale campeggiava una foto di Rosa in bianco e nero. Accanto c'erano una candela spenta, un rosario e un santino con l'effigie di Padre Pio.

Matteo guardò la foto.

Rosa era ancora bellissima.

Come un flash gli venne in mente un ricordo, un'immagine di tanti anni prima.

Erano i tempi della scuola.

La Martinez era venuta a casa, a trovare sua sorella Clara. Lui doveva andare alla cresima di un amico, era in ritardo. Si era messo l'abito buono, ma non riusciva ad annodarsi la cravatta. Lei lo aveva fatto sedere, gli aveva fatto un nodo perfetto e alla fine gli aveva dato un bacio sulla punta del naso.

«Sei un figurino!»

Matteo ripensò a quel gesto tenero e sorrise.

«In un cassetto abbiamo trovato questa!»

La voce di Chiavetta gli rimbombò nelle orecchie e lo riportò dentro quella stanza.

Storione passò al commissario un biglietto scritto a penna.

Matteo ed Elvira lo lessero insieme.

Caro Nino, perdonami, sei un uomo meraviglioso ma io così non ce la faccio!

Tua per sempre

Rosa

La Salemi sentì un brivido freddo correrle su per la schiena.

«Sembra si sia suicidata!» dovette ammettere Di Giannantonio restituendo il foglio a Storione.

Matteo guardò la sua faccia riflessa nella specchiera: aveva gli occhi lucidi, ma fece in modo che Elvira non lo notasse.

«E il bambino? Che fine ha fatto il bambino?» provò a chiedere il giudice.

Storione si aspettava anche questa domanda.

«Dottoressa, forse quel bambino non è mai nato!»

C'era solo una persona che poteva sapere la verità: Tony Melluso.

Elvira guardò Di Giannantonio: «Lo voglio interrogare subito... dov'è adesso?»

Matteo cercò di fare mente locale: «Dovrebbe essere ancora alla Mobile...»

«No, fermali! Voglio parlare con lui!»

Il commissario telefonò in ufficio e ordinò a Wai-Fai di riportare Tony nella sala colloqui.

«Ma capo, è già in macchina!» obiettò l'altro. «Lo stanno trasferendo all'Ucciardone!»

«E tu fallo scendere!» rispose il commissario, come se fosse la cosa più facile al mondo. «Sto arrivando con la Salemi! A dopo!»

Se non ci fossero stati i ragazzi della scorta, Di Giannantonio, sulla strada verso la Questura, avrebbe fermato la macchina e cercato di parlare con Elvira.

Dalla loro conversazione in ascensore aveva capito che lei preferiva non tornare sulla sera prima, forse per una sorta di pudore, forse per risarcire quel lato del suo carattere che non le perdonava distrazioni e debolezze.

Ma il commissario voleva sentirselo dire, voleva sapere perché invece di spiegarglielo Elvira lo evitava.

Lei appariva dura, scontrosa e soprattutto distratta.

In realtà continuava ad arrovellarsi su Rosa Martinez.

Trovarla stava diventando il suo chiodo fisso.

Giaconia non parlava.

Quando era corsa a interrogarlo, subito dopo la cattura, aveva messo su una faccia da pazzo e aveva fatto scena muta.

Elvira si era limitata a riassumergli i capi d'imputazione. Li aveva recitati tutti, puntuali e dolorosi come un rosario, e il boss aveva allargato le braccia, come a dire: «Faccia lei».

Era inutile chiedergli di Rosa.

Neanche ci aveva provato.

Sapeva che dalla bocca di Giaconia non sarebbe uscita nemmeno una parola.

Sei un marito meraviglioso...

Elvira pensava e ripensava alla frase contenuta in quel biglietto.

E più passavano le ore più si convinceva che era una messinscena, un depistaggio. Magari l'aveva scritta lo stesso Giaconia per confondere le acque.

La Croma blindata sfrecciò sul curvone della Cala. Il cielo era grigio. Il porticciolo era una fila di barche a vela strette una all'altra con gli alberi scossi dal vento.

«A te questa storia del suicidio ti convince?» domandò Elvira al commissario mentre correvano in Questura.

Matteo alzò le spalle e la scrutò con aria sospettosa.

«Perché mi fai questa domanda?»

«Perché tu l'hai conosciuta, se non ricordo male lei era amica di tua sorella, giusto? Ti sembrava il tipo di donna che si potesse suicidare?»

Di Giannantonio era imbarazzato. Si irrigidì, guardò fuori dal finestrino.

«Eravamo molto giovani, Elvira. E lei era una persona diversa... Se è per questo non mi sembrava neanche il tipo di donna che potesse vivere con Nino Giaconia!»

«Parlami di lei», lo pregò la Salemi.

«Oh! Ma che state facendo?»

Quando i due agenti lo tirarono fuori dalla macchina per riportarlo alla Mobile, Tony sentì in gola un fiotto di vomito.

Era scombussolato.

Aveva paura.

Temeva di finire di nuovo in pasto ai poliziotti che lo avevano intrattenuto la sera prima, quelli che erano scesi in camera di sicurezza e per convincerlo a parlare lo avevano fatto pentire di essere nato.

«Non ci voglio tornare lì dentro, lasciatemi stare!»

Lo trascinarono nella stanza degli interrogatori.

Tony era immobile, i polsi ammanettati dietro la spalliera di una vecchia sedia di metallo.

«Aspetta qui e sta' zitto!» gli ordinò Wai-Fai. «Il commissario ti vuole parlare!»

Per un po' Melluso rimase da solo.

Si guardò intorno, si concentrò sulla porta.

La fissava col terrore di vedere arrivare da un momento all'altro la sagoma maestosa di Gigante.

Aspettò per quasi venti minuti.

Poi sentì uno scalpiccìo in corridoio, un rumore sempre più forte di passi e di voci.

La porta si aprì.

Prima entrò il giudice Salemi, dietro di lei il commissario.

Tony vide distintamente Gigante che gli faceva ciao ciao con la manina da dietro la porta.

Gli sembrò una minaccia indiretta, un modo come un altro per dire: «Sta' attento a come ti comporti perché poi facciamo i conti io e te».

Melluso tremava come una foglia, serrava i pugni e aveva gli occhi gonfi. Due bulbi.

Ormai aveva deciso.

Avrebbe detto tutta la verità, avrebbe detto qualunque cosa al commissario pur di uscire alla svelta dalla Mobile.

«Dobbiamo parlare di Rosa Martinez!» esordì Di Giannantonio.

Elvira gli stava accanto.

A Tony sembrò di non avere capito bene la domanda.

«La moglie di Giaconia?»

«Esatto.»

«Ma quella è morta!»

«Questo lo sappiamo», intervenne la Salemi. «Vogliamo che ci dica come e perché.»

Tony si trovava davanti a un bivio, e scoppiò a piangere.

Chiese un bicchiere d'acqua, Elvira glielo passò e cercò di incalzarlo.

«Non ho tempo da perdere, Melluso... Deve raccontarmi tutto quello che sa! Adesso!»

Tony mandò giù un sorso d'acqua, incassò la testa nelle spalle e la guardò con aria supplichevole.

«Io glielo dico, dottoressa, ma deve promettermi che mi porta lontano da qui...»

«Questo dipende da lei», si irrigidì la Salemi. «Nel programma di protezione entrano solo i collaboratori...»

Elvira si voltò verso Di Giannantonio, come se lo volesse interpellare con una semplice occhiata, poi si rivolse di nuovo a Melluso.

«Lei vuole collaborare?» gli chiese con un tono di sufficienza.

In altre circostanze una domanda così avrebbe fatto venire a Tony l'orticaria.

«Sì che voglio!» cercò di sbrigarsi. «Le racconterò tutto! Se vuole le dico che ho anche partecipato al sequestro di quel bambino... come si chiama? Robertino!»

Era per chiarirle che faceva sul serio.

Alla Salemi si illuminarono gli occhi.

«Calma, andiamo con ordine, mi racconti di Rosa Martinez innanzitutto, com'è morta?»

«L'ha ammazzata suo marito!» rispose Melluso senza esitare.

Elvira si sentì gelare il sangue.

Si avvicinò a Tony per essere sicura di aver capito bene.

«Lei sta dicendo che non si è suicidata... che è stato Giaconia a ucciderla... giusto?»

Sentendo quel nome Melluso ebbe un'allucinazione.

Per un attimo vide il suo boss che entrava dalla porta con una pistola in mano e gli sparava dritto in fronte. Cercò di scacciare quell'immagine dalla testa e si fece coraggio.

«Sì, dottoressa, la signora era depressa, aveva abortito e stava male da tempo. Lui e Occhiuzzo per colpa di Pino Martinez erano in difficoltà con gli altri boss della Commissione e hanno preferito sacrificare lei per avere, come dire... le mani libere.»

Elvira ebbe un mancamento, per non svenire appoggiò le mani al tavolo e chiuse gli occhi. Si sentiva ammorbata da una specie di febbre improvvisa, bruciante come una sconfitta, amara come una resa.

Era successo di nuovo.

Dopo Robertino anche Rosa.

Anche lei era morta per colpa di un pentito.

Maledetti bastardi!

La voce quasi le tremava.

«Come fa a essere sicuro che sia morta?»

«L'ho vista! Ho aiutato io stesso Giaconia a disfarsi del cadavere. Il corpo era avvolto in un tappeto persiano da cui usciva mezzo braccio e una mano...»

Di Giannantonio si avvicinò a Melluso e gli parlò in un orecchio, come se da quel momento in poi il resto della conversazione fosse solo una questione tra loro due.

«Voglio sapere dov'è la tomba di Rosa entro due minuti, se no ti ammazzo!»

Tony era confuso, terrorizzato, non riusciva a mettere in fila più di due pensieri.

Tardò a rispondere.

Il commissario lo prese per la camicia, lo sollevò da terra e lo inchiodò al muro.

«Dov'è?» gli urlò con gli occhi che bruciavano come due tizzoni.

«Non lo so! Glielo giuro, commissario, Giaconia non me lo ha detto, è andato a seppellirla da solo!»

36

I BOSS che a Palermo contano qualcosa sono venuti qui da me, nella mia casa sulla spiaggia.

Sono tutti seduti attorno a un tavolo ovale.

Io mi sono messa al centro.

Alla mia destra ho Diego, alla sinistra Gianni Turturro.

«Sam Paino e i nostri amici americani vi mandano i loro saluti e la loro benedizione», esordisce Diego. «Mi hanno incaricato di dirvi di stare tranquilli. Presto comincerà una florida stagione di guadagni!»

«Ottimo!» commenta Ignazio Firtitta di Pallavicino. «Era ora! Non sappiamo dove investire i soldi, Diego mio, dobbiamo portarli fuori, all'estero, se no ce li tolgono!»

«La droga... dobbiamo investirli nella droga, con la droga si guadagnano ancora un sacco di piccioli!» interviene con una risatina Filippo Chianelli dell'Uditore.

Io batto un pugno sul tavolo e mi alzo in piedi.

«Silenzio!» grido.

Tutti si voltano di scatto: hanno paura, lo vedo dalle loro facce, lo vedo da come si ritraggono. Sembrano lumache che rientrano nel proprio guscio.

«Di droga non se ne deve parlare!» E scandisco le parole a una a una, perché se le imprimano nel cervello. «I soldi che

manderemo in America li investiremo in attività pulite: alberghi, sale da gioco, ristoranti... Il resto non m'interessa! Dobbiamo essere invisibili! Dobbiamo proteggere i nostri figli*!»*

Chianelli cerca di riprendere la parola: «Ma noi...»

«Basta!» lo zittisco immediatamente. «Cosa Nostra è cambiata! Ficcatevelo in testa! Scordatevi i Corleonesi, loro sono il passato, io il presente!»

Nella stanza non si sente volare una mosca.

Tutti hanno chinato la testa: perché così va fatto quando parla il Capo.

37

«Hani, uocc io stepp!»

L'uomo con la faccia da indio scese la scaletta dall'aereo assicurandosi che la moglie, distratta di natura, non inciampasse sui gradini.

La donna aveva un pancione che scoppiava.

Indossava un ampio vestitino premaman rosa shocking a mezze maniche, lungo fino al ginocchio.

Lui sfoggiava un abito bianco di lino, un Panama e scarpe di coccodrillo.

Era un tipo non molto alto, scuro di carnagione, il naso schiacciato, gli occhi neri, gli zigomi sporgenti.

Parlava uno strano inglese e portava un anello d'oro al mignolo.

Il poliziotto che controllava i passaporti alla frontiera di Punta Raisi aveva appena cominciato il turno.

Per ingannare il tempo, gli piaceva tirare a indovinare la nazionalità dei passeggeri più strani che gli sfilavano davanti, prima di guardare i documenti.

Di solito li azzeccava tutti: uruguaiani, messicani, portoricani, tailandesi, russi, americani...

Quando vide quell'uomo mettersi in fila con la moglie lo

squadrò dalla testa ai piedi e fece la solita innocente scommessa con se stesso.

Questo è colombiano!

Il tizio gli arrivò davanti, gli diede il passaporto e lui glielo restituì con un'occhiataccia.

«Tenga!»

Poi si alzò dalla sua postazione, chiamò un collega che lo sostituisse e andò a farsi un giro.

L'uomo vestito di bianco non riusciva a capire.

L'agente dell'immigrazione era livido di rabbia.

Il tizio in questione non gli aveva fatto niente di male, ma era il primo che in cinque anni di servizio lo aveva fottuto, gli aveva mandato a monte quel giochino di merda. Bastava solo questo per farglielo odiare.

Quel passeggero di sudamericano aveva solo il nome, per il resto era italianissimo, più palermitano di lui.

Dopo la telefonata di suo cognato Sam, Diego Martinez aveva anticipato l'arrivo.

Era l'11 maggio.

Alla moglie mancavano cinque settimane al termine. Avrebbe partorito a La Madonnina, una clinica privata in via Libertà, nel «salotto» di Palermo.

L'avevano prenotata dall'America con quattro mesi di anticipo.

Diego desiderava sempre molto far nascere suo figlio in Sicilia, ma ora la priorità era diventata un'altra.

Rosa.

Qualunque cosa le fosse successo, lui doveva trovarla.

Lo giuro su Dio, ci volesse anche una vita intera!

Nina passò i controlli.

Aveva in mano un beauty case rosa che faceva pendant col vestito.

Prese il marito a braccetto e insieme avanzarono per un lungo corridoio che sbucava nella sala del ritiro bagagli.

L'aereo era stato puntualissimo, e anche le loro valigie non tardarono a comparire sul nastro.

Sam li aspettava fuori dall'aeroporto.

Per andare a prenderli aveva noleggiato un mini-van, che aveva parcheggiato in sosta vietata, in uno dei posti per disabili. C'erano pure i due gorilla che Gianni Turturro gli aveva messo dietro, ma si tenevano a debita distanza.

Diego, che spingeva il carrello con i bagagli, guardò dalla vetrata che dava sull'esterno dell'aeroporto. Non vide Sam, ma riconobbe il suo berretto da baseball in mezzo ad altre cento teste anonime.

Cercò di farsi notare alzandosi sulle punte dei piedi.

Non ci riuscì.

«Resta qui, torno subito!» disse alla moglie mollando il carrello.

«Dove vai?» gli chiese Nina sforzandosi di parlare in italiano.

«In bagno», mentì lui.

Aveva visto un bar accanto all'uscita. Il cassiere stava sfogliando distrattamente un giornale e Martinez era stato colpito dalla prima pagina. Al centro campeggiava una foto grande di Giaconia in manette.

Diego si avvicinò per guardare meglio.

Lesse il titolone: CATTURATO IL NUMERO 2 DEI CORLEONESI!

Rilesse due volte l'occhiello: MISTERO SULLA SCOMPARSA DELLA MOGLIE. NESSUNA TRACCIA DI ROSA MARTINEZ.

Istintivamente sentì cedere le ginocchia.

Con le mani si appoggiò a un muro per non cadere.

Era stanco.

Vide la porta della toilette sulla sinistra del bar.

La raggiunse ed entrò.

Si tolse il cappello.

Si guardò allo specchio.

Aveva un'aria provata.

Si gettò sul viso un po' di acqua fredda, prese dalla tasca un pettinino e si diede una sistemata ai capelli.

Li bagnò e li tirò tutti all'indietro. Li portava sempre così, come un attore del cinema.

Infine tornò da Nina.

«Tutto okay, amore?»

La moglie dovette chiederglielo due volte prima che le rispondesse.

«Tutto perfetto, tesoro...» le confermò.

Non era per niente vero.

Diego fremeva.

Voleva solo correre a Palermo, a cercare sua sorella.

Provò a non farlo capire a Nina, a cambiare subito discorso.

«Come stai, amore? Se vuoi, appena arriviamo in città ti porto a prendere un bel gelato», le propose mascherando la tensione dietro un sorriso tirato.

«No, grazie. Sono stanca. Voglio andare in albergo a riposare un po'. Ti dispiace?»

«Okay, as you like!»

La moto con i due sicari mandati da Occhiuzzo era dall'altra parte della strada, davanti agli «Arrivi Internazionali».

Mancavano quindici minuti a mezzogiorno.

I due tossici erano coetanei, avevano più meno trent'anni e si erano mimetizzati tra la folla. Si facevano di eroina. Briuccia e Piscitello a lavoro finito gli avevano promesso un migliaio di euro a testa e un po' di roba gratis.

«Quanta ne volete! Non c'è problema!»

Uno di loro era andato a verificare se l'aereo di Martinez era atterrato in orario.

L'altro aveva usato la stessa tecnica di Diego: per non perdere di vista Paino aveva puntato il suo berretto da baseball.

Sam all'improvviso alzò un braccio, come per farsi notare da qualcuno.

I killer capirono.

Si infilarono i caschi e salirono sulla moto.

Erano pronti.

Il sicario che stava dietro aveva una mano infilata nel giubbotto.

Impugnava una 44 Magnum.

La porta a vetri automatica degli «Arrivi» sfornava gente in continuazione.

Sam Paino si mosse e si fece largo nella confusione.

Prima abbracciò una donna, poi baciò l'uomo vestito di bianco che era accanto a lei.

Diego spingeva il carrello con le valigie, una sua e due della moglie.

Prese Sam in disparte e gli chiese sottovoce: «Hai novità di mia sorella?»

«Sì, qualcosa ho saputo, stai tranquillo, ti spiego mentre siamo in viaggio...»

Il vento era impregnato di zagara e gelsomino. Martinez respirò a fondo, come se l'aria di Palermo fosse un balsamo invisibile, un antidoto contro la paura.

«Seguitemi, la macchina è a due passi!» esclamò Sam.

Dovevano percorrere un piccolo tratto di marciapiede.

Martinez si accorse dei due uomini con gli occhiali scuri che li tallonavano.

«E questi chi sono?»

Sam lo rassicurò.

«Non ti preoccupare, sono amici!»

Paino aveva parcheggiato in sosta vietata proprio per evitare che Nina si stancasse troppo.

Il sicario che guidava la Honda enduro 250 rubata diede un'accelerata e partì.

La moto sbucò improvvisamente da dietro una colonna.

I due gorilla mandati da Turturro erano poco più indietro.

La videro avanzare verso il mini-van e si insospettirono.

«Quei due non mi piacciono...» fece quello più vecchio al più giovane.

«Avviciniamoci...»

Accelerarono il passo.

Uno di loro scrutò il tipo seduto dietro sulla moto e intravide la canna della Magnum spuntargli dal giubbotto.

«Sam, sta' giù!» gridò subito.

Poi tirò fuori la pistola e si mise a correre.

Per disorientare il killer, sparò un colpo d'avvertimento in aria.

Paino si girò.

Lo stesso fecero Diego e Nina.

Videro due caschi neri e una motocicletta rossa che puntava dritta su di loro.

«Attenti!» urlò Sam.

Provarono a scansarsi.

Diego si mise davanti alla moglie per farle da scudo.

La scorta di Paino fece partire un altro colpo.

I killer sentirono il secondo sparo.

Per la paura si confusero e si ingarbugliarono.

Quello che guidava la moto diede una stoccata e accelerò per scappare.

L'altro tirò il grilletto della 44 due volte in direzione dell'uomo vestito di bianco.

Lo fece senza guardare, con la mano che gli tremava per la paura.

Martinez e Paino istintivamente si abbassarono e, senza volerlo, lasciarono Nina scoperta.

Il primo proiettile sfiorò il cofano del minivan e andò a conficcarsi nel muro sopra di loro.

L'altro beccò Nina alla testa.

«Nina! Nooo!»

Quando si accorse che la moglie era a terra, Diego lanciò un urlo che era più di una supplica.

La moto si allontanò in velocità dopo una gimcana tra le macchine. Il sicario che era seduto dietro era accasciato sulle spalle del compagno e sembrava un manichino senza vita. Forse era morto o stava per morire. Uno dei proiettili sparati dall'angelo custode di Sam lo aveva colpito alla schiena.

«Andiamo, presto!»

I gorilla di Turturro salirono sulla loro auto e tentarono un inseguimento.

Diego era inginocchiato sulla moglie, impotente.

Paino lo guardava immobile, sotto choc.

«Sam, corri a chiamare un'ambulanza, per Dio!» furono le uniche parole che Martinez riuscì a pronunciare.

Il cognato si mise le mani in testa e corse via.

Aveva perso il suo berretto da baseball.

Dal posto di polizia dell'aeroporto si precipitarono due agenti in divisa.

Martinez li vide e li supplicò.

«Vi prego aiutatemi, non fatela morire!»

Stringeva e accarezzava la mano della moglie.

Nina aveva gli occhi socchiusi.

Li aprì per un attimo.

«Diego... il bambino!» si raccomandò con un filo di voce.

Era ancora viva, ma continuava a perdere sangue.

C'era una chiazza rossa sotto la sua testa.

Si allargava sempre di più.

Martinez guardò il mini-van che era rimasto con gli sportelli aperti. Era tentato di caricare la moglie a bordo e correre in ospedale.

Sentì la sirena di un'ambulanza che si avvicinava.

Rimase immobile, con gli occhi fissi sul berretto da baseball di Sam.

Era finito sotto la macchina.

38

I DUE tossici assoldati per uccidere Diego Martinez erano quelli che in gergo mafioso si chiamano «morti che camminano». Il ragazzo che aveva sparato a Nina era crepato per il proiettile che gli si era conficcato in un polmone.

L'altro, che guidava la moto, aveva abbandonato il compagno agonizzante nelle campagne di Carini ed era corso a prendere il treno per Palermo.

Aveva appuntamento con gli uomini di Occhiuzzo, alla fermata di Tommaso Natale.

«Che cazzo avete combinato?» lo aggredì Onofrio Piscitello quando se lo trovò davanti.

«Ci hanno sparato addosso, ci hanno preso alla sprovvista...» provò a giustificarsi il killer.

Piscitello lo voleva uccidere seduta stante.

Lo prese per un braccio e lo trascinò fuori dalla stazione. Il tossico, appena in strada, vide una Ford Fiesta con le luci di sosta accese.

Al posto di guida c'era Briuccia.

«Sali!»

Piscitello aprì la portiera e lo fece sedere davanti.

La macchina sgommò e partì a razzo.

Imboccò la circonvallazione.

Piscitello, nel frattempo, dal sedile posteriore, urlava e prendeva a pugni la testa del tossico, come se fosse un punching ball da due soldi.

«Siete delle nullità, dei pezzi di merda! Ora chi glielo dice a Occhiuzzo? Eh, rispondi? Glielo dici tu?»

Il ragazzo non fiatava, si limitava a coprirsi il capo con le mani. A un tratto guardò davanti a sé.

Vide che avevano preso la strada in salita che portava alla discarica di Bellolampo.

E capì che la sua ora era arrivata.

«No, vi prego», cominciò ad agitarsi, «lasciatemi vivere, fatemi scendere!»

Piscitello lo tirò per i capelli e gli assestò un altro pugno sullo zigomo sinistro.

Poi si girò per vedere se qualche macchina li seguiva.

Non ne vide nessuna.

Aveva una corda di nylon in mano.

Prese al laccio il collo del tossico e cominciò a tirare.

«Tieni ferma questo cazzo di macchina!» ordinò a Briuccia, che prendeva le curve troppo strette.

Il tossico si divincolava, scalciava, cercava di infilare le dita tra la corda e il collo per allentare la presa e respirare, ma era tutto inutile.

Piscitello imprecava.

«Amunì! Muori! Cornuto che sei!»

Briuccia girò a destra su una viuzza semideserta, fiancheggiata da una fila di cipressi dritti come fucilieri.

Si fermò, e aspettò che il boia finisse il lavoro.

«Sbrigati, 'Nofrio! Potrebbe arrivare qualcuno!» continuava a ripetergli agitato.

Piscitello tirò la corda ancora di più.

Aveva le mani che erano scattate a sangue.

Ad ammazzare quel tipo ci stava mettendo più tempo del previsto.

«'Sto cornuto non vuole morire, aiutami, Totò! Tienilo fermo!» imprecò ancora una volta rivolto verso il socio.

Briuccia si avventò sul tossico e gli bloccò piedi e mani con il corpo.

Il ragazzo diventò paonazzo, scalciò per l'ultima volta, poi le sue urla si ridussero a una specie di rantolo.

Sudava, aveva gli occhi fuori dalle orbite. Iniziò a perdere gradualmente le forze finché smise di fare resistenza e morì.

«Dove lo portiamo adesso?»

Totò Briuccia aveva il fiatone per lo sforzo. Troppe sigarette.

Piscitello scese dalla macchina, si guardò intorno.

Non aveva molto tempo per pensare.

Poco più avanti, sul ciglio della strada, c'erano due cassonetti dell'immondizia.

«Buttiamolo dentro uno di quelli!»

Trascinarono il cadavere fuori dall'auto e lo scaraventarono in mezzo alla spazzatura.

«Dai, svelto, andiamo!»

Briuccia aveva sempre più fretta di svignarsela.

Ma Piscitello lo bloccò: «Ancora un attimo...»

Dal portabagagli dell'auto prese una tanica piena di benzina e la svuotò nel cassonetto.

Briuccia aveva addosso una strizza che non lo faceva ragionare.

Ogni secondo gli sembrava un'ora.

Piscitello accese un fiammifero, lo gettò alle sue spalle e corse indietro.

Salì in macchina e guardò in faccia il suo compare.

Totò Briuccia sembrava più cattivo di quanto già fosse.

Il riflesso di una gigantesca vampata fiammeggiava dentro i suoi occhi.

Elvira non aveva dormito nemmeno quella notte.

Era in ufficio, nella sua stanza al Palazzo di Giustizia, e fissava la foto di Rosa nella speranza che da un momento all'altro le parlasse per svelarle il suo mistero.

Quella donna stava diventando la sua ossessione.

Se n'era accorto anche il procuratore Bonaparrino, che era passato da lei e si era spaventato.

Ma che le è successo? Pare spiritata!

Gli era bastato guardarla in faccia un secondo per capire che stava andando fuori di testa.

Si ricordava un'Elvira spavalda, lucida, sarcastica.

Ora al suo posto c'era solo una pallida controfigura che, a parte la stanchezza, rivelava con gli occhi una specie di assenza, di straniamento dalla realtà.

«Si sente bene, dottoressa?»

«Come?» farfugliò lei guardandosi intorno. «Sì... tutto a posto, grazie...»

La Salemi si muoveva a scatti, era come se il suo corpo fosse lì, ma il cervello altrove, perso in chissà quali pensieri.

Per tre volte, senza che lei lo sentisse, Bonoparrino le fece la stessa richiesta, con garbo.

Alla quarta fu più diretto.

«Dottoressa», cercò di scuoterla, «se non l'ha capito, vorrei essere aggiornato sul caso Giaconia...»

Lei lo fissò inebetita, quasi che improvvisamente fosse riemersa da un abisso di tormenti e di riflessioni opache.

«Sì, certo, scusi...»

Le indagini su Robertino erano a una svolta, cominciò a spiegargli.

Melluso aveva fatto i nomi di tutti i componenti del gruppo di sequestratori, Piscitello e Briuccia compresi.

E aveva indicato Occhiuzzo come mandante del delitto.

Il procuratore ora voleva sapere della perquisizione nel covo di Nino. Aveva sentito di una lettera d'addio scritta dalla moglie.

«Che dicono alla Scientifica? Hanno esaminato il biglietto?»

«Sì, lo hanno fatto», confermò la Salemi sforzandosi di restare lucida. «Dobbiamo aspettare naturalmente il responso ufficiale della perizia, ma secondo un primo esame quel biglietto è falso...»

«Come falso?»

Il procuratore non capiva.

La Salemi cercò di essere più chiara.

Prese una fotocopia della lettera e la mostrò al suo capo.

«Guardi qui», gli disse indicando con una penna una serie di parole. «La perizia calligrafica ha rivelato quello che si chiama 'gesto fuggitivo'. È un movimento improvviso, superfluo, che sfugge al controllo dello scrivente. Questa grafia per traiettoria, parametri d'estensione e velocità è compatibile con quella di Giaconia...»

Bonoparrino saltò sulla sedia.

«Mi sta dicendo che la lettera se l'è scritta da solo?»

La Salemi allargò le braccia senza rispondere.

In quel momento il suo cellulare cominciò a vibrare nella borsa.

Lei lo prese e vide il numero di Matteo.

«Cosa vuoi? Sono impegnata!» rispose sgarbata.

«C'è stata una sparatoria all'aeroporto...»

Elvira si alzò, si mise una mano sulla fronte e cambiò subito tono.

«A chi hanno sparato?»

La voce di Matteo le arrivava nell'orecchio leggermente ovattata, come se le parlasse con la bocca troppo distante dal telefono.

«A Diego Martinez, il fratello di Rosa... era appena arrivato dall'America. I killer però hanno mancato il bersaglio e hanno ferito la moglie.»

«L'hanno uccisa?» chiese lei sperando in un miracolo.

Il procuratore vide ballare nei suoi occhi il fantasma della paura.

«No, ma è molto grave», ammise Di Giannantonio, «i medici dicono che probabilmente non ce la faranno.»

Non ce la faranno!

Elvira si sentiva impazzire.

«Non ce la faranno chi?»

La voce del commissario le dava sui nervi.

«Perché parli al plurale?» s'infiammò tutt'a un tratto.

«Perché sono due… Elvira! La moglie di Martinez è incinta!»

Occhiuzzo era solo in casa.

La moglie era andata in paese e si era portata dietro i bambini.

Il boss sentì un suono di campane in lontananza e guardò l'orologio: era da poco scoccata la mezza.

Sorrise.

Ormai secondo i suoi calcoli Diego era già passato al creatore da un pezzo, con la pancia imbottita di piombo.

Andò in cucina, aprì il frigorifero e versò due dita di passito in un bicchiere.

Alzò il calice e fece due brindisi: uno alla morte di Diego, l'altro a quella di Gianni Turturro.

Il giovane Palermitano era ancora vivo, ma aveva il destino segnato. Paino e i boss americani ne avrebbero fatto carne di porco dopo aver saputo che c'era lui dietro l'agguato all'aeroporto. Bastava trasformarlo in un capro espiatorio, nell'uomo cinico e spregiudicato che voleva vedere tutta la famiglia Martinez sottoterra.

E che ci vuole? Un attimo!

Occhiuzzo era maestro nell'arte di seminare zizzania. Aveva ammazzato e fatto ammazzare tanti uomini nella sua vita, ma niente gli dava più gusto di vedere un nemico colpito dal venticello corrosivo della calunnia.

Era l'unico Corleonese ancora a piede libero. Solo al comando e con gruppo di fedelissimi su cui contare, ma non gli importava.

Neanche di Giaconia si preoccupava più di tanto.

Lo conosceva bene, il cognato non si sarebbe mai pentito. E poi in fondo era lui che aveva scelto di farsi arrestare.

Nessuno lo aveva obbligato a trasferirsi a casa di Tony Melluso...

Se lo aveva fatto un motivo c'era: aveva deciso di mollare, di cambiare vita.

Cazzi suoi!

Ora Gaspare Occhiuzzo pensava solo al futuro.

Senza Turturro tra i piedi, senza Giaconia e i suoi parenti scomodi a inquinare i suoi piani ambiziosi, tutto sarebbe stato più semplice.

Bevve un altro sorso di passito e fece un altro brindisi, questa volta a se stesso.

Alla faccia dei cornuti!

Sentì il rumore di una macchina che avanzava lentamente sui ciottoli del vialetto di fronte a casa.

Si avvicinò alla finestra per guardare e riconobbe l'auto di Piscitello e Briuccia.

Per la prima volta dopo mesi si sentiva di ottimo umore.

Riempì due bicchieri pure per loro e corse ad aprire la porta.

«Ragazzi, brindate con me», esordì accogliendo i due scagnozzi, «oggi per noi è un giorno di festa!»

Era allegro come un bambino il giorno di Natale.

Ma nel guardare in faccia i due compari si bloccò.

«Che c'è?» domandò mentre il sorriso gli si tramutava in una smorfia innaturale.

Briuccia sudava freddo, a Piscitello tremava l'occhio destro. Nessuno dei due rispondeva, ma nei loro volti si leggeva tutta l'amarezza del fallimento e il terrore delle conseguenze.

Occhiuzzo si irrigidì, il suo corpo era un unico blocco di carne e di sangue bollente.

Diventò rosso e sempre più gonfio. Una rana sul punto di scoppiare.

I bicchieri gli caddero dalle mani e si frantumarono in mille pezzi.

* * *

La penombra del pomeriggio rendeva l'attesa ancora più angosciosa.

Nina da cinque ore era sotto i ferri.

Diego passeggiava nervosamente fuori dalla sala operatoria. Sembrava una bestia, un leone in gabbia, gli occhi sgranati, le spalle contratte, le mani chiuse a pugno.

Non riusciva a stare fermo.

Avanzava lungo il corridoio e tornava subito indietro, come se per ogni passo con cui si allontanava da quella porta, la moglie perdesse una speranza in più di sopravvivere.

Aveva ansia di sapere.

Ogni volta che qualcuno usciva dalla sala operatoria – che fosse un infermiere, un dottore o un tecnico di radiologia – gli chiedeva notizie.

«Come sta mia moglie? E il bambino?»

A tutti faceva la stessa domanda Diego Martinez e tutti gli rispondevano allo stesso modo.

«Deve aspettare… presto uscirà il chirurgo e a lui potrà chiedere quello che vuole…»

Sam era seduto su una panca accanto al distributore automatico di caffè. Era pallido, aveva la visiera del berretto rovesciata e masticava gomme americane. Per la tensione se n'era messe in bocca quattro di fila.

Diego ebbe voglia di un cappuccino.

Si avvicinò al distributore, infilò una moneta e schiacciò il tasto col numero 6.

Paino si offrì di andargli a prendere qualcosa da mangiare.

«Vado al bar e ti compro un panino, non puoi stare digiuno…»

«No, grazie, non ho fame.»

Martinez mandò giù il cappuccino e gettò il bicchiere di carta nel cestino dei rifiuti.

Alzò gli occhi.

Guardò fuori dalla vetrata che dava sul piazzale del Pronto Soccorso.

C'erano ancora le tre macchine della polizia che li avevano scortati fino all'ospedale.

Matteo arrivò all'ospedale Cervello con un'auto civetta e s'infilò in una di quelle volanti per parlare col collega della Omicidi.

«È sicuro che i killer fossero due?»

«Sì», confermò l'altro, «erano su una moto, sono stati visti da alcuni testimoni, oltre che da Martinez e Paino, il fratello della vittima.»

C'era qualcosa di poco chiaro nella dinamica, Matteo provò a fargli una domanda un po' più difficile.

«Perché secondo te hanno sparato alla moglie di Martinez?»

Il collega tirò fuori un bloc notes e cominciò a sfogliare i suoi appunti.

«Lì le ipotesi sono due: o erano due pivelli, oppure, come io penso, c'è stato un imprevisto...»

Matteo alzò un sopracciglio.

«Un imprevisto? Che vuoi dire?»

«Sulla scena abbiamo trovato altri bossoli... calibro 9... diversi dal proiettile 44 Magnum che ha colpito alla testa la signora Martinez...»

Il commissario stava per chiedergli cosa volesse dire, ma si bloccò, perché ci era arrivato da solo.

«Vuoi dire che qualcun altro ha sparato ai killer per metterli in fuga?»

«Esatto, dobbiamo solo capire chi. Secondo me, Paino e Martinez sanno tutto... dobbiamo interrogarli.»

«Non adesso», lo stoppò Di Giannantonio, «aspettiamo che la moglie esca dalla sala operatoria.»

Matteo scese dalla macchina e raggiunse il reparto dov'era ricoverata la Martinez.

Prese il cellulare per chiamare Elvira, ma per un attimo tentennò.

Lei lo trattava sempre di più con sufficienza, era diventata caustica, petulante, aggressiva.

Rosa. Non parlava d'altro. Era come se tutto il resto, compresa lei, non esistesse.

Si fece coraggio e provò a fare il numero.

Era occupato.

Le mando un messaggio!

Mentre lo scriveva Matteo sentì delle urla provenire dal fondo del corridoio.

Si girò e vide uscire un uomo sorretto da un tipo robusto con in testa un berretto da baseball.

Piangeva.

Era disperato.

Guardava il cielo e ce l'aveva con Dio, continuava a chiedergli: «Perché?»

Poco più indietro un chirurgo con il camice verde se ne stava in disparte, con una cuffia tra le mani.

C'era buio.

Matteo si avvicinò per guardare meglio.

Diego non riusciva a stare in piedi.

Gli avevano appena detto che Nina era morta.

Occhiuzzo per la prima volta in vita sua sudava freddo. Dopo che Totò e Onofrio gli ebbero raccontato del fallito attentato a Martinez, temeva che qualcuno dentro Cosa Nostra collegasse lui ai due tossici che avevano sparato all'aeroporto.

L'istinto era quello di prendere Piscitello e Briuccia e calarli entrambi in un fusto d'acido.

Sembrava un invasato.

«Due cose inutili siete, due buoni a nulla! Ma che vi pago a fare?»

Se non li aveva ancora uccisi era perché temeva di scoprire il suo gioco con i Palermitani.

Doveva stare calmo, pensare.

Ma la vista di quei due lo mandava in bestia. Non li sopportava più.

«Vi avevo raccomandato di cercare due picciotti fidati, non due nullità come voi...» sibilò con la voce affilata, gli occhi cattivi.

Totò Briuccia aveva troppa paura per replicare qualcosa. La voce gli era morta in gola, gli veniva da piangere.

Si vedeva già con un piede nella fossa.

Piscitello, che era più spavaldo e coraggioso, guardò Occhiuzzo in faccia e provò a farlo ragionare.

«Zu' Gaspare, nessuno poteva immaginare che Paino girasse con una scorta armata...»

Sembrava avesse finito la frase e invece fece una pausa: «Forse neanche lei...»

Occhiuzzo si avventò su di lui con la furia di un mastino.

Gli mollò un cazzotto in faccia, lo afferrò per la camicia e lo fissò come se fosse un insetto.

«Sentimi bene, cornuto e infame che non sei altro, prega Dio che nessuno si accorga che i due tossici sono stati mandati da noi perché se no ti strappo il cuore con queste mani e me lo mangio con le fave, hai capito?»

Piscitello fece di sì con la testa e senza volerlo se la fece addosso.

Il dolore gli annebbiava la vista.

Il naso gli faceva male.

Un rivolo di sangue gli stava colando sulla bocca.

Occhiuzzo mollò la presa e lo spinse via come un pupazzo.

«Andate a Carini. Cercate il cadavere dell'altro tossico e cercate pure la moto. Non deve rimanere nessuna traccia, mi sono spiegato?»

I due compari annuirono senza fiatare.

Uscirono da casa di Occhiuzzo e salirono in macchina.

Briuccia infilò la chiave nel cruscotto e si bloccò.

Scese, chiese a Piscitello di sedersi al posto di guida e si allontanò con una scusa.

«Dove cazzo vai?» gli chiese l'amico temendo che fosse impazzito.

«Metti in moto, io faccio la pipì e torno...»

Gli aveva detto una palla.

A Totò era venuta un'assurda paranoia.

Da quel momento in poi e per il resto della sua vita salendo su una macchina avrebbe temuto di mettere il culo su una bomba.

Elvira si abbandonò sulla spalliera della poltrona.

Era esausta.

Entro quella notte doveva scrivere il mandato di cattura contro Piscitello e Briuccia, i due uomini indicati da Melluso come i carcerieri di Robertino Di Maio.

Il procuratore Bonoparrino le stava facendo fretta.

La pressione dall'esterno in quei mesi era stata enorme e il lavoro della Salemi gli serviva per mettersi al riparo da critiche e polemiche.

Il suo unico interesse era dare qualcosa in pasto all'opinione pubblica. Voleva trasmetterle la sensazione che quel bambino non era stato dimenticato.

Ora che Giaconia era dentro e che Melluso si era pentito, Bonoparrino aveva visto la fortuna sorridergli di nuovo. Era tornato a trovare Elvira nel pomeriggio, per la seconda volta in un giorno.

Non lo aveva mai fatto.

«Dottoressa, mi dica», chiese con la voce bassa e quella sua cortesia pelosa, «secondo lei quando potremo dare qualcosa ai giornalisti?»

La Salemi trovò ripugnante il suo cinismo egoista.

«Non lo so, procuratore, l'inchiesta non è ancora conclusa.»

«Ma lei è brava», la adulò lui col solito sorriso sornione, «mi raccomando, dobbiamo fare presto!»

Elvira lo vide uscire dalla porta tutto eccitato.

Al suo capo non importava niente di Robertino né della moglie di Giaconia.

Che schifo di uomo!

Fuori era buio.

La Salemi si guardò intorno.

La scrivania era seppellita da una catasta di registri e di scartoffie.

Sentì vibrare il cellulare e lo aprì.

C'era un messaggio di Matteo: NINA MARTINEZ È MORTA.

Lo cancellò subito, senza neanche richiamare il commissario.

Corse a chiudere la porta a chiave e si avvicinò alle finestre per accostare le tende.

Doveva fare una cosa, ma nessuno doveva vederla.

Aprì un cassetto.

Tirò fuori la foto di Rosa.

La posò al centro del tavolo e cominciò a parlarle: «Hai visto cos'hanno fatto? Hanno ucciso anche tua cognata! Era incinta, proprio come lo eri tu…»

Le si rivolgeva come se si trattasse di un'altra donna, l'amica del cuore, quella che non aveva mai avuto.

Si sfogò finché ne ebbe voglia.

Poi si strinse quella foto al petto e cominciò a piangere.

Non aveva il coraggio di confessarlo a nessuno, forse neanche a se stessa, ma era da un pezzo che non si apriva con qualcuno, sinceramente, senza pudori o reticenze.

E ora che si sentiva stanca, sola, inutile, paradossalmente aveva sentito il bisogno folle di confidarsi col ritratto di quella donna, anche se non l'aveva mai conosciuta.

Era certa che in qualunque posto fosse Rosa Martinez, in cielo, in terra oppure all'inferno, in qualche modo le avrebbe risposto.

39

«FIGLIO di buttana!»

Il maresciallo Chiavetta si alzò e senza volerlo fece cadere per terra il fascicolo che stringeva in mano.

Dentro la sua stanza era buio.

L'unica luce proveniva da una vecchia lampada che illuminava il centro di un tavolo pieno di carte e di foto.

I «cacciatori» erano tutti via, sulle tracce di Briuccia e Piscitello, ormai ufficialmente latitanti.

Storione quella notte era l'unico a essere rimasto in ufficio.

Aveva lavorato fino a tardi.

Verso le cinque del mattino aveva avuto un'illuminazione, una di quelle intuizioni fulminanti che arrivano una sola volta nella vita.

Lavorava sulla scomparsa di Rosa Martinez ed era certo di avere trovato qualcosa, qualcosa di grosso.

Di Giannantonio gli aveva chiesto di indagare a fondo.

Dovevano chiudere il cerchio, trovare la quadra.

«Bisogna cercare la tomba!» ripeteva, anche lui – come Elvira – fissato su quel punto.

Chiavetta ci aveva lavorato un mese di fila.

Aveva letto e riletto una decina di rapporti, compresa la perizia calligrafica sulla lettera d'addio.

Aveva preso la collezione dei quotidiani degli ultimi tre mesi, l'inventario degli oggetti trovati a casa di Giaconia, i tabulati con le chiamate in entrata e uscita dal telefono che il boss usava per comunicare con l'esterno.

Si era messo a incrociare testimonianze, numeri e date.

Attraverso il racconto di Melluso aveva ricostruito minuziosamente ogni più piccolo particolare della notte in cui Rosa era morta, dalla prima chiamata del boss al cellulare di Tony fino al momento in cui Giaconia lo aveva scaricato a un autogrill per andare a seppellire la moglie da solo.

Per settimane il maresciallo Chiavetta aveva lavorato a vuoto, senza concludere niente. Poi aveva incontrato un «confidente».

Era uno che di solito gli raccontava storie minime, di criminalità spicciola. Barattava soffiate per avere in cambio qualche favore.

Il maresciallo non lo prendeva mai troppo sul serio. Ma quella volta il tizio gli aveva raccontato una storia diversa dalle altre, perciò Chiavetta lo aveva ascoltato con un po' più di attenzione.

Era una storia di boss e di puttane rumene, donne che ballavano nei locali e finivano per diventare il passatempo di mafiosi annoiati.

Sembrava uguale a tante altre, invece aveva qualcosa in più, qualcosa che riguardava Giaconia e che era tornato in mente a Chiavetta quella notte, facendolo saltare sulla sedia.

Il maresciallo non stava nella pelle.

Era eccitato come se avesse preso un terno al lotto.

Non vedeva l'ora di parlarne al commissario.

Gli mancavano due mesi alla pensione e chiudere alla grande quell'indagine avrebbe rappresentato il suo regalo d'addio per Di Giannantonio.

Erano le cinque.

Guardò il telefono e rimase per un po' nel dubbio se chiamare o meno Matteo.

Magari lo faccio dormire un altro po'... gli telefono tra un'ora...

Guardò fuori dalla finestra.

Il cielo cominciava a rischiarare.

Voleva passare da casa per farsi una doccia e dare un bacio alla moglie.

Uscì dalla Mobile con un giubbotto di cotone leggero, le mani in tasca e gli occhiali da vista con la cordicella rossa appesi al collo.

Salì in macchina, una vecchia Cinquecento blu piena di bozzi e con le gomme lisce.

Mise in moto e fece partire la ventola dell'aria per sbrinare i vetri.

Aveva freddo.

L'aria fresca e pungente dell'alba gli mise i brividi.

Sentiva il bisogno di qualcosa di caldo.

Imboccò corso Vittorio Emanuele, scivolò sulla strada percorsa dalla «Santuzza» nella discesa a mare durante il festino di Santa Rosalia e si fermò all'angolo tra la stazione e via Roma, in un bar che faceva i cornetti buoni.

Ordinò un cappuccino senza schiuma e si fece incartare due brioche con la crema.

«Belle calde, mi raccomando!»

Uscì.

Un killer lo aspettava fuori, nascosto dietro un cartellone della pubblicità.

Gli arrivò da dietro come una folata di vento gelido.

Gli sparò alle spalle, mentre stava risalendo in macchina.

Due colpi secchi, alla nuca.

Cadde per terra, con il pacchetto delle brioche ancora in mano.

Erano tiepide, avvolte in una carta rosa che era tutta appannata.

Matteo seppe che lo avevano assassinato da una telefonata di Gigante.

«Commissario, venga, deve venire… la prego!»

Singhiozzava come un bambino.

Sembrava che gli avessero ammazzato il padre.

40

«CHE ti ha chiesto?»

«Ma niente, voleva sapere di nuovo cose di mia sorella...»

«E tu cosa gli hai detto?»

«Nulla, quello che gli avevo detto prima, che è morta...»

Sam Paino guidava e non smetteva di fare domande.

Diego era accanto a lui, reduce da un altro interrogatorio fiume col giudice Salemi.

Elvira lo aveva convocato di nuovo a Palazzo di Giustizia per sentirlo in qualità di testimone. Era la terza volta che lo faceva e Martinez stava cominciando a spazientirsi.

«Questa mi ha rotto la minchia!» si sfogò con Sam. «Si è fissata con la mia famiglia...»

La prima volta era stato dopo la morte di Nina. In ospedale. Col cadavere della moglie ancora caldo, il giudice si era avvicinato a Diego fuori dalla camera mortuaria, e gli aveva chiesto particolari sulla dinamica della sparatoria.

Martinez, scosso, l'aveva cacciata in malo modo.

Aveva dato in escandescenze, nonostante la cintura di poliziotti che facevano da scudo al magistrato.

«Siete degli avvoltoi», aveva urlato rompendo il silenzio di quel luogo di pace, «non avete rispetto neanche per i morti!»

Sam, per evitare che la situazione degenerasse, gli aveva dovuto tappare la bocca con la mano.

Poi lo aveva trascinato via di peso e allontanato dal giudice.

Elvira lo aveva guardato senza dire niente.

«Se ne vada, la prego», l'aveva supplicata Paino mentre cercava di calmare il cognato.

Lei aveva abbozzato.

Aveva chiesto a un poliziotto l'indirizzo dell'albergo in cui Diego alloggiava ed era sparita.

Gli aveva concesso qualche giorno di tempo per seppellire la moglie, poi, una settimana dopo, lo aveva obbligato a presentarsi con i carabinieri al Palazzo di Giustizia.

In questa occcasione gli aveva chiesto chi, secondo lui, potesse avere interesse a ucciderlo.

Per Elvira era una domanda scontata ed era altrettanto scontato che Diego non rispondesse.

Martinez invece qualcosa aveva risposto, ma le sue parole a Elvira non erano piaciute per niente.

Il loro incontro era stato diverso dalla volta precedente.

Diego era freddo, misurato, distaccato.

Parlava con calma, guardava la Salemi senza muovere un muscolo, con un'espressione imperturbabile.

«Vuole sapere chi ha ammazzato mia moglie? Glielo dico», l'aveva provocata ostentando un sorrisino cinico. «È stata lei, cara dottoressa, è stata lei col suo amico commissario… Devo ringraziare voi se mia sorella è sparita e se mia moglie è stata uccisa.»

«Noi? Che c'entriamo noi?» aveva replicato Elvira, subito sulla difensiva.

«Chi è che ha spinto mio fratello Pino a pentirsi, chi è che ha portato la guerra nella mia famiglia? Siete stati voi…»

Elvira aveva cercato di farlo ragionare.

«Signor Martinez, cosa sta dicendo?»

«Che le devo dire?» aveva aggiunto lui alzando la voce. «Spero che un giorno facciate i conti con la vostra coscienza… Posso andare, adesso?»

«Mi dica cosa sa di sua sorella...» aveva cercato di incalzarlo Elvira.

Diego non aveva voluto aggiungere altro.

«Posso andare, adesso?» aveva urlato ancora più forte.

La Salemi non aveva altri elementi per trattenerlo.

Con un cenno della mano lo aveva congedato e aveva ordinato ai carabinieri di accompagnarlo all'uscita.

Matteo aveva chiesto espressamente a Elvira di non essere presente durante l'interrogatorio di Diego. Sapeva che avrebbe cercato di screditarlo agli occhi della Salemi, esattamente come aveva fatto suo fratello Pino l'unica volta in cui si erano rivisti – dopo anni – all'aeroporto di Fiumicino.

«Ti spiace?» le aveva domandato.

«Come preferisci tu», gli aveva risposto lei, con l'aria di chi vuole far pesare il favore.

Il commissario, dopo la morte di Storione, aveva fatto fatica a tenere alto il morale del gruppo.

I suoi uomini se ne volevano andare tutti.

Bellipanni aveva chiesto il trasferimento all'ufficio passaporti, Wai-Fai aveva fatto domanda per entrare al Ced (il Centro elaborazione dati della polizia), il Falco aveva optato per il reparto volo.

Di Giannantonio, come del resto tutti gli altri suoi collaboratori, aveva perso fiducia in se stesso. Per un po' si era sforzato di dire alla squadra che bisognava combattere, stare uniti, rimanere al proprio posto.

«Dobbiamo farlo per Storione!» ripeteva come una litania.

Poi aveva smesso.

In fondo era lui il primo a non crederci.

Era come se Chiavetta insieme ai suoi segreti si fosse portato nella tomba lo spirito dei «cacciatori», il fuoco sacro che li faceva apparire uomini speciali, eroi, non guerrieri feriti e abbandonati, orfani di se stessi e del campo di battaglia.

La Salemi, più che aiutare il commissario, lo compativa.

Dopo la morte di Chiavetta, per un paio di giorni gli era stata vicina, come a un amico che ha perso un familiare stretto.

Poi era tornata a essere più fissata e più stronza di prima.

L'idea di non riuscire a risolvere il mistero di Rosa la faceva straparlare.

E se la prendeva con lui.

«Tu non stai cercando la tomba, tu non stai facendo niente, tu non vuoi e non puoi fare niente!»

Lo insultava.

Vaneggiava di un fantomatico complotto di Matteo per non darle l'aiuto che cercava. Come se il peccato originale di Di Giannantonio, l'essere cresciuto accanto alla famiglia Martinez, lo avesse reso meno libero, inadeguato al ruolo di investigatore.

Anche la loro relazione era finita in secondo piano.

Per la Salemi era diventato un'altra cosa, un concentrato di pentimento ed espiazione. Non c'era più spazio per i sentimenti, almeno per lei, né per le emozioni.

Quello che era successo tra loro era acqua passata.

Litigavano dalla mattina dalla sera e più Matteo si sforzava di convincerla che il complotto era solo nella sua testa e più Elvira rincarava la dose.

«Tu hai un problema con quelli, tu non la vuoi cercare, ammettilo!»

Era come se anche senza dirlo chiaramente gli rimproverasse perfino la morte di Chiavetta. E non perché lo aveva lasciato solo o esposto al fuoco di un killer, ma perché non si era fatto dire in tempo quello che aveva scoperto.

«Ma come si può essere così idioti?» continuava a straparlare Elvira.

Alla fine lui se ne andava e lei lo richiamava.

«Dai, torna, ti prego, scusa!»

Matteo desiderava aiutarla, le voleva bene, ma alla fine ricadeva nello stesso errore, la seguiva sempre su quel terreno minato, al centro di quel suo gioco lesionista.

La Salemi era in preda a continui sbalzi d'umore: un minuto prima rideva e scherzava, un minuto dopo cominciava a gridare perché non trovava una matita.

E in quell'ondeggiare da un estremo all'altro riusciva a trovare, ma solo per poco, un brandello di lucidità.

C'erano stati una serie di misteriosi omicidi a Palermo. Dieci solo nelle prime due settimane di giugno.

L'ultimo era stato il più eclatante.

I carabinieri avevano trovato la Ford Fiesta di Totò Briuccia. Avevano aperto il portabagagli e avevano trovato lui e Piscitello incaprettati dentro la macchina, mani e piedi legati dietro la schiena. Chi li aveva uccisi aveva dato loro il colpo di grazia con una revolverata alla testa.

Erano tutti omicidi strani, questo Elvira lo aveva intuito da subito.

Le vittime erano tutti uomini di Occhiuzzo e chiunque li avesse ammazzati aveva intenzione di fare la guerra ai Corleonesi.

Chi era questa volta il puparo che tirava i fili, il boss che aveva osato così tanto?

Nel suo delirio la Salemi aveva ragione su una cosa: mancava un tassello.

L'inspiegabile morte di Chiavetta e quella catena di delitti, compreso l'assassinio dei carcerieri di Robertino, aveva a che fare per forza con lei, con la scomparsa di Rosa Martinez.

41

«CHE succede, Gaspare?»

«Niente, niente, ho mal di testa! Mi sento debole! Esci e chiudi la porta!»

Occhiuzzo mangiava una caramella alla liquirizia e ne scartava subito un'altra. La bocca uno schiacciasassi che triturava zucchero, il volto pallido, le mani sudate tradivano tutto il nervosismo di quelle ore.

Si sedeva in poltrona e si rialzava, continuamente.

Teresa, sua moglie, non ricordava di averlo mai visto così.

Gaspare sembrava un motore sul punto di scoppiare, uno di quelli tenuti sotto sforzo per troppo tempo e andati fuori giri.

I suoi sogni di potere si erano miseramente infranti l'uno dopo l'altro e con loro ogni desiderio di vendetta.

Qualcuno gli stava ammazzando tutti gli uomini più fidati.

Negli ultimi quattordici giorni ne aveva persi dieci, in una specie di effetto domino.

Ora temeva per la sua vita.

Doveva inventarsi qualcosa per trovare una via di scampo.

Chi minchia è che mi sta facendo la guerra?

Quella domanda lo tormentava.

Occhiuzzo, da voci di persone fidate, aveva saputo di un retroscena inquietante. I killer che stavano decimando il suo esercito non erano di Palermo.

Era gente venuta da fuori.

Chiunque li guidasse stava facendo un'operazione metodica, chirurgica.

Ce l'aveva solo con i Corleonesi.

Gli uomini delle altre famiglie li voleva lasciare in pace.

Chi era questo suo nemico invisibile?

Su quali alleati poteva contare a Palermo?

Occhiuzzo sentiva che dietro questa storia in qualche modo c'era lo zampino di Turturro, ma non ne aveva le prove. Era certo che qualcuno lo voleva morto e lui doveva agire, fermarlo, prima che fosse troppo tardi.

Dentro Cosa Nostra aveva sempre camminato con le sue gambe, senza bisogno di chiedere favori a nessuno.

Ora però era diverso.

Per sopravvivere gli serviva l'appoggio degli altri boss.

Devo riappacificarmi con Turturro!

Non gli piaceva affatto l'idea, ma era l'unica strada possibile.

Mandò un messaggero a Cosimo Marcianò, il proprietario della villa di Montelepre dove si riuniva la Commissione, e gli chiese di convocare un nuovo summit tra i capi delle altre famiglie di Palermo.

Il messaggero tornò indietro con una risposta lapidaria.

«Domani pomeriggio alle quattro!»

42

«DOBBIAMO uscire. Di' ai ragazzi della scorta che preparino la macchina...»

Elvira, al telefono con Matteo, si allarmò.

«Che è successo?»

Il commissario non aveva tempo per spiegarle.

«Devi accompagnarmi in un posto, poi ti dico... sto venendo sotto casa tua!»

Non volle aggiungere di più, ma lei aveva colto nella voce di Matteo un tono diverso dal solito, un timbro che le era sembrato di euforia, come qualcosa di inaspettato e di positivo.

Di Giannantonio stava lavorando sull'omicidio del maresciallo Chiavetta.

Aveva guardato a fondo tra le sue carte, alla ricerca di un indizio, una traccia, anche piccola, che potesse aiutarlo a spiegare quella morte.

Aveva spulciato montagne di fascicoli, rovistato tra centinaia di fogli, di appunti, di schede sui quali Storione aveva ricostruito minuto dopo minuto la scomparsa di Rosa Martinez. Ma la fretta gli aveva fatto commettere un errore grossolano: pressato da Elvira, si era concentrato solo sugli incartamenti relativi all'inchiesta sulla moglie di Giaconia.

Pensando di trovare lì la chiave del delitto, non aveva mai

esaminato la scrivania di Chiavetta, né guardato dentro la sua borsa, o nel portafoglio, luoghi deputati a custodire o trasportare oggetti di uso quotidiano.

La svolta era arrivata quando meno se lo aspettava.

Quella domenica mattina Matteo aveva aperto un cassetto della scrivania del maresciallo e trovato una vecchia agendina.

Sulla copertina gialla, un'etichetta adesiva rettangolare portava scritto a penna: INDIRIZZI.

Matteo aveva cominciato a sfogliarla.

C'erano la rubrica e l'agenda giornaliera, con segnati gli appuntamenti.

L'ultimo che Chiavetta aveva annotato risaliva a due notti prima della morte.

Su una riga accanto alle ore 23.00 aveva appuntato un nome e un numero di sei cifre: FILO 501880.

Non era tra i recapiti della rubrica.

Matteo aveva acceso il computer e fatto un controllo sulla banca dati del Viminale.

Era andato per esclusione.

Per prima cosa aveva verificato se quel numero esisteva nell'elenco del telefono di Palermo.

La schermata del computer gli aveva dato un riscontro al primo colpo: BLUE ANGEL.

L'utenza era intestata a un night-club, uno di quei locali dove si esibiscono spogliarelliste e ballerine di *lapdance*.

«Filo», a lume di naso, poteva essere il diminutivo di Filippo Deiana, il gestore del locale.

Doveva parlare con lui.

Aveva escluso di trovarlo ancora al night, così aveva cercato il suo numero di casa e l'aveva chiamato lì.

«Pronto?»

La voce maschile era impastata di sonno.

«Buongiorno, cercavo Filo...»

«Chi lo vuole?» domandò l'altro con un tono scocciato.

«Sono il commissario Di Giannantonio, della Squadra Mobile di Palermo, ho bisogno urgente di parlare con lui...»

Matteo aveva sentito un colpo di tosse all'altro capo del filo.

Poi la voce era diventata di colpo gentilissima.

«Commissario, sono io Deiana. Mi sta chiamando per Chiavetta, vero? Guardi che eravamo amici, io non c'entro niente con quello è successo...»

Filo era scaltro come una volpe.

Aveva intuito il motivo della chiamata e subito aveva messo le mani avanti.

Sembrava spaventato.

Matteo aveva cercato di rassicurarlo.

«Le credo, signor Deiana, ma ho bisogno di vederla dieci minuti per farle un paio di domande. Ci possiamo incontrare?»

Deiana sembrava non chiedere altro.

«Deve venire subito! La aspetto!»

Occhiuzzo non si sentiva sicuro. Per andare a Montelepre, da Cosimo Marcianò, si era procurato un autista e due uomini di scorta. Temeva che nel tragitto per arrivare alla villa qualcuno gli tendesse una trappola.

Arrivò che erano le quattro meno dieci.

C'era la solita fila di auto davanti al cancello.

I guardiani che controllavano l'ingresso lo riconobbero e si fecero da parte.

Il nuovo guardaspalle di Occhiuzzo era un napoletano, un certo Ciro. Cercò di seguire il boss pure dentro la casa, ma i sorveglianti lo bloccarono sulla porta.

«Eh no, tu aspetti fuori...» disse uno di loro con un sorrisino storto.

I boss che sedevano al tavolo della Commissione avevano tutti preso posto.

Ce n'erano tredici.

All'appello ne mancava solo uno, Gianni Turturro.

La stanza era un vasto salone con una fila di finestre che davano sul cortile interno alla villa. Le pareti, senza quadri, erano rivestite di tessuto rosso e sopra il tavolo rotondo, di noce, un enorme lampadario di cristallo illuminava quell'ambiente cupo.

Occhiuzzo salutò tutti, si mise seduto, prese dalla tasca l'ennesima caramella alla liquirizia e se la ficcò in bocca.

Sentiva intorno a lui una strana atmosfera.

Nessuno gli parlava.

Era come se tutti lo volessero accuratamente evitare.

«Che si dice?» chiese il boss al suo vicino di tavolo, Saro Sapienza, capo del mandamento di Passo di Rigano.

«Niente, tutto a posto, zio Gaspare...» rispose sbrigativo l'altro alzandosi e allontanandosi subito con una scusa.

Occhiuzzo era sempre più paranoico, vedeva nemici ovunque, e qualsiasi cosa stesse succedendo in quella casa era sicuro che l'indifferenza che nei suoi confronti non era affatto casuale.

Per caricarsi cominciò a ripetersi mentalmente che era l'unico tra i presenti ad avere un briciolo di tempra e di carattere.

Pecore, siete solo pecore!

Gli altri capifamiglia, secondo lui, erano tutti dei vigliacchi.

Me li mangio a colazione questi quattro buffoni!

Finalmente fece il suo ingresso Turturro.

Era vestito tutto di nero, giacca, pantaloni e stivali.

Gli mancavano la maschera e il cappello per sembrare una caricatura di Zorro in miniatura.

«Buongiorno!»

Occhiuzzo si alzò e abbozzò un gesto da galantuomo.

Voleva andare a baciarlo.

Turturro lo fermò con un cenno della mano e gli fece segno di stare seduto.

«Non c'è bisogno!» lo freddò davanti a tutti.

«Che ti ho fatto?» gli chiese Occhiuzzo. «Non mi vuoi nemmeno salutare?»

Turturro si sistemò sulla sedia e guardò da un'altra parte.

«Zio Gaspare, mi ascolti bene! Il saluto bisogna meritarlo!» disse con un tono di sufficienza.

La tensione stava salendo poco alla volta.

Gli altri boss assistevano alla scena senza muovere un muscolo.

Ormai era una questione tra loro due, il passato e il presente di Cosa Nostra.

Uno dava all'altro del tu, l'altro continuava a usare il lei.

Occhiuzzo approfittò dell'atteggiamento cafone di Turturro per affrontarlo subito di petto.

«Allora sei tu che mi stai facendo la guerra? Lo stai confermando davanti a tutti col tuo comportamento, giusto?»

Il tono della voce si era fatto metallico.

Occhiuzzo si era girato di tre quarti verso gli altri mafiosi presenti per accertarsi che lo stessero a sentire.

«A cosa si riferisce?» si risentì il piccolo Zorro.

«Rispondi! Ci sei tu dietro tutti questi cristiani scannati in giro per Palermo?»

Turturro faceva il vago, gli voleva far saltare i nervi.

«Chissà?» ridacchiava. «Forse sì e forse no...»

Lo guardava come se fosse un pazzo ubriaco che passava di lì per caso.

Occhiuzzo infilò la mano in tasca e schiacciò tutte le caramelle alla liquirizia che gli entrarono nel pugno. La sua natura di assassino stava premendo per venire fuori.

Si sforzò di dominarla.

Fece un respiro profondo e ricominciò a parlare, questa volta cercando di prendere Turturro con le buone.

«Io sono venuto qui per cercare la pace... vedi di mostrarti ragionevole... e non ti dimenticare quello che ho fatto per te...»

Gliela buttò lì quella frase, in coda, per vedere come reagiva.

L'uomo-topo tornò subito serio e lo fissò con aria strafottente.

«Lei non ha fatto proprio niente per me!»

Occhiuzzo si protese in avanti.

«Sì, invece! Non ti dimenticare che mio cognato ha pagato il prezzo più alto, il suo cuore ancora sanguina...»

Davanti agli altri boss voleva far passare il messaggio che Giaconia aveva ucciso la moglie per colpa sua.

«Gliel'ho detto, commissario, non c'era niente di strano. Al maresciallo Chiavetta ho chiesto solo di aiutarmi per la storia di quella ragazza che lavorava nel mio locale, Elisa...»

Matteo ed Elvira si trovavano a casa di Filippo Deiana. Era un ciccione con la faccia gonfia e la testa pelata.

Pesava almeno centocinquanta chili.

Da quando la moglie gli aveva detto che il nero smagriva vestiva solo di scuro.

La casa era pacchiana, il salone arredato in stile orientale con divani fiorati, altarini indiani e arazzi giapponesi alle pareti.

Su un tavolo al centro c'era un enorme Buddha dorato, con ai piedi bastoncini d'incenso e candele.

Elvira guardò le mani di Deiana: aveva le unghie sporche, un particolare che le diede la nausea.

Puzzava di sudore e di colonia.

Sembrava il classico uomo laido e guardone che approfittava di una donna distratta per appoggiarle di sottecchi una mano sul culo.

Deiana portava una serie di bracciali colorati a entrambi i polsi. Aveva la camicia sbottonata a metà, che mostrava la peluria folta del petto su cui brillava una catena d'oro con un ciondolo inquietante: un leone con due rubini rossi come occhi e le fauci aperte.

All'inizio Deiana non voleva ammettere di essere un confidente del maresciallo Chiavetta, ma poi, pur di convincere Di Giannantonio che non c'entrava niente con quell'omicidio, glielo aveva confessato quasi sottovoce.

«Lei lo sa come funziona, commissario... Nel mio night ci sono un sacco di controlli, e i clienti poi scappano... C'è pure gente sposata... Magari io dicevo una cosa a Chiavetta e lui mi prometteva che per un po' mi teneva lontana la polizia... Come si suol dire, una mano lava l'altra!»

Erano seduti di fronte, loro su un divano a fiori, lui su una poltrona con la coda aperta di un pavone stampata sulla spalliera.

A Di Giannantonio quel tipo dalla pancia immensa sembrava una matrioska. Era come se nascondesse al suo interno altri cento omuncoli come lui, grassi e di tutte le dimensioni.

La Salemi si voleva sbrigare.

Non vedeva l'ora di uscire da lì.

L'odore di quel tipo le dava la nausea.

«Signor Deiana, cos'ha detto a Chiavetta esattamente di questa sua ragazza, Elisa?»

Deiana prese fiato e cominciò a raccontare.

«Elisa era una delle più belle donne del mio locale. Era di Cluj-Napoca, una delle più popolose città della Romania. Era venuta a Palermo un anno prima con altre ragazze dell'Est...»

Matteo, spazientito, gli fece segno di stringere.

«Arriviamo al dunque, Filo!...»

«Sì, scusi... Era una ballerina di *lapdance*, ma arrotondava facendo marchette. Da quando Giaconia l'aveva vista mi aveva chiamato da parte e mi aveva chiesto di tenerla lontana da altri clienti. A lei interessavano i soldi e ogni volta che Giaconia aveva qualche ora di tempo libero se la portava in albergo e poi la riaccompagnava al locale. Era una questione tra loro, a me non interessava...»

«Quindi Elisa si prostituiva di sua spontanea volontà...» ne dedusse a voce alta Elvira.

«Esatto. E quel signore la pagava profumatamente. Era sempre pieno di soldi che spendeva in consumazioni anche nel mio locale e io ero contento... anche se... ve lo giuro, all'epoca non sapevo neanche chi fosse...»

Di Giannantonio lo guardò subito male.

«No, aspetti, commissario», si corresse il ciccione, temendo di essere stato frainteso, «sapevo che era uno 'giusto', uno di quelli che contavano. Mi era stato presentato come tale... Ma non conoscevo la sua vera identità... L'ho saputa quando ho visto la sua foto sul giornale...»

«Che c'entra tutto questo con Chiavetta?» gli domandò Elvira col tono scocciato di chi non crede a una sola parola di quello che sta ascoltando.

Deiana cercò di arrivare subito al punto.

«C'entra, dottoressa! Perché, prima che morisse, avevo incontrato il maresciallo Chiavetta per chiedergli di aiutarmi con quelli che indagano sulla morte di Elisa... Sa... quando ha iniziato a lavorare qui la ragazza non aveva neanche il permesso di soggiorno...»

Di Giannantonio fermò il suo racconto come se si fosse perso un pezzo per strada.

«Aspetti un attimo, Filo! Morta? Come morta? Non è più viva questa Elisa?»

«Ma come, commissario, se non lo sa lei... E poi non li legge i giornali? Elisa è morta! L'hanno trovata uccisa alla Favorita, un po' di tempo fa. Quello che l'ha ammazzata le ha amputato un braccio, poverina...»

La Salemi saltò sulla sedia come se avesse preso la scossa.

In testa le si era accesa una lampadina: la deposizione di Tony Melluso.

«Il tappeto di Giaconia!» urlò rivolta al commissario. «C'era il braccio di Elisa, dentro!»

Turturro si alzò e guardò Occhiuzzo come se fosse lo schifo della terra.

«Sa qual è la verità?» gli disse sprezzante puntando le mani sul tavolo.

«No, qual è?» chiese il vecchio boss squadrandolo con aria di sfida.

«La verità è che lei, come tutti i Corleonesi che l'hanno preceduta, è un bugiardo traditore...»

Occhiuzzo cacciò un pugno sul tavolo e si rivolse agli altri boss presenti.

«E voi non dite niente?!» si mise a gridare. «L'avete sentito? Dov'è finito il rispetto per i cristianeddi più anziani? Questa è la nuova generazione! Vi chiedo, sono questi i giovani a cui dobbiamo affidare il nostro futuro?»

Occhiuzzo indicò col dito Turturro e cercò di dare più forza al discorso.

«Giovani come questo signore?»

Nessuno rispondeva.

Per un attimo nella stanza calò il gelo.

Poi Occhiuzzo sentì una voce dietro di lui.

Era una voce di donna.

Le sembrava familiare.

«Il futuro è dei Palermitani e tu... non sei uno di loro...»

Occhiuzzo si voltò di scatto.

Notò una figura femminile ferma sulla porta, avvolta nella penombra.

Il sole che al boss arrivava in faccia da una delle finestre del salone rendeva quella sagoma opaca e poco distinguibile.

Occhiuzzo si scostò dalla traiettoria della luce per guardare meglio.

«Non mi riconosci?» gli domandò la donna aspettando che Occhiuzzo la mettesse a fuoco.

Il boss la vide uscire dal buio e percepì la sua faccia che lentamente prendeva consistenza e colore.

Per un attimo il cuore gli si fermò.

Ebbe un mancamento e si appoggiò a una sedia.

Non credeva ai suoi occhi, gli sembrava un incubo.

Rosa Martinez era resuscitata.

L'ultimo dei Corleonesi era paralizzato, le spalle inchiodate al muro, una mano sul cuore, gli occhi smarriti su quel volto di fantasma.

L'apparizione di quella donna per un po' gli paralizzò la lingua.

Poi l'istinto di sopravvivenza prevalse.

«Tu non esisti, tu sei morta...» continuava a ripetere come se volesse allontanare quel demone.

Rosa rideva beffarda, stretta nella giacca nera, la pelle del viso bianca, i capelli tirati all'indietro, raccolti in una coda.

«Gaspare, ma tu davvero credevi che Nino mi uccidesse?» lo apostrofò in tono beffardo, irrivirente. «Mi ha portato da Turturro, mi ha salvato la vita... È stato un uomo!»

Occhiuzzo strinse i denti, serrò i pugni come se volesse ammazzare Giaconia a distanza, come se stesse prendendo solo in quel momento coscienza di quanto suo cognato amava la moglie.

Maledetto! Pure lui mi ha tradito!

«Perché pensi che Nino si fosse trasferito a casa di Tony Melluso?» continuava a tormentarlo Rosa. «Voleva solo aiutarmi a uscire di scena... darti l'illusione che avevi vinto tu... E poi... poi è arrivato Sam...»

Rosa si girò verso la porta.

Occhiuzzo sentì dei passi.

Paino entrò in punta di piedi, lo fulminò con gli occhi e si piazzò accanto a lei, in silenzio.

«Lui è stato la nostra fortuna...» proseguì Rosa voltandosi di nuovo verso Occhiuzzo. «Con l'appoggio di Sam e degli amici americani abbiamo deciso di sventare il tuo gioco meschino, toglierti l'acqua in cui avevi nuotato per anni... la menzogna, la tragedia... E ora... ora sei rimasto solo...»

Occhiuzzo sentì due colpi di pistola. Si voltò e vide il suo nuovo tirapiedi, Ciro il napoletano, aggrappato alla finestra, che scivolava lentamente con gli occhi sbarrati e un fiotto di sangue che sporcava il vetro.

Il capo dei Corleonesi si vide perduto.

Era stretto in un angolo.

Il ritmo del suo respiro aumentò, come se qualcosa gli stesse divorando i polmoni.

Le parole di Rosa gli avevano rivelato chi c'era dietro lo sterminio del suo piccolo esercito. Allora si lasciò andare con la schiena sulla parete e cominciò a disperarsi.

«Pietà...» implorò a mani giunte. «Vi prego, fatelo per i miei figli!»

Rosa si avvicinò.

Lo guardava dall'alto.

Era una donna piccola, ma a Occhiuzzo in quel momento sembrò immensa. Aveva la fronte aggrottata, le sopracciglia alzate, sembrava una creatura maligna che si nutriva di odio e di livore.

«Tu hai avuto pietà per i figli degli altri?» gli domandò lei con una voce tagliente.

Era come se gli stesse rimproverando la sua colpa più grande, l'averla resa una donna infelice, una madre impossibile, la moglie sacrificata e sacrificabile di un uomo cieco che aveva aperto gli occhi solo all'ultimo, poco prima di piantarle un coltello nel cuore.

«Io sono tornata per te... non sono io la morta... sei tu!»

Occhiuzzo si sentì mancare la terra sotto i piedi. Era terrorizzato e nello stesso tempo furioso con se stesso per essere stato così cieco da non vedere, da non capire che quella donna gli stava scavando la fossa mentre lui era sicuro che nella fossa ci stesse già lei.

Un errore madornale.

Io, Gaspare Occhiuzzo, il principe dei furbi, un fine stratega, fottuto da una femmina, non ci si può credere!

L'unica donna che avesse mai avuto nella vita, sua moglie, non l'aveva mai tradito, anzi, lo avvisava sempre che le femmine sono malepersone, che ti girano e rigirano tra le mani come un «pupiddu», una marionetta, e tu manco te ne accorgi.

Ma che ne potevo sapere io di Rosa? si diceva. Eppure mi sta bene, sì, mi sta bene, perché questo cancro me lo sono portato in casa mia, l'ho ingrassato e piano piano mi è cresciuto dentro fino a scoppiarmi in testa. Ma ora come glielo spiego a Nostro Signore Gesù Cristo?

Mi potrebbe dire: «Gaspare, proprio tu, col tuo cervello aguzzo, com'è che non hai capito? Che ti è successo?»

Gli potrei solo rispondere: «Signoruzzo, che ci vuole fare? Pure Cosa Nostra è femmina!»

Occhiuzzo guardò Rosa per l'ultima volta, scrutò la tragica cupezza dei suoi occhi neri e per un attimo ebbe paura di affogarci dentro.

Poi sentì un altro sparo.

Avvertì il bruciore di qualcosa, qualcosa di appuntito che gli aveva bucato la testa.

Si toccò, vide il sangue.

Fu questione di un attimo, poi tutto diventò buio.

Gianni Turturro gli aveva sparato in fronte.

43

«Tu sei come lui...»

Per mesi, inchiodata su un divano, ho sentito quella vocina dentro di me, ossessiva e petulante: quella di un essere che reclamava il suo diritto a esistere, a far sentire la sua voce.

All'inizio sembrava una presenza molesta, nient'altro che una cattiva consigliera. E pareva infischiarsene del mio dramma.

Credevo facesse di tutto per rendere il mio dolore ancora più insopportabile.

Eppure in quel suo continuo incalzare sembrava stesse indicandomi qualcosa, una strada, una soluzione, forse una via d'uscita.

Era lì, rimbombava dentro la mia testa, tutti i giorni. Chiedeva solo di essere ascoltata.

«Tu sei come lui...» sussurrava.

E ogni volta quella voce era sempre più nitida. Mi teneva compagnia nelle mie notti insonni mentre mi rotolavo sulle macerie del mio passato e sembrava volesse dire: «Coraggio, Rosa, prendi coscienza di quello che sei e fai ciò che devi».

Potevo ignorarla ancora, come avevo fatto per mesi. O continuare a pensare – erroneamente – che voleva spingermi a farla finita, magari aiutandomi a volare una volta per tutte giù da un balcone.

Invece di punto in bianco mi ha illuminato.

Ho guardato mio marito, mi sono alzata da quel divano e l'ho capito.

Io sono come lui.

Non lo nego. Ci vuole coraggio a vivere come un'assassina. Confessarlo a se stessi, soprattutto. Io ho realizzato di esserlo da poco, ma in realtà lo sono da un sacco di tempo. Forse dal giorno in cui mi sono sposata con Nino.

Per molti anni non ho voluto osservare ciò che si muoveva intorno a me. La gente soffriva, moriva, io sapevo tutto, capivo tutto, ma stavo zitta. Di proposito.

L'illusione, la speranza di essere felice come qualunque altra donna di questo mondo, mi spingeva a essere una spettatrice volutamente distaccata.

Sono stata egoista, lo ammetto.

Pensavo bastasse il distacco a mettermi al riparo dalla colpa.

Sbagliavo.

Quando mio marito uccideva, le mie mani si sporcavano del suo stesso sangue. Per non vederle le nascondevo sotto un cuscino o mi rintanavo in camera mia con la luce spenta. Ma non serviva a niente. Dio mi vedeva lo stesso e non faceva differenze tra me e Nino. I suoi morti erano i «miei» morti e sarebbe arrivato il giorno in cui ci avrebbe presentato un conto unico.

«Tu sei come lui.»

C'ho messo tanto a capirlo, ma alla fine ci sono arrivata e ho inseguito con caparbietà la mia vendetta. L'ho fatto perché i Corleonesi hanno rubato il mio sogno di madre e quel sogno in un modo o nell'altro io me lo sono ripreso.

Mi volevano morta e da morta sono tornata per punirli.

È stato l'odio a darmi il pretesto per essere ciò che sono oggi. Odio e disprezzo verso tutti i vigliacchi che questa città se la sono mangiata sulla pelle degli innocenti. Ce l'ho con gli «uomini d'onore» (sì, si chiamano così anche quelli) che ammazzano i bambini, che strappano il cuore alle donne, che le lasciano morire senza curarsi del loro dolore. Sciacalli che si nutrono di cadaveri e si congratulano con loro stessi quando hanno finito di banchettare.

Maledetti! Che possano marcire all'inferno!

Ho dovuto dare ai Corleonesi l'illusione che ero passata a miglior vita per allontanare la loro peste da questa città. E per farli cadere in trappola non ho fatto altro che affogarli nella loro stessa miseria, li ho impiccati al loro stesso pregiudizio. Pregiudizio verso di me, intendo.

Già, perché tutto si aspettavano, tranne che ci fossi io dietro la loro rovina.

Penso a Occhiuzzo.

Per lui ho sempre contato meno di zero.

Quel poco di dignità che avevo me l'ero guadagnata solo in quanto moglie di Nino Giaconia. Fino a quando il mio cognome non gli era d'impaccio, mi faceva il favore di sopportarmi.

Poi quando Pino si è pentito e i suoi sogni di potere hanno iniziato a scricchiolare non ci ha pensato un attimo: gli serviva un morto da dare in pasto ai suoi detrattori e ha pensato subito a me.

In fondo io sono una Palermitana, nelle mie vene scorre il sangue dei «perdenti»... uno di noi in più o in meno al cimitero cosa cambiava per lui? Niente.

«Adesso sai cosa devi fare», ripeteva a mio marito. E lo aizzava, lo spronava tutti i giorni a togliere di mezzo la sua donna, senza ritegno, senza vergogna.

Questa era la Cosa Nostra dei Corleonesi, una vasca di squali che per sopravvivere si mangiavano tra loro.

Sia chiaro, con questo non voglio assolvermi né dire che la «mia» Cosa Nostra sia meglio della loro.

Non esiste la mafia buona, non si tratta di una congregazione di anime pie. La mafia fa quello che ha sempre fatto, innanzi-

tutto i suoi interessi, è ovvio. Combatte le sue guerre e come in tutte le guerre c'è chi vince e chi soccombe e muore sul campo di battaglia. Ma esistono dei codici, sant'Iddio, delle regole, dei limiti che non si possano superare.

I Corleonesi di quelle regole hanno fatto carne di porco, dal giorno in cui hanno messo piede a Palermo. Le hanno stravolte, ne hanno inventate delle nuove, finché della vecchia mafia non è rimasto più niente.

Ora le cose devono cambiare.

Cosa Nostra deve tornare a essere com'era una volta...

Non voglio nascondermi dietro un dito, né usare due pesi e due misure. In quel gruppo di miserabili ci metto dentro pure Nino. Vale anche per lui quello che ho detto per i suoi compari.

Anzi, forse Giaconia è stato il primo Corleonese a meritare una pena esemplare. Oltretutto è stato lui a spegnere la vita di Robertino, questo non lo dimentico né lo perdono.

Si è salvato solo perché all'ultimo ha dimostrato di tenere più a me che a tutto il resto.

Ha capito che l'unico modo per aiutarmi era consegnarmi ai Palermitani, mettermi nelle condizioni di tornare a essere a tutti gli effetti «una di loro».

Ricordo perfettamente la notte in cui è venuto a casa per uccidermi.

Sapeva di dover pagare a Occhiuzzo quella cambiale scaduta ed era sconvolto.

È entrato in sala con un coltellaccio in mano. Aveva acceso la luce, aveva cacciato un urlo ed era rimasto immobile a fissarmi col braccio bloccato a mezz'aria.

«Tu sei come lui...»

Doveva aver sentito anche lui la mia vocina.

Doveva aver capito anche lui che le nostre vite erano a un bivio.

Poteva ammazzarmi oppure scegliere di morire al mio posto.

Credo che alla fine abbia fatto ciò che riteneva giusto.

L'ultima volta che l'ho visto è stato quella sera, la sera in cui ha provato ad accoltellarmi ed è caduto ai miei piedi disperato.

Era come se a un certo punto avesse avuto un'illuminazione.

Di colpo si è rialzato, l'ho visto sparire.

È uscito sul balcone, l'ho sentito parlare con qualcuno.

Poi è tornato e senza perdersi in chiacchiere mi ha chiesto di vestirmi e di prepararmi ad andare da Diego.

«Ora devi nasconderti», mi ha detto mentre salivo in macchina avvolta in una coperta.

Guidava, scalava di marcia e piangeva.

Me ne sono accorta perché ero stesa sul sedile posteriore e per un attimo ho scostato il plaid dagli occhi e ho guardato lo specchietto retrovisore.

Ho visto le sue lacrime.

Io non ho detto una parola, sono rimasta muta come avevo fatto negli ultimi mesi.

Immobile, ho continuato a fissare le luci dei lampioni che scorrevano sopra di me e mi è venuto da ridere, sì, pazzesco! ho pensato che era buffo, che era da un sacco di tempo che io e Nino non uscivamo insieme di notte.

Diego ci aspettava a casa di Sam Paino.

Nino mi ha affidato a loro senza neanche guardarli in faccia.

Non ne ha avuto il coraggio.

Si è limitato a farmi sedere, si è inginocchiato davanti a me e mi ha dato una benedizione, un'investitura. «Io potevo portarti fino a qui», mi ha detto quasi sussurrando, «da qui in poi ci devi pensare tu.»

Ho fatto sì con la testa e l'ho abbandonato al suo destino.

Prima di andarsene mi ha posato le labbra sulla fronte.

Era come se con quel bacio mi stesse chiedendo perdono...

«Tu sei come lui.»

Nino è stato il mio più grande alleato.

Mi ha portata in un posto sicuro e ha architettato una messinscena per dare a me, Sam e Turturro il tempo di organizzarci.

Doveva solo far credere al suo capo che aveva compiuto il suo dovere, che il suo onore era salvo. E c'è riuscito.

Non è stato un grande marito, ma ho imparato tanto da lui e ora che io sono «un capo» riconosco che stargli accanto mi è servito.

Quando Nino ha capito che Occhiuzzo aveva bevuto la storia della mia morte, si è andato a nascondere a casa di Tony, ha preso il mio posto in un letto circondato dal buio.

Alla fine lui è diventato me e io sono diventata lui...

44

La Salemi ora iniziava davvero a crederci.

«Rosa è viva, me lo sento!»

Erano appena usciti da casa di Deiana, i ragazzi della scorta li aspettavano fuori.

«Dove andiamo, dottoressa?» chiese uno dei suoi angeli custodi, quello che guidava.

Lei lo guardò con aria assente, come per farsi ripetere la domanda.

«...Accompagniamo il commissario alla Squadra Mobile e poi torniamo a casa...»

Salì in auto assieme a Matteo e cominciò a scambiare le prime impressioni con lui.

Elvira insisteva.

Era come se riguardo alla storia di Rosa avesse sviluppato una specie di sesto senso.

«Fidati di me, Matteo, è viva, non ho elementi per dirlo, ma Giaconia non l'ha uccisa... ne sono quasi sicura...»

Di Giannantonio era titubante.

«Elvira... ricorda quello che ha detto Melluso. Giaconia doveva uccidere la moglie per ordine di Occhiuzzo... Tony stesso ha visto il cadavere di Rosa avvolto in un tappeto...»

La Salemi si puntò sul sedile e si voltò verso di lui.

«No, Matteo! Rammenta bene le parole di Melluso! Lui non

ha visto il corpo di Rosa Martinez... lui ha visto un tappeto arrotolato da cui spuntava un braccio di donna. Quanto vuoi scommettere che era quello di Elisa?»

Matteo non era in vena di sfide. Aveva ancora soggezione di Elvira, non voleva contraddirla, ma quella volta fu più forte di lui.

«Tu dimentichi con chi abbiamo a che fare... Giaconia è stato uno dei più feroci killer di Cosa Nostra. Per lui uccidere qualcuno è come per noi bere un caffè... A proposito... ne vuoi uno?»

L'auto sfrecciava davanti ai palazzi tetri e maestosi di una Palermo deserta. Si fermò di fronte a un bar all'angolo tra corso Vittorio Emanuele e piazza della Vittoria.

Elvira e Matteo entrarono lì e bevvero il loro caffè senza dirsi niente.

Dalle vetrate del bar si intravedeva il portico gotico della cattedrale dov'è sepolto Federico II.

Era una bella giornata di sole, sferzata da un vento caldo di scirocco.

«Io continuo a piedi», annunciò Matteo una volta tornato fuori.

Elvira non lo trattenne.

«Ci sentiamo più tardi...»

«Va bene...»

Meno di cento metri separavano Di Giannantonio dalla Squadra Mobile.

Il commissario li percorse, con calma, un passo dopo l'altro.

Il suo cervello invece girava a mille, come le ruote di una locomotiva, pareva volesse agganciare un'immagine, un pensiero, un dettaglio che c'era, era lì, ma gli stava sfuggendo.

Pensava e ripensava a Chiavetta.

Non può essere stato ucciso solo per Elisa!

Se Rosa era viva, se aveva ragione Elvira, mancava qualcos'altro, forse parte di quell'intuizione che era costata la vita a Storione.

Tornò nel suo ufficio e ricominciò dai rapporti.

Sul suo tavolo ce n'erano tre: quello su Giaconia e quello sulla presunta morte di Rosa li conosceva a memoria.

Prese in mano il terzo, quello su Diego Martinez.

Lo rilesse, pagina dopo pagina, riga dopo riga.

Rifletti, Matteo!

Iniziò a farsi una serie di domande.

Chi erano i killer?

Perché gli volevano sparare?

Cosa volevano dimostrare uccidendolo?

E perché proprio lui e non Paino?

Sviscerò gli stessi quesiti per ore e ore.

Finiva e ricominciava daccapo.

All'inizio si concentrò sulla sparatoria all'aeroporto e sulla morte di Nina, poi si spostò su di lui, su Diego.

Perché era venuto qui?

Martinez in un interrogatorio lo aveva detto alla Salemi.

Era venuto per far nascere suo figlio a Palermo.

Il bambino! Ma come cazzo abbiamo fatto, io e tutti gli altri, a dimenticarlo?

All'interno del fascicolo trovò il certificato di morte di Nina, ma mancava quello del figlio.

Doveva essere lì, da qualche parte.

Cercalo, Matteo, cercalo!

Non lo trovò.

Ricominciò a cercare, passando ogni foglio, con l'adrenalina che gli girava in corpo, con l'affanno che gli insabbiava la gola, un'altra volta e poi un'altra volta ancora.

«Non c'è, qui non c'è, maledizione!»

Si alzò, afferrò il telefono e fece il numero del funzionario della Omicidi.

«Scusa se ti chiamo di domenica, sono Matteo...»

Gli chiese se si ricordava che fine avesse fatto quel dannato foglio.

«Non lo so», rispose il suo collega, «dovrebbe essere lì. Con tutto quel casino, francamente, del certificato e del bambino non mi sono occupato...»

«Non fa niente, ti ringrazio, scusa, ciao!»

Riattaccò, afferrò la giacca e corse di sotto.

Con un pensiero, un timore, un maledetto presentimento. Che forse in quella storia oltre a una donna mancava all'appello pure un bambino.

Salì in macchina, col cuore che gli batteva in gola, con le mani che non stavano ferme.

Si precipitò all'ospedale Cervello.

Il medico che era di guardia al Pronto Soccorso lo vide arrivare come un tornado.

Matteo era così agitato che per un attimo il dottore si infilò nel suo studio e chiuse la porta.

Il Pronto Soccorso era semivuoto, non sembravano esserci casi urgenti.

Lui bussò allo studio del medico e, quando quello gli aprì, tirò fuori dalla tasca il distintivo e si chinò in avanti, cercando di controllare il fiatone.

«Sono un commissario di polizia...» ansimò, rivolto al medico. «Ho bisogno del suo aiuto.»

E chiese la lista di tutte le ostetriche di turno il giorno del decesso della signora Antonietta Paino in Martinez.

Aveva portato la copia della cartella clinica.

«È morta qui, qualche mese fa...» aggiunse passandola al medico, una bella donna bionda in camice bianco e tuta verde.

Lei era confusa, non sapeva cosa rispondergli.

«Commissario... oggi è domenica... l'archivio è chiuso e io sono da sola...»

Matteo le parlò con calma, come se aiutarlo in quel momento fosse la cosa più opportuna da fare.

«Mi serve quell'informazione, dottoressa... è importante... ci dev'essere un modo per averla subito...»

«Mi faccia pensare...»

Il medico si mise a riflettere, guardò per terra e posò un dito sulle labbra.

«Forse un modo c'è...» disse dopo un po'. «Il registro della ginecologia, ma io non sono autorizzata a consultarlo...»

«Non si preoccupi, l'autorizzo io...» le corse in aiuto Di Giannantonio.

Il medico alzò il ricevitore e chiamò il reparto di Ostetricia, al piano superiore. Dopo dieci minuti comparve un infermiere con un librone sottobraccio.

«Lo consegni al signore», gli ordinò la dottoressa bionda indicando Di Giannantonio.

«Grazie!»

Il commissario lo aprì.

Cercò l'11 maggio, il giorno della morte di Nina. Trovò i nomi delle levatrici che avevano assistito il chirurgo mentre la donna era sotto i ferri.

Erano due.

Matteo li indicò alla dottoressa e le chiese di controllare se ce n'era qualcuna presente.

In un angolo dell'ambulatorio, su una parete, c'era un foglio con la lista delle ostetriche in servizio quel giorno.

Lei andò a guardare e tornò indietro.

«C'è Agata, Agata Crimi, può parlare con lei, se vuole...»

«Dov'è?»

«Al piano di sopra...»

«La chiami e la faccia scendere subito, la prego...»

Agata Crimi uscì dall'ascensore con i suoi passetti piccoli e veloci. Accolse Matteo con un sorriso elegante da donna matura.

Era una signora sui cinquant'anni, minuta, bruna di capelli e con una faccia dolce, rassicurante.

Si strinsero la mano.

«Che cosa posso fare per lei, commissario?»

«Signora, vorrei che rispondesse a una domanda... Si ricorda di questa donna?»

Matteo le passò una fotografia di Nina.

L'ostetrica inforcò gli occhiali e osservò il volto.

«Sì, me la ricordo perfettamente questa donna... era l'americana incinta della sparatoria a Punta Raisi, una storia terribile, sono passati tre mesi ma è come se fosse ieri. Non dimenticherò mai quegli occhi disperati...»

«Bene...» proseguì Di Giannantonio. «Nel fascicolo che riguarda la signora deceduta non riusciamo a trovare la copia del certificato di morte del bambino... mi può aiutare ad averne una?»

Agata chiuse gli occhi, abbassò la testa, poi si guardò le mani e piegò con cura le aste degli occhiali da vista.

Matteo non capiva.

«Che c'è, signora?»

Sembrava imbarazzata.

«Che c'è?» domandò un'altra volta lui alzando il tono della voce.

L'ostetrica lo guardò negli occhi, sospirò.

«Credo che ci sia stato un equivoco, commissario... il bambino è vivo...»

Matteo avvertì un dolore acuto alle tempie.

Ecco, lo sapevo! Abbiamo toppato alla grande. Nessuno ha più pensato al bambino, io per primo, dannazione!

«E cosa gli è successo?»

«È nato prematuro, ma dopo qualche settimana in incubatrice ce l'ha fatta... Mi sembra pure di ricordare il nome, sì... la signora che lo teneva in braccio lo chiamava Lorenzo... Sì, Lorenzo...»

Matteo sentì un brivido freddo attraversargli la schiena e si toccò le braccia, gli era venuta la pelle d'oca.

«Quale signora?» chiese, mentre un tarlo cominciava a rodergli il cervello.

«La signora vestita di nero che era col padre del bambino...

credo fosse una parente... si somigliavano... e se proprio glielo devo confessare, caro commissario, mi ha colpito, mi ha fatto una strana impressione... Non mi piaceva affatto quella donna...»

Il commissario stava cominciando a capire.

«In che senso?»

«Nel senso che era strana... aveva quel bambino in braccio e continuava a sorridergli e a ripetergli la stessa frase... 'guarda, c'è la mamma... guarda, c'è la mamma', con la vera madre che era morta da poco.»

Era come se Di Giannantonio improvvisamente avesse tutto chiaro.

Ogni cosa ora aveva un senso: l'assassinio del maresciallo Chiavetta, gli omicidi dei Corleonesi, il tappeto e il braccio di Elisa, il bambino mai nato e l'altro che aveva trovato subito il calore di una madre, non quella vera ma una putativa.

C'era Rosa dietro tutto, era lei la chiave di tutto, era lei a capo di tutto.

Matteo uscì dal Pronto Soccorso del Cervello.

Si rifugiò dietro un angolo deserto e scoppiò a piangere, come una fontana, per sfogarsi di tutta la tensione di quei mesi.

Poi si ritrovò col cellulare in mano, indeciso se chiamare o meno Elvira e dirle tutto.

Era a un bivio.

Avrebbe potuto lasciare Rosa al suo destino oppure rivelarlo a Elvira e dare la caccia a quella donna insieme a lei per il resto dei loro giorni.

«Pronto?»

Il commissario ci mise un po' prima di parlare.

«Avevi ragione tu, è viva!»

Elvira era sola in casa, sdraiata sul divano.

Chiuse il cellulare a conchiglia, lo gettò in un angolo e sorrise.

Avrebbe dovuto uscire e mettersi subito al lavoro per stanare Rosa, invece era felice, stranamente felice di sapere che aveva ragione, che la donna della foto, la sua amica segreta ce l'aveva fatta, aveva trovato il modo di restare in vita pur essendo per tutti morta.

Chiuse gli occhi e decise di prendersi mezza giornata di libertà.

45
Qualche anno dopo...

SAM Paino a New York aveva svolto un buon lavoro. Aveva convinto i boss americani a dare fiducia agli amici siciliani e a farli entrare in affari. In fondo c'era abbastanza spazio per tutti.

I Palermitani gli avevano messo a disposizione un'enorme quantità di denaro, un capitale «congelato» che per sfuggire ai sequestri e alle confische della legge italiana era stato spedito oltreoceano.

Sam aveva raddoppiato quei fondi diversificando gli investimenti, ma concentrandosi su uno in particolare.

Il nuovo business della «mala» americana adesso era internet. Attraverso un sistema di scatole cinesi era stato creato un gruppo di *providers* che gestivano casinò on line: poker, slot machine, roulette, baccarà. Tutto virtuale.

Col computer si collegavano appassionati da tutto il mondo, dal pensionato di Sydney al benzinaio di Tokyo. Milioni di contatti ogni giorno.

All'inizio per accedere ai siti bastava registrarsi sull'*account* e pagare una piccola cifra, il sito metteva a disposizione un tot di fiches e giocavi quanto volevi. Poi col tempo il governo americano aveva liberalizzato le licenze. I casinò erano diventati vere e proprie sale da gioco, e chi voleva poteva puntare soldi veri.

Per i boss era stata una manna del cielo.

Le imprese che gestivano i ricavi erano tutte nate dal nulla. Erano state messe in piedi con un capitale minimo iniziale e nel giro di qualche mese erano esplose, avevano moltiplicato vertiginosamente i profitti.

I padrini siciliani, grazie agli «zii d'America», erano diventati ricchi, vantavano migliaia di quote societarie in fantomatiche *corporations* con sedi nell'Illinois, in Texas, in Alabama, nel Wyoming. Guadagnavano un sacco di soldi stando comodamente seduti in poltrona.

A Palermo era finito il tempo in cui le famiglie mafiose si facevano la guerra per decidere chi doveva controllare il territorio. I nuovi soci della «mafia s.p.a.» pensavano solo ai «piccioli» che mandavano in America con la speranza di diventare più ricchi di quanto già non fossero.

Nessun mafioso con un po' di sale in zucca avrebbe potuto immaginarlo fino a qualche anno prima senza essere preso per pazzo. Eppure era così: a Cosa Nostra la fortuna era tornata a sorridere di nuovo.

I Corleonesi per i Palermitani ormai erano solo un lontano ricordo. Dell'esercito di Occhiuzzo non era rimasto niente. Qualche soldato si era salvato miracolosamente cercando riparo fuori dalla Sicilia o consegnandosi alle forze dell'ordine. I fedelissimi, tranne Giaconia e Melluso, erano stati tutti uccisi o erano scomparsi nel nulla.

Per un anno c'erano stati omicidi cruenti e misteriose «lupare bianche». Poi qualcuno aveva dato l'ordine e a Palermo di colpo era tornata la pace.

I quartieri popolari di giorno erano tornati a essere affollati di massaie, le persone si guardavano le spalle a vicenda, i bambini giocavano nei cortili dei vecchi rioni lontano da delinquenti e spacciatori. Era una tranquillità di facciata che si percepiva anche nel quadro di comando dell'organizzazione.

Tutti i capifamiglia formalmente erano autonomi, ma erano responsabili di ciò che succedeva nelle proprie borgate e, se qualcosa andava storto, rispondevano di persona.

La dittatura che vigeva ai tempi di Occhiuzzo era acqua passata. Ma le regole interne andavano rispettate, tolleranza zero, chi sbagliava o faceva il furbo veniva punito. E se c'era qualcosa di importante da decidere o un grosso affare da concludere l'ultima parola l'aveva sempre lei, Rosa. Rispettava tutti, ma nello stesso tempo si faceva rispettare e aveva gioco facile poiché li teneva in pugno facendo leva sulla paura. I boss Palermitani eseguivano ogni suo desiderio alla lettera e non solo perché temevano di perdere quella sensazione di ricchezza e di benessere che avevano iniziato ad assaporare da qualche tempo, ma perché sapevano che dietro Rosa c'era Sam e dietro Sam le cinque famiglie di New York, che erano generose quanto vendicative. Per questo rigavano dritto tutti quanti. L'avevano promossa al rango di capo anche se lei di fatto non aveva nessun titolo per diventarlo, *ad honorem*.

Era come se la nuova mafia germogliata sulla cenere della guerra con i Corleonesi fosse stata pensata a sua immagine e somiglianza; era una mafia che non si sentiva, non si vedeva, era scomparsa dai giornali, a qualcuno poteva dare perfino l'illusione di essere stata sconfitta o di essere sparita. Di fatto era più forte di prima, solo che era diventata come lei, la donna che sembrava svanita nel nulla, la donna che era mezza viva e mezza morta.

Pino Martinez era uscito dal programma di protezione.

Dopo l'omicidio di Occhiuzzo aveva chiamato il giudice Salemi e senza darle troppe spiegazioni le aveva comunicato di non essere più disposto a collaborare.

Elvira aveva provato a farlo ricredere, ma Pino era stato inflessibile.

«Mi dica solo perché lo sta facendo», gli chiese il magistrato.

Lui, indeciso se risponderle o meno, alla fine si fece scappare una sola frase.

«Perché non ho più nessuno a cui fare la guerra.»

Quella fu l'ultima volta che la Salemi lo sentì parlare.

Venne condannato a vent'anni di reclusione in primo grado e rispedito al 41 bis.

Diego era diventato il referente delle famiglie americane in Sicilia, l'uomo di fiducia di Sam Paino. Era quello che si occupava di contattare i boss siciliani per proporre loro affari e potenziali investimenti nella Grande Mela.

Se ne andava in giro con una ventiquattrore nera, un pc portatile e un blackberry da cui inviava e riceveva centinaia di mail al giorno.

Partiva spesso, anche per lunghi periodi, ma quando era in città dormiva sempre nella dependance della casa della sorella.

Ora era alla vigilia di un nuovo viaggio negli Stati Uniti.

L'autista lo aspettava fuori, davanti al cancello.

Rosa era in riva al mare, vestita di bianco.

Mano nella mano con Lorenzo, camminava a piedi nudi sulla spiaggia.

Diego si avvicinò per andarli a salutare.

Il bambino non la stava a sentire, prendeva a calci le onde.

«Mamma, guarda, guarda come schizza lontano...»

«Piano, amore, piano!»

Lorenzo le lasciò la mano, sorrise monello e cominciò a correre sulla battigia.

A un tratto si accorse di Diego e gli mandò un bacio sulla punta delle dita.

Rosa non gli toglieva gli occhi di dosso.

«Piano che ti fai male!»

Il bambino arrivava fino a un certo punto, poi tornava indietro. E ricominciava.

«Ciao, zio, ciao!» urlava a Diego come se ogni volta temesse che lui non stesse a guardarlo.

Martinez sorrise, alzò il braccio per ricambiare il saluto e si avvicinò alla sorella.

«Perché non me lo lasci portare a New York? Almeno una volta... i nostri parenti americani neanche lo conoscono...»

Rosa lo riprese come se avesse detto una bestemmia.

«I bambini hanno bisogno della madre...»

Diego le strinse le mani e gliele baciò, come a farle sentire che le stava parlando col cuore.

«Ascoltami, Rosa, quello che dovevamo fare lo abbiamo fatto, ci pensa Turturro adesso a tenere le redini della famiglia... non sei stanca di nasconderti, di scappare?... La polizia ti darà la caccia a vita... devi scomparire, devi andartene se vuoi che ti lascino in pace!»

Il mare davanti a loro era una distesa d'acqua blu, immobile come una tavolozza dipinta.

Rosa si staccò dal fratello e fissò per un attimo l'orizzonte.

Non portava più nemmeno gli occhiali da sole.

I suoi occhi ora riuscivano a sopportare la luce.

«Il peggio che mi possa succedere è che mi prendono e mi portano in galera, giusto?» gli domandò con un sorriso.

Il fratello annuì.

Lorenzo stava tornando di corsa.

Rosa si inginocchiò, per accoglierlo tra le sue braccia.

Ma prima guardò Diego un'ultima volta.

«Tu lo sai come diceva sempre mio marito?» mormorò indicando il cielo.

«No... come?»

«Più scuro di mezzanotte non può fare.»

Superbestseller

S. Sheldon, *Padrona del gioco*
S. Casati Modignani, *Come stelle cadenti*
D. Steel, *Incontri*
S. King e P. Straub, *Il Talismano*
S. Sheldon, *Se domani verrà*
M. Higgins Clark, *La culla vuota*
D. Steel, *La tenuta*
S. Sheldon, *Linea di sangue*
D. Steel, *Ritratto di famiglia*
S. King, *Pet Sematary*
S. Sheldon, *La rabbia degli angeli*
D. Steel, *Svolte*
M. Higgins Clark, *Incubo*
S. King, *Stagioni diverse*
S. Casati Modignani, *Disperatamente Giulia*
D. Steel, *Menzogne*
S. Casati Modignani, *Donna d'onore*
S. King, *It*
S. Sheldon, *Uno straniero allo specchio*
D. Steel, *Palomino*
D. Steel, *Promessa d'amore*
S. King, *Misery*
D. Steel, *Giramondo*
S. Sheldon, *I mulini a vento degli dei*
S. Sheldon, *L'altra faccia di mezzanotte*
D. Steel, *Ora e per sempre*
D. Steel, *L'anello*
S. Casati Modignani, *Il Barone*
D. Steel, *Fine dell'estate*
S. King, *Gli occhi del drago*
S. Casati Modignani, *E infine una pioggia di diamanti*
S. King, *Cujo*
D. Steel, *Stagione di passione*
M. Higgins Clark, *Nella notte un grido*
S. Sheldon, *Le sabbie del tempo*
S. Sheldon, *Il volto nudo*
D. Steel, *Una volta nella vita*
S. King, *Tommyknocker - Le creature del buio*
D. Steel, *Un amore così raro*
M. Higgins Clark, *Non piangere più, signora*
D. Eddings, *I Guardiani della luce*
D. Steel, *Amarsi*
S. Sheldon, *Ricordi di mezzanotte*
D. Steel, *Amare ancora*
D. Eddings, *Il Re dei Murgos*
S. King, *La zona morta*
D. Steel, *Due mondi due amori*
M. Higgins Clark, *Mentre la mia piccola dorme*
D. Eddings, *Il Signore dei Demoni*
D. Eddings, *La maga di Darshiva*
D. Steel, *Una perfetta sconosciuta*
S. King, *L'incendiaria*
D. Eddings, *La profetessa di Kell*
S. Casati Modignani, *Saulina (Il vento del passato)*
D. Steel, *Cose belle*
S. Sheldon, *La congiura dell'Apocalisse*
S. King, *Christine - La macchina infernale*
D. Steel, *Il cerchio della vita*
S. Casati Modignani, *Lo splendore della vita*
M. Higgins Clark, *Le piace la musica, le piace ballare*
S. Sheldon, *E le stelle brillano ancora*
D. Steel, *Il caleidoscopio*
D. Steel, *Zoya*
S. King, *Scheletri*
S. King, *La metà oscura*
D. Steel, *Daddy - Babbo*
M. Higgins Clark, *La Sindrome di Anastasia*
S. Casati Modignani, *Il Cigno Nero*
D. Steel, *Messaggio dal Vietnam*
M. Higgins Clark, *In giro per la città*
S. Casati Modignani, *Come vento selvaggio*
S. King, *Quattro dopo mezzanotte* (Volume primo)
D. Steel, *Batte il cuore*
S. King, *Quattro dopo mezzanotte* (Volume secondo)
D. Steel, *Nessun amore più grande*
M. Higgins Clark, *Un giorno ti vedrò*
S. King, *Cose preziose*
D. Steel, *Gioielli*
G. Pansa, *Ma l'amore no*
S. Sheldon, *Nulla è per sempre*
S. King, *Il gioco di Gerald*
D. Steel, *Star*
M. Higgins Clark, *Ricordatevi di me*
S. King, *Il Miglio Verde*
D. Steel, *Le sorprese del destino*

M. Higgins Clark, *Domani vincerò*
S. King, *Dolores Claiborne*
S. Sheldon, *Giorno & notte*
D. Steel, *Scomparso*
G. Pansa, *Siamo stati così felici*
S. Casati Modignani, *Il Corsaro e la rosa*
M. Higgins Clark, *Un colpo al cuore*
D. Steel, *Il regalo*
N. Sparks, *Le pagine della nostra vita*
S. King, *Incubi & deliri*
D. Steel, *Scontro fatale*
M. Higgins Clark, *Bella al chiaro di luna*
S. Casati Modignani, *Caterina a modo suo*
D. Steel, *Cielo aperto*
G. Pansa, *I nostri giorni proibiti*
D. Steel, *Fulmini*
R. Bachman (S. King), *L'occhio del male*
M. Higgins Clark, *Una notte, all'improvviso*
M. Higgins Clark, *Testimone allo specchio*
D. Steel, *La promessa*
D. Steel, *Cinque giorni a Parigi*
G. Pansa, *La bambina dalle mani sporche*
S. Sheldon, *Una donna non dimentica*
S. Casati Modignani, *Lezione di tango*
S. King, *Desperation*
R. Bachman (S. King), *I vendicatori*
S. King, *Riding the bullet - Passaggio per il nulla* (Libro + CD)
D. Steel, *Perfidia*
S. King, *Mucchio d'ossa*
D. Steel, *Silenzio e onore*
M. Higgins Clark, *Sarai solo mia*
S. Sheldon, *Dietro lo specchio*
D. Steel, *Il ranch*
G. Pansa, *Ti condurrò fuori dalla notte*
D. Steel, *La lunga strada verso casa*
D. Steel, *Il fantasma*
M. Higgins Clark, *Ci incontreremo ancora*
S. King, *Insomnia*
N. Sparks, *Le parole che non ti ho detto*
G. Pansa, *Il bambino che guardava le donne*
S. Casati Modignani, *Vaniglia e cioccolato*
S. King, *Rose Madder*
D. Steel, *Un dono speciale*
R. Bachman (S. King), *L'uomo in fuga*
M. Higgins Clark, *Accadde tutto in una notte*
D. Steel, *Dolceamaro*
R. Bachman (S. King), *La lunga marcia*
S. King, *La bambina che amava Tom Gordon*
S. Sheldon, *L'amore non si arrende*
S. King, *Cuori in Atlantide*
N. Sparks, *Un cuore in silenzio*
M. Higgins Clark, *Prima di dirti addio*
D. Steel, *Immagine allo specchio*
M. Higgins Clark e C. Higgins Clark, *L'appuntamento mancato*
D. Steel, *Forze irresistibili*
S. King e P. Straub, *La casa del buio*
D. Steel, *Le nozze*
M. Higgins Clark, *Sapevo tutto di lei*
S. King, *L'acchiappasogni*
S. Casati Modignani, *Vicolo della Duchesca*
D. Steel, *Aquila solitaria*
M. Higgins Clark, *Dove sono i bambini?*
D. Steel, *Granny Dan - La ballerina dello zar*
S. Casati Modignani, *6 aprile '96*
N. Sparks, *I passi dell'amore*
D. Steel, *La casa di Hope Street*
D. Steel, *Un uomo quasi perfetto*
M. Higgins Clark e C. Higgins Clark, *Ti ho guardato dormire*
S. King, *Tutto è fatidico*
D. Steel, *Atto di fede*
M. Higgins Clark, *La seconda volta*
S. Sheldon, *Hai paura del buio?*
D. Steel, *Brilla una stella*
N. Sparks, *Come un uragano*
M. Higgins Clark, *Una luce nella notte*
S. King, *Buick 8*
D. Steel, *Il bacio*
N. Sparks, *Un segreto nel cuore*
D. Steel, *Il cottage*
S. Casati Modignani, *Qualcosa di buono*
M. Higgins Clark, *Quattro volte domenica*
D. Steel, *Una preghiera esaudita*
A. Grisendi, *Bellezze in bicicletta*
B. Mills, N. Sparks, *Il bambino che imparò a colorare il buio*
S. Sheldon, *Una stella continua a brillare*
N. Sparks, *Quando ho aperto gli occhi*

S. King, *Torno a prenderti*
D. Steel, *Tramonto a Saint-Tropez*
M. Higgins Clark, *La notte mi appartiene*
S. King, *La storia di Lisey*
M. Higgins Clark, *La figlia prediletta*
N. Gardner, *Un amico come Henry*
M. Higgins Clark, *Dimmi dove sei*
N. Sparks, *Come la prima volta*
D. Steel, *Un angelo che torna*
S. Casati Modignani, *Rosso corallo*
S. Sottile, *Più scuro di mezzanotte*
E. Segal, *Love Story*

Gentile lettore,

la ringraziamo per aver scelto uno dei libri della linea Paperback.

Per poter soddisfare sempre meglio le sue esigenze e i suoi gusti, le chiediamo di voler gentilmente compilare il seguente questionario. Se ci fornirà anche il suo indirizzo, le invieremo le informazioni relative alle nuove pubblicazioni del gruppo Sperling & Kupfer e alle iniziative speciali rivolte ai nostri lettori. Se invece preferisce registrarsi sul nostro sito www.sperling.it, riceverà nella sua casella e-mail la nostra newsletter informativa.

Ho trovato questo questionario nel volume dal titolo

....

Ho acquistato questo volume

☐ in libreria ☐ al supermercato

Numero libri acquistati in un anno: ....

Il mio autore preferito è: ....

Preferisco leggere:

☐ Romanzi femminili
☐ Gialli e thriller
☐ Romanzi storici
☐ Romanzi per ragazzi
☐ Saggi
☐ Manuali

INFORMAZIONI ANAGRAFICHE

Età: Sesso: ☐ M ☐ F

Professione: ....

FACOLTATIVO

Nome ....

Cognome ....

Via .... n. ....

Città .... Provincia .... CAP ....

E-mail ....

Informativa ai sensi dell'art. 13 D. Lgs n. 196/2003 ?
I suoi dati saranno trattati da Sperling & Kupfer Editori S.p.A. e dalle società con essa in rapporto di controllo e collegamento ai sensi dell'art. 2359 cod. civ. – titolari del trattamento – per evadere la sua richiesta di invio di materiale d'informazione libraria delle titolari anche attraverso la nostra newsletter e più in generale per finalità di marketing, attività promozionali, offerte commerciali e per indagini di mercato da parte delle stesse titolari.
Nome, cognome, indirizzo sono indispensabili per il suddetto fine. Il suo indirizzo di posta elettronica è necessario solo se desidera ricevere via mail i suddetti materiali.
Inoltre, previo suo consenso, i suoi dati potranno, altresì, essere comunicati a soggetti operanti nei settori editoriale, largo consumo e distribuzione, vendita a distanza, arredamento, telecomunicazioni, farmaceutico, finanziario, assicurativo, automobilistico, e a enti pubblici e Onlus, per propri utilizzi aventi le suddette medesime finalità.
Responsabile del trattamento è il Responsabile Dati presso Sperling & Kupfer Editori S.p.A. L'elenco completo e aggiornato delle società in rapporto di controllo e collegamento ai sensi dell'art. 2359 cod. civ. con Sperling & Kupfer Editori S.p.A., delle aziende terze a cui i dati possono essere comunicati e dei responsabili può essere ottenuto scrivendo al seguente indirizzo e-mail: privacy@mondadori.com.
I suoi dati saranno resi disponibili agli incaricati preposti alle operazioni di trattamento finalizzate all'elaborazione e gestione dei dati.
Ai sensi dell'art. 7 D. Lgs. n. 196/2003, potrà esercitare i relativi diritti, fra cui consultare, modificare e cancellare i suoi dati o opporsi al loro trattamento scrivendo a Sperling & Kupfer Editori S.p.A. Ufficio Promozione - Via Marco d'Aviano 2 - 20131 Milano.
Acconsente che i suoi dati siano trattati da Sperling & Kupfer Editori S.p.A. e dalle società con essa in rapporto di controllo e collegamento per le finalità illustrate nell'informativa e che i suoi dati siano comunicati a soggetti terzi e da questi utilizzati per le finalità e secondo le modalità illustrate nell'informativa. sì ☐ no ☐

La preghiamo di tagliare lungo la linea tratteggiata e di inviare in busta chiusa e affrancata a:

Sperling & Kupfer Editori S.p.A. Ufficio Promozione
Via Marco d'Aviano 2 - 20131 Milano

Finito di stampare nel giugno 2010
presso la Mondadori Printing S.p.A.
Stabilimento N.S.M. di Cles (TN)
Printed in Italy

Prova d'acquisto
978-88-6061-658
2010